Buch

Patrouilleneinsatz vor arabischen Küsten im Mittelmeer – für Besatzung und Piloten des riesigen US-Flugzeugträgers *United States* bedeutet das nervenzerfetzende Alarmbereitschaft rund um die Uhr, eintönige Übungsflüge, ununterbrochenes Zusammenleben auf engstem Raum und dazu die ständige Angst vor Angriffen arabischer Freischärlerkommandos. Kein Wunder, daß Fliegerkapitän Grafton und seine Männer es als Erlösung empfinden, als sie erfahren, daß ihr Träger Kurs auf Neapel genommen hat und der ersehnte Landurlaub in Sicht ist.

Kaum ist das Schiff jedoch vor Neapel vor Anker gegangen, beginnen sich bedrohliche Ereignisse zu häufen. Und dann geschieht plötzlich das Unvorstellbare: Von langer Hand geplant, überfällt ein arabisches Terrorkommando die *United States* und richtet ein Massaker an Bord an. Anschließend erbeutet das Kommando sechs Atomsprengköpfe und entflieht mit unbekanntem Ziel.

In fieberhafter Eile rüstet sich Kapitän Grafton zur Verfolgung der Terroristen. Bald zeigt sich, daß ihm nur noch ein letztes, selbstmörderisches Mittel bleibt, um noch in letzter Sekunde eine nukleare Katastrophe zu verhindern ...

Mit beispielloser Kraft und Genauigkeit weiß Expilot Coonts die qualvolle Enge und drückende Hitze im Bauch eines Flugzeugträgers wie im Cockpit der Jäger zu beschwören, mit einer fast filmischen Suggestionskraft vermag er die komplizierte Technik an Bord der Schiffe und Flugzeuge zu schildern; temporeich und actionsgeladen treibt er das dramatische Geschehen bis zu seinem explosiven Höhepunkt voran.

Autor

Stephen Coonts studierte politische Wissenschaft an der Universität von West Virginia und flog von 1971–1972 unzählige Einsätze in Vietnam und Laos. Heute ist er Reserveoffizier der Naval Air Force und lebt, nachdem er seit dem Ausscheiden aus der Air Force zunächst als Berater für einen Mineralölkonzern tätig war, als freier Schriftsteller in Boulder, Colorado.

Demnächst erscheint von Stephen Coonts:
Flug durch die Hölle. Roman (9715/Sept. 90)

STEPHEN COONTS

DIE STUNDE DER JÄGER

ROMAN

Aus dem Amerikanischen von
Wulf Bergner

GOLDMANN VERLAG

Die Originalausgabe erschien unter dem Titel
»Final Flight« bei Doubleday, New York

Der Goldmann Verlag
ist ein Unternehmen der Verlagsgruppe Bertelsmann

Made in Germany · 6/90 · 2. Auflage

Printed by arrangement with Doubleday,
a division of Bantam, Doubleday,
Dell Publishing Group, Inc., New York, N. Y.

Umschlaggestaltung: Design Team München
Umschlagfoto: Bavaria, Gauting
Druck: Elsnerdruck, Berlin
Verlagsnummer: 9826
SK · Herstellung: Ludwig Weidenbeck/Voi
ISBN 3-442-09826-2

»Ziele mit der Spitze deines Schwertes
auf das Gesicht deines Feindes.«

MIYAMOTO MUSASHI

Kapitel 1

Die beiden F-14 Tomcats auf den Katapulten schalteten ihre Nachbrenner gleichzeitig ein. Aus ihren Triebwerken schossen weißglühende Feuerstrahlen. Im »Geierhorst« hoch oben auf den zu einer Insel zusammengefaßten Aufbauten des Flugzeugträgers steckten die dienstfreien Beobachter ihre Finger noch tiefer in die Ohren, während das Röhren der vier starken Triebwerke mit Vollschub zu einem fast unerträglichen, seelenbetäubenden Crescendo anschwoll.

Der Bugkatapultoffizier, der nach achtern blickend an seinem Steuerpult zwischen den beiden Katapulten saß, erwiderte das Handzeichen des Piloten des Jägers auf Katapult 1, warf einen Blick auf die Signalleuchte an der Insel – weiterhin gelb – und blickte am Katapult entlang zum Bug. Der Bugsicherheitsbeobachter hielt die linke Hand mit hochgerecktem Daumen hoch. Der Katapultoffizier musterte den Jäger erneut. Weiterhin alles in Ordnung.

Am Steuerpult für die Mittelkatapulte blickte der dortige Katapultoffizier am Bug des Jägers auf Katapult 3 vorbei zu der Signalleuchte an der Insel hinüber. Auch er überzeugte sich durch einen raschen Blick nach hinten, daß das Deck o. k. war.

Die Signalleuchte an der Insel sprang von Gelb auf Grün.

Beide Katapultoffiziere warfen gleichzeitig einen letzten Blick auf ihre Bahnen, kontrollierten erneut die mit eingeschalteten Nachbrennern startbereiten Jäger und lösten durch Knopfdruck ihre Katapulte aus.

Unter dem Flugdeck öffneten sich die riesigen Startventile, so daß Dampf in die Katapultkolben einströmte.

Drei Sekunden später verließen die Fahrwerke der beiden Jäger das Flugdeck, und ihre Tragflächen durchschnitten die Luft.

Der Pilot der vom Bugkatapult gestarteten Maschine, Kapitän zur See Jake Grafton, drückte den Fahrwerkhebel mit der linken Hand bis zum Anschlag hoch. Er behielt acht Grad Steigen bei und trimmte nach, während sein Flugzeug weiter beschleunigte. Bei 180 Knoten TAS betätigte er den Klappenverstellhebel. Sobald die Klappen eingefahren waren, zog er die Leistungshebel aus der Nachbrennerstellung zurück und ging 500 Fuß unter der schiefergrauen Wolkendecke in den Horizontalflug über.

Jetzt sah er sich nach links hinten um. Sein Rottenflieger, der von Kat Drei gestartet war, befand sich einige hundert Meter weit entfernt in loser Formation. Jake nahm die Leistungshebel minimal zurück, damit der andere Pilot leichter zu ihm aufschließen konnte, und überprüfte dann seine Instrumente. Abgastemperatur, Drehzahl, Treibstoffversorgung, Öldruck, Hydraulikdruck, alles okay. Keine Warnleuchten.

»Bei Ihnen hinten alles in Ordnung?« fragte er seinen RIO, den hinter ihm sitzenden Radar Intercept Officer.

»Klar, CAG. Keine Probleme.« Der RIO war Leutnant Toad Tarkington. Grafton und er waren erst dreimal miteinander geflogen, weil Jake als Fliegerkommandeur abwechselnd mit den beiden Staffeln F-14, den beiden Staffeln F/A-18 und der Staffel A-6E flog.

Die Tomcat beschleunigte rasch, wobei ihre Schwenkflügel automatisch stärker gepfeilt wurden, während der Jäger auf Mach 0,7 beschleunigte. Sobald sein Rottenflieger bei 500 Knoten TAS links zu ihm aufgeschlossen hatte, zog Jake Grafton den Steuerknüppel nach hinten und stieß im Steigflug in die Wolkendecke.

Im Funk war kein Wort gesprochen worden. Radarhöhenmesser und TACAN blieben ausgeschaltet. Und die Radargeräte beider Jäger waren nicht in Betrieb.

Auch an Bord des Flugzeugträgers USS *United States*, des neuesten amerikanischen Trägers der *Nimitz*-Klasse, von dem die Maschinen eben gestartet waren, und an Bord der in lockerer Formation um den Träger herum gruppierten acht Überwassereinheiten seines Geleits herrschte totale elektronische Stille. Kein Radar suchte den Himmel ab. Keine Funksprüche wurden abgesetzt. Unten in den Combat Decision Centers aller Schiffe saßen jedoch Spezialisten und horchten auf elektronische Signale sowjetischer Schiffe und Flugzeuge.

An diesem Nachmittag waren russische Seeaufklärer über dem Nordatlantik auf der Suche nach der *United States* unterwegs. Sie suchten den Träger nun schon seit drei Tagen und hatten ihn in dieser Millionen von Quadratkilometern großen Wasserwüste noch immer nicht entdeckt. Die Amerikaner erschwerten ihnen die Suche nach besten Kräften. Die *United States* lief seit fünf Tagen unter einer massiven Schlechtwetterfront nach Osten und war so den Kameras von Überwachungssatelliten seit ihrem Auslaufen aus der Chesapeake Bay verborgen geblieben. Das regenschwere ausgedehnte Wolkensystem bedeckte weite Teile des Nordatlantiks. Die Trägerkampfgruppe nutzte jeden Regenschauer zur Tarnung, denn der Regen konnte dazu beitragen, die Radarsignale der Schiffe vor sowjetischen Satelliten zu verbergen.

Ihr Auslaufen in den Nordatlantik war durch zwei Jagd-U-Boote mit Nuklearantrieb getarnt worden. Sie waren einen Tag vor dem Flugzeugträger aus Norfolk ausgelaufen und hatten das sowjetische Schnüffler-U-Boot geortet, das routinemäßig vor der Chesapeake Bay auf der Lauer lag. Die amerikanischen U-Boote liefen mit Höchstfahrt auf und ab, um die Geräusche der auslaufenden Trägerkampfgruppe zu tarnen, die nach Südosten hielt, während die Russen sich vergeblich bemühten, die Schraubengeräusche der Kriegsschiffe von denen der amerikanischen U-Boote und einem guten Dutzend ein- und auslaufender Handelsschiffe zu unterscheiden.

Zusätzlich erschwert wurde die Suche der Sowjets durch die Tatsache, daß die amerikanische Trägerkampfgruppe sich nicht wie erwartet auf dem Hauptschiffahrtsweg zwischen der Chesapeake Bay und der Straße von Gibraltar befand. Sie lag in Wirklichkeit fast 250 Seemeilen südlicher. Deshalb suchten die Russen das weite, leere Meer noch immer nach einer stummen Nadel ab, die sich erratisch und unaufhaltsam weiterbewegte.

Im Augenblick war das nächste sowjetische Schiff, ein mit Abhörantennen gespickter Trawler, etwa 200 Seemeilen nordöstlich der Trägerkampfgruppe. Hätte seine Besatzung etwas gehört, hätte sie eigene Fernaufklärer alarmiert.

Für Russen wie Amerikaner waren diese Such- und Täuschungsmanöver natürlich nur ein Spiel. Beide Seiten bildeten dabei ihre Einsatzkräfte aus. Beide Seiten demonstrierten einander ihre Fähigkeiten. Beide Seiten versuchten, die andere einzuschüchtern, um den endgültig letzten Krieg zu verhindern, den die Bürger ihrer Staaten nicht wollten.

Im Cockpit seiner F-14 Tomcat hatte Jake Grafton das ECM-Gerät eingeschaltet. Dieser Radarwarner konnte die Impulse sowjetischer Radargeräte entdecken, bevor der Jäger sich ihnen weit genug genähert hatte, um auswertbare Echos zu erzeugen – mit anderen Worten: während die F-14 sich noch außerhalb des Erfassungsbereichs dieser Geräte befand. An diesem Nachmittag horchte Jake vergebens. Noch kein Radar. Er verfolgte die stetig weiterwandernde Anzeige des Höhenmessers und warf gelegentlich einen prüfenden Blick zu seinem Rottenflieger hinüber.

Bei 20000 Fuß erreichten die beiden Jäger die klare Luft über der Wolkendecke. Im Westen stand die Sonne noch 20 Grad über dem Horizont, aber eine dünne Zirrusschicht in etwa 40000 Fuß verschleierte sie. Hier oben war das Licht weich und diffus; trotzdem herrschten ausgezeichnete Sichtverhältnisse. Jake ging in 30000 Fuß bei Mach 0,72 und 350 Knoten TAS in den Horizontalflug über.

»Okay, CAG«, sagte Toad über die Bordsprechanlage. »Ich empfange die Daten der E-2. Unsere Ziele sind ungefähr zweihundertneunzig Kilometer entfernt, Kurs null-zwo-null.«

Jake ging sofort auf diesen Kurs und veränderte die Einstellung des kleinen Bildschirms, der vor ihm in die Instrumententafel eingelassen war. Dieser Bildschirm zeigte ihm, was der RIO auf dem Hauptbildschirm hinter ihm sah. Tatsächlich waren darauf zwei feindliche Ziele dargestellt.

Obwohl die amerikanischen Jäger und Schiffe nicht sendeten, konnten sie die Russen sehen. Die *United States* hatte Tag und Nacht ein bordgestütztes Seeüberwachungsflugzeug E-2 Hawkeye in der Luft. Diese von zwei Propellerturbinen angetriebene Maschine hatte ihr Radar erst in über 100 Seemeilen Entfernung von der Trägerkampfgruppe eingeschaltet und übertrug jetzt alles, was sie sah, an die Schiffe und etwa gestartete Jäger. Die

Hawkeye war ein Auge am Himmel. Sie hatte zwei von Norden anfliegende sowjetische Seeaufklärer Tu-20 BEAR geortet, die mit ihren Radargeräten noch immer das Meer absuchten. Und an Bord der *United States* hatte der Kapitän sich dafür entschieden, die Aufklärer abfangen zu lassen, und den Start der F-14 befohlen.

Jetzt erwachte das ECM-Gerät vor Jake zum Leben. Es piepste in regelmäßigen Abständen, und eine Warnleuchte blinkte, während es die Radarimpulse der sowjetischen Seeaufklärer empfing.

»Die Kerle dürfen uns erst sehen, wenn wir dicht hinter ihnen sind«, erklärte Jake seinem RIO. »Welchen Kurs halten sie?«

»Zwo-acht-null mit ungefähr vierhundert Knoten, Sir. Am besten drehen Sie zwanzig Grad nach rechts ab, bis wir backbord an ihnen vorbei sind, beschleunigen dann und schließen von rückwärts auf.«

»Verstanden«, bestätigte Jake. Er gab seinem Rottenflieger durch Aufundabbewegungen der rechten Faust ein Zeichen, das mit einem Nicken beantwortet wurde. Der andere Pilot senkte die Rumpfnase seines Flugzeugs, unterflog Jakes Maschine und kam rechts wieder zum Vorschein. Aus dieser Position konnte er sich hinter den zweiten Seeaufklärer setzen, während Jake sich den linken vornahm.

Jake musterte erneut die Instrumententafel, die ihm noch immer nicht völlig vertraut war. Er hatte früher hauptsächlich Bomber des Typs A-6 Intruder geflogen und die Musterberechtigung für die F-14 erst erworben, nachdem er zum Fliegerkommandanten der *United States* befördert worden war. Obwohl er erst weniger als 60 Stunden Flugzeit auf diesem Muster gesammelt hatte, genoß er es, die F-14 zu fliegen. Im Vergleich zu der Ende der fünfziger Jahre als bordgestützter Allwetterbomber entwikkelten subsonischen A-6 vereinigte sie höchste Leistung mit geradezu luxuriösem Komfort. Die F-14 Tomcat war ein Abfangjäger mit Überschallgeschwindigkeit: schnell, wendig und mit hochmoderner Elektronik vollgestopft.

Jake bewegte den Steuerknüppel leicht zur Seite. Um dem Piloten trotz der Servomotoren ein Steuergefühl zu geben, war in das Steuerwerk ein Belastungsmechanismus eingebaut, der den

Knüppel automatisch zentrierte. Diese absichtlich schwergängige Steuerung hat ihn bei den ersten Flügen gestört, aber jetzt fiel sie ihm kaum noch auf.

Er suchte den Himmel ab. Es war großartig, wieder zu fliegen, vom Schiff fort und hier in der großen blauen Leere zu sein. Jake Grafton grinste vor Vergnügen unter seiner Sauerstoffmaske.

Hundert Kilometer von den Fernaufklärern entfernt schalteten sie ihr TCS, das Television Camera System, in der Rumpfnase der Tomcat ein. Diese Kamera war mit einem leistungsstarken Teleobjektiv ausgerüstet, mit dessen Hilfe die Besatzung die sowjetischen Flugzeuge sehen konnte, bevor sie für das menschliche Auge auszumachen waren. Toad schwenkte die Kamera auf der Suche nach den Seeaufklärern. Sie war automatisch auf Ziele gerichtet, die das Radar der Tomcat erfaßt hatte, aber da ihr Radargerät ausgeschaltet war, zeigte das Objektiv in die Richtung, die der Computer für wahrscheinlich hielt. Deshalb mußte Toad die Feinabstimmung selbst vornehmen.

»Ich hab' sie. Oder zumindest einen von ihnen. Sie sind ein paar tausend Fuß über uns, glaube ich.«

Jake warf einen prüfenden Blick auf den kleinen Bildschirm in der Instrumententafel. Lediglich ein kleiner Punkt, erkennbar ein großes Flugzeug, aber trotzdem nur ein kleiner Punkt.

Er sah sich um. Rechts hinter ihm hing das Flugzeug seines Rottenfliegers scheinbar unbeweglich im Raum. Die Wolken über ihnen waren zu verschwommen, um ihm ein Gefühl der Bewegung zu vermitteln. Tief unter ihnen schienen die unförmig grauen Wolkenberge der Stratusdecke langsam vorbeizurollen. Man hätte glauben können, die Flugzeuge seien stationär und die Erde drehe sich unter ihnen weiter. Das war natürlich nur eine Illusion. In Wirklichkeit rasten die Jäger durch den Himmel auf ein ungewisses Ziel zu.

»Wir sind jetzt querab, CAG. Neunzig Grad Linkskurve.«

Jake befolgte die Aufforderung. Bei diesem Kurs betrug der Vorhaltewinkel 40 Grad – eine Notwendigkeit, weil die Seeaufklärer weiterflogen. Er schob die Leistungshebel etwas nach vorn und schaltete damit die erste Nachbrennerstufe ein. Sein Rottenflieger blieb unbeirrbar neben ihm.

Der Jäger durchbrach die Schallmauer mit einem kaum spürbaren Rütteln. Mach 1,1 ... 1,2 ... 1,3 ... – 850 Knoten TAS.

Jetzt konnte Jake das Ziel auf dem Bildschirm identifizieren: ein strategischer Seeaufklärer Tu-20 BEAR, ein schweres Flugzeug mit vier Propellerturbinen. Aber welche Maschine hatte er vor sich? Das führende oder das geführte Flugzeug? Das zweite konnte einen Kilometer links oder rechts davon fliegen. Seeaufklärer, die riesige Entfernungen zurücklegten, flogen nur selten in geschlossener Formation. Diese Maschinen kamen aus Murmansk. Sie waren um Skandinavien herum, durch die Lücke zwischen Island und Großbritannien und weitere 2500 Kilometer nach Süden geflogen. Nach stundenlanger Aufklärungstätigkeit würden sie in die Sowjetunion zurückkehren oder nach Kuba weiterfliegen.

»Schwenken Sie die Kamera, Toad.«

»Ich hab' ihn!« sagte Toad einige Sekunden später. »Der hier fliegt hinter dem Führungsflugzeug – leicht nach rechts hinten versetzt.«

»Okay. Zurück zum Führungsflugzeug.«

Die Kamera suchte den Himmel ab und erfaßte dann die erste Maschine. Jake verbesserte seinen Kurs entsprechend.

Aus 15 Kilometer Entfernung konnte er die beiden mit bloßem Auge erkennen. Er schaltete den Nachbrenner aus, nahm die Rumpfnase leicht hoch und verlor durch leichten Steigflug etwas Geschwindigkeit. Hätte er die Aufklärer wirklich abfangen wollen, hätte er längst seine Raketen abgeschossen.

In zehn Kilometer Entfernung machte er seinem Rottenflieger ein Zeichen: Er schlug mit der flachen Hand ruckartig nach rechts. Dann schickte er ihn fort, indem er seine Sauerstoffmaske berührte und seine Hand mit gespreizten Fingern nach rechts bewegte. Der andere Pilot bestätigte die Signale mit erhobenem Daumen und drehte nach rechts ab. Er würde sich hinter die zweite Tu-20 setzen.

»Durchbrennen, Toad«, befahl Jake, als sie noch drei Kilometer von dem Aufklärer entfernt waren. Der RIO schaltete ihr Radargerät ein. Jake wußte, daß die Besatzung des Seeaufklärers das Radar des Jägers mit ihren ECM-Geräten hören würde, die zweifellos auf größte Empfindlichkeit eingestellt waren. Aus dieser Nähe mußte der Lärm ohrenbetäubend sein. Und die Besatzung würde wissen, daß sie jetzt tot wäre, wenn dies ein Abfangen unter Ernstfallbedingungen gewesen wäre.

Die F-14 schloß im Steigflug rasch von hinten zu der Tu-20 auf, und Jake nahm die Leistung zurück, um sich der Geschwindigkeit der anderen Maschine anzupassen. Er ging auf den Kurs des schweren Aufklärers und hängte sich dicht unter sein Heckleitwerk. Die Aluminiumbeplankung der großen Maschine glänzte silbergrau; am Seitenleitwerk und unter einer Tragfläche waren je ein roter fünfeckiger Stern zu erkennen. Jake sah, daß der Bordschütze sie aus dem Heckstand beobachtete. Die beiden Maschinenkanonen waren so weit wie irgend möglich nach oben gerichtet. Wie Jake feststellte, bewegten sie sich nicht, was beruhigend war. Die Regierungen beider Staaten hatten miteinander vereinbart, daß ihre Soldaten bei solchen Begegnungen nicht aufeinander zielen würden, weil der Mann, auf den gezielt wurde, aufgeregt und nervös werden konnte – und darüber hinaus selbst bewaffnet war. Aber es war ein weiter Weg vom Konferenztisch bis zum Himmel über dem Atlantik oder dem Pazifik.

Jake zog nach rechts und schob sich neben die rechte Flügelspitze des Aufklärers. Jetzt konnte er von der Kopilotenseite aus ins Cockpit der Tu-20 sehen. Der Kopilot starrte den nur 35 Meter von ihm entfernten amerikanischen Jäger neugierig an.

»Position halten, CAG«, verlangte Toad. »Ich mache Aufnahmen.« Im Rückspiegel sah Jake, wie der RIO eine Kleinfilmkamera ans Auge setzte.

Aus dem Cockpit der Tu-20 wurde eine Kamera auf sie gerichtet. »Sie fotografieren uns auch«, stellte Jake fest.

»Kein Problem, Sir. Ich habe das Schild angebracht.« Jake wußte, welches Schild Toad meinte. Auf einem 20 mal 25 Zentimeter großen weißen Karton stand in Blockbuchstaben das Wort HALLO. Darunter stand in ebenso großer Schrift ARSCHLOCH.

Nachdem Toad sechs Aufnahmen von dieser Seite des Seeaufklärers gemacht hatte, unterflog Jake die Maschine, während der RIO weiterfotografierte. Danach folgten Aufnahmen der linken Seite, der Rumpfoberseite und nochmals der rechten Seite, bis der Film zu Ende war. Offiziere des Luftwaffennachrichtendienstes würden diese Fotos auswerten, um vielleicht Hinweise auf Umbauten oder neue Aufklärungsfähigkeiten zu entdecken.

Bis Toad mit seinen Aufnahmen fertig war, hatte die zweite F-14 wieder von rechts zu ihnen aufgeschlossen. Jake wußte, daß der RIO der anderen Maschine dabei war, ihre F-14 neben dem sowjetischen Seeaufklärer zu fotografieren. Eines dieser Fotos würde die Marine vermutlich amerikanischen Presseagenturen zur Veröffentlichung überlassen.

»Okay, CAG«, meldete Toad, »ich bin soweit fertig. Ich mache Iwan dem Schrecklichen nur noch unser Zeichen, dann können wir jederzeit verschwinden.«

»Sie haben wirklich Klasse, Tarkington.«

»Das erwarten sie von uns, Sir. Sie wären enttäuscht, wenn wir uns nicht mit dem hawaiischen Glücksbringerzeichen verabschieden würden.« Toad reckte feierlich den Mittelfinger der linken Hand hoch, bevor Jake die Nase der Tomcat nach unten drückte und im Sturzflug abdrehte.

Kapitel 2

Nach der Überquerung des Atlantiks ankerten die USS *United States* und drei ihrer Begleitschiffe – ein Zerstörer und zwei Lenkwaffenfregatten – gegen Mittag auf der Reede vor Tanger.

Am nächsten Morgen um 10.00 Uhr ging eine Gruppe von dreißig Journalisten an Bord des Kapitänsboots und der Admiralsbarkasse, um zu dem vom Kai aus sichtbaren großen Schiff hinüberzufahren. Die Journalisten hatten eine unruhige Fahrt bei erfrischender Morgenbrise.

Als die Boote sich dem Schiff näherten, wurden die Fotografen in die kleinen Fahrstände mittschiffs eingeladen, wo sie den Flugzeugträger fotografierten. Aus dieser Perspektive dicht über dem Meeresspiegel wirkte der graue Rumpf des Flugzeugträgers wahrhaft gigantisch: über sechs Stockwerke hoch aus dem Wasser ragend und ungefähr 350 Meter lang. Je näher die Boote kamen, desto weniger wirkte er wie ein Schiff, sondern eher wie eine massive graue Felswand.

Matrosen waren den Journalisten beim Umsteigen von den auf und ab tanzenden Booten auf ein längsseits ausgebrachtes Floß behilflich, von dem aus sie übers Fallreep aufs Achterdeck gelangten. Dort wurden sie von einer Gruppe junger Offiziere empfangen. Mehreren der Journalisten fiel auf, wie sehr sich diese Männer ähnelten: alle Anfang bis Mitte Zwanzig, alle in makellos weißen Uniformen. Trotz Unterschieden in Größe und Hautfarbe konnte man den Eindruck gewinnen, daß diese sechs schlanken, lächelnden jungen Männer aus derselben Gußform stammten. Mit militärischem Gruß hießen sie die Besucher an Bord willkommen.

Die Journalisten wurden in Fünfergruppen über Niedergänge und durch labyrinthartige Korridore in einen großen, feierlich wirkenden Salon tief im Schiffsinneren geführt. Dort standen auf weißgedeckten Tischen Teller mit Brötchen, Stapel von Gläsern und Plastiktassen, Thermoskannen und mehrere Glaskrüge mit einer orangeroten Flüssigkeit. »Das ist Koolaid«, erklärte einer der jungen Offiziere einem Franzosen, der einen Schluck von dem klebrigen Zeug getrunken hatte und jetzt sein Glas anstarrte, als habe er eben ein starkes Abführmittel zu sich genommen.

»Guten Morgen, meine Damen und Herren.« Der Sprecher war ein Offizier mit vier goldenen Streifen und einem Stern auf den schwarzen Schulterklappen. Seine weißen Schuhe, die weiße Hose, der weiße Gürtel und das kurzärmlige weiße Hemd wurden durch eine Gürtelschnalle aus gelbem Messing und bunte Ordensbänder auf seiner linken Brust, über denen er ein goldenes Fliegerabzeichen trug, akzentuiert. Diese Farbtupfer ließen seine Uniform noch weißer wirken und betonten seinen sonnengebräunten Teint. Er wirkte sportlich, war schlank und über 1,80 Meter groß. Klare graue Augen blickten an einer Nase vorbei, die nur etwas zu groß für sein Gesicht war. Sein schütter werdendes Haar war kurz geschnitten und nach hinten zurückgekämmt.

»Ich bin Kapitän zur See Grafton. Ich hoffe, daß Sie alle heute morgen eine angenehme Fahrt zu uns heraus gehabt haben.« Obwohl er nicht laut sprach, drang seine Stimme gut durch und brachte die letzten Privatunterhaltungen zum Verstummen. »Nach dem Imbiß machen wir mit Ihnen einen Rundgang durchs Schiff. Dazu teilen wir Sie in Fünfergruppen auf. Jede Gruppe bekommt als Führer einen dieser jungen Gentlemen, die dort drüben stehen und Ihnen beim Essen zusehen. Keine Angst, sie haben schon vor Ihnen gegessen, also brauchen sie Ihnen nicht leid zu tun.«

Mehrere der Journalisten lachten höflich.

»Kapitän, weshalb ist diese Gruppe zur Schiffsbesichtigung eingeladen worden?« Diese Frage wurde von einer Frau Ende Zwanzig mit leichtem Bostoner Akzent gestellt. Sie trug ein hellrotes Kleid und hatte eine teure schwarze Handtasche lässig über der rechten Schulter hängen.

»Und wer sind Sie, Ma'am?«

»Judith Farrell von der *International Herald Tribune*.«

»Nun, wir haben öfters Journalistengruppen an Bord, und für den Beginn unseres Aufenthalts im Mittelmeer ist uns eine Besichtigungstour für einige Damen und Herren der europäischen Presse passend erschienen.«

»Soll das heißen, daß diese Einladungen nichts mit dem amerikanischen Ersuchen zu tun haben, diesem Schiff im Juni einen Besuch in einem französischen Mittelmeerhafen zu gestatten?«

Graftons graue Augen musterten die Journalisten. »Das habe ich nicht gesagt. Ich habe gesagt, daß uns eine Besichtigungstour für einige Damen und Herren der europäischen Presse passend erschienen ist.«

»Dieses Schiff fährt mit Atomantrieb?«

»Richtig. Vielleicht interessiert Sie unsere Zusammenstellung mit technischen Angaben, die Leutnant Tarkington verteilen wird.« Der junge Offizier mischte sich sofort unter die Gäste und gab gedruckte Informationsblätter aus.

»Welche Zusicherungen können Sie den Völkern Europas angesichts der kürzlichen Enthüllungen über das Ausmaß der Katastrophe von Tschernobyl geben?«

»Zusicherungen in welcher Beziehung?« Der Kapitän sah von Gesicht zu Gesicht.

»Daß Ihre Reaktoren sicher sind.« Judith Farrell warf den Kopf zurück, um ihre blonde Mähne aus den Augen zu schütteln.

»Diese Reaktoren sind nicht von Russen gebaut worden. Amerikaner haben sie gebaut, und Amerikaner betreiben sie.«

Judith Farrell errötete leicht, und einige ihrer Kollegen stießen sich grinsend an. Während sie noch Luft holte, um gegen diese ausweichende Antwort zu protestieren, fragte eine elegante Frau mit italienischem Akzent: »Dürfen wir die Reaktoren besichtigen?«

»Tut mir leid, aber der Zutritt zu diesem Bereich ist nur Marineangehörigen gestattet.« Als Grafton sah, daß mehrere der Anwesenden sich Notizen machten, fügte er hinzu: »Tatsächlich hat nur das dort arbeitende Maschinenpersonal Zutritt.«

»Kapitän ...«, sagte Judith Farrell, aber Grafton sprach unbeirrbar weiter: »Wenn Sie jetzt bitte Fünfergruppen bilden, führen diese Fliegeroffiziere Sie durchs Schiff.« Während die Gäste dem Ausgang zustrebten, setzte die allgemeine Unterhaltung wieder ein.

»Kapitän«, stellte Judith Farrell nachdrücklich fest, »ich bin mit Ihrer ausweichenden Antwort nicht zufrieden.«

»Mr. Tarkington, Sie nehmen Miss Farrell mit zu Ihrer Gruppe.«

»Die Anrede heißt ›Mrs.‹, nicht ›Miss‹.«

»Kommen Sie bitte, Mrs.«, sagte eine Stimme mit weichem Südstaatenakzent neben ihr. Als sie sich danach umdrehte, blickte sie in ein sonnengebräuntes Gesicht mit schneeweißen Zähnen. Durch sein Grinsen bildeten sich Grübchen in seinen Wangen und tiefe Falten um die Augenwinkel herum. Das braune Haar über dem jungenhaften Gesicht war kurz geschnitten und sorgfältig gekämmt.

»Ich bin Leutnant Tarkington.« Der Kapitän hatte sich bereits entfernt.

»Leutnant, welche Funktion hat Kapitän Grafton inne?« fragte die Journalistin draußen im Gang. »Er ist weder Kapitän noch Erster Offizier dieses Schiffs, nicht wahr?«

»Er ist der Fliegerkommandeur, Ma'am. Wir nennen ihn CAG.« Tarkington sprach die Abkürzung CAG wie ein Wort aus. Sie war schon fünfzig Jahre alt, denn sie stammte aus der Zeit, als der Mann auf diesem Posten als Commander Air Group bezeichnet worden war, und hatte sich selbst im Zeitalter der Düsenjäger und Superträger erhalten. »Aber reden wir lieber von Ihnen. Wo wohnen Sie auf dieser Seite des Großen Teichs, Ma'am?«

»Des Großen Teichs?«

»Sie wissen schon – des Atlantiks.«

»Paris«, antwortete sie mit Eiszapfen in der Stimme.

»Ich bin wirklich froh, daß ich Sie heute morgen durch unseren kleinen Kahn begleiten darf, Ma'am. Alle meine Freunde nennen mich Toad.«

»Bestimmt aus gutem Grund«, sagte Judith Farrell, als denke sie dabei wirklich an eine Kröte.

Leutnant Tarkington bedachte die übrigen Mitglieder seiner

Gruppe – vier Männer – mit einem schwachen Lächeln und gab ihnen ein Zeichen, ihm zu folgen.

Er führte sie durch blaßblau gestrichene verwinkelte Korridore, in denen alle außer Tarkington – der sich häufig umsah, um sich zu vergewissern, daß sein Quintett zusammenblieb – bald das Gefühl hatten, sich hoffnungslos verlaufen zu haben. Sie kamen an Feuerlöschstationen mit Ventilen, Schlauchrollen und in Schablonenschrift auf Brandschotten stehenden Anweisungen zur Brandbekämpfung vorbei. Über sich sahen sie ein Gewirr aus Rohrleitungen – manche bleistiftdünn, manche mit einem Durchmesser bis zu 20 Zentimeter –, die mit rätselhaften Abkürzungen gekennzeichnet waren. Zwischen den Leitungen verliefen dicke Kabelbündel. Etwa alle zehn Meter kamen sie an einer riesigen offenen Stahltür vorbei. Als einer der Männer sich für sie interessierte, erklärte Tarkington ihm, daß das Schiff sich mit diesen Türen in über 3000 wasserdichte Abteilungen unterteilen lasse. Er blieb vor einer ins Deck eingelassenen Luke stehen, die von einem etwa 10 Zentimeter hohen Süll umgeben war. In der Luke führte eine Leiter zum nächsten Deck hinunter; ihr schwerer Deckel konnte an Scharnieren herabgeklappt werden, um sie zu verschließen.

»Im Einsatz«, erläuterte Tarkington, »schließen wir alle Türen und Luken, so daß der Träger dann einem riesigen Styroporblock voller wasserdichter Abteilungen gleicht. Um diesen Eimer zu versenken, müßte der Gegner eine Menge solcher Abteilungen aufreißen.«

»Genau wie bei der *Titanic*«, murmelte Judith Farrell laut genug, daß alle es hören konnten.

»Eimer?« wiederholte einer der Männer mit starkem französischem Akzent.

Tarkington führte sie weiter. Plötzlich roch es nach Essen. Sie warfen einen Blick in eine Großküche mit Männern in weißen Hosen, Schürzen und T-Shirts. »Das ist die vordere Mannschaftsküche.« Auf den Herden zwischen den fleißigen Köchen, von denen einige den Besuchern zulächelten, standen riesige Edelstahlkessel. »Hier wird jetzt das Mittagessen gekocht. An Bord werden täglich achtzehntausend Mahlzeiten ausgegeben.«

An die Küche schloß sich eine Selbstbedienungstheke mit Warmhalteplatten, Getränkeautomaten und großen blanken Kaffeebehältern an. Am Eingang stapelten sich ganze Berge von Metalltabletts. »Die Männer gehen an der Essensausgabe vorbei und laden sich ihre Tabletts voll«, sagte Tarkington, während er die Gäste in die Mannschaftsmesse führte, in der Klapptische und -stühle standen. »Dann suchen sie sich einen Platz und essen hier.« Auch die Decke dieses Raums verschwand unter einem Gewirr aus Kabeln und Rohrleitungen. An den Stahlwänden hingen weitere Schlauchrollen, neben denen Schalter und Bedienungselemente unsichtbarer Maschinen zu erkennen waren. Das vordere Schott wurde durch große Türen gebildet.

»Wohin führen diese Türen?« wollte Judith Farrell wissen.

»Zu den Waffenaufzügen, Ma'am.«

»Ißt die gesamte Besatzung hier?« fragte einer der Journalisten, den Tarkington wegen seines Akzents für einen Deutschen hielt.

»Nicht zu machen. Dieses Schiff hat fünftausendsechshundert Mann Besatzung. Achtern gibt es eine weitere Küche mit anschließender Mannschaftsmesse. In beiden Messen ißt die Besatzung in Schichten. Den Offizieren stehen zwei Messen zur Verfügung, und die Portepeeunteroffiziere haben ihre eigene Messe.« Die Journalisten wirkten mäßig interessiert. »Vielleicht nicht so elegant wie im Ritz, aber das Essen ist verdammt gut«, fügte Tarkington hinzu und machte ihnen ein Zeichen, ihm zu folgen.

Aus der Mannschaftsmesse führte er die Besucher zu einer steilen Eisentreppe. Sie stiegen zum nächsten Deck hinauf und folgten ihm durch eine weitere offene wasserdichte Tür in den Hangar.

Der Hangar der *United States* war ein riesiger Raum mit über 8000 Quadratmeter Bodenfläche. Dicht nebeneinander standen hier die Flugzeuge. Die Gruppe stieg über die vielen Spannketten hinweg, mit denen jedes Flugzeug festgemacht war, und erreichte den freien Mittelgang, der sich zwischen den abgestellten Maschinen hindurchschlängelte. Tarkington blieb stehen, und die Besucher gafften.

»Atemberaubend, nicht wahr?«

»So viele Flugzeuge . . .«, meinte der Franzose bewundernd. Jäger F-14 Tomcat, Bomber A-6 Intruder und Jagdbomber F/A-18 Hornet, alle mit hochgeklappten Tragflächen, standen so eng ineinander verschachtelt, daß kein Quadratmeter Stellfläche ungenutzt blieb. Tarkington führte die Gäste zu einem freien Streifen, der den Hangar unterteilte.

»Dieser Bereich bleibt stets frei, damit wir diese großen bombenfesten Tore schließen könen.« Auf beiden Seiten des Hangardecks waren massive, etwa acht Meter hohe Stahlschiebetore in die Wände eingelassen. »Es gibt zwei solcher Tore – dieses hier und ein weiteres achtern. Indem wir sie schließen, können wir den Hangar in drei Abteilungen unterteilen und einen Brand- oder Bombenschaden eingrenzen. Dort oben«, sagte Tarkington und deutete auf eine kleine Kabine dicht unter der Decke, »befindet sich eine Tag und Nacht besetzte Feuerwache. Beim ersten Anzeichen eines Brandes oder sobald Treibstoff ausläuft, kann der Wachhabende diese Tore schließen und die Sprinkleranlage einschalten. Wie Sie sehen werden, gibt es drei dieser sogenannten CONFLAG-Stationen – eine pro Abteilung.« Hinter dem Fenster der nächsten CONFLAG-Station war gerade das Gesicht des Wachhabenden zu erkennen. Er blickte auf sie herab.

Einer der Journalisten deutete auf Aufhängevorrichtungen unter der Decke, die große weiße Behälter mit spitz zulaufenden Enden enthielten. »Sind das Bomben?«

»Nein, Sir«, antwortete ihr Führer. »Das sind zusätzliche Abwurftanks.« Als er sah, daß der andere damit nichts anfangen konnte, fügte er erklärend hinzu: »Abwurftanks sind unter dem Rumpf oder den Tragflächen eines Flugzeugs hängende Treibstofftanks, die der Pilot notfalls abwerfen kann.« Der Leutnant trat an eine A-6 und schlug mit der flachen Hand auf ihren Flächentank. »Wie dieser hier, der eine Tonne Treibstoff enthält.«

Der Deutsche richtete seine Kamera auf Tarkington, der jedoch den Kopf schüttelte und abwehrend die Hände hob. »Fotografieren Sie hier unten bitte nicht, Sir. Auf dem Flugdeck können Sie ein paar Aufnahmen machen. Ich zeige Ihnen, wo Fotografieren gestattet ist.« Er führte sie um die Flugzeuge herum zu einer großen Öffnung in der Bordwand. Ein fettiges Drahtseil auf Stützen war die einzige Sicherung. Ungefähr sechs Meter unter ihnen lag das Meer. Am Horizont waren Tanger und die Hügel hinter der Stadt zu erkennen. Der noch immer recht frische Wind drang durch dieses riesige Tor in den Hangar. Über ihnen ragte ein gigantisches Dach über die Bordwand hinaus und verdeckte den Himmel. Tarkington nickte einem Matrosen neben dem Tor zu, der einen Schalter betätigte. Im nächsten Augenblick erklang eine laute Alarmhupe, und das große Dach begann herabzusinken.

»Dies ist einer der vier Flugzeugaufzüge, die unsere Maschinen aufs Flugdeck und wieder in den Hangar zurück befördern. Wir fahren mit ihm hinauf.« Als die Plattform sich ihrer unteren Endstellung näherte, versanken die Sicherheitspfosten mit dem Drahtseil geräuschlos im Deck. Tarkington wartete, bis die Plattform zum Stillstand gekommen war, bevor er seine Gruppe auf sie hinausführte.

Die etwa 400 Quadratmeter große Aufzugplattform bestand aus einer Eisengitterkonstruktion. Einige der Journalisten betrachteten das Meer unter ihnen durch die Grätings, während der Flugzeugaufzug sie mit lärmender Alarmhupe in die Höhe trug; die anderen fixierten nach einem raschen Blick in die Tiefe starr den fernen Horizont. Der durchs Gitterwerk pfeifende Aufwind ließ Judith Farrells Kleid flattern. Während sie sich bemühte, den Rock niederzuhalten, ertappte sie Leutnant Tarkington dabei, wie er ihre Beine anstarrte. Er blinzelte ihr lächelnd zu und wandte sich ab.

Auf dem weitläufigen Flugdeck gingen die Besucher um eine Reihe dort abgestellter Flugzeuge herum zu einer freien Fläche. Ihr Führer blieb neben einer riesigen, an Scharnieren beweglichen Klappe stehen, die in einem Winkel von 60 Grad aus dem Deck ragte. »Das hier ist ein Strahlabweiser. Das Flugzeug auf dem Katapult steht davor...« Er deutete nach vorn auf die Katapultbahn. »...und dieses Ding richtet sich auf und lenkt seinen Abgasstrahl nach oben über das dahinterstehende Flugzeug hinweg. Die Strahlabweiser werden innen mit Salzwasser gekühlt.« Tarkington zeigte ihnen die Wasserrohre hinter der Klappe und schlenderte dann nach vorn zum Anfang des Katapults.

Er deutete auf den Schlitz, in dem sich die Laufkatze bewegte. Dieser Schlitz führte nach vorn bis zum Bug des Flugzeugträgers. »Das Katapult ist etwa hundert Meter lang und beschleunigt die Flugzeuge auf Fluggeschwindigkeit.«

»Wodurch bewegt sich die Laufkatze?« fragte ein Franzose.

»Sie wird von Dampf angetrieben. Das eigentliche Katapult befindet sich unmittelbar unter diesen stählernen Deckplatten. Es hat Ähnlichkeit mit einer riesigen doppelläufigen Schrotflinte. In jedem der beiden Rohre steckt ein Kolben, der mit der Laufkatze in Verbindung steht. Das Flugzeug wird mit der Laufkatze verbunden. Hochgespannter Dampf treibt die Kolben nach vorn und reißt das Flugzeug mit.« Er hob die linke Hand und schlug mit der rechten Faust hinein. »Peng!«

»Was ist das?« Judith Farrell deutete auf eine verglaste Kabine, die zwischen den Bugkatapulten einen halben Meter hoch aus dem Deck ragte.

»Kommen Sie, ich zeige sie Ihnen.« Tarkington führte sie nach vorn, damit sie einen Blick durch die Fenster werfen konnten. »Das ist die Steuerkuppel fürs Bugkatapult. Der Kat-Offizier sitzt mit Blick nach achtern an diesem Steuerpult, von dem aus er beide Katapulte bedient. Das zweite Steuerpult ist mit einem Mann besetzt, der Dampfdruck, Hydraulik und Stromversorgung überwacht – ähnlich wie der Flugingenieur eines Verkehrsflugzeugs.«

Die Gruppe ging zum Bug weiter, von dem aus sie das gesamte Flugdeck vor sich hatte. Der Anblick war spektakulär. Die 200 Meter entfernten Inselaufbauten des Trägers wirkten aus dieser Perspektive nicht größer als ein Einfamilienhaus. Tarkington schlug den Journalisten vor, von hier aus einige Fotos zu machen. Alle außer Judith Farrell begannen eifrig zu knipsen. Sie wandte sich ab und starrte auf See hinaus.

»Das ist Osten«, erklärte Tarkington ihr. »Dort liegt die von hier aus nicht sichtbare Straße von Gibraltar, die Einfahrt ins Mittelmeer, die wir in wenigen Tagen passieren werden.«

»Danke, so weit reichen meine Geographiekenntnisse auch.«

»Davon bin ich überzeugt, Ma'am. Und wo wohnen Sie in Paris?«

»Auf der Rive Gauche.«

»Wo all diese alten Hippies und Verrückten herumhängen?«

»Genau dort.«

»Oh.« Der Leutnant machte eine kurze Pause. »Ist dies der erste Flugzeugträger, den Sie besichtigen, Ma'am?«

»Ja.«

»Nun, was halten Sie davon?«

»Ich halte ihn für eine Verschwendung von Dollarmilliarden, während anderswo Menschen verhungern.«

»Vielleicht haben Sie recht, Ma'am. Ich habe mir schon immer überlegt, daß das jemand zu Josua gesagt haben könnte, als er vor den Mauern von Jericho gestanden und sich überlegt hat, ob er seine Posaune blasen solle. Aber ich vermute, daß die Einwohner von Jericho später geglaubt haben, sie hätten nicht genug Geld für ihre Wälle ausgegeben. Das hängt alles vom jeweiligen Blickwinkel ab, glaube ich.«

Sie starrte ihn stirnrunzelnd an, wandte sich ab und begann nach achtern zu gehen. Tarkington folgte ihr langsam, und die anderen ließen ihre Kameras sinken und schlossen sich ihm an.

An der Steuerkuppel fürs Bugkatapult und dem aufgerichteten Strahlabweiser vorbei näherten sie sich den Inselaufbauten. Vom Bug aus hatten sie klein und unbedeutend gewirkt, aber als die Gruppe näher kam, erwiesen sie sich als ein mit zahlreichen Funk- und Radarantennen besetzter zehngeschossiger Bau.

Der Leutnant führte seine fünf Gäste durch eine ovale Tür – auch hier mußten sie über ein Süll steigen – in ein Treppenhaus. Das Echo ihrer Schritte hallte donnernd laut von den Stahlwänden wider, als sie eine steile Eisentreppe (im seemännischen Sprachgebrauch als Niedergang bezeichnet) nach der anderen hinaufstiegen und dabei gegen einen stetig von oben herabkommenden Menschenstrom anschwammen. Obwohl das Schiff atemberaubend groß war, waren seine Gänge und Treppen eng, hatten niedrige Decken und wurden durch Rohre, Kabelbündel und

Feuerlöschgerät noch enger. Besucher, die nicht mit Kriegsschiffen vertraut waren, mußte das Schiffsinnere widersinnig beengt erscheinen. Einige der Gäste litten in diesem Labyrinth aus Schotten und Niedergängen und vorbeihastenden Männern sogar unter leichter Platzangst. Tarkington blieb mehrmals auf Treppenabsätzen stehen, damit seine fünf zu ihm aufschließen und Atem schöpfen konnten.

Im sechsten Geschoß traten sie auf eine Aussichtsplattform hinaus, die ihr Führer scherzhaft als »Geierhorst« bezeichnete. Dort hielten sich bereits mehrere andere Journalistengruppen auf. Wer eine Kamera bei sich hatte, fotografierte die auf dem Flugdeck aufgereihten Maschinen, und die jungen Offiziere beantworteten technische Fragen so schnell, wie sie gestellt wurden. Einige der Gästebetreuer waren Piloten, die mit jugendlicher Begeisterung über das Erlebnis sprachen, von einem Flugzeugträger zu starten und auf ihm zu landen.

»Sind Sie auch Pilot?« fragte der Franzose mit der japanischen Kamera Leutnant Tarkington.

»Nein, Sir. Ich bin ein RIO – das heißt Radar Intercept Officer – für die F-14. Das sind die haifischartigen Maschinen dort unten – die mit den Schwenkflügeln.«

Der Franzose starrte ihn an. »Schwenkflügel?«

»Ja, die Flügel lassen sich spreizen oder ganz anlegen.«

Tarkington ahmte das Flugzeug nach und bewegte die Arme entsprechend. Aus dem Augenwinkel heraus sah er, wie Judith Farrell die Augen verdrehte.

»Oui, oui. C'est formidable!«

»Ja, da haben Sie recht«, stimmte der unerschütterliche Tarkington nachdrücklich zu.

Als sie an der Reihe waren, führte der Leutnant seine Gäste in die als »Pri-Fly« bezeichnete Glaskanzel, die übers Flugdeck hinausragte und eine prachtvolle Aussicht bot. Von hier aus leitete der Air Boss, ein erfahrener höherer Offizier, die Starts und Landungen aller Flugzeuge. Während Tarkington die angewandten Verfahren erläuterte, schwebte ein Hubschrauber heran und setzte sanft auf dem vorderen Teil der Landefläche auf.

Mehrere der Journalisten fotografierten den Air Boss neben seinem erhöht angeordneten Sessel und vor den vielen Funkgeräten und Lautsprechern im Hintergrund.

Danach zwängte Tarkingtons Gruppe sich in den kleinen Inselaufzug, um auf Flugdeckhöhe hinunterzufahren. Irgendwie gelang es dem Leutnant, Judith Farrell dabei dicht gegenüberzustehen. Er strahlte sie an, und sie konzentrierte sich auf seinen Adamsapfel.

Im Aufzug war es laut, und die Kabine ruckte mehrmals deutlich. »Seit letzter Woche ist hier drin keiner mehr umgekommen, Ma'am«, flüsterte Tarkington beruhigend.

»Ich wollte, Sie würden nicht dauernd ›Ma'am‹ zu mir sagen«, wehrte sie mit normaler Stimme ab.

»Ja, Ma'am.«

Als die Tür sich öffnete, erreichten sie über einen weiteren Niedergang das O-3-Deck und durch verwinkelte Korridore einen der Bereitschaftsräume. Dort wurden die Gäste von einem Offizier begrüßt, der ihnen erläuterte, wie die Flugzeugbesatzungen in solchen Bereitschaftsräumen auf dem O-3-Deck ihre Einsätze planten und auf sie vorbereitet wurden. Er zeigte ihnen die im Raum verteilten Bildschirme, auf denen bei Flugbetrieb lediglich die Starts und Landungen auf dem »Dach« – dem Flugdeck – zu sehen waren. Und er brachte die Besucher zum Lachen, als er ihnen das Greenie Board erklärte.

Jeder Pilot dieser Staffel erhielt für jeden Landeanflug, den seine Kameraden in allen Einzelheiten auf den Bildschirmen verfolgen konnten, eine Farbmarkierung. Die vorherrschende Farbe war Grün: ein einwandfreier Landeanflug. Gelb bezeichnete einen noch passablen Anflug, und einige wenige rote Markierungen erinnerten an abgebrochene Landeanflüge. So waren die Tugenden und Sünden jedes Piloten für jedermann sichtbar in Farbe festgehalten.

Draußen im Korridor hielt einer der Bildjournalisten die Gruppe fast drei Minuten lang auf, indem er mehrere Fotos eines scheinbar endlosen Ganges machte, der vom Bug bis zum Heck verlief. Auf diesem Deck waren die Öffnungen zwischen den das

Flugdeck tragenden Streben oval und nur mannsbreit. Tarkington bezeichnete sie als »Knieabschürfer«. Der Korridor wirkte wie eine ins Endlose reichende ovale Röhre. Der Fotograf machte eine Aufnahme eines über hundert Meter entfernten Matrosen, die später in einer deutschen Illustrierten erschien. Das Bild zeigte besser als jede Beschreibung, wie groß, wie gigantisch dieses Schiff wirklich war.

»Hier ist es ja ziemlich laut«, sagte einer der Besucher zu Tarkington, der höflich nickte. Das Brummen und Summen der Ventilatoren der Klimaanlage war ein Hintergrundgeräusch, das die Männer an Bord nur wahrgenommen hätten, wenn es einmal verstummt wäre.

»Wonach riecht es hier?« fragte Judith Farrell. »Dieser Geruch ist mir gleich, als wir an Bord kamen, aufgefallen.«

»Das weiß ich auch nicht«, antwortete der Leutnant, während er ihre Nase betrachtete, um zu sehen, ob sie Fältchen machte, während sie prüfend die Luft einsog. »Vermutlich ist es das Schmieröl für die Ventilatoren der Klimaanlage oder die Türangeln oder sonstwas.« Alle übrigen Besucher atmeten jetzt tief ein. »Nach einiger Zeit riecht man's nicht mehr«, schloß Tarkington verlegen.

Dann war der Fotograf fertig. Die Besucher stiegen einen weiteren Niedergang hinab, der sie wieder in den Salon brachte, in dem ihr Rundgang begonnen hatte.

»Freut mich wirklich, daß Sie sich heute die Zeit genommen haben, uns einen kleinen Besuch abzustatten«, sagte Tarkington, indem er den Männern die Hand schüttelte. »Hoffentlich hat es Sie nicht zu sehr angestrengt. Aber hier gibt's viel zu sehen, was nur zu Fuß besichtigt werden kann.« Er drehte sich um und blickte in Judith Farrells klare blaue Augen. »Vielleicht komme ich diesen Sommer nach Paris, Ma'am. Hätten Sie nicht Lust, sich zu revanchieren und mir *Gay Paree* zu zeigen?«

Sie bedachte ihn mit ihrem frostigsten Lächeln und entzog ihm ihre Hand sofort wieder.

»Ich hoffe, daß Ihnen die Tour gefallen hat«, begrüßte Kapitän Grafton die Besucher bei ihrer Rückkehr.

»Sehr!« antwortete die italienische Journalistin, und die anderen nickten zustimmend.

Grafton deutete auf die Tische mit Erfrischungen. »Dort steht noch Koolaid, falls Sie Durst haben. Bedienen Sie sich bitte selbst. Die Boote legen in etwa fünf Minuten ab, um Sie an Land zurückzubringen. Ihre Führer begleiten Sie aufs Achterdeck zurück. Sollten Sie noch Fragen haben, möchte ich Sie bitten, sie jetzt zu stellen.«

»Hat dieses Schiff Atomwaffen an Bord?« erkundigte sich einer der Franzosen.

»Die amerikanische Regierung kann das Vorhandensein von Atomwaffen an Bord irgendeines Schiffs weder bestätigen noch dementieren.«

»Aber was ist, wenn ein Krieg ausbricht?« fragte Judith Farrell laut.

Graftons Gesicht blieb ausdruckslos. »In diesem Fall, Ma'am, tun wir unser Bestes, um uns in Übereinstimmung mit der Politik der amerikanischen Regierung und mit unseren NATO-Verpflichtungen zu verteidigen.«

»Ist es nicht möglich, daß die Entsendung dieses Schiffs ins Mittelmeer internationale Spannungen erhöht, anstatt sie zu verringern?« hakte die Journalistin nach.

»Ich bin Soldat, kein Diplomat«, antwortete Grafton zurückhaltend. »Diese Frage sollten Sie dem Außenministerium stellen.« Er sah auf seine Uhr und blickte zu den jungen Offizieren hinüber. »Gentlemen, ich schlage vor, daß Sie unsere Gäste aufs Achterdeck zurückbegleiten.«

Als seine Gruppe an der Reihe war, übers Fallreep zum Bootsfloß hinunterzusteigen, schüttelte Leutnant Tarkington jedem einzelnen erneut die Hand. »Ich bin wirklich froh, Sie kennengelernt zu haben, Ma'am«, erklärte er Judith Farrell. »Die Welt ist klein, und wer weiß, wo und wann wir uns wieder begegnen werden.«

Sie drängte sich an ihm vorbei und war schon drei Stufen tiefer, als sie ihn laut sagen hörte: »Sie sind bestimmt eine erstklassige Reporterin, Judith, aber Sie sollten Ihre Rolle nicht so angestrengt spielen.« Sie blieb abrupt stehen, sah sich nach Tarkington um, der keine Miene verzog, und wäre von dem Mann hinter ihr, der auf der Eisentreppe ausrutschte, beinahe zu Fall gebracht worden.

»Vergessen Sie Toad Tarkington nicht, Judith.«

Kapitel 3

El Hakim, der Herrscher, stand am Fenster und blickte nach Osten in Richtung Mekka. Er holte tief Luft. Ah, diese Luft roch nach Wüste – nach gar nichts. Sie war so rein und klar, wie Allah sie geschaffen hatte.

»Die Risiken sind gewaltig, Oberst Qazi.« Der Oberst saß mit untergeschlagenen Beinen hinter ihm auf einem Teppich vor einem niedrigen Tischchen. Ein heißer, trockener Wind bewegte die Vorhänge. »Gegen Ende des letzten Jahrhunderts«, fuhr el Hakim fort, »haben die Amerikaner auf den bloßen Verdacht hin, eines ihrer Kriegsschiffe könnte durch Feindeinwirkung gesunken sein, Spanien den Krieg erklärt. Der von Ihnen vorgeschlagene Kurs ist eindeutig, um es gelinde auszudrücken.«

El Hakim wandte sich vom Fenster ab und blickte auf Qazi herab, der heute eine frischgewaschene, ausgebleichte Khakiuniform trug. Der etwa vierzigjährige Qazi war dunkelhäutig, aber sein Gesicht wies europäische Züge auf. Lediglich seine Backenknochen ließen Rückschlüsse auf seine Abstammung zu. Als Sohn eines englischen Sergeanten und einer Araberin war Qazi oft als reicher Playboy oder Geschäftsmann in Europa unterwegs – manchmal als Grieche, dann wieder als Franzose, Engländer oder Italiener. Er beherrschte sieben Sprachen, die er akzentfrei sprach. In militärischer Umgebung glänzte er durch tadellose Haltung. »Sie haben mich noch nie enttäuscht, Qazi. Und Sie haben sich noch nie soviel zugetraut.«

Der Oberst schwieg.

El Hakim hielt den Kopf schief und betrachtete den vor ihm sitzenden Mann. Qazi dachte nicht wie die meisten Soldaten; er dachte wie der Spion, zu dem Allah ihn bestimmt haben mußte. Und seine Fähigkeit, sich so vollständig in die Menschen zu verwandeln, die er zu sein vorgab – tatsächlich der Mann zu werden, als den ihn seine Papiere auswiesen –, beunruhigte el Hakim, der sich von Spitzeln über Qazis Erfolge berichten ließ und ihn insgeheim bewunderte, da er selbst seine 49 Lebensjahre ausschließlich in der arabischen Welt verbracht hatte, wenn man von einem sechsmonatigen Englandaufenthalt vor nunmehr 20 Jahren absah. Auf dieser einzigen Auslandsreise war er sich völlig deplaziert vorgekommen – wie unter Menschen, die von einem anderen Planeten stammten. Man weiß einfach nie, sagte er sich jetzt, wann Qazi eine Bühnenrolle spielt. Ein gefährlicher Mann. Ein höchst gefährlicher Mann. Aber für wen am gefährlichsten?

El Hakim nahm widerstrebend erneut Platz. »Erzählen Sie mir von dem Schiff.«

»Seine Hauptbewaffnung sind die Flugzeuge. Die Decks stehen voller Maschinen, deren Startvorbereitungen viele Männer und angemessene Zeit erfordern. Sie können nicht schnell starten – falls überhaupt –, solange das Schiff vor Anker liegt und unvorbereitet ist. Dann ist es am verwundbarsten. Die Abwehrbewaffnung des Trägers besteht aus drei als Basic Point Missile Defense System bezeichneten Raketenkomplexen.« Qazi schlug ein Nachschlagewerk auf und zeigte el Hakim ein Foto des Schiffs. »Je ein Komplex befindet sich auf beiden Seiten des Flugdecks unterhalb seiner Ebene, und einer befindet sich vor diesen beiden Flugzeugaufzügen an Steuerbord vor der Insel.« Er deutete darauf. »Hier steht, daß sie mit Sparrow-Lenkflugkörpern mit fünfzehn bis zwanzig Kilometer Reichweite ausgerüstet sind. Die einzigen weiteren Waffen sind vier Close-In Weapons Systems, die als CIWS bezeichnet werden.« Qazi sprach diese Abkürzung wie die amerikanische Marine als »See-Whiz« aus. »Das sind Maschinenkanonen mit sehr hoher Feuergeschwindigkeit, die mit Radar und Laserstrahlen gerichtet werden. Auf beiden Seiten des Schiffs befinden sich je zwei davon.« Sein Finger zeigte auf die auffälligen kleinen Kuppeln der Maschinenkanonen. »Diese Waffen schießen anfliegende Lenkflugkörper automatisch ab, bevor sie das Schiff treffen können. Die Systeme haben eine Reichweite von etwa zwei Kilometern. Sie sind für die Abwehr in höchster Not, aus nächster Nähe gedacht.«

»Sind das alle Waffen, die das Schiff hat?«

»Auf See, Exzellenz, ist der Träger von Überwasserschiffen mit modernen Geschützen und Lenkflugkörpern mit über hundertfünfzig Kilometer Reichweite umgeben. Diese Begleitschiffe übernehmen auch die U-Boot-Abwehr. Manchmal gehört zu der Trägerkampfgruppe sogar ein Schlachtschiff. Liegt der Träger vor Anker, ankern stets mehrere seiner Begleitschiffe in der Nähe.«

»Aber der Flugzeugträger? Besitzt er weitere Waffen?«

»Vier Maschinengewehre Kaliber 12,7 in den ums Flugdeck führenden Laufgängen – zwei auf jeder Seite. Solange das Schiff ankert, sind sie ständig mit Marines bemannt. Diese MGs dienen im Ernstfall zur Bekämpfung von Booten oder Hubschraubern. Die Besatzung trägt keine Handfeuerwaffen.«

El Hakim zog eine Augenbraue hoch. »Nicht einmal die Offiziere?«

»Nein, Exzellenz.«

»Und wie stark ist die Besatzung?«

»Rund fünftausendsechshundert Mann, Exzellenz.«

»Haben Sie Fotos?«

»Ja, Exzellenz.« Qazi überreichte ihm einen Stapel Vergrößerungen.

El Hakim trat mit den Fotos ans offene Fenster und studierte sie im Sonnenschein. »Die amerikanische Regierung«, sagte er dann langsam, »hat noch nie zugegeben, daß irgendeines ihrer Kriegsschiffe Atomwaffen an Bord hat. Allerdings«, fügte er trocken hinzu, »hat sie das auch noch nie bestritten.« Er blätterte nochmals in den Aufnahmen, bevor er sich wieder nach Oberst Qazi umdrehte. »Wir müssen uns unserer Sache ganz sicher sein, Qazi. Absolut sicher. Sobald das Unternehmen angelaufen ist, können wir unsere Beteiligung nicht mehr geheimhalten. Wir treffen die Amerikaner an einer ihrer empfindlichsten Stellen.« El Hakim machte eine Pause, während Zorn über frühere Unverschämtheiten der Verrückten, die Amerika regierten, ihn durchflutete. Er warf den Kopf zurück – eine bewußte Geste – und sprach im Befehlston weiter. »Was *wissen* wir?«

»Die Waffen sind an Bord, Exzellenz.«

El Hakim zog erwartungsvoll die Augenbrauen hoch.

»Das wissen wir von einem amerikanischen Seemann. Wir

haben ihn unter Drogeneinfluß vernommen. Er kann unmöglich gelogen haben.« Qazi holte einen Kassettenrecorder aus seinem Aktenkoffer und stellte ihn auf das niedrige Tischchen vor sich. Er regelte die Lautstärke und drückte die Abspieltaste.

El Hakim nahm Platz und schlürfte Kaffee, während sie zuhörten. Er sprach gut genug Englisch, um zu verstehen, worum es ging, selbst wenn ihm ab und zu ein Wort unbekannt war.

Selbst unter Drogeneinfluß haben wir noch nachhelfen müssen, um ihn zum Sprechen zu bringen, dachte Qazi. Er beobachtete el Hakim aus dem Augenwinkel heraus, als der Amerikaner schrie. Der Herrscher trank ungerührt einen kleinen Schluck Kaffee.

Qazi dachte an die Entführung des Amerikaners zurück. Sie waren wochenlang auf der Suche nach dem richtigen Mann gewesen, einem Mann, der Spezialist für Flugzeugbewaffnung sein mußte und das Schiff schon in nächster Zeit offiziell verlassen würde. Unter Qazis Leitung hatten vier Agenten die Bars und Nachtclubs von Neapel abgegrast, während die USS *Carl Vinson* dort im Hafen gelegen hatte. Dieses Schwesterschiff der *United States* sollte das Mittelmeer bald verlassen und war dem anderen Flugzeugträger so ähnlich, daß die gewonnenen Informationen ohne weiteres übertragbar waren. Qazi hatte sich schließlich für einen Oberbootsmann entschieden, der drei Wochen Urlaub in Deutschland verbringen wollte, um seinen bei der U.S. Army dienenden Bruder zu besuchen. Das Team hatte den Mann in Rom aus einem Zug entführt und in ein sicheres Haus gebracht.

Ein gelungenes Unternehmen, dachte Qazi, während er beobachtete, wie sich die Spulen innerhalb der Kassette drehten. Der Entführte hatte alle ihre Fragen beantworten können, und sein Verschwinden würde vermutlich erst nach Ablauf seines Urlaubs entdeckt werden. Die U.S. Navy würde ihn für einen Deserteur halten und sich mit oberflächlichen Ermittlungen zufriedengeben, die nach Qazis Vermutung nicht den geringsten Hinweis auf das wahre Schicksal des Seemanns liefern würden.

Vermutungen in bezug auf die ihnen verbleibende Frist und den Sicherheitsfaktor waren alles, worauf er bauen konnte. Das war das Unangenehme an diesem Geschäft: Man mußte so vorsichtig sein – und trotzdem gab es so viele unbekannte Größen. Der Zufall oder Unvorhergesehenes konnte alles zunichte machen. Deshalb bewegte man sich ständig in einem paranoiden Nebel, wog das Unberechenbare gegen das Unbekannte ab und mußte stets auf unvorhergesehene Hindernisse gefaßt sein. Und in den Anrainerstaaten des Mittelmeers wimmelte es von ausländischen Agenten wie von Flöhen auf einem Kamel. Die Sowjets waren am zahlreichsten und die Israelis am energischsten und tüchtigsten. Qazi war davon überzeugt, daß der israelische Geheimdienst Mossad ein umfangreiches Dossier über seine Aktivitäten besaß. Falls el Hakim diesem Unternehmen zustimmte, würde es sein letztes sein müssen, denn er stand bereits auf der Abschußliste.

El Hakim schnalzte mit den Fingern, und Qazi stellte den Kassettenrecorder ab. Der Diktator machte eine nachdenkliche Pause, bevor er sprach. »Die Bomben werden das Kräfteverhältnis im Nahen Osten nachhaltig verändern.« Er stand auf, machte einen Rundgang durch den Raum und betrachtete allerlei Gegenstände, ohne sie wirklich wahrzunehmen.

Die Israelis würden klein beigeben oder ihre Vernichtung riskieren müssen, dachte el Hakim. Allein diese Tatsache würde ihn zum stärksten Mann der arabischen Welt machen. Vielleicht war es am besten, eine Bombe auf Tel Aviv abzuwerfen, bevor er Verhandlungen forderte. Selbst Ägypten würde seine Führungsrolle widerstrebend anerkennen müssen. Er würde der Held der Massen sein und die Bombe besitzen – und dieser Kombination würde niemand mehr widerstehen können.

Er würde eine der Waffen einsetzen, sobald er sie in den Händen hatte, so daß die Frage nicht lauten würde: »Wird er die Bombe einsetzen?« Statt dessen würde sie lauten: »Wird er sie nochmals einsetzen?«

Sein Ansehen und Einfluß in der arabischen Welt würden ins Astronomische emporschnellen. Mit der Bombe fiel ihm die absolute Macht zu.

Er würde den Glauben verteidigen.

Er würde sein Volk erneuern.

Er würde Mekka zu seiner Hauptstadt für eine vereinigte arabische Welt machen.

Er schrak aus seinen Gedanken auf und sah zu Qazi hinüber, der die Fotos betrachtete. Ja, dachte er, Qazi ist ehrgeizig und kompetent und fast so skrupellos wie ich . . .

El Hakim machte eine unbewußte Handbewegung, als zerdrücke er eine Fliege.

Kapitel 4

Wie schwer sind diese Waffen?« fragte el Hakim.

»Jede wiegt etwa zweihundert Kilogramm«, antwortete Oberst Qazi.

El Hakim stand am Fenster der Suite und ließ den trockenen, heißen Wind mit den Falten seines weiten Gewandes spielen. Die große Sommerhitze hatte bereits eingesetzt. Er schloß die Augen und wandte sein Gesicht der höhersteigenden Sonne zu. Bald würde er ihre Kraft entfesseln können. Er müßte Allah danken, daß er ihm die Möglichkeit gab, die Ungläubigen in die Knie zu zwingen!

»Das heißt also, daß wir aus dem gesamten Arsenal nur einige wenige Waffen mitnehmen können.«

»Ganz recht, Exzellenz. Wir sollten versuchen, uns sechs zu verschaffen. Schon mit dreien würden wir zu einer Großmacht werden, mit der die anderen rechnen müßten.«

El Hakim verließ widerstrebend das Fenster und kehrte auf seinen Platz vor dem niedrigen Tischchen zurück. »Wenn Sie das Schiff versenken, wissen die Amerikaner nicht bestimmt, wie viele wir haben.«

»Richtig, aber sie werden die Zahl der erbeuteten Waffen ziemlich genau abschätzen können. Die Versenkung des Trägers dient lediglich der Sicherung unseres Rückzugs. Die Amerikaner werden zweifellos auch ohne handfeste Beweise die richtigen Schlußfolgerungen ziehen. Sobald das Unternehmen durchgeführt ist, müssen wir deshalb sofort die Weltöffentlichkeit informieren, um die Amerikaner von voreiligen Vergeltungsschlägen abzuhalten. Was die öffentliche Meinung betrifft, sind sie sehr empfindlich – sogar wenn sie bis aufs Blut gereizt worden sind.«

El Hakim legte den Kopf in den Nacken und kniff die Augen zusammen. »Für die politische und militärische Auswertung Ihres Unternehmens bin allein *ich* zuständig, Oberst.«

»Selbstverständlich.« Qazi neigte respektvoll den Kopf. »Trotzdem sind alle unsere Mühen vergebens, Exzellenz, wenn es nicht gelingt, die Amerikaner so lange hinzuhalten, bis wir mit den Waffen entkommen sind und sie umgerüstet haben.«

»Zeit? Wieviel Zeit?«

»Die Amerikaner haben diese Waffen mit zahlreichen Sicherheitsmechanismen ausgestattet. *Alle* diese Mechanismen müssen erst aktiviert oder umgangen werden.«

»Wie wollen Sie das schaffen?«

»Dazu brauchen wir die Unterstützung eines amerikanischen Fachmanns, der diese Sicherheitsmechanismen selbst mitentwikkelt und mitgebaut hat. Zum Glück sind wir bereits kurz davor, uns die Unterstützung eines Mannes dieser Art zu sichern. Wir haben ihn in Zusammenarbeit mit Henry Sakol identifiziert.«

El Hakims linker Mundwinkel zuckte verächtlich. Er kannte Henry Sakol viel zu gut. Der ehemalige CIA-Agent Sakol hatte ihm Waffen geliefert, die el Hakim dank eines Embargos der amerikanischen Regierung nirgends sonst hätte kaufen können. Sakol war ein skrupelloser, geldgieriger Mann, ein Mensch ohne Gewissen oder Loyalität. »Sie wollen Sakol doch nicht im Rahmen dieses Unternehmens einsetzen?«

»Doch, Exzellenz. Er besitzt viele nützliche Kenntnisse.«

»Er würde uns bei der ersten Gelegenheit verraten. Die Amerikaner würden ihn gut belohnen und ihm vielleicht sogar seine Verbrechen verzeihen.«

»Er bekommt keine Gelegenheit, uns zu verraten. Dafür sorge ich.«

»Und der Waffenexperte?«

»Ein Mann namens Jarvis. Ein dicker Trottel mit einer sehr reichen, sehr dummen Frau und einer Schwäche für kleine Jungen. Um sein schmutziges Geheimnis zu wahren, würde er dem Teufel persönlich dienen. Meinem Plan nach hat er eine Viertelstunde Zeit, um nur eine Bombe umzurüsten. Insgesamt dürfen die Amerikaner jedoch frühestens nach fünf oder sechs Stunden in der Lage sein, militärisch auf den Überfall zu reagieren. Wir brauchen diese Zeitspanne zur Flucht. Und selbst danach müssen wir noch Zeit gewinnen. Die Amerikaner müssen davon ausgehen, daß uns genügend Zeit zur Verfügung stand, sämtliche Bomben umzurüsten. Natürlich brauchen wir das nicht wirklich zu tun.« Qazi warf el Hakim einen prüfenden Blick zu. »Das Schöne an diesen Waffen ist, daß man sie nie zu benützen braucht«, fuhr er fort. »Allein durch ihre Existenz bewirken sie weit mehr, als jemals durch ihre Anwendung zu erreichen wäre.«

Der Diktator lächelte. »Welches Vorgehen empfehlen Sie?«

»Unmittelbar nach dem Unternehmen sollten Sie mit einer Presseerklärung an die Öffentlichkeit treten. Dadurch erzeugen Sie Beunruhigung in der gesamten westlichen Welt und Verwirrung in Washington, wo letzten Endes alle Entscheidungen getroffen werden. Diese Verwirrung verschafft uns die nötige Zeit: Die Amerikaner werden überlegen, wie sie reagieren sollen. Wir wollen eine überlegte Reaktion, keinen reflexartigen Vergeltungsschlag des amerikanischen Militärs. Bei näherer Überlegung werden die Amerikaner die Konsequenzen unseres Erfolgs erkennen und die neue Realität – daß wir zu einer Atommacht geworden sind – akzeptieren. Sie *müssen* sie akzeptieren! Ihnen bleibt keine andere Wahl. Und damit haben wir unser Ziel erreicht. Die Amerikaner werden die Hände ringen und sich mit der Demütigung abfinden. Für sie wird das eine bittere Pille sein, aber sie werden sie schlucken.«

El Hakim blickte Qazi an. »Zum Glück sind wir klüger und entschlossener als die Amerikaner, Allah sei Dank, selbst wenn sie uns technologisch überlegen sind. Wann können wir losschlagen?«

»Das steht noch nicht fest, Exzellenz. Vorläufig patrouilliert die *United States* noch vor der libanesischen Küste. Wie lange sie in dieser Region bleibt, kann niemand vorhersagen. Wie Sie wissen, geben sich arabische Freischärler mit Unterstützung des Iran alle Mühe, den Amerikanern Unannehmlichkeiten zu bereiten. Zu mehr sind sie ohnehin nicht imstande.«

El Hakim nickte knapp und preßte dabei die Lippen zusammen. Er ließ sich nicht gern an die Ohnmacht der arabischen Nationen erinnern. Schließlich hatte er sie zu viele Jahre selbst erlitten. »Wir müssen bereit sein, wenn das Schiff einen Hafen anläuft –

wann immer das auch sein mag. Und unser Unternehmen darf nicht fehlschlagen, Qazi. Es *kann* nicht fehlschlagen.« El Hakims Stimme klang weich und doch hart – wie eine dünne Schicht Wüstensand über einem Felsblock.

»Ich verstehe, Exzellenz.«

»Halten Sie mich über den Stand der Vorbereitungen auf dem laufenden.« El Hakim erhob sich und verließ die Suite, ohne die Tür hinter sich zu schließen.

Kapitel 5

»Wie lange dauert's noch, bis wir einen Hafen anlaufen?« Jake Grafton, der noch seine Fliegerkombi trug, blickte auf Vizeadmiral »Cowboy« Parker. Die beiden Männer saßen sich in der Admiralskabine auf dem O-3-Deck unmittelbar unter dem Flugdeck gegenüber.

»Das weiß ich auch nicht.« Cowboys hageres Gesicht ließ wie üblich keine Gefühlsregung erkennen. Er war jetzt Mitte Vierzig, ein Mann, der schon vor über einem Jahrzehnt als einer der begabtesten jüngeren Offiziere der U. S. Navy bekannt geworden war. Nach seiner Dienstzeit als Chef einer Staffel A-6 war er auf die Schule für Nuklearantrieb geschickt worden. Danach war er zwei Jahre als Erster Offizier auf einem atomgetriebenen Flugzeugträger gefahren und hatte dann das Kommando über einen Flottentanker übernommen. Nach seiner Dienstzeit als Kapitän der *Nimitz* war er zum Vizeadmiral befördert worden. Trotzdem fand Jake, daß seine Ohren noch immer zu sehr abstanden.

»Wir können nicht wie bisher Tag und Nacht Einsätze fliegen. Unsere Männer schuften wie Galeerensklaven.«

Cowboy seufzte. »Ich weiß, Jake.«

»Wenn wir schon keinen Hafen anlaufen dürfen, schlage ich vor, ein paar hundert Kilometer Abstand von der Küste zu halten – vielleicht südlich von Zypern –, so daß wir mit der Alarmbereitschaft auf fünf oder zehn Minuten zurückgehen können. Der Zwang, rund um die Uhr zu fliegen, macht unsere Jungs fertig.«

»Jake, du weißt genau, daß ich das nicht selbständig anordnen kann! Ich muß warten, bis ich die Genehmigung dazu erhalte.«

Grafton stand auf und begann, in dem kleinen Raum auf und ab zu gehen. »Na ja, vielleicht können wir unsere Nachteinsätze auf die E-2, einen Tanker und ein paar Jäger reduzieren. Tagsüber könnten wir die Hornets und nachts die Tomcats als Abfangjäger einsetzen. Und die A-6 könnten nachts in fünfminütiger Alarmbereitschaft bleiben ...«

»Setz dich, Jake.«

Jake starrte Cowboy an. Im Vietnamkrieg hatten sie beide einer Staffel A-6 an Bord der *Shiloh* angehört und waren seither gute Freunde geblieben. Als Cowboy Ende der siebziger Jahre Chef einer Staffel A-6 gewesen war, war Jake Stellvertretender Technischer Offizier gewesen.

»Du sollst Platz nehmen. Das ist ein Befehl.« Parker hatte Jake zu sich beordert, weil in der Nacht zuvor eine Maschine unter ungeklärten Umständen abgestürzt war. Ermüdung der Besatzung? Menschliches Versagen? Technischer Defekt? Parker mußte es herausfinden. »Diese Sache hat Ähnlichkeit mit Vietnam, stimmt's?«

Jake setzte sich wieder und nickte. »Ja«, bestätigte er dann. »Ein Haufen verdammter Idioten sind die Drahtzieher im Hintergrund. Und wir machen Hackfleisch aus unseren Jungs. Das ist ganz schön bescheuert.«

Er massierte sich die Stirn und fuhr sich mit allen Fingern durch sein noch verbliebenes Haar.

»Du siehst nicht sonderlich gut aus«, stellte Parker fest.

»Verdammte Kopfschmerzen.«

»Unser Oberarzt sagt mir, daß deine jährliche Flugtauglichkeitsuntersuchung fast einen Monat überfällig ist.«

»Ja, das stimmt. Er ist deswegen hinter mir her.«

»Laß sie demnächst machen.«

»Ja, Sir.«

»Weshalb ist die Maschine heute nacht deiner Meinung nach abgestürzt?«

»Keine Ahnung. Vermutlich wegen defekter Sauerstoffversorgung, aber das wird sich vielleicht nie feststellen lassen. Es hängt davon ab, wie viele Wrackteile der Zerstörer bergen kann.«

»Viel ist nicht gefunden worden.« Parker wies mit dem Daumen aufs Telefon. »Nur ein paar im Wasser treibende Teile. Das Flugzeug ist versunken.«

»Haben sie die Leichen geborgen?« Eine Obduktion der Leichen hätte Hinweise liefern können, ob ein Versagen der Sauerstoffversorgung die Ursache des Unfalls war.

»Nein.« Cowboy starrte den Jüngeren prüfend an. »Was hast du jetzt vor?«

»Nun, wir werden auf alle Fälle prüfen müssen, ob unsere Staffeln eventuell die vorgeschriebenen Wartungsarbeiten kürzen, damit sie jederzeit einsatzbereit sind. Und dann habe ich da noch so eine Idee.« Jake machte eine Pause. »Erinnerst du dich an den letzten Monat des Vietnamkriegs – nachdem ich abgeschossen worden war? Camparelli hat im Bereitschaftsraum einen Helm aufgehängt und angekündigt, wer keine Einsätze mehr fliegen wolle, könne sein Pilotenabzeichen hineinwerfen.«

»Ich erinnere mich.«

»Ich werde auch einen Helm aufhängen.«

»Soviel ich weiß, hat damals keiner aufgegeben.«

»Richtig. Deshalb hat Camparelli auch mit diesem Trick gearbeitet. Jetzt will ich es mit dem Helm versuchen, aber bei meinem Glück steigt wahrscheinlich ein Dutzend Männer aus.«

* *
*

»Ziehen Sie sich bitte bis auf Socken und Unterhose aus und setzen Sie sich auf den Tisch.« Während Jake seine Uniform an den dafür vorgesehenen Kleiderhaken hängte, blätterte der Arzt in den Aufzeichnungen der Sanitäter, bei denen Jake sich den Routinetests unterzogen hatte.

Schließlich kam er hinter dem Schreibtisch hervor, steckte sich sein Stethoskop in die Ohren und drückte es an Jakes Brustkorb. »Übrigens haben Sie den Sehtest nicht bestanden.« Dr. Hartman war Mitte Dreißig und hatte einen Schmerbauch und die buschigsten Augenbrauen, die man sich vorstellen konnte. Wenn er einen anblickte, sah man zunächst nur Augenbrauen; Nase, Kinn und alles übrige wurden erst allmählich sichtbar.

»Bitte husten.« Jake hüstelte gehorsam. »Drehen Sie sich um, damit ich Ihren Rücken abhören kann.« Er klopfte kräftig darauf. »Sie müssen das Rauchen aufgeben.«

»Ja, ich weiß.«

»Wieviel rauchen Sie?«

»Ungefähr ein Päckchen pro Tag.«

»Ihre Lunge scheint in Ordnung zu sein.« Der Arzt drehte sich nach den von hinten beleuchteten Röntgenaufnahmen um und studierte sie. »Da gibt's keine Probleme«, sagte er schließlich und kam zu Jake zurück. »Stehen Sie bitte auf und ziehen Sie die Unterhose aus.« Nachdem die gewohnten unwürdigen Untersuchungen vorüber waren und der Arzt in sämtliche Körperöffnungen Jakes geblickt hatte, forderte er ihn auf, sich anzuziehen, und nahm wieder an seinem Schreibtisch Platz.

»Sie sind weitsichtig«, stellte Dr. Hartman fest, während er schrieb. »Sie brauchen eine Brille.«

»Okay.«

Der Arzt blätterte in den Untersuchungsberichten. »In den letzten zehn Jahren haben Sie vier Kilo zugenommen, aber damit liegen Sie noch reichlich unter dem zulässigen Höchstgewicht. Haben Sie manchmal Kopfschmerzen?«

»Gelegentlich.«

»Wahrscheinlich wegen Ihrer überanstrengten Augen. Dagegen hilft die Brille.« Dr. Hartman legte seinen Kugelschreiber weg und blickte zu Jake hinüber. »Aber Sie haben weitere Sehschwierigkeiten, von denen Sie mir nichts erzählt haben.«

Jake erwiderte nichts. Der Arzt räusperte sich und blätterte erneut in den Untersuchungsberichten. »Kapitän, ich weiß, daß es verdammt schwer für Sie sein wird. Es ist auch für mich schwer. Tut mir leid, daß ich Ihnen das sagen muß, aber mit der Fliegerei ist es vorbei.«

»Unsinn!«

»Kapitän, Sie haben die Nachtsichttests nicht bestanden. Dagegen hilft keine Brille; dagegen hilft überhaupt nichts. Ihre Augen sind gealtert, und Sie sehen einfach nicht mehr gut genug, um nachts zu fliegen.«

»Geben Sie mir irgendwelche Pillen oder Spritzen.«

»Ich kann Ihnen ein Vitamin-A-Präparat geben, das möglicherweise hilft. Im Laufe der Zeit.« Er zuckte mit den Schultern. »Jeder Mensch sieht mit zunehmendem Alter schlechter, aber diese Verschlechterung tritt unterschiedlich rasch ein. Bei Ihnen eben etwas früher als bei den meisten anderen Leuten. Auch das Nikotin, mit dem Sie sich seit mindestens zwanzig Jahren vergiften, kann etwas damit zu tun haben. Manchmal beeinträchtigt es das Gewebe im Augeninneren.« Er griff nach einem alten Briefumschlag auf seinem Schreibtisch und skizzierte ein Auge. »Sobald der Lichteinfall zu schwach wird, um das Auge zu stimulieren, sondert das Gewebe eine als Sehpurpur bezeichnete Chemikalie ab, die die Empfindlichkeit der Stäbchen im Augeninneren erhöht. In Ihrem Fall wird nicht mehr genug Sehpurpur erzeugt, oder die Stäbchen sind unempfindlich geworden...« Er dozierte mit dem Bleistift in der Hand monoton weiter. Jake fand, daß er wie ein Fluglehrer aussah, der Auftriebs- und Widerstandskräfte an einem Tragflügel skizzierte.

»Hören Sie, Doc, die meisten Leute kommandieren kein Geschwader. Ich tue es und muß fliegen, um meinen Auftrag erfüllen zu können.«

»Okay, aber ich muß meinen Bericht einschicken und eine Ausnahmegenehmigung für Sie beantragen. Vielleicht kann ich erreichen, daß Sie wenigstens tagsüber weiterfliegen dürfen.«

Jake zog sich schweigend ganz an und setzte sich auf einen der Plastikstühle. »Das reicht nicht«, stellte er schließlich fest. »Ich muß nachts fliegen, und ich werde weiterhin nachts fliegen. Dieser Törn ist in vier Monaten zu Ende, und danach kann ich meine Fliegerkombi abgeben. Aber bis wir in die Staaten zurückkommen, muß ich nachts fliegen, um meinen Auftrag zu erfüllen.«

»Die Navy könnte einen anderen Offizier als Ersatz für Sie herschicken.«

»Richtig, das könnte sie. Aber selbst wenn sie's täte, würde das seine Zeit dauern, und ich bin der Mann, der hier die Verantwortung trägt.«

Der Arzt spielte mit seinem Kugelschreiber. »Befehlen Sie mir, Sie nicht für fluguntauglich zu erklären?«

»Nein. Ich sage Ihnen, daß ich weiterhin nachts fliegen werde und daß es mir egal ist, was Sie unternehmen.«

»Sie dürfen nicht fliegen, wenn ich Sie für fluguntauglich erkläre«, stellte Dr. Hartman verärgert fest. »Glauben Sie mir, ich kenne die Vorschriften.«

»Sie verstehen doch eine Menge von Halsentzündungen und Tripper und haben Pillen gegen alles mögliche. Aber Sie haben keine Ahnung von der Navy. Wie lange gehören Sie schon dazu? Drei Jahre?«

»Dreieinhalb. Aber darauf kommt's nicht an.«

»Doch, genau *darauf* kommt's an! Ich bin bereits Pilot in der Navy gewesen, als Sie noch in der High School gewesen sind. Ich tue seit zwanzig Jahren Dienst auf diesen Geflügelfarmen. *Ich* weiß, welche Führungsqualitäten die Navy braucht, und kenne meine Fähigkeiten. Die Navy hat mir diese Aufgabe übertragen, weil ich sie beherrsche. Und ich werde meinen Auftrag nach besten Kräften erfüllen, bis ich durch einen anderen qualifizierten Offizier abgelöst werde.«

»Ich muß Ihren Fall dem BUMED melden.«

»Ich möchte, daß Sie mit dem Admiral reden, bevor Sie das tun. Erläutern Sie ihm Ihren Befund. Er ist mein unmittelbarer Vorgesetzter.«

»Und Sie wollen weiterfliegen?«

»Solange Parker mir kein Startverbot erteilt, fliege ich weiter. Geben Sie mir diese Vitamintabletten mit. Bestellen Sie die Brille und rufen Sie mich an, wenn sie da ist.«

* * *

Toad Tarkington stand an der Tür der Offiziersmesse, als Jake Grafton mit einer Helmtragetasche in der linken Hand aufkreuzte. Toad trat in den Raum zurück und rief: »Achtung!« Die Männer waren noch dabei, sich zu erheben, als Jake an Toad vorbeiging und laut »Weitermachen!« sagte. Er hatte sich noch immer nicht ganz daran gewöhnt, daß Offiziere Haltung annahmen, wenn er einen Raum betrat.

Als Jake das tragbare Rednerpult auf einem Tisch an der Schmalseite des Raums erreichte, saßen die meisten Männer bereits wieder. Er wartete, bis alle Platz genommen hatten, bevor er zu sprechen begann. Seitdem er die letzte Zigarette geraucht hatte, waren über drei Stunden vergangen. Ihm fiel auf, daß auf den Tischen Aschenbecher standen und daß mehrere Männer jetzt Zigaretten ausdrückten.

»Guten Abend.« Er sah zu den acht Staffelchefs in der vordersten Reihe hinüber. »Sind wir vollzählig?«

»Bis auf die Jungs, die gerade fliegen, Sir.«

»Ausgezeichnet.« Jake nahm den Zettel, auf dem er sich einige Notizen gemacht hatte, aus der Tasche. Er ließ seinen Blick über die Gesichter schweifen. Die meisten Gesichter waren jung; sie gehörten Männern, die Mitte Zwanzig waren. Allein dieser Anblick genügte, um Jake das Gefühl zu geben, daß er ein alter Mann war.

»Wie viele von Ihnen befinden sich auf ihrem ersten Törn?« Fast ein Drittel der Anwesenden hob die Hand. »Okay, dies ist mein neunter, und ich bin noch nie drei Monate lang ununterbrochen auf See gewesen – nicht einmal im Vietnamkrieg. Ist der Frieden nicht wundervoll?«

Höfliches Lachen.

»Ich bin heute abend nicht hier, um Sie durch eine kleine patriotische Ansprache aufzumöbeln. Das können die Politiker, die uns gelegentlich heimsuchen, weit besser als ich.«

Wieder Gelächter. Das Schiff war vor kurzem von mehreren Kongreßabgeordneten und einem Senator besucht worden.

»Vergangene Nacht sind zwei unserer Kameraden bei einem Absturz ums Leben gekommen. Wir wissen nicht, warum, und werden es vielleicht nie erfahren. Aber das bedeutet keineswegs, daß wir nicht alles daransetzen werden, um festzustellen, weshalb sie umgekommen sind, oder daß wir nicht alles menschenmögliche tun werden, um weitere Unfälle zu verhindern. Wir werden dafür sorgen, daß unsere Maschinen richtig gewartet werden und daß die Jungs, die sie fliegen, sie einwandfrei beherrschen. Andererseits müssen wir alle auch weiterhin ständig Bereitschaftsdienst tun, so zermürbend das auch sein mag. Wir operieren hier in unmittelbarer Nähe der libanesischen Küste und müssen unsere Flugzeuge in der Luft halten, um diese Trägerkampfgruppe vor

Überraschungsangriffen zu schützen. Und da wir hier sind, um Flagge zu zeigen, müssen wir ständig dicht vor der Küste bleiben, ob wir selbst das für richtig halten oder nicht. Ich weiß, daß manche von Ihnen meinen, daß wir damit die Araber nur provozieren, aber unsinnige Dinge zu tun, weil Politiker es von einem verlangen – das gehört eben dazu, wenn man Uniform trägt. Und jeder hier im Raum ist ein Freiwilliger. Aber ich will nicht, daß er sich oder einen Kameraden umbringt, weil er über die Grenzen seiner eigenen Fähigkeiten hinaus weitergeflogen ist.« Jake öffnete den Reißverschluß der Helmtragetasche, nahm einen Pilotenhelm heraus und ließ ihn am Kinnriemen baumeln.

»Diesen Helm hänge ich in meinem Büro auf. Wer von Ihnen glaubt, diesen ganzen Scheiß nicht länger aushalten zu können, kann sein Pilotenabzeichen hineinwerfen. Aber vergessen Sie nicht, ein Stück Klebestreifen mit Ihrem Namen daran zu befestigen, damit ich weiß, mit wem ich zu reden habe.« Alle Augen waren auf den Helm gerichtet. »Unter den gegenwärtigen Bedingungen erfordert unser Einsatzprogramm von jedem von Ihnen sein Bestes. Ich bin enttäuscht, wenn jemand sein Pilotenabzeichen zurückgibt, aber mir gefällt's noch weniger, wenn Leute sich umbringen. Jeder einzelne von Ihnen weiß, wo seine persönlichen Grenzen liegen. Ich verlasse mich darauf, daß Sie aufgeben, bevor Sie diese Grenzen überschreiten.«

Er griff nach der Helmtragetasche, klemmte sich den Helm unter den linken Arm und marschierte zur Tür.

»Achtung!« brüllte Toad wieder.

Die Offiziere sprangen auf und nahmen Haltung an, während Jake den Raum verließ.

Im Geschäftszimmer des Geschwaders übergab Jake den Helm seinem Schreiber Farnsworth. »Holen Sie einen Kleiderbügel«, wies er ihn an, »und hängen Sie dieses Ding der Tür gegenüber an die Decke. Ich will, daß jeder, der die Tür öffnet, als erstes den Helm sieht.«

»Wozu das?« fragte Farnsworth verwundert.

»Er ist für Pilotenabzeichen bestimmt«, sagte Jake und warf die Helmtragetasche auf einen Tisch. »Traben Sie los und holen Sie einen Kleiderbügel. Vielleicht will jemand den Helm lieber früher als später benützen.«

»Ja, Sir.« Farnsworth ließ den Helm auf seinem Schreibtisch liegen und ging kopfschüttelnd zur Tür.

* *
*

Das Telefon klingelte. »Kapitän Grafton.«

»Jake, hier ist der Admiral. Ich bin mit Kapitän James und Doktor Hartman im Lagezentrum. Kommst du bitte zu uns herunter?«

»Ich komme sofort, Sir.«

Jake gab Airman Smith das Schreibbrett mit den vertraulichen Meldungen, damit er es einschloß, und suchte in seinem Schreibtisch nach seiner Baseballmütze. Er mußte eine Mütze aufhaben, um den Admiral militärisch grüßen zu können, und an Bord trugen Offiziere und Mannschaften nur Baseballmützen. Jake fand seine und setzte sie auf sein schütter werdendes Haar.

Als Jake ins Lagezentrum hinunterkam, besprach Kapitän zur See Laird James, der Kommandant der *United States*, mit Admiral Parker ein mechanisches Problem im vorderen Reaktor. James war ein großer, hagerer Endvierziger, der kein Gramm überschüssiges Fett am Leib hatte. Jake, der nur selten mit ihm gegessen hatte, war jedesmal aufgefallen, wie wenig der andere zu sich genommen hatte. Sein Haar war graumeliert, und seine Gesichtshaut spannte sich straff über die Knochen. James lächelte niemals – zumindest hatte er es noch nie in Jakes Gegenwart getan.

Der Arzt beobachtete, wie mehrere Angehörige der wachhabenden Teams die Computer des Navy Tactical Data Systems (NTDS) bedienten. Jake blieb einige Schritte von dem Ledersessel des Admirals entfernt stehen und wartete breitbeinig und mit auf den Rücken gelegten Händen, bis Parker ihm zunickte. Dann trat er zu ihm heran und grüßte.

»Doc Hartman will Ihnen Flugverbot erteilen«, sagte Cowboy Parker ohne weitere Einleitung. »Er sagt, daß Sie nachts zu schlecht sehen, um weiterfliegen zu können.«

»Ja, Sir.«

»Weshalb wollen Sie unbedingt weiterfliegen?«

»Admiral, wir beanspruchen unsere Flugzeugbesatzungen bis an die Grenzen menschlicher Belastbarkeit. Ich kann nicht von ihnen verlangen, daß sie weiterfliegen, wenn ich mich nicht selbst als Pilot einteile. So einfach ist die Sache.«

»Wie lange kann es dauern, bis sie uns einen neuen CAG aus den Staaten schicken?« fragte Parker Kapitän James.

»Ein paar Monate – wenn wir Glück haben«, antwortete James mürrisch.

Parker rutschte in seinem Sessel hin und her, bevor er aufstand und sich streckte.

»Was halten Sie davon, Doc?«

»Sir, laut Vorschrift . . .«

»Wie oft haben Sie Kapitän Graftons Augen untersucht?«

»Ich habe sie nicht selbst untersucht, Sir. Das macht einer der Sanitäter.«

»Sie wissen also nicht einmal, ob die ›Diagnose‹ Ihres Sanitäters zutreffend ist?«

»Nun, ich . . .«

»Nehmen wir einmal an, Ihr Sanitäter hätte recht: Könnte diese Insuffizienz sich wieder geben?«

»Möglich ist vieles, aber . . .«

»Er hat gesagt, Nikotin könnte zur Verschlechterung meines Sehvermögens beigetragen haben«, warf Jake rasch ein. »Ich habe Vitamine bekommen, die ich regelmäßig einnehme. Und vielleicht nützt es, daß ich das Rauchen aufgegeben habe.«

Parker sah den Arzt an und zog die rechte Augenbraue hoch.

»Nikotin kann zur Schwächung des Sehvermögens beigetragen haben«, gab Dr. Hartman zu.

»Sie untersuchen Kapitän Grafton in zwei Wochen persönlich«, wies Parker ihn an, »und melden mir das Ergebnis.«

»Ja, Sir.«

»Können Sie damit leben, Laird?« Kapitän James war schon während des Baus der *United States* an Bord beordert worden und kannte deshalb jeden Niet und jede Schraube dieses Schiffes. Er hatte keine Geduld mit Unfähigen oder Dummköpfen und zog es statt dessen vor, Offiziere, die seiner Meinung nach in eine oder beide dieser Kategorien fielen, mit Beurteilungen versetzen zu lassen, die einem beruflichen Todesurteil gleichkamen. Seine Abteilungsleiter bemühten sich, in ihren Fachgebieten den gleichen Wissensstand zu erreichen wie James. Jake hielt James nicht für sonderlich clever, aber in seiner Eigenschaft als Verwalter einer Einrichtung mit 5600 Mann Besatzung war er die verkörperte Rücksichtslosigkeit. Kurz gesagt: Er war ein perfekter Schweinehund.

»Ja, Sir«, antwortete Laird James mürrisch. Obwohl Jake ihm nicht unterstand – tatsächlich brauchte James seit der Einführung des neuen Geschwadersystems Graftons Erlaubnis, wenn er die Abwehrbewaffnung des Trägers einsetzen wollte –, war dies *sein* Schiff, und falls Jake bei einer Landung Bruch machte, würde James einen Teil der Verantwortung tragen müssen.

»Sie können gehen, Doktor. Wir unterhalten uns später weiter, Laird.« Der Arzt und der Kommandant grüßten und verließen den Raum.

»Siehst du noch gut genug, um nachts zu fliegen, Jake?«

»Ja, Sir. Nicht mehr so gut wie früher, aber gut genug. Wenn's anders wäre, würde ich mich sofort melden.«

»Darauf verlasse ich mich. Nimm dir nicht zuviel vor. Am besten, du fliegst hauptsächlich tagsüber. Fliegst du heute nacht?«

»Nein, Sir.«

»Wie hat die Sache mit dem Helm geklappt?«

»Du hättest sehen sollen, wie sie ihn angestarrt haben! Einer oder zwei gehen vielleicht, aber die anderen bleiben eisern bei der Stange, weil ich ihnen einen Ausweg angeboten habe. Sie wären nicht hier, wenn sie nicht stur wie der Teufel wären; sie wären irgendwann ausgesiebt worden.«

Kapitel 6

Die Straße führte durch eine sonnenverbrannte braune Landschaft nach Süden. Flimmernde Hitzewellen ließen den Horizont in allen Richtungen verschwimmen. Trotzdem starrte Qazi durch das Wagenfenster des Mercedes hinaus auf das kahle, verbrannte Land. Am Steuer saß Ali, Qazis rechte Hand, ein mittelgroßer, stämmiger Mann mit kurzem schwarzem Haar und dunklem Teint. Trotz der zahlreichen Schlaglöcher fuhr er mit 120 Stundenkilometern über die staubbedeckte Straße.

Qazi hatte seine Kindheit bei seinem Onkel und dessen Familie in ähnlicher Umgebung verbracht. Sie hatten in einem kleinen Dorf gelebt, und sein Onkel war Schäfer gewesen. Zu seinen frühesten Kindheitserinnerungen gehörten Sandstürme und brakkige Wasserlöcher und der scharfe Geruch von Schafen und Kamelen.

Er war ungefähr dreizehn gewesen, als die einzigen drei Kamele seines Onkels gestohlen worden waren. Er würde den verzweifelten Gesichtsausdruck, mit dem der Mann die durchschnittenen Lederbeinfesseln seiner Tiere betrachtet hatte, nie vergessen können. Ohne Kamele war es schwierig, geradezu unmöglich, der Schafherde zu folgen, wenn sie in unwirtlichem Gelände graste. Ein Drittel des Besitzes, für den der Mann ein Leben lang hart gearbeitet hatte, war in die Wüste entführt worden. Der Alte hatte sich von Nachbarn vier Kamele geliehen und mit Qazi und seinen beiden Söhnen die Verfolgung der Diebe aufgenommen.

* *
*

Sie ritten eine Woche lang durch eine Landschaft aus Felsen und Sand. Die Nächte waren bitterkalt; tagsüber brannte die Sonne unbarmherzig vom Himmel. Der schneidende Wind trocknete unbedeckte Hautstellen aus, bis sie aufplatzten und zu blutenden

Schwären wurden. Schon am zweiten Tag hatte der Wind die Fährte der flüchtenden Diebe verwischt. Sie folgten der Spur aus Kamelmist, bis auch sie aufhörte, weil die Diebe sich nicht die Zeit nahmen, die Kamele an Dornenbüschen weiden zu lassen. Allerdings gab es ohnehin nur wenige Dornenbüsche. Die Wüste war zu einem glühendheißen Ödland aus Fels und Sand unter einer gnadenlosen Sonne geworden.

Sein Onkel starrte auf den Horizont, während die Jungen ihre Enfields betasteten und sich hilflos umsahen: müde und ängstlich und am Ende ihrer Kräfte. »Wadi Hara«, sagte der Alte schließlich und trieb sein Kamel vorwärts. »Nicht Wadi Ghasal, die nächste Wasserstelle«, sagte sein ältester Vetter, »sondern die nächste unbewohnte. Im Wadi Ghasal leben die Mami, die keines unserer Kamele stehlen würden.«

Niemals zuvor war Qazi so lange geritten und hatte so wenig getrunken. Sie wurden tagsüber geröstet und zitterten nachts vor Kälte. Seine Zunge wurde zu einem geschwollenen Fleischklumpen, und seine Lippen waren nur mehr blutende Geschwüre. Trotzdem wuchs ihre Aufregung von Tag zu Tag, denn die Diebe mit den Kamelen würden im Wadi Hara sein.

Die Männer überprüften allabendlich ihre Enfields, und Qazi übte, indem er auf Felsbrocken zielte. Wie würde es sein, auf einen Mann anzulegen? Wie würde es sein, Kugeln pfeifen zu hören? Wie würde es sein, von einer getroffen zu werden? Würde er den Schmerz ertragen können? Würde er sterben? Die Leere der Wüste hatte jetzt einen neuen Geschmack, ein neues Gefühl angenommen. Er hörte die Geräusche und spürte den Wind wie nie zuvor. Er fühlte . . .

* *
*

Eine Stunde südlich der Hauptstadt fuhr Ali langsamer und bog von der Überlandstraße auf eine unmarkierte Fahrspur ab, die sich durch die Wüste schlängelte und schließlich bei einem Militärlager endete. Nachdem sie die Wachtposten passiert hatten, hielt Ali vor einer ungestrichenen Baracke, und die beiden Männer stiegen aus. Qazi reckte sich genüßlich und ließ sich von der Hochofenhitze einhüllen. »Fühlt sich gut an, was, Ali?«

»Mir persönlich wär's lieber, Oberst, wenn hier Gras, Flüsse und Bäume wären.«

* *
*

»Erklären Sie mir das Gerät noch einmal.« Qazi blickte den Waffenexperten Jarvis über den Arbeitstisch hinweg an. Neben ihm standen Ali und ein etwa fünfzigjähriger Mann mit einem gewaltigen Brustkasten und den Muskeln eines Gewichthebers, die jedoch inzwischen mit einer massiven Fettschicht bedeckt waren. Es war Henry Sakol, der ehemalige CIA-Agent.

Jarvis hatte sich an diesem Morgen zum ersten Mal rasieren dürfen und sich dabei mehrmals geschnitten. Kleine Fetzen Toilettenpapier, mit denen er die Blutungen gestillt hatte, hafteten an diesen Stellen. Die Männer standen in einem großen Raum, den das durch die drei offenen Fenster hereinfallende Sonnenlicht beleuchtete. Trotz der leichten Brise war es sehr heiß, und Jarvis rann der Schweiß von der Stirn. Er mochte Anfang Sechzig sein, und seine letzten Haarsträhnen, die er sonst sorgfältig über seine Glatze gekämmt hatte, standen jetzt wirr von seinem Kopf ab – ein bemitleidenswerter Anblick.

»Die Waffe ist durch mehrere Sicherheitsmechanismen im Zündstromkreis gesichert. Beim Abwurf aus dem Flugzeug zündet ein Impuls von 220 Volt Gleichstrom einen Brandsatz. Die so erzeugte Wärme wird in Strom verwandelt, der eine Lithiumbatterie lädt. Das geht sehr schnell. Die Sicherheitsmechanismen befinden sich zwischen der Batterie und den Zündern.«

Jarvis ergriff ein Kabelbündel mit Krokodilklemmen. »Diese hier werden an die Batterie angeklemmt. Im Prinzip habe ich einen Zeitschalter eingebaut, deshalb stellt man die Zeit hier ein . . .« – er deutete darauf – ». . . und nach Ablauf der eingestellten Frist werden die Zünder direkt von der Batterie aus unter Strom gesetzt.« Er hielt das untere Ende des Kabelbündels hoch. »Diese Klemmen werden an die Zündstromkreise angeschlossen.«

»Was ist mit den Sicherheitsmechanismen der Waffe?«

»Sie sind nach wie vor in der Bombe, aber sie werden umgangen. Sobald diese Verbindungen hergestellt sind, detoniert die Atomsprengladung nach Ablauf der eingestellten Frist.« Jarvis zeigte auf den siebten Zünder. »Der hier eingebaute Empfänger nimmt das Signal auf, das den Zeitschalter anlaufen läßt. Sie könnten den Zündvorgang also über Funk auslösen und hätten noch die eingestellte Auslösezeit zur Verfügung, um die Gefahrenzone zu verlassen.«

»Wir wollen nicht, daß die Bombe mit uns hochgeht, während wir sie transportieren oder zündfertig machen. Gibt es eine Möglichkeit, die Sicherheitsmechanismen intakt zu lassen und die Bombe trotzdem über Funk fernzuzünden?«

»Ausgeschlossen!« Jarvis schüttelte den Kopf. »Völlig ausgeschlossen! Die eingebauten Sicherheitsmechanismen erfordern, daß die Bombe sich über neunzig Sekunden lang in freiem Fall befindet. Dann wird ihr Radarhöhenmesser aktiviert, und sobald die Waffe eine zuvor eingestellte Höhe über dem Erdboden erreicht, detoniert sie. Insgesamt sind über ein Dutzend Sicherheitsmechanismen eingebaut. Es gibt keine Möglichkeit, alle diese Parameter physikalisch zu erfüllen, wenn die Waffe nicht ihrer Konstruktion entsprechend eingesetzt wird – wenn sie nicht aus einem Flugzeug abgeworfen wird. Deshalb müssen alle diese Sicherheitsmechanismen umgangen werden. Und sobald sie umgangen sind, gibt es *keine* Sicherheitsmechanismen mehr.«

»Und wie zünden wir den Brandsatz, der die Batterie der Bombe lädt?«

»Mit diesem Gerät.« Jarvis führte ihn ans andere Ende des Arbeitstisches. »Ich habe vier Autobatterien in Reihe geschaltet und mit einem Voltregler und einem Kondensator verbunden. Der Saft wird gespeichert und dann als kurzer Gleichstromstoß abgegeben.«

Er machte eine Pause, während Qazi den Aufbau begutachtete.

»Sie verbinden diese Stromversorgung mit der Batterie in der Bombe. Der Zeitschalter löst die Zündung aus. Mehr brauchen Sie nicht.«

»Funktionieren diese Dinger?«

Jarvis fuhr sich mit einem schmuddeligen Taschentuch über die Stirn. Die Toilettenpapierfetzen auf seiner blassen Haut sahen grotesk aus. »Ja, dafür garantiere ich.«

»Sie auch?« wandte sich der Oberst an Sakol.

»Sie müßten funktionieren. Im Grunde genommen sind beide Geräte ziemlich einfach.«

Qazi beugte sich über das Batterieladegerät und betrachtete seinen Aufbau und die Qualität der Verarbeitung. Schließlich richtete er sich auf. »Führen Sie's mir vor.«

Es dauerte nur eine Minute, das Ladegerät an einen Voltmesser anzuschließen. Jarvis arbeitete rasch und geschickt, während Qazi und Ali ihm zusahen. Als der Amerikaner fertig war, benützte er ein Mehrzweckmeßgerät, um die Ladung der Autobatterie zu messen. Dann schaltete er sein Gerät ein. Die Nadel des angeschlossenen Voltmessers zuckte nach rechts und blieb stehen. Qazi las den angezeigten Wert ab und nickte zufrieden.

»Sehen Sie, ich hab' Ihnen doch gesagt, daß die Sache funktioniert!«

»Jetzt bitte das Gerät zur Überbrückung der Sicherheitsmechanismen.«

Diesmal dauerte der Versuchsaufbau einige Minuten. Alle Zuleitungen wurden direkt mit dem Batterieladegerät verbunden, weil Jarvis keine Batterie hatte, die imstande gewesen wäre, den binnen weniger Millisekunden benötigten Strom zu liefern. An jeder der zwölf Zuleitungen hing ein Voltmesser. Oberst Qazi stellte am Zeitschalter eine Minute ein und hörte zu, wie er ablief. Während der Schalter tickte, aktivierte Jarvis das Batterieladegerät. Nach Ablauf einer Minute schlugen alle Voltmesser bis zum Anschlag aus. Qazi begutachtete einen nach dem anderen. »Tadellos«, sagte er schließlich. »Bauen Sie mir jeweils sechs weitere dieser Geräte. Danach testen wir sie alle.«

Jarvis fuhr sich erneut mit seinem Taschentuch über die Stirn. »Hören Sie, Sie haben jetzt, was Sie wollten. Jeder kann diese Geräte nachbauen. Jeder ...« Er sprach nicht weiter, weil seine Unterlippe unkontrollierbar zu zittern begonnen hatte.

Qazi stand schweigend und mit ausdruckslosem Gesicht vor ihm. Ali bewegte sich in Richtung Wand, und Jarvis' Blick folgte ihm.

»Weiter!«

»Ich bin Jude«, stieß Jarvis hervor.

Qazi verschränkte langsam die Arme, ohne ein Wort zu sagen.

»Ich weiß nicht, woher Sie diese Waffen bekommen wollen. Vielleicht haben Sie sie bereits.« Jarvis trat einen Schritt auf ihn zu. »Aber um Himmels willen, ersparen Sie mir, Ihr Helfershelfer zu werden! Das können Sie mir nicht antun!«

Qazi sah Jarvis mitleidig an. »Armer Jarvis, armer Jude. Sie haben wohl noch immer nicht begriffen, daß Sie Ihr Leben verwirkt haben. Sie führen jetzt meine Befehle aus, oder Sie zwingen uns, die besagten Fotos mit den kleinen Jungen an alle texanischen Zeitungen zu schicken. Gar nicht zu sprechen von dem, was wir Ihrer Frau antun könnten . . .«

Jarvis schluchzte hemmungslos.

»Tun Sie, was ich Ihnen befehle. Führen Sie meine Befehle genau und nach besten Kräften aus und versuchen Sie nicht, mich zu täuschen. Sie haben sich selbst von Ihrer Familie und Ihren jüdischen Glaubensgenossen losgesagt. Wir sind alles, was Ihnen noch geblieben ist.«

Qazi starrte in die wäßrigen Augen des zitternden Mannes. »*Ich* bin alles, was Ihnen noch geblieben ist.«

Schließlich nickte er Ali zu, der Jarvis am Arm packte und ihn vor sich her zur Tür schob. Nachdem die Tür sich hinter den beiden geschlossen hatte, trat Sakol ans Fenster und starrte auf die Wüste hinaus, während Qazi erneut die Geräte auf dem Arbeitstisch inspizierte.

»Gut gemacht, Oberst«, lobte der Amerikaner ironisch.

Qazi nickte zufrieden.

* *
*

»Woher wissen wir«, fragte Ali später Qazi auf dem Korridor, »daß die Spannungen und Stromstärken dieser Geräte die richtigen sind?«

»Deshalb lassen wir Sakol mit Jarvis zusammenarbeiten«, antwortete der Oberst geistesabwesend. »Sakol hat mir versichert, daß Jarvis mit den richtigen Spannungen und Stromstärken arbeitet.«

»Können wir diese Werte nicht mit Hilfe anderer Quellen verifizieren?«

Qazi blieb am Ausgang stehen und drehte sich nach Ali um. Die schwarzen Augen des anderen hielten seinem Blick stand. »Diese Informationen sind bei den Amerikanern als streng geheim eingestuft. Dazu brauchte man das Betriebshandbuch für dieses Waffensystem. Und genau dieses Handbuch gehört zu den am besten gehüteten Geheimnissen der Amerikaner.«

»Folglich müssen wir uns auf Jarvis und Sakol verlassen.«

Qazi setzte sich wieder in Bewegung. »Das wäre in der Tat ein sehr schwacher Strohhalm. Nein, Ali, ich habe eine Quelle, die mir das Handbuch liefern wird.«

»Das habe ich vermutet, Oberst. Und welche Quelle . . .«

»Was ich an dir so schätze, Ali, sind deine Diskretion und dein bedingungsloses Vertrauen. Sieh zu, daß du dir beides erhältst.«

Kapitel 7

Dem alten Mann fiel es schwer, die hohe erste Stufe am Eingang des Busses hinaufzusteigen. Ein junger Mann, der ein schmutziges Unterhemd trug und nach billigem Wein roch, half ihm hinauf. Sein Rücken war krumm, und er bewegte sich langsam und vorsichtig mit Hilfe eines Krückstocks. Eine Frau bot ihm ihren Sitzplatz an. Er sank seufzend auf den angebotenen Sitz. *»Grazie.«* Sein Haar war silbergrau, sein Gesicht wies tiefe Falten auf, und er trug eine Brille mit starken Gläsern. Trotz der Junihitze hatte er einen schwarzen Anzug an, zu dem er abgewetzte Lederhandschuhe trug, die einmal teuer gewesen sein mußten.

Während der Bus sich durch das Geschäftsviertel von Neapel schlängelte, starrte Oberst Qazi aus dem mit einer Schmutzschicht bedeckten Fenster. Die Brille strengte seine Augen an, so daß er sie nach einigen Minuten schloß, als sei er eingenickt. Gelegentlich schrak er hoch, wenn ein Auto hupte oder der Bus abrupt bremste, sah sich blinzelnd um und nickte dann wieder ein. Der Bus fuhr langsam durch die Vororte stadtauswärts.

Qazi hatte mehrere Stunden gebraucht, um sein Haar grau zu färben, und sein Make-up hatte ihn zwei weitere Stunden Arbeit gekostet. Er trug Wattepolster in den Backen, damit sein Gesicht voller wirkte, und seine Vorderzähne verschwanden unter Kronen, durch die sein Gebiß gelblich und unregelmäßig wirkte.

An einer Kreuzung mit einer Allee stieg der Alte als einziger aus. Er sah sich nach allen Richtungen um, betrachtete die Häuserfronten, als sei er sich nicht ganz sicher, in der richtigen Straße zu sein, und ging langsam weiter.

Sekunden später hielt eine Limousine neben ihm, und ein Mann Mitte Vierzig stieg aus dem Fond aus und hielt dem Alten die Tür auf. Er stieg ein, ohne Hilfe zu benötigen, und nahm den Krückstock, auf dem seine Hände ruhten, zwischen die Knie. Der Fahrer wie auch der Mann auf dem Rücksitz sprachen während der Fahrt kein einziges Wort.

Zwanzig Minuten später bog der Wagen von der Landstraße ab und rollte durch ein offenes schmiedeeisernes Tor. Am Ende der fast 100 Meter langen kiesbestreuten Auffahrt erhob sich eine prächtige Villa. Die Limousine hielt hinter dem Gebäude. Der Mann, der hinten gesessen hatte, half Qazi beim Aussteigen und deutete in Richtung Garten.

Ein Mann in weißer Hose und weißem Hemd mit hochgekrempelten Ärmeln pikierte dort Tomatenpflanzen. Er begrüßte Qazi mit einem Nicken und beobachtete, wie der Alte sich auf einem schmiedeeisernen Stuhl mit Sitzpolster niederließ.

»*Buon giorno,* Signore Verdi.«

»Ich freue mich, Sie wiederzusehen, Signore Pagliacci«, antwortete Qazi mit heiserer, leicht brüchiger Stimme.

Der Italiener zog ein großes Taschentuch aus der Hüfttasche und fuhr sich damit über die Stirn. Er war mindestens sechzig und ziemlich füllig, aber nicht ausgesprochen dick. Er schenkte zwei kleine Gläser Weißwein ein, hielt sie hoch und betrachtete den Wein im Gegenlicht. Dann nickte er zufrieden, stellte Qazis Glas auf den Tisch zwischen den Stühlen und nahm ebenfalls Platz.

Qazi trank einen kleinen Schluck. Der Weißwein war trocken und kräftig.

»Haben Sie einen angenehmen Flug gehabt?«

»*Si,* Signore Pagliacci. Die Düsenflugzeuge sind viel bequemer als die früheren Maschinen. Dafür sind die Flughäfen heutzutage schlimmer.«

Pagliacci lächelte höflich und trank einen Schluck aus seinem Glas. Falls er wußte, daß Qazi dreißig Jahre jünger war, als er aussah, hatte er sich in den fünf Jahren ihrer Bekanntschaft niemals etwas anmerken lassen.

»Geht's ihm gut?« fragte der Italiener.

Qazi wußte, daß er von el Hakim sprach. »O ja! Er ist ein Stier. Das machen die Frauen.« Qazi kicherte trocken.

Pagliacci lächelte erneut und fuhr sich mit dem Taschentuch über die Stirn. Er trank schweigend einen Schluck Wein und betrachtete seine Tomatenpflanzen. Seinen Händen und seiner Kleidung nach hätte man ihn für einen Gärtner oder einen im

Ruhestand lebenden Industriekapitän halten können. Pagliacci war jedoch keines von beiden. Er gehörte zu den mächtigsten Mafiosi Süditaliens und hatte ausgezeichnete Verbindungen zum internationalen Kokainhandel. Vier seiner Söhne waren in dieser Branche tätig: zwei in New York, einer in Bangkok und einer – der älteste Sohn – hier in Italien. Qazi hatte die Söhne nie kennengelernt; er zog es vor, direkt mit dem Vater zu verhandeln.

»Er ist einverstanden«, sagte Qazi schließlich, nachdem er einen weiteren Schluck Wein getrunken und sein Glas auf den Tisch zurückgestellt hatte.

»Das habe ich gehofft. Wissen Sie, ich habe viele Freunde, denen ich helfe, so gut ich kann. Auch Ihnen helfe ich, weil Sie mein Freund sind. Man muß sich doch gegenseitig beistehen, nicht wahr?«

»Ganz recht.«

»Und man kann nie genug Freunde haben, auf die man sich in schweren Zeiten verlassen kann, die einen nach Kräften unterstützen. Ah, wir alle haben nicht genug Brüder! Deshalb müssen Freunde als Ersatz dienen – Freunde, die wie Brüder sind und einander helfen.«

»Ich bin so frei gewesen, eine Liste zusammenzustellen«, fuhr Qazi fort. Er zog sie langsam aus der Innentasche seiner Jacke und reichte sie dem Mafioso über den Tisch.

Pagliacci hielt die Liste fast auf Armeslänge von sich entfernt, während er sie überflog. »Bei den Uniformen sehe ich keine Schwierigkeiten. Die Kastenwagen sind natürlich leicht zu beschaffen. Die Hubschrauber . . .«

»Sie müssen betankt und startbereit sein. Nacht für Nacht – die ganzen zehn Tage lang. Und ich kann nicht dafür garantieren, daß sie unbeschädigt zurückkommen.«

Pagliacci schnippte eine Raupe von einer Tomatenpflanze. »Gut, das läßt sich machen«, sagte er schließlich, faltete die Liste zusammen und steckte sie in die Brusttasche seines Hemdes. »Wir können Ihnen helfen. Auch bei der Sache mit dem Telefonzubehör . . .« – er machte eine wegwerfende Handbewegung, um anzudeuten, daß das nur Kleinigkeiten seien – ». . . und den übrigen

Dingen. Aber die Überwachung der Flughäfen in Rom und Neapel? Dafür braucht man viele Leute, die alle entlohnt werden müssen.«

Er rülpste und schenkte sich Wein nach. »Leute für einen ganzen Monat? Und auf beiden Flughäfen ein sicheres Büro und Ausweise, um durch die Sicherheitskontrollen zu kommen? Das alles kostet Geld, viel Geld. Ihr Kokain entschädigt uns für unsere Organisation und Erfahrung, aber Sie können nicht verlangen, daß wir uns Ihretwegen in Unkosten stürzen.« Pagliacci hob die Hände. »Darüber sind wir uns doch wohl einig?«

Qazi hatte nichts anderes erwartet. Der alte Pirat würde versuchen, möglichst viel aus ihm herauszuholen. »Signore Pagliacci, wir wissen Ihre Freundschaft zu schätzen. Was wäre Ihrer Meinung nach ein faires Angebot?«

»Als erstes muß ich wissen, was Sie vorhaben. Welche Risiken gehen wir ein?«

Qazi faltete die Hände auf dem Griff seines Krückstocks. Sie waren gefühllos und fast gelähmt. Beim nächsten Mal mußte er daran denken, die Dosis des Mittels zu halbieren.

»Ich will Ihnen gegenüber ganz offen sein«, fuhr Pagliacci fort, »und Ihnen meine Probleme schildern. Und Sie müssen sie el Hakim darstellen. Sollte es auf einem der Flughäfen zu einem ... Zwischenfall kommen, würden die Behörden meine Leute so unter Druck setzen, daß sie nicht weiterarbeiten könnten.« Wieder eine um Verständnis bittende Geste. »Ich muß ihre Interessen wahren.«

»Das kostet also mehr?« fragte Qazi nüchtern.

»Gewiß. Ich muß für sie sorgen.«

»El Hakim verfolgt mehrere Gegner seines Regimes«, behauptete Qazi. »Er ist unwiderruflich entschlossen, diese Leute auszuschalten, da sie eine Gefahr für unser politisches System darstellen. Wir werden Ihren Beobachtern Fotos dieser Irregeleiteten zur Verfügung stellen. Sobald sie aufgespürt sind, werden sie natürlich liquidiert.« Der Oberst benötigte eine glaubhafte Begründung für seine Anliegen an den Italiener und hatte sich deshalb eine wahrscheinlich klingende Story zurechtgelegt. Das gesamte Flughafenprojekt sollte nur dazu dienen, Pagliaccis Leute abzulenken, während Qazi anderswo beschäftigt war.

»Hier? In Italien?«

»Wahrscheinlich.«

Der Mafioso nannte eine Zahl, die um mindestens 100 Prozent überhöht war, wie beide Männer aus Erfahrung wußten.

Sie diskutierten darüber wie zwei Rentner, die über kürzlich stattgefundene Operationen sprechen – voller Eifer und mit gespieltem Mitgefühl. Pagliacci ging herunter. Qazi ging hinauf. Schließlich einigten sie sich auf einen Kompromiß.

Qazi zuckte entschuldigend mit den Schultern. »El Hakim erwartet eben, daß ich um den Preis feilsche. Sie wissen ja, wie die Araber denken.«

Pagliacci war großmütig. »Niemand zahlt gern zuviel. Und was an einem Ort angemessen erscheint, wirkt manchmal an einem anderen zu teuer. Machen Sie sich deswegen keine Sorgen.«

»Wichtig ist nur, daß wir uns verstehen.« Qazi trank noch einen kleinen Schluck Wein und stellte dann sein Glas ab.

»Wann können meine Freunde in New York mit der ersten Lieferung rechnen?«

»Sie trifft übermorgen als Teil des Kuriergepäcks in unserer Botschaft ein. Ihr Beauftragter sollte in die Botschaft kommen und nach diesem Mann fragen.« Qazi übergab Pagliacci einen Zettel mit einem Namen. Sie vereinbarten ein Erkennungszeichen. »Tut mir leid, daß die Übergabe in der Botschaft erfolgen muß, aber wir dürfen unseren Mann nicht mehr damit auf die Straße schicken. Das ist zu gefährlich geworden.« Das war eine Untertreibung. Würde ein bei den Vereinten Nationen akkreditierter Diplomat, der drei Kilogramm Kokain mit sich führte, in einen Unfall verwickelt oder festgenommen werden, mußte dies zu katastrophalen diplomatischen Konsequenzen führen. Das begriff selbst el Hakim.

»Wir liefern Ihnen am selben Tag jeder zweiten Woche drei Kilogramm reines, unverschnittenes Kokain, bis die vereinbarte Menge erreicht ist. Sollte Ihr Mann an diesem Tag nicht kommen, erwarten wir ihn zwei Tage später. Kommt er auch dann nicht, nehmen wir an, daß er nie mehr kommen wird, und stellen die Lieferungen vollständig ein.« Qazi lehnte sich langsam zurück. »Geld wäre einfacher gewesen.«

Der Mafioso ignorierte diese Anmerkung. Als Qazi sich vor vielen Jahren erstmals hilfesuchend an ihn gewandt hatte, hatte Pagliacci auf Bezahlung mit Kokain bestanden. Geld war nebensächlich – eine Dreingabe zur Entlohnung der »Soldaten« vor Ort.

»Jetzt muß ich zu el Hakim zurück und ihm mitteilen, daß auch Geld benötigt wird.« Das hatte Qazi auch bei anderen Gelegenheiten gesagt. Beide Männer wußten, daß dies nur eine Proforma-Erklärung war.

»Er wird es verstehen. Ich habe große Achtung vor ihm.«

»Ich schlage vor, daß wir Ihnen das Geld bei der Übergabe des Materials zahlen.« Qazi lächelte entschuldigend. »Das hat nichts mit Ihnen oder unseren Beziehungen zu tun, die sich seit langem zur gegenseitigen Zufriedenheit bewährt haben, aber ich bin von el Hakim dazu verpflichtet worden.«

Pagliacci nickte wortlos. Auch auf diesem Punkt bestand sein Geschäftspartner jedesmal.

Qazi erhob sich mit Hilfe seines Krückstocks. »Signore Pagliacci, ich grüße Sie. Sie sind ein Mann voller Weisheit und Diskretion.« Er sah sich langsam um, betrachtete das Gras, die hohen Palmen und den Olivenhain, der den Abschluß der Rasenfläche bildete. »Ein schönes Fleckchen Erde. So friedlich.«

»Der ideale Ruhesitz für einen alten Mann wie mich. Seitdem meine Frau gestorben ist ...« Er bekreuzigte sich. »... und die Kinder eigene Familien gegründet haben, bleiben mir nur noch die Freuden alter Männer. Und der Sommer ist nicht allzu freundlich zu meinen Tomaten. Aber ich jammere wie alle alten Männer, stimmt's?«

»*Arrivederci.* Bis zum nächsten Mal.«

Die beiden Männer schüttelten sich zum Abschied die Hand, und Qazi humpelte zu der bereitstehenden Limousine.

* *
*

Als Jake ins Geschäftszimmer kam, saß einer der Bombenschützen der A-6-Staffel auf dem Stuhl neben Farnsworths Schreibtisch. Jake versuchte vergeblich, sich an seinen Namen zu erinnern. Er war zu weit von dem jungen Mann entfernt, um das lederne Namensschild auf seiner Fliegerkombi lesen zu können. »Was können wir für Sie tun?«

»Ich muß Sie sprechen, Sir.«

Farnsworth nickte zu dem in der Nähe der Tür aufgehängten Helm hinüber. Als Jake ihn nach vorn kippte, fiel ihm ein glänzendes Metallabzeichen in die Hand: Marinefliegerschwingen. Auf dem angeklebten Papierstreifen stand ein Name. Leutnant Reed.

»Kommen Sie lieber mit in mein Büro.« Jake ging voraus.

Als sie die Tür hinter sich geschlossen hatten und beide saßen, warf Jake das Pilotenabzeichen mitten auf seinen Schreibtisch.

»Okay.«

Reed schluckte mehrmals und fuhr sich mit der Zungenspitze über die Lippen. Er war Mitte Zwanzig und hatte kurzgeschnittenes blondes Haar. Seine Züge waren so ebenmäßig, als seien Augen, Nase, Lippen und Kinn sorgfältig ausgewählt worden, damit sie eine attraktive Kombination ergaben. Auf seiner Stirn war ein dünner Schweißfilm sichtbar. »Mad Dog Reed« stand auf seinem Namensschild.

Jake zog die untere Schreibtischschublade heraus und stellte die Füße darauf. Seine Gier nach einer Zigarette war so stark, daß er beide Hände in die Hosentaschen steckte. »Worum geht's also?«

»Ich möchte mein Pilotenabzeichen zurückgeben.«

Jake grunzte und starrte seine Schuhspitzen an.

»Sie wissen doch . . .«

»Ich weiß gar nichts!«

»Nun, Sie haben gesagt, wir sollten unser Pilotenabzeichen abliefern, wenn wir das Gefühl hätten, dort oben nicht mehr unser Bestes geben zu können. So ist mir zumute«, sagte der Leutnant entschuldigend. Als Grafton keine Antwort gab, fügte er hinzu: »Ich halte diesen ganzen Scheiß einfach nicht länger aus.«

»Haben Sie zufällig einen Personalcomputer an Bord mitgebracht?«

»Ja, Sir.« Reed lebte sichtlich auf. »Ich erledige damit den ganzen Papierkram und schreibe sogar selbst Programme.«

Jake nickte nachdenklich. Heutzutage hatte fast jeder der jüngeren Offiziere einen Computer in seiner Kabine stehen. Die Fliegerei war so von Wettbewerbsdenken geprägt, daß man fast eine Ingenieurausbildung brauchte, um eine der wenigen Planstellen zu ergattern. Das führte dazu, daß die heutigen Besatzungen aus den besten Collegeabsolventen bestanden: intelligenten jungen Männern, die fast unmöglich in der Navy zu halten waren. Über die Hälfte von ihnen lehnten Weiterverpflichtungsprämien von bis zu 50000 Dollar ab und schieden nach Ablauf ihrer ersten Verpflichtungszeit aus.

»Aha«, murmelte Jake.

»Ich habe mein Abschiedsgesuch bereits eingereicht, aber meine Verpflichtungszeit läuft erst in einem halben Jahr ab. Ich finde einfach, daß ich nicht weiterfliegen sollte, wenn ich nicht mit dem Herzen dabei bin.« Reeds Worte klangen sorgfältig überlegt – respektvoll, aber nicht entschuldigend.

Jake überlegte, was er sagen sollte. »Woher haben Sie den Spitznamen Mad Dog?«

Der junge Mann errötete. »Den verdanke ich einer großen Party in Breezy Point.« Breezy Point war der Offiziersclub der NAS Norfolk. »Ich hatte zuviel getrunken und . . . muß mich wohl ziemlich aufgeführt haben. Als der Standortkommandant am nächsten Tag bei der Staffel angerufen hat, um sich zu beschweren, hat der Skipper ihm erklärt, ich sei eben ein verrückter Hund.«

Der Chef der A-6-Staffel war John Majeska. »Was hält Fregattenkapitän Majeska von Ihrer Idee?«

»Nun, Sir, er und ich fliegen zusammen, und ich habe die Sache mit ihm besprochen.«

»Und?«

Die Tür wurde aufgerissen, und Farnsworth steckte den Kopf herein. »Sie müssen sich umziehen, CAG. In zehn Minuten beginnt Ihre Einsatzbesprechung für einen Bomber mit Fünfminutenbereitschaft. Bei der A-6-Staffel.« Er sah zu Reed hinüber.

Jake stand auf. »Reed, Sie sind heute nacht mein Bombenschütze. Wir sehen uns in zehn Minuten bei der Einsatzbesprechung.«

»Aber, Sir ...«

»Kein gottverdammtes Aber, Reed. In zehn Minuten. Und jetzt verschwinden Sie, damit ich mich umziehen kann.«

* *
*

Jake kletterte zuerst über die Leiter ins Cockpit. Er kontrollierte seinen Schleudersitz, zog die Sicherungsstifte heraus, zählte sie, verstaute sie und ließ sich dann in den Sitz gleiten. Der Flugzeugwart hastete hinter ihm her, um ihm beim Anschnallen zu helfen. Reed war bereits dabei, sich rechts neben Jake auf dem Platz des Bombenschützen und Navigators anzuschnallen. Im Gegensatz zu den meisten Militärmaschinen mit Tandemsitzanordnung hatte die A-6 die beiden Sitze nebeneinander, obwohl der BN etwas weiter hinten und tiefer als der Pilot saß.

Grafton betätigte Knöpfe und Schalter, um die Intruder startklar zu machen. Alle Lichter und Cockpitanzeigen leuchteten auf, als der Bomber über das Elektrokabel mit Strom versorgt wurde. Jake schaltete die beiden Funkgeräte der A-6E ein und beobachtete, wie Reed seinen Computer und das Trägheitsnavigationssystem betriebsklar machte. Zuletzt gab er dem vor der Maschine stehenden Flugdecksbootsmann das Okay-Zeichen, indem er den linken Daumen hochreckte. Der Bootsmann hielt eine Hand schützend vor das Sprechfunkgerät und meldete der Leitstelle, daß der Alarmbomber startklar war. Der Flugzeugwart schloß die Haube und klappte die Pilotenleiter in den Rumpf ein.

Jetzt saßen die beiden Männer im Cockpit. Sie würden zwei Stunden so sitzen bleiben, bis sie von der nächsten Besatzung abgelöst würden. Wenn die Alarmflugzeuge nicht starteten, war das sehr langweilig – eine typische militärische Übung, die Eile und Warten kombinierte.

Jake begutachtete das Cockpit, als säße er auf dem Fahrersitz eines altvertrauten Kraftfahrzeugs. Seitdem er das Muster A in

Vietnam geflogen hatte, hatte die 6E sich erheblich verändert. Die Such- und Verfolgungsradargeräte der A-6A waren durch ein Gerät ersetzt worden, das beide Funktionen übernahm. Der Computer mit rotierender Walze war einem in Festkörperbauweise gewichen, der nur selten ausfiel. Auch das alte Trägheitsnavigationssystem war durch ein neues ersetzt worden, das genauer und zuverlässiger arbeitete.

Über dem Radarschirm des Bombenschützen und Navigators befand sich der kleine Bildschirm der nach vorn gerichteten Infrarotkamera, die vor der Klappe fürs Bugrad in einem Turm unter dem Rumpf saß. Ebenfalls darin untergebracht war ein Laserzielerfassungsgerät, das die Besatzung jedoch bei der gegenwärtigen Bewaffnung der Maschine nicht brauchen würde.

Jake stellte die Cockpitbeleuchtung etwas schwächer und sah zu den anderen Flugzeugen und den mit unbekannten Aufträgen übers Flugdeck gehenden Männern um. Es fiel ihm schwer, die Umrisse der anderen Maschinen und die Farben der Sweatshirts des Deckpersonals zu unterscheiden. Er kniff die Augen zusammen. Selbst das Scheinwerferlicht von der Insel aus schien nicht viel zu helfen.

Wir stehen nur in Bereitschaft, sagte er sich. Wir starten heute nacht nicht. Er atmete tief ein und aus und versuchte, sich zu entspannen.

»Weshalb wollen Sie also Ihre Schwingen zurückgeben?« fragte er Reed über die Bordsprechanlage, während er beobachtete, wie sich auf der Plexiglashaube kleine Regentropfen ansammelten.

»Ich hab' Nachtstarts satt«, antwortete Reed schließlich. »Ich hab's satt, durch den Himmel zu rasen und meinen Hals für nichts und wieder nichts zu riskieren. Ich will auf die Universität zurück, um Betriebswirtschaft zu studieren, und sehe nicht ein, weshalb ich warten soll, bis Uncle Sam mich verabschiedet.«

Jake beobachtete, wie sich an einer Stelle die kleinen Regentropfen zu einem großen Tropfen vereinigten, der dann langsam nach unten lief.

»Was haben Sie nach Abschluß Ihres Studiums vor?«

»Keine Ahnung. Bei irgendeiner Firma arbeiten, schätze ich. Geld verdienen.«

»Wollen Sie das wirklich? Jeden Tag von neun bis siebzehn Uhr, jeden Tag denselben Scheiß, bis Sie eines Tages endlich Ihre Rente kriegen?«

»Das Geschäftsleben kann nicht so beschissen wie die Navy sein. Schließlich müssen dort Gewinne gemacht werden.«

Jake hörte eine Zeitlang der fliegenden Hawkeye zu, die auf der Einsatzfrequenz mit dem Schiff sprach. Nur noch zehn Tage bis Neapel. Er fragte sich, wo er jetzt wäre und was er tun würde, wenn er nach Vietnam die Navy verlassen hätte. Hätte er schon vor Jahren ausscheiden sollen? Der Gedanke an die lange Zeit, die er von seiner Frau Callie getrennt gewesen war, deprimierte ihn. Und seine Eltern wurden alt und gebrechlich, ohne daß ihr ältester Sohn sich um sie hätte kümmern können. Wirklich schade, daß Callie und er keine Kinder bekommen hatten, obwohl sie sich weiß Gott welche gewünscht hatten.

Vielleicht wird's für mich auch allmählich Zeit, dachte er. Mit zweiundvierzig Jahren und schlechter werdenden Augen sollte ich vielleicht heim zu Callie. Er dachte an sie – wie sie aussah, wie sie sich anfühlte, wie sie sprach und wie sie duftete – und hatte große Sehnsucht nach ihr.

»Shotgun fünf-null-zwo, hier Strike. Seid ihr wach?«

Jake fuhr zusammen. Er nahm die Sauerstoffmaske von seinen Knien und hielt sie sich vors Gesicht. »Battlestar Strike, Shotgun fünf-null-zwo ist einsatzbereit.«

»Schalten Sie den Scrambler ein.«

»Verstanden.« Jake betätigte die Schalter. Als der Synchronisationston verstummte, meldete er sich erneut bei Strike.

»CAG, wir verfolgen seit heute abend den Kurs von sechs Booten – anscheinend Fischerboote – vor der libanesischen Küste. Vor drei Minuten hat eines davon in unsere Richtung abgedreht und seine Fahrt wesentlich erhöht. Falls es nicht binnen zwei Minuten seinen Kurs ändert, starten wir Sie. Halten Sie sich bereit, seine Position mitzuschreiben. Kommen.«

Jake sah zu Reed hinüber. Der Leutnant saß untätig da und

wirkte leicht benommen. Jake drückte auf den Sprechknopf der Bordsprechanlage. »Schreiben Sie die Position mit, Mr. Reed, und geben Sie sie in den Computer ein.«

Reed zog einen Kugelschreiber aus der Ärmeltasche seiner Fliegerkombi und fragte Strike nach den Koordinaten. Jake zog seine Körpergurte fester, ohne zu merken, was er tat.

»Ich habe den Kurs zum Ziel, CAG«, meldete Reed.

Jake warf einen Blick auf die Anzeige. Nur 65 Kilometer. Die Kampfgruppe steht zu dicht vor der verdammten Küste! Dieser Kerl ist schon fast hier, obwohl er eben erst losgefahren ist. Welche Waffen er wohl an Bord hat? Jake sah auf den Kurskreisel. Der Flugzeugträger lief nach Südwesten von der Küste weg. Das war immerhin gut. Aber das Schiff würde zum Start in den Nordwind drehen müssen und sich dadurch nicht weiter von dem aus Osten kommenden Boot entfernen. Er spürte, wie seine Magennerven sich verkrampften.

»Die fünf Alarmmaschinen starten!« plärrte der Decklautsprecher. »Die fünf Alarmmaschinen starten!«

Jake hörte, wie der Flugzeugschlepper ansprang; das Druckluftgerät lief auf Hochtouren. Die Katapultbedienungen kamen aus dem Laufgang und rannten zu den beiden noch gesicherten Tomcats. Der kleine, stämmige Kowalski dirigierte seine Männer durch Handzeichen. Einige lösten die Spannketten des Hubschraubers, dessen Rotorblätter sich bereits drehten. Jake fühlte, wie das Schiff sich nach Backbord neigte, während es auf Steuerbordkurs in den Wind drehte.

Der Flugzeugwart ließ seinen erhobenen Zeigefinger kreisen, um Jake das Zeichen zum Anlassen der Triebwerke zu geben. Jake drückte auf den Anlaßknopf und bewegte den rechten Leistungshebel in Leerlaufstellung nach vorn, als zehn Prozent Drehzahl angezeigt wurden. Das Triebwerk zündete leise pfeifend, und die Drehzahl stieg langsam an.

Beide Triebwerke liefen im Leerlauf, als der Rettungshubschrauber abhob und die beiden Tomcats auf die bereitstehenden Katapultlaufkatzen zurollten. Hinter den Jägern wurden die großen Metallklappen der Strahlabweiser in einem Winkel von 50

Grad hochgestellt. Diese Klappen würden den Abgasstrahl der F-14 auf den Katapulten über die hinter ihnen startbereit stehenden Maschinen hinweg ablenken.

Der Taxidirektor winkte Jake mit seinen gelben Leuchtstäben zu sich heran. Er löste die Feststellbremse und schob die Leistungshebel etwas nach vorn. Die Intruder begann zu rollen. Jake trat probeweise auf die Bremse, fühlte die Verzögerung und nahm die Füße wieder von den Pedalen. Er betätigte den Knopf für die Bugradsteuerung am Steuerknüppel und folgte den Zeichen des Taxidirektors zum Katapult 3.

Der Jäger auf 3 hatte jetzt den Nachbrenner eingeschaltet, so daß aus beiden Triebwerksauslässen weißglühende Abgasstrahlen schossen. Sie erhellten das Flugdeck und ließen alle Männer und Gegenstände schwarze Schlagschatten werfen. Während die Intruder in den Wirbeln der Abgase erzitterte, erreichte das Röhren der Triebwerke der F-14 Jakes Ohren selbst unter seinem schalldichten Helm. Die Positionslichter der Tomcat wurden eingeschaltet. Sekunden später beschleunigte das Katapult den Jäger, während der Strahlabweiser wieder abgeklappt wurde. Die beiden Abgasstrahlen kippten in Richtung Meeresspiegel, als der Pilot die F-14 steil hochzog. Inzwischen hatte der Katapultoffizier den Jäger auf 4 im Nachbrenner und schickte dann die zweite Tomcat in die Nacht hinaus.

Ein Waffenwart in rotem Sweatshirt hielt die roten Sicherungsflaggen der Waffen hoch, damit Jake sehen konnte, daß er sie entfernt hatte, und der Mann in gelbem Hemd winkte ihn nach vorn zum Katapult. Während die A-6 anrollte, bestätigte Jake dem Waffenwart mit erhobenem Daumen, daß er die Flaggen gesehen hatte, gab dasselbe Zeichen, als ein Mann in grünem Hemd ihm eine Tafel mit seinem Startgewicht entgegenhielt, und brachte sein Flugzeug durch kleine seitliche Richtungsänderungen genau vor der Katapultlaufkatze zum Stehen. Diese Truppe von Männern in verschiedenfarbenen Hemden, die sich zwischen den Flugzeugen zu schaffen machte, wirkte auf den ersten Blick chaotisch, aber die Schritte und Gesten jedes Mannes waren präzise choreographiert, genau aufeinander abgestimmt.

Noch bevor Jake Zeit hatte, sich Gedanken wegen seiner offenbar schlimmer gewordenen Nachtblindheit zu machen, rollte er langsam auf die Laufkatze zu. Tragflächen abgeklappt und verriegelt, Klappen in Startstellung, Sturzflugbremsen ausgefahren, Stabilisator eingestellt, Trimmung überprüft, Feststellbremse aus – diese Litanei sagte er auf, während er die letzten Zentimeter rollte, bis er den kleinen Stoß spürte, mit dem das Bugrad von einer querliegenden Metallstange aufgehalten wurde. Danach fühlte er einen leichten Ruck, als die Laufkatze hydraulisch ein Stück weit nach vorn bewegt wurde, bis der Kontakt von Metall zu Metall hergestellt war.

Jake nahm die Füße von den Bremspedalen, schob beide Leistungshebel bis zum Anschlag nach vorn und umklammerte den Katapultgriff, einen Hebel, der ein unbeabsichtigtes Verstellen der Leistungshebel durch die schlagartig einsetzende Katapultbeschleunigung verhinderte.

Die Triebwerke erreichten aufheulend ihre volle Startleistung. Abgastemperatur, Drehzahl, Treibstoffzufuhr, Öldruck – sämtliche Werte waren normal.

Während die A-6 bei vollem Startschub erzitterte, schaltete Jake die Positionslichter ein und legte seinen Kopf gegen die Kopfstütze. Sein Blick war auf das grüne Licht vor dem Leitstand des Startoffiziers über dem Backbordlaufgang gerichtet. Jetzt erlosch das Licht – der Katapultoffizier hatte den Startknopf gedrückt.

Großer Gott, jetzt geht's wieder los! Die Beschleunigung preßte ihn in seinen Sitz; die Deckkante schien auf ihn zuzurasen und blieb dann unter ihm zurück. Sobald die Beschleunigung nachließ, drückte Jake den Fahrwerkhebel nach oben und behielt 8 Grad Steigen bei. Die Variometernadel zeigte seine Steiggeschwindigkeit an, und der Höhenmesser begann zu reagieren. Keine Warnleuchten.

Wieder ein Start geschafft.

Kapitel 8

»Shotgun fünf-null-zwo ist gestartet.«

»Radarkontakt. Ihr Squawk ist eins-drei-null-zwo. Ihr Kurs zum Oberflächenziel ist null-neun-fünf Grad. Schalten Sie auf Strike um.«

»Transponder ein, schalte um.« Reed schaltete auf das zweite Funkgerät um, das bereits auf die Strike-Frequenz eingestellt war. Jake meldete sich erneut.

»Shotgun fünf-null-zwo, Ihr Kurs zum Oberflächenziel ist null-neun-acht Grad. Überfliegen Sie das Ziel zur Identifizierung in zweitausend Fuß und erstatten Sie Meldung. Meiden Sie die libanesische Dreimeilengrenze. Kommen.«

»Wird ausgeführt.«

Bei 180 Knoten TAS fuhr Jake die Klappen und Sturzflugbremsen ein und konzentrierte sich darauf, die A-6 unter den sich ändernden aerodynamischen Verhältnissen zu fliegen. In 2000 Fuß ging er auf Kurs und beschleunigte weiter auf 400 Knoten TAS. »Schalten Sie die Infrarotkamera ein, Reed. Die werden wir bald brauchen.« Jake schaltete seine Positionslichter aus. Es hatte keinen Zweck, irgendeinem Schießwütigen ein beleuchtetes Ziel zu bieten.

»Ich habe das Ziel, CAG. Unser Kurs ist gut.«

Der BN hatte den Infrarotschirm über seinem Radarschirm vor sich, und beide befanden sich unter einer zusammenfaltbaren schwarzen Haube, die Schutz vor Nebenlicht bot. »Dieser Dunst beeinträchtigt das Infrarot, CAG. Wenn wir tiefer gehen würden ...«

»Strike, Shotgun überfliegt das Ziel zur Identifizierung in tausend Fuß.«

»Verstanden.«

Jake drückte die Nase des Flugzeugs nach unten. Nur noch knapp 30 Kilometer. »Sind Sie soweit, Dog?«

»Äh ... Ja ... Das Ziel ist leicht zu erkennen. Unser Gerät

arbeitet einwandfrei.« Reed veränderte die Bildschirmdarstellung etwas, ohne den Kopf unter der Haube hervorzunehmen, während Jake den Radarhöhenmesser so einstellte, daß bei Unterschreiten von 800 Fuß ein akustisches Warnsignal ertönen würde.

»Haben Sie das ECM eingeschaltet?« Jake konnte sehen, daß die ECM-Instrumententafel noch unbeleuchtet war.

»Scheiße, das hab' ich vergessen!«

Reed schaltete das ECM-System ein. Die Geräte würden einige Zeit brauchen, um warm zu werden. Grafton nahm die linke Tragfläche nach unten. »Strike, Shotgun fliegt einen drei-sechzig, bis alle Systeme arbeiten.«

»Tut mir leid, CAG«, sagte Reed zerknirscht. »Das hab' ich glatt übersehen.« Er überprüfte nochmals sämtliche Schalter. Jake kontrollierte die Aus-Stellung des Hauptschalters, mit dem sämtliche Waffen scharfgemacht werden konnten, und konzentrierte sich danach wieder auf die Symbole auf dem Analog Display Indicator (ADI), einem vor ihm in der Mitte der Instrumententafel befindlichen Bildschirm. Dieses Gerät, das den Vertical Display Indicator der A-6A ersetzt hatte, lieferte dem Piloten sämtliche Informationen, die er brauchte, um die Maschine fliegen zu können. Am oberen Bildschirmrand bewegte die Kursanzeige sich von links nach rechts, während das Flugzeug einen Vollkreis flog.

Als Jake wieder auf Kurs ging, war das ECM betriebsklar und warnte sie akustisch und optisch vor einem X-Band-Radar genau vor ihnen. Jake stieß zwei Bündel Düppel aus und erreichte damit, daß die Warnsignale verschwanden. »Welches Gerät der anderen arbeitet auf dem X-Band, Reed?«

»Äh . . .«

»Warum wissen Sie das nicht, verdammt noch mal? *Sie* müßten diesen Scheiß wissen, Kid!«

Noch 15 Kilometer. Reed stellte das Infrarotbild schärfer ein.

Bei diesem Dunst bekommen wir das Boot aus dieser Höhe nie mit Infrarot zu sehen, überlegte Jake sich und ging tiefer, während er zugleich beschleunigte. Er stellte den Radarhöhenmesser so ein, daß das Warnsignal bei 450 Fuß ertönen würde, und ging in 500 Fuß Höhe mit 490 Knoten TAS in den Horizontalflug über.

Noch acht Kilometer. Das Flugzeug wirkte schwerfällig, weil es noch vollgetankt war.

»Der Kerl dreht wahrscheinlich ab, Reed.«

Der BN konzentrierte sich wieder auf seinen Bildschirm und verschob mit einer Hand den Cursor. »Er dreht nach links ab.« Jake korrigierte seinen Kurs leicht nach links.«

»Ich sehe ihn«, meldete Reed. Das Radargerät erfaßte sie erneut. Jake stieß weitere Düppelwolken aus. Diesmal ließ das Radar sie nicht mehr los.

»Ich sehe keine Raketen.«

»Ich auch nicht«, bestätigte Jake.

»Das Boot hat irgend etwas an Deck, aber es ist mit einer Plane abgedeckt und nicht zu erkennen.« Reeds Stimme klang frustriert.

Jake betätigte den unteren roten Knopf an seinem Steuerknüppel mit dem kleinen Finger, brachte so die ADI-Symbole zum Verschwinden und hatte nun das Infrarotbild vor sich.

Da war das Boot! Sie überflogen es gerade und hatten es senkrecht unter sich. An Deck befand sich tatsächlich etwas unter einer dunklen Plane, aber auch Jake konnte nicht erkennen, was es war. Noch während er es anstarrte, veränderte sich die Perspektive, weil der Kameraturm unter dem Bug sich drehte, um das Ziel weiter zu erfassen. Das Boot schien jetzt auf dem Kopf zu stehen, als fliege die A-6 einen Looping.

Das Warnsignal des Radarhöhenmessers erklang. Jake warf einen Blick auf den Kurskreisel. Er hatte die Rumpfnase unabsichtlich gesenkt. Er nahm seinen Finger von dem Knopf am Steuerknüppel und richtete den Rumpfbug nach dem wieder auf dem ADI erscheinenden künstlichen Horizont aus.

Jake meldete Strike über Funk, was sie gesehen hatten. Bestimmt hörte auch Cowboy Parker diese Meldung mit, die ihn nicht freuen würde. Nach den von Washington diktierten Vorschriften für Seegefechte durfte der Admiral Waffen nur zur Selbstverteidigung einsetzen. Und das Pentagon legte diese Bestimmung gegenwärtig so aus, daß amerikanische Schiffe erst das Feuer eröffnen durften, wenn sie beschossen wurden. Man konnte also nur hoffen, daß die Schurken schlecht zielen würden – eine schwache Hoffnung, die den Politikern aber zu genügen schien.

»Das Boot steuert wieder seinen ursprünglichen Kurs«, meldete Reed. Der Admiral ließ zweifellos seine Zerstörer und Fregatten auf Kollisionskurs gehen, um den Eindringling von dem Flugzeugträger fernzuhalten.

»Shotgun fünf-null-zwo, hier Strike. Wir haben eben eine weitere A-6 gestartet. Werfen Sie inzwischen eine Leuchtbombe und versuchen Sie, das Ziel optisch zu identifizieren.«

Im Klartext bedeutet das, überlegte Jake sich grimmig, daß der Admiral uns als Köder benutzen will, um zu sehen, ob der Schweinehund das Feuer eröffnet. »Wird ausgeführt.«

Reed drehte den Sicherheitskragen auf Station zwei und betätigte den Stationswahlschalter. Danach stellte er den Auslösemechanismus für den Abwurf einer Fallschirmleuchtbombe ein. Jake ging auf Gegenkurs. Er beschloß, die Leuchtbombe aus 1000 Fuß zu werfen, um etwas mehr Zeit für genauere Beobachtung zu haben, während sie an ihrem Fallschirm aufs Meer hinabsank.

Eine Minute von dem Boot entfernt, betätigte er den Waffenhauptschalter, durch den ein elektrischer Kontakt geschlossen wurde. Jetzt fiel die Leuchtbombe, sobald Jake auf den gurkenförmigen Knopf am Steuerknüppel drückte. »Wir werfen die Bombe ungefähr fünfhundert Meter vor das Boot«, erklärte er Reed. »Sagen Sie mir, wann's soweit ist.«

»Verstanden.« Reeds Kopf blieb unter der Haube, während er das Ziel in der Mitte des Radarschirms hielt.

Die X-Band-Warnung ertönte. Jake ignorierte sie und blieb auf Kurs.

»Achtung!« sagte Reed. »Fertig . . . los!« Jake löste die Leuchtbombe aus. Sekunden später flammte hinter und unter ihnen grellweißes Licht auf. »Strike, die Leuchtbombe brennt«, meldete Jake, während er in einer weiten Spirale tiefer ging.

Er durchstieß die dünne Wolkendecke einige Sekunden vor der Fallschirmleuchtbombe. Das nackte weiße, mit 10000 Kerzenstärken brennende Licht wurde von dem schwarzen Meer und den dunklen Wolkenfetzen darüber reflektiert. Jetzt war das Boot deutlich zu sehen.

Jake begnügte sich mit gelegentlichen Blicken in die Tiefe, während er laufend Flughöhe und Fluglage kontrollierte. Unter dieser künstlichen Sonne, die die Sinneseindrücke verfälschte und einem schwindlig machte, konnte es verdammt leicht passieren, daß man ins Meer flog.

»Sehen Sie irgendwelche Waffen, Reed?« fragte Jake, während er sich auf die Beibehaltung von Höhe und Fluglage konzentrierte und gegen die Versuchung ankämpfte, in den Rückenflug überzugehen, um den Flugzeugrumpf zwischen sich und der Leuchtbombe zu haben.

»Nein, keine.« Reeds Kopf blieb unter der Haube. Er starrte auf den IR-Bildschirm und benützte die stärkste Vergrößerung, durch die er weit mehr sah, als Jake mit bloßem Auge erkennen konnte.

Die Fallschirmleuchtbombe befand sich jetzt unter ihnen, so daß Jakes Schwindelgefühle verschwanden. Er kreiste weiter und beschränkte sich auf gelegentliche Blicke. Dann betätigte er den Umschalter am Steuerknüppel, betrachtete das IR-Bild und sah zwischendurch immer wieder auf seine Instrumente.

»Strike, hier Shotgun«, sagte Jake. »Das Oberflächenziel hat etwas an Deck, das wir nicht identifizieren können. Waffen sind keine zu sehen. Es kommt weiter auf Sie zu.«

»Richtig.« Auch das Schiffsradar hatte das Ziel inzwischen erfaßt. »Werfen Sie eine weitere Leuchtbombe.«

Während Jake die A-6 hochzog, bereitete Reed den Abwurf der nächsten Leuchtbombe vor. Aber damit ließen die Probleme des Admirals sich nicht lösen. Falls das Boot eine Lenkwaffe zur Bekämpfung von Schiffszielen an Bord hatte und bis auf Abschußentfernung an die Trägerkampfgruppe herankam, würden die Maschinenkanonen des Typs Phalanx, mit denen der Flugzeugträger bewaffnet war, die Rakete abschießen müssen. Diese automatisierten Maschinenkanonen wurden von Computern gerichtet; jede von ihnen jagte der anfliegenden Lenkwaffe pro Sekunde 50 sehr schwere Geschosse entgegen.

Hoffentlich funktionieren sie! sagte Jake sich. Er wußte, daß Cowboy Parker ähnliche Gedanken durch den Kopf gingen, während er die NTDS-Darstellungen anstarrte, seine Abwehrmöglichkeiten überdachte und Einsatzbefehle gab. Männer – viele Männer mit Müttern und Frauen oder Freundinnen –, Flugzeuge, Kanonen und Lenkwaffen waren in die grauen Schiffe auf diesem dunklen Meer gepackt. Und Vizeadmiral Earl Parker war der für sie alle verantwortliche Offizier. Schießen oder nicht schießen? Gerechtfertigt oder ungerechtfertigt? Sekundenschnell getroffene Entscheidungen würden wochenlang von Männern abgewogen werden, die in ihrem ganzen Leben noch keine Entscheidung über Leben oder Tod zu treffen gehabt hatten – von Politikern, die eifrig Presseberichte verfolgten und um die Gunst ihrer Wähler buhlten.

Als die zweite Leuchtbombe brannte, ging Jake erneut vorsichtig tiefer und umkreiste das Boot wie beim ersten Mal in 500 Fuß Höhe in über fünf Kilometer Abstand. Er war weit genug entfernt, um außerhalb des gleißend hellen Lichts und somit für die Bootsbesatzung unsichtbar zu sein.

Das Boot hielt weiter auf die Trägerkampfgruppe zu.

Jake tastete nachdenklich nach dem Schalter für den Treibstoffschnellablaß der Flügeltanks, kontrollierte den Stand der kleinen Nadel der Treibstoffanzeige und betätigte dann den Schalter. Er beobachtete die Anzeige, während 1500 Liter Treibstoff abgelassen wurden, und hörte mit, wie die inzwischen gestartete zweite A-6 in eine Warteposition dirigiert wurde. Als der Treibstoff abgelassen war, schloß Jake die Ablaßventile. Ohne Treibstoff in den Flügeltanks war seine Maschine wendiger und weniger gefährdet, falls ein Flaktreffer durch einen der Flügel ging.

»Kann's losgehen?« fragte er Reed.

»Was denn?«

Jake schaltete seine Positionslichter ein. Er flog eine enge Kurve mit 4 g und raste auf das Boot zu. Das Warnsignal des Radarhöhenmessers ertönte. Aber Jake hatte keine Zeit, die Einstellung zu verändern.

Die A-6, deren Leistungshebel bis zum Anschlag nach vorn

geschoben waren, sank auf 400, dann auf 300 Fuß. Drei Kilometer von dem Boot entfernt, ging Jake in 200 Fuß in den Horizontalflug über. Über ihnen strahlte das grelle Licht der Magnesiumleuchtbombe.

Von dem Boot aus raste ihnen eine Kette von Leuchtspurgeschossen entgegen. »Sie schießen!« rief Reed mit ungläubigem Erstaunen.

Jake kippte das Flugzeug nach rechts und schaltete mit der linken Hand die Lichter aus. Dann zog er die Maschine in einer Steilkurve hoch. Die Bahn der Leuchtspurgeschosse hob sich, als der Schütze zu korrigieren versuchte. Bei der Waffe handelte es sich vermutlich um eine Maschinenkanone mit 20 mm Kaliber.

Die Leuchtspurgeschosse griffen nach ihnen und zischten dicht unter dem Flugzeug vorbei. Jake flog einen Immelmann-Turn, um möglichst schnell von dem Boot und der MK wegzukommen.

Der MK-Schütze gab eine Serie kurzer Feuerstöße mit je fünf bis sechs Geschossen ab. Sein Feuer lag gut, sogar verdammt gut!

Jake drückte den Steuerknüppel nach vorn, und sie hingen unter negativer Beschleunigung in ihren Gurten, während die Leuchtspurgeschosse übers Cockpit hinweggingen. Als die nächste Feuerpause eintrat, zog er den Steuerknüppel nach hinten und ging mit 4 g in den Steigflug über, um in den Wolken zu verschwinden.

»Sie schießen!« meldete Reed aufgeregt über Funk. Seine Stimme war eine halbe Oktave höher als zuvor.

Jetzt waren sie in den Wolken, die das grelle Licht der Leuchtbombe von unten erhellte.

Jake stieg weiter. »Na?« fragte er seinen Bombenschützen.

»Das ist kein Fischerboot, verdammt noch mal!«

»Battlestar Strike, hier Shotgun. Das Oberflächenziel, das eine Art Schnellboot zu sein scheint, hat uns mit Leuchtspur beschossen. Sonstige Waffen sind nicht zu erkennen gewesen, aber es hat ein X-Band-Radar an Bord, das es gelegentlich benützt. Beschossen worden sind wir vermutlich mit einer Maschinenkanone mit zwanzig Millimeter Kaliber – wahrscheinlich mit einem optischen Nachtvisier. Kommen.«

»Verstanden. Ihr Kurs ist eins-acht-null Grad.«

Jake nahm die Leistungshebel zurück und ging in 3000 Fuß in den Horizontalflug nach Süden über.

»Glauben Sie, daß wir sie bombardieren müssen?« erkundigte Reed sich.

»Vermutlich«, antwortete Grafton. Seiner Überzeugung nach blieb dem Admiral kaum eine andere Wahl, wenn er das Boot nicht durch Geschützfeuer versenken lassen wollte. Und mit jeder Seemeile, die das Boot der Trägerkampfgruppe näher kam, vergrößerte sich die Gefahr eines Lenkwaffenangriffs auf eines ihrer Schiffe.

Dreißig Kilometer südlich des Ziels flog Jake eine Kehrtkurve, während Reed sich davon überzeugte, daß das Boot noch im Fadenkreuz des Computers lag. Es lief unbeirrt weiter nach Westen.

»Wieviel Fahrt macht das Boot?« fragte Jake.

»Ungefähr zwanzig Knoten, Sir.« Jake fiel auf, daß Reed ihn plötzlich mit »Sir« ansprach.

»Shotgun fünf-null-zwo, hier Strike. Kommen.«

»Hier Shotgun, kommen.«

»Versenken Sie das Ziel. Ich wiederhole: Versenken Sie das Ziel. Benützen Sie dazu Rockeye. Kommen.«

»Verstanden. Mit Rockeye versenken.«

»Richtig.«

Jake stellte die automatische Waffenauslösung so ein, daß jeweils zwei der acht Rockeye-Behälter geworfen werden würden. Er deaktivierte die Leuchtbomben an Station zwei und aktivierte die Schüttbomben an den Stationen eins und fünf. Jeder Rockeye-Behälter enthielt 246 eineinhalbpfündige Bomben und öffnete sich nach dem Abwurf in der Luft, so daß die kleinen Bomben einen ovalen Teppich bildeten. Jede dieser Bomben enthielt eine Hohlladung, die über 20 Zentimeter Panzerstahl durchschlagen konnte. Reed beobachtete ihn wie gebannt.

»Wieviel müssen wir vorhalten, Dog?«

Der Bombenschütze blätterte mit leicht zitternden Händen in den Tabellen auf seinem Kniebrett. »Äh, Augenblick.« Er las die

Zahl vor, die der halben Länge des Bombenteppichs entsprach, und gab sie in den Computer ein, so daß die ersten Behälter frühzeitig geworfen werden und die mittleren vier im Ziel liegen würden. Dabei betätigte der BN unabsichtlich sein Bordsprechmikrofon, und Jake hörte seine schweren Atemzüge. »Jesus, o Jesus«, murmelte er vor sich hin.

»Fertig?« fragte Jake, als er auf Gegenkurs zum Ziel ging.

»Ja, Sir.«

Jake rammte die Leistungshebel nach vorn und zentrierte die Steuerung. »Shotgun beginnt den Bombenangriff«, meldete er Strike.

»Das Boot läuft weiter nach Westen. Ich hab's im Visier«, berichtete Reed.

»Rechnen Sie damit, daß es wendet, wenn wir näher kommen. Konzentrieren Sie sich aufs Radar. Das Infrarot können Sie jetzt vergessen.«

In fünfzehn Kilometer Entfernung vom Ziel leuchtete die X-Band-Warnung auf. Jake stieß Düppel aus und hielt die A-6 unbeirrbar auf Kurs.

Der ADI-Bildschirm vor ihm war voller Computersymbole, die ihm Steuerbefehle gaben und die Zeit bis zum Bombenabwurf, den Abdriftwinkel und die relative Position des Ziels angaben. Jake konzentrierte sich darauf, das Boot auf kürzestem Weg anzufliegen. In fünf Kilometer Entfernung betätigte er den Abzug am Steuerknüppel und hielt ihn fest. Die Bombenbehälter würden jetzt von dem Computer ausgelöst werden.

Der Lichtschein einer weiteren Kette von Leuchtspurgeschossen erhellte die Wolken. Der schwankende gelbe Finger schien nach dem Flugzeug zu greifen, während Jake Düppel ausstieß und den Steuerkurs des Computers mit dem vermuteten Standort der Maschinenkanone verglich. Genau vor ihnen. Der MK-Schütze schien ohne Radar blind in die Wolken zu feuern. Jake konzentrierte sich wieder auf den ADI-Bildschirm, auf dem das Abwurfsymbol nach unten marschierte.

Wir schaffen's! Eine Folge rascher Rucke zeigte Jake, daß die Bomben ausgelöst wurden. Während die Rockeye-Behälter sich öffneten und ihre kleinen Bomben freigaben, zog er in einer Steilkurve nach rechts hoch, um den Leuchtspurgeschossen zu entgehen.

»Bomben geworfen«, meldete Jake dem Schiff.

»Verstanden.«

Etwa 20 Sekunden später hörte das Flakfeuer plötzlich auf. Jake drückte den Steuerknüppel nach vorn, ging unter die Wolken, flog eine weite Linkskurve und sah sich um. In der Dunkelheit hinter ihnen flackerten gelbliche Flammen.

»Wo liegt die Küste?« fragte Jake seinen BN.

»Dreißig Kilometer östlich.«

Der Pilot überprüfte seinen Steuerkurs. »Schalten Sie die Infrarotkamera ein. Bei zwölf Kilometern kehren wir um und riskieren einen zweiten tiefen Überflug, um zu sehen, was wir getroffen haben.«

Als sie auf Gegenkurs gingen, war der gelbe Feuerschein das einzige sichtbare Licht in dem dunklen Universum unter der Wolkendecke. Dann erhellte ein greller Lichtblitz die Nacht – ein Feuerball, der sich vor ihnen auf dem Wasser ausbreitete, um fast so rasch zu verlöschen, wie er erschienen war. Jake drehte ab, um den Trümmern auszuweichen, die jetzt durch die Luft wirbeln würden.

»Das Boot ist explodiert!« stellte Reed verblüfft fest.

»Melden Sie's dem Schiff«, wies Jake ihn an und nahm die Leistungshebel auf Marschgeschwindigkeit zurück.

* *
*

Fünfzehn Kilometer von der *United States* entfernt, koppelte Jake Grafton den Autopiloten mit dem Automatic Carrier Landing System (ACLS). Er spürte, wie die Leistungshebel sich daraufhin leicht bewegten, und ließ seine Fingerspitzen auf ihnen liegen. Jetzt teilte der Schiffscomputer dem Autopiloten mit, wo das Flugzeug sich in bezug auf Gleitpfad und Mittellinie befand, und der Autopilot flog die Maschine bis zur Landung selbständig.

Jake starrte das Fadenkreuz auf dem ADI-Bildschirm an und

beobachtete, wie der waagrechte Strich, der den Gleitpfad darstellte, langsam tiefer glitt. Als er das Fadenkreuz erreichte, bewegten die Leistungshebel sich zurück, und der Bomber begann mit drei Metern pro Sekunde zu sinken. Sie befanden sich noch immer in den Wolken; trotzdem sank das Flugzeug mit gleichbleibender Geschwindigkeit der noch unsichtbaren Landefläche auf dem Flugdeck entgegen.

»Sie sind auf dem Gleitpfad, auf der Mittellinie«, sagte die Anflugkontrolle, um zu bestätigen, was die Instrumente dem Piloten anzeigten.

Nach Jakes Meinung waren diese als Mode One bezeichneten gekoppelten ACLS-Anflüge die für Marineflieger nützlichste Erfindung seit Einführung des Fanghakens. Seitdem sein Sehvermögen bei Nacht sich in den letzten Wochen merklich verschlechtert hatte, war er mit diesen automatischen Landeanflügen stets sicher an Deck gelangt. Dabei sehe ich wahrscheinlich schon seit Jahren immer schlechter, sagte er sich erbittert, und hab's nur nicht wahrhaben wollen.

Jake war noch zwei Kilometer von der *United States* entfernt, er befand sich bereits unter den Wolken und war mit sich und der Welt zufrieden, als plötzlich das Fadenkreuz vom ADI verschwand und der Autopilot sich ausschaltete.

Der angezeigte Anstellwinkel wurde etwas steiler, deshalb schob Jake die Leistungshebel eine Kleinigkeit nach vorn und hielt in der Dunkelheit nach dem Koloß und der Mittellinienbefeuerung des Flugdecks Ausschau. Sie waren sehr weit entfernt und nur schwach erkennbar.

Er mußte den Ball – das gelbe Licht zwischen den beiden Begrenzungsleuchten des optischen Landesystems – sehen, denn nur dann befand er sich auf dem Gleitpfad. Und er mußte die Mittellinienbefeuerung und die das Schiffsheck markierende senkrechte rote Lichterkette erkennen, um die A-6 zur Landung ausrichten zu können. »Scheiße!«

»Noch ein Kilometer. Fordern Sie den Ball an.«

Reed meldete sich über Funk bei der Anflugkontrolle. »Fünf-null-zwo, Intruder-Ball, fünf-Komma-null.«

»Wie sieht's aus?« fragte Jake seinen BN.

»Sie sind zu hoch.«

Jake ging tiefer. Die Lichter waren noch immer kaum zu erkennen. Er kämpfte mit der Steuerung.

Als er von der durch Lichter gebildeten Anstellwinkelanzeige auf der Sonnenblende des Cockpits wegsah, hatte er Mühe, den gelben Ball links neben der Landefläche genau zu erkennen. Und die Anzeige verschwamm vor seinen Augen, wenn er sie nicht konzentriert anstarrte. Deshalb verpaßte er das Zucken des Balls kurz vor dem Aufsetzen, und als er eine Bewegung wahrnahm, war der Ball bereits über das Linsensystem hinausgeschossen, und Jake setzte zu spät auf, um mit seinem Fanghaken noch eines der Drahtseile erwischen zu können. Das Fahrwerk der Intruder setzte auf, und er startete mit Nachbrenner durch, während der Landesignaloffizier über Funk »Abbruch! Abbruch! Abbruch!« rief.

Der nächste Anflug klappte besser, aber Jake mußte auch diese Landung abbrechen. Er konnte die winzigen Bewegungen des Balls nicht kompensieren, weil er sie einfach nicht wahrnahm.

Beim dritten Anflug erwischte er das vierte Seil vor allem deshalb, weil er annahm, daß er zu hoch sei, und auf Verdacht mit der Leistung zurückging.

* *
*

Die Besprechung nach dem Einsatz fand bei Strike Operations in Gegenwart von Offizieren des Luftnachrichtendienstes, des Personals von Strike Ops und eines halben Dutzends höherer Offiziere der A-6-Staffel statt. Alle Anwesenden waren zufrieden, und es wurde viel gelacht. Sie hatten den Gegner gestellt und »ihn gelehrt, sich nicht mit der U.S. Navy anzulegen«, wie Reed es ausdrückte. Reed war der fröhlichste von allen. Jake Grafton saß in einer Ecke auf einem Stuhl und hörte zu, wie Reed seinem Staffelchef John »Bull« Majeska sämtliche Einzelheiten des Bombenangriffs erläuterte.

»Die Leuchtspur ist so hell gewesen, daß man im Cockpit hätte

Zeitung lesen können«, behauptete Reed. »Und der CAG hat mit keiner Wimper gezuckt. Mann, unsere Systeme haben vielleicht gesummt! Diese Scheißaraber sollen lieber auf ihren Kamelen bleiben, sonst schicken wir sie alle zu Davy Jones schlafen!«

Als Bull Majeska sich an Grafton wandte und ihn halblaut fragte, wie Reed sich wirklich gehalten habe, blinzelte Jake ihm grinsend zu. »Er hat ordentliche Arbeit geleistet. Laß den Jungen krähen. Schließlich haben sie versucht, ihn umzubringen.«

Ein Maat aus dem Personal von Strike Ops legte einen Telefonhörer auf. »CAG, der Admiral möchte Sie in seiner Kabine sprechen, wenn Sie hier fertig sind.«

»Danke.« Jake griff nach seiner Helmtragetasche und schüttelte Reed die Hand.

»Äh, Sir«, sagte Reed leise. »Es geht um das Thema, das wir vorhin besprochen haben . . . Äh, könnte ich Sie vielleicht morgen sprechen?«

»Klar, Mad Dog.«

Als Jake den Raum verließ, waren die anderen gerade dabei, den Videorecorder einzuschalten, um sich das Band aus der A-6 anzusehen, auf dem die Radar- und Infrarotbilder, die Computerdisplays und die Gespräche im Cockpit aufgezeichnet waren. Vielleicht lieferte es weitere Aufschlüsse über die Identität des versenkten Boots.

* *
*

»Wie ist es gelaufen?« fragte Cowboy Parker. Die beiden Männer befanden sich in der Admiralskabine. Jake saß neben dem Schreibtisch und sah zu, wie Parker sich an dem kleinen Waschbecken rasierte.

»Sie müssen das Boot mit Sprengstoff vollgepackt haben. Es ist in einer riesigen Detonation hochgegangen. Die Rockeyes oder der Brand müssen die Ladung gezündet haben – oder sie haben sie selbst hochgejagt. Das Ganze ist ein Selbstmordunternehmen gewesen.« Jake holte tief Luft. »Nur gut für uns, daß irgend jemand zu schießen begonnen hat.«

»Noch spektakulärer wäre die Detonation dieser Ladung an der Bordwand eines unserer Schiffe gewesen.« Parker spülte seinen Rasierer ab und nahm sich sein Kinn vor. Er betrachtete Jake im Spiegel. »Verdammt gut für uns, daß irgend jemand die Nerven verloren hat, als du deine Lichter eingeschaltet hast und geradewegs auf das Boot zugeflogen bist.«

»Hmmm. Damit habe ich mich selbst überrascht.« Jake kaute an einem Fingernagel. »Außer unseren eigenen Aussagen haben wir keinerlei Beweise dafür, daß das ein Terroristenboot gewesen ist. Die Gegenseite wird vermutlich behaupten, die U.S. Navy habe ein paar arme Fischer ins Jenseits befördert – lauter gute Moslems auf einer Pilgerfahrt über Gibraltar und das Kap der Guten Hoffnung nach Mekka. Aber wenn es den Kerlen gelungen wäre, ein amerikanisches Schiff zu beschädigen . . .«

»Du hast heute nacht zweimal durchstarten müssen.« Cowboy begutachtete sein Spiegelbild, um zu sehen, ob er irgendeine Stelle vergessen hatte.

»Richtig. Ich hab' praktisch nichts gesehen.« Jake starrte seine Schuhspitzen an.

»Mode One ist ausgefallen, was?«

»Zwei Kilometer vor dem Aufsetzpunkt.« Jake seufzte. »Ich fliege ab sofort nicht mehr nachts und beantrage meine Ablösung. Das Gute ist nur, daß der kleine Vorfall die Einsatzbereitschaft auf diesem Kahn steigert. Alle sehen jetzt, welche Gefahren uns drohen – und das erhöht natürlich den Diensteifer.«

»Daß du das Rauchen aufgegeben hast, hat den Augen nichts genützt?«

»Ich merke jedenfalls nichts davon.«

»Kein schöner Abschluß für eine Fliegerlaufbahn.« Cowboy spülte den restlichen Schaum ab, trocknete sich das Gesicht und nahm Rasierwasser.

»Cowboy, ich weiß doch, wenn ich die Nachtfliegerei nicht selbst aufgeben würde, bekäme ich von dir Startverbot. Außer Dienst bist du ein gemütlicher, humorvoller Texaner, aber im Dienst bist du eiskalt.«

Parker schnaubte und setzte sich an seinen Schreibtisch. Dann blickte er Jake an: »Ich wollte, *du* hättest meine nächste Beurteilung zu verfassen.«

Jake stand auf und reckte sich. »Danke, daß du mir Gelegenheit gegeben hast, freiwillig auf Nachtflüge zu verzichten.«

Auf dem Gesicht des Admirals erschien ein leichtes Lächeln. »Ich hab' gewußt, daß auf dich Verlaß ist, Jake.«

Kapitel 9

Dreißig Sekunden nachdem Oberst Qazi das Abfertigungsgebäude des römischen Flughafens *Leonardo da Vinci* mit gelockerter Krawatte und umgehängtem Jackett verlassen hatte, hielt eine Limousine neben ihm. Er warf seinen Koffer auf den Rücksitz und stieg vorn ein. Die Frau am Steuer fuhr sofort wieder an.

»Wie war der Flug?« fragte sie, während sie sich in den fließenden Verkehr einordnete. Ihre Frisur entsprach der neuesten europäischen Mode: mittellang und auf einer Seite hochgekämmt. Sie trug ein schlichtes, nicht allzu teures Leinenkleid und elegante Sandalen.

Qazi warf einen Blick durchs Heckfenster. »Ich bin auf dem Flughafen erkannt worden.« Er starrte mit zusammengekniffenen Augen nach vorn. »Fahr weiter nach Rom hinein.«

Die Fahrerin sah in den Rückspiegel. »Woher weißt du, daß du erkannt worden bist?«

»Ich hab's an seinem Blick gemerkt. Ein Angestellter der Fluggesellschaft, an dem alle Passagiere vorbeigegangen sind.« Qazi seufzte. »Ach Noora, ich bin einfach zu bekannt. Es wird Zeit, daß ich in den Ruhestand trete.«

Noora konzentrierte sich auf den Verkehr und sah zwischendurch häufig in den Rückspiegel. Sie war als Tochter eines reichen arabischen Teppichhändlers in Paris aufgewachsen und hatte Ballettunterricht genommen, um Tänzerin zu werden. Aber sie hatte ihre Ausbildung abgebrochen, als ihr Vater ihr jegliche Unterstützung gestrichen hatte, nachdem Einzelheiten ihrer Affäre mit einer anderen Ballettschülerin in den Araberkreisen von Paris die Runde gemacht hatten.

Qazi hatte Noora angeworben, als sie als Bauchtänzerin in einem Kabarett auf dem Montmartre aufgetreten war. Er hatte damals gewisse Zweifel an ihrer Eignung gehabt, die ihn noch heute gelegentlich verfolgten. Sie war attraktiv, allerdings nicht auffallend hübsch und konnte sich in ganz Europa ihrer Umgebung anpassen; aber es gelang ihr trotz aller Bemühungen nicht, den geschmeidigen Gang einer Tänzerin abzulegen, der Beobachtern im Gedächtnis blieb. Hohe Absätze halfen, ihn zu tarnen – und betonten zugleich die wohlgeformte Perfektion ihrer Beine. Qazi setzte sie nur in seltenen Ausnahmefällen ein.

»Deine Pistole und die Pässe liegen im Handschuhfach.« Die Waffe und die Ausweise waren im Kuriergepäck nach Italien gekommen, und Noora hatte sie in der Botschaft abgeholt.

Qazi zog die Walther PPK aus dem Gürtelhalfter und überprüfte Kammer und Magazin. Die Pistole war durchgeladen. Er schob die Waffe mitsamt dem Halfter hinten in seinen Hosenbund und steckte den Schalldämpfer in eine Hosentasche. Danach blätterte er beide Reisepässe durch und prüfte vor allem die Fotos.

Sie erreichten Rom auf der Schnellstraße vom Flughafen, der an der Küste in der Nähe der Tibermündung liegt. Die Hügel, die die Stadt umgeben, verschwanden teilweise im Dunst. Ein typischer italienischer Septembertag, dachte Qazi.

Wenig später war ihr Wagen im dichten Verkehr aus Bussen, Lieferwagen, PKWs und Motorrollern eingekeilt. Von der Klimaanlage angesaugte Auspuffgase ließen Qazis Augen tränen. Sie fuhren am Circus Maximus vorbei, umrundeten das Kolosseum und folgten den Boulevards bis zur Via Veneto. Rechts von ihnen beschatteten riesige Pinien und mächtige Eichen die Rasenflächen des Parks der Villa Borghese, des zentralen römischen Parks.

»Soweit ich sehe, werden wir von keinem einzelnen Fahrzeug verfolgt«, stellte Noora fest.

Qazi äußerte sich nicht dazu. Ein Überwachungsteam mit genügend Fahrzeugen und Funkgeräten war fast unmöglich zu erkennen. Man wußte nie, ob die Flughafenbeobachter Zeit gehabt hatten, ein Team dieser Art zu alarmieren. Um ganz sicherzugehen, mußte man sich stets so verhalten, als würde man von einem unsichtbaren Überwachungsteam beobachtet.

Nachdem Noora die Piazzale Brazile überquert hatte, ordnete sie sich in die rechte Fahrspur ein, die zur Einfahrt der Tiefgarage unter diesem Teil der Villa Borghese führte. Im rückwärtigen Teil des zweiten Untergeschosses rollte sie langsam an einem geparkten Mercedes vorbei. Ein livrierter Chauffeur mit Schirmmütze war damit beschäftigt, die Limousine zu polieren. Er sah nicht von seiner Arbeit auf. Noora fuhr weiter, als suche sie eine Parklücke. Nach einem Abstecher ins dritte Untergeschoß, wo sie ebenfalls die Reihen entlangfuhr, kam sie wenige Minuten später ins zweite zurück. Diesmal lag die Schirmmütze des Chauffeurs auf dem Kofferraum. Noora überzeugte sich davon, daß niemand in Sicht war, und hielt an, als der Mercedes rückwärts aus der Parklücke stieß, wobei sein Kofferraumdeckel aufsprang.

Qazi war mit einem Satz aus dem Wagen, riß die Mercedestür auf und warf seinen Koffer hinter den Beifahrersitz. Noora stellte ihr Auto in die frei gewordene Parklücke. Dann legten Qazi und die junge Frau sich in den Kofferraum, und der Chauffeur knallte den Deckel zu. Dieses Umsteigen hatte keine 45 Sekunden gedauert.

Im Kofferraum war es beengt und dunkel, aber sie lagen immerhin auf einer Decke. Während der Wagen schwankte und rüttelte, versuchten Qazi und Noora, eine bequemere Haltung einzunehmen. Das sichere Haus war nur fünf Kilometer entfernt, aber wegen der Umwege, die der Chauffeur fahren mußte, würde die Fahrt dorthin fast eine Stunde dauern.

»Willkommen in Rom, Oberst«, flüsterte Noora, als er ihr half, ihr Kleid aufzuknöpfen. Sie trug nichts darunter. Während sie mit seiner Hose beschäftigt war, überlegte Qazi einen Augenblick lang, ob Noora in einer westeuropäischen Großstadt mit oder ohne Büstenhalter auffälliger wirkte. Er kam von diesen Gedanken ab, als ihre Lippen die seinen fanden.

* *
*

Der Mann in dem englisch geschnittenen grauen Flanellanzug blieb kurz am Hauptportal des Petersdoms stehen, ließ seinen Blick über die Touristen gleiten und trat dann nach rechts, um Nachkommende einzulassen. Er bewegte sich noch weiter nach rechts und beobachtete alle Hereinkommenden, während er vorgab, einen Reiseführer zu studieren. Schließlich steckte er den Reiseführer weg. Er stand mit über die Brust gelegtem linkem Arm und der rechten Hand am Kinn da und bewunderte die architektonischen Details des riesigen Doms, als sehe er sie zum ersten Mal. Rechts von ihm, in der Nähe der Pietà, stand ein Mann mit Bürstenhaarschnitt und wulstigen Lippen, der einen verknitterten schwarzen Anzug trug. Auch dieser Dombesucher war in einen Reiseführer vertieft.

Nach einer weiteren Minute bewundernder Betrachtung wechselte der Mann in der Nähe des Portals auf die linke Seite des Kirchenschiffs über und schlenderte langsam in Richtung Hochaltar. Er umrundete ihn einmal ganz und schien Berninis Bronzebaldachin aus allen Blickwinkeln zu begutachten, während er in Wirklichkeit die Gesichter um sich und die Nischen und Winkel über sich beobachtete, von denen aus jemand die Kirchenbesucher hätte überwachen können.

An diesem Tag war der Petersdom nicht allzu gut besucht, was an dem brütend heißen Sommerwetter liegen mochte. Oberst Qazi warf einen Blick auf seine Uhr, bevor er erneut in dem Reiseführer blätterte. Er hielt das geschlossene Buch in der linken Hand, als er mit gleichmäßigem Schritt in Richtung Hauptportal zurückging.

Der Mann in dem schwarzen Anzug und mit den wulstigen Lippen stand noch immer in der Nähe der Pietà – allerdings weit genug von ihr entfernt, um nicht aufs Bild zu geraten, falls jemand die berühmte Statue fotografierte. Qazi blieb in seiner Nähe stehen und schlug seinen Reiseführer auf.

»Wie ich sehe, benützen wir das gleiche Buch«, sagte der Mann auf englisch.

»Ganz recht«, antwortete Qazi. »Sehr informativ.«

»Allerdings enthält es nicht genug Illustrationen.« Der andere sprach mit leichtem slawischem Akzent.

»Ja.« Qazi steckte seinen Reiseführer ein und trat durch den nächsten Ausgang ins Freie.

Auf dem Weg über den Petersplatz blieb der Mann in Schwarz zwanzig Meter hinter Qazi. Der Oberst blieb unter den Kolonnaden am nördlichen Rand des Platzes stehen, bis der andere ihn eingeholt hatte. Danach setzte er sich wieder in Bewegung. Gemeinsam gingen sie Richtung Norden weiter.

»Wohin sind wir unterwegs?«

»Das sehen Sie, wenn wir dort sind. Wie soll ich Sie nennen?«

»Tschechow.«

»Irgend jemand in der GRU hat Sinn für Humor. Das widerspricht meinen bisherigen Vorstellungen. Hoffentlich breitet diese Seuche sich nicht allzu weit aus. Ich heiße zufällig Solschenizyn. Sie schwitzen, Tschechow.«

»Es ist sehr heiß.«

»Ihre Leute sollten Sie öfters aus Moskau rauslassen«, meinte Qazi, während er sich umsah. »Und wie gefallen Ihnen die römischen Frauen?«

Der Russe würdigte ihn keiner Antwort. Wenig später erreichten sie den Eingang des Vatikanischen Museums, wo Qazi für beide bezahlte. Im Museum blieb er an einer Stelle stehen, von der aus er den Eingang beobachten konnte, und blätterte in seinem Reiseführer. Der Russe sah sich mißmutig um und durchquerte den Raum, um scheinbar interessiert ein mittelalterliches Gemälde zu betrachten, das durchaus kein Meisterwerk war.

Dann steckte Qazi seinen Reiseführer wieder ein und ging in Richtung Herrentoilette davon. Der Russe folgte ihm mit einigen Schritten Abstand. Der Oberst stellte sich neben einen dicken Italiener, während Tschechow eine der Kabinen benützte. Als der Italiener die Toilette verließ, kam der Russe aus seiner Kabine – und sah sich Qazi gegenüber, der ihn mit einer Pistole mit aufgeschraubtem Schalldämpfer bedrohte.

»Keine hastige Bewegung, Tschechow! Stützen Sie sich mit beiden Händen gegen die Tür. Wir können keine Besucher brauchen.« Der Russe lief rot an und wollte etwas sagen, aber Qazi brachte ihn mit einer Handbewegung zum Schweigen. »Gehorchen Sie, sonst wird unser Treffen sehr kurz ausfallen.« Tschechow legte langsam beide Hände gegen die Tür. »Die Beine weiter auseinander. So ist's recht. Wie in amerikanischen Kriminalfilmen.« Qazi tastete den Mann ab. »Was, keine Waffe? Ein GRU-

Mann ohne Waffe ... Zuerst Humor – und jetzt *das*! Die Leute werden noch über die GRU lachen! Aber Sie sind natürlich verdrahtet und haben ein Mikrofon bei sich.«

Qazi zog dem Russen die Kugelschreiber aus der Hemdtasche und untersuchte sie nacheinander. »Hoffentlich haben Sie es hier drin, Tschechow, sonst müssen Sie sich von Ihren Knöpfen und Schuhen trennen.« Doch er fand das Mikrofon im dritten Kugelschreiber. »Setzen Sie sich mit dem Rücken an die Tür gelehnt auf den Boden.«

Der Russe hatte Schweißperlen auf der Stirn. Trotzdem verzogen seine wulstigen Lippen sich zu einem höhnischen Lächeln. »Sie haben die Schuhe vergessen.«

Qazi untersuchte sie sorgfältig und warf sie ihm zurück. »Jetzt die Jacke.«

Zwischen den Zwirnsfäden, mit denen der mittlere Jackenknopf festgenäht war, entdeckte der Oberst einen sehr dünnen Draht. Qazi schnitt den Knopf mit einem kleinen Taschenmesser ab und ließ ihn mitsamt dem Kugelschreiber ins WC fallen. Dann warf er Tschechow seine Jacke hin. »Und jetzt den Gürtel.«

»Was?«

»Geben Sie mir Ihren Gürtel!«

Tschechow gehorchte widerstrebend. Qazi betrachtete den Gürtel sorgfältig, dann lächelte er und hielt die Gürtelschnalle fast an seine Lippen. »General Simonow, ich möchte das Handbuch für die Waffe Mark 58 morgen früh in Empfang nehmen. Um zehn Uhr rufe ich Sie in der Telefonzelle am Nordrand der Piazza Campo dei Fiori an. Befolgen Sie bitte die Anweisungen, die Sie dann erhalten – und kommen Sie allein.«

Qazi legte den Gürtel auf Tschechows Knie. Der Russe sah ihm nach, als er die Toilette verließ. Dann zog er seinen Gürtel mit dem in die Schnalle eingebauten Sender langsam durch die Hosenschlaufen und fragte sich, was wohl General Simonow dazu sagen würde.

* *
*

Qazi saß auf einer Parkbank und beobachtete Liebespaare und die am See zu Mittag essenden Büroangestellten. Durch die Bäume konnte er die Galleria Nationale d'Arte Moderna und den Verkehr auf der Piazza Firdusi sehen. Die Villa Borghese und dieser große grüne Park, in dem er saß, gehörten zu seinen Lieblingsorten in Rom. Die majestätischen Pinien und Eichen, die vorbeiflanierenden Liebespaare und die lärmenden Kinder verkörperten in seinen Augen das Beste der abendländischen Kultur.

Während Qazi auf einer Bank unter Bäumen wartete, fragte er sich, was sein Onkel gesagt hätte, wenn es ihm vergönnt gewesen wäre, einige Stunden hier zu verbringen, die Enten auf dem lauwarmen blauen Wasser zu beobachten und die leichte Brise zu spüren, die die Hitze erträglicher machte und die Blätter rascheln ließ.

Wasserlöcher in der Wüste sind stets braun, und die Schafe und Kamele waten hinein und verunreinigen es mit ihren Ausscheidungen, bis die aufgewühlte stinkende Brühe dünnem Mörtel gleicht. Schon nach wenigen, bestenfalls nach drei Tagen ist das Wasser verschwunden und hinterläßt lediglich braunen Schlamm, der in der Sonne Risse bekommt und schwindet. Dann muß man graben, graben, graben und das Wasser in Ledersäcken aus dem Brunnen holen. Hätte der Alte sich Wasserreichtum wie diesen überhaupt vorstellen können?

Sein Onkel hatte darauf bestanden, daß Qazi zum Militär ging. Obwohl der Alte nur den Koran gelesen und in seinem ganzen Leben überhaupt nur dieses eine Buch zu Gesicht bekommen hatte, hatte er den Jungen, der die Wüste, den unaufhörlichen Wind und das wilde, freie Leben liebte, in die Stadt geschickt, damit er zum Militär ging.

* *
*

Sie hatten im Sand gelegen und durchs nächtliche Dunkel in die Richtung des Wasserlochs gestarrt. Er hatte nur den Wind und das Rascheln des über die Felsen gewehten Sandes gehört. Aber sein Onkel hatte verkündet: »Sie sind da«, und ihn angewiesen, um das Wadi herumzumarschieren und den Gegenhang zu ersteigen, von dem aus er bei Tageslicht das Wasserloch würde überblicken können. Er wußte noch, wie er sein Kamel durch die Dunkelheit geführt hatte und über Felsbrocken gestolpert war, während das Tier an den Zügeln gezerrt und unter dem Lappen, mit dem sie ihm das Maul zugebunden hatten, gegrunzt hatte, weil es das Wasser witterte. Nach einer Stunde sah er rechts von sich den steil aufragenden Gegenhang – eine Wand, dunkler als die ihn umgebende Nacht. Er brauchte stundenlang, um einen Weg nach oben zu finden, während er sein widerstrebendes Kamel hinter sich herzerrte. Oben band er das Tier an einem Felsvorsprung fest und wartete, bis es sich hinlegte. Mit seinem Gewehr in den Händen kuschelte er sich gegen den warmen Rumpf des Kamels: völlig erschöpft, aber zu aufgeregt, um schlafen zu können. Am Himmel schienen die Sterne, und der Wind seufzte unaufhörlich.

Er hatte schon früher zahllose Nächte damit verbracht, die Sterne zu beobachten und dem Wind zu lauschen. Einmal hatte er sogar versucht, sie zu zählen: er hatte eine ganze Nacht lang dafür geopfert, auch nur einen Teil von ihnen zu zählen. Die Sterne waren in der klaren Wüstenluft zum Greifen nahe gewesen. Auf dem Rücken auf der Erde liegend war er eins mit den Sternen; er gehörte zu ihnen; er war allein und doch nicht allein, sondern Bestandteil des unvergänglichen Universums. Schließlich hatte er den Versuch aufgegeben, sie zu zählen. Es gab zu viele Sterne, die wie hingeworfene Sandkörner über das ewige Nichts verteilt waren.

Auch in dieser Nacht blickte er zu den Sternen auf, aber seine Gedanken galten der Dunkelheit um ihn. Er umklammerte sein Gewehr und rieb das glatte Metall, dessen Brünierung längst abgewetzt war, und das mit Kerben übersäte Holz des Kolbens. Seine Finger betasteten das V der Kimme, den Kammergriff und den Abzug. Sein Onkel hatte ihm befohlen, das Gewehr erst bei Tagesanbruch durchzuladen, und er gehorchte. Aber die Patronen steckten im Magazin; er brauchte den Hebel nur zurückzuziehen und wieder nach vorn zu schieben . . .

Er liebkoste sein Gewehr und war sich seiner Kraft, seiner Spannung bewußt, während er ungeduldig darauf wartete, daß die Sterne ihre nächtliche Bahn vollendeten. Diese Spannung, die

Angst und das ungeduldige Warten, ohne recht zu wissen, worauf, machten das Leben ungeahnt prickelnd. Zu diesem Zeitpunkt, in dieser trostlosen Wildnis unter den ewigen Sternen fühlte er, daß er lebte – hier und jetzt.

* *
*

Auf der Via Veneto stieg ein dicker Mann aus dem Rücksitz einer Limousine und ging allein zu der Ladenpassage unter der Villa Borghese weiter, die auch zu der Tiefgarage führte, in der Qazi vor zwei Tagen nach seiner Ankunft in Rom das Fahrzeug gewechselt hatte. In der rechten Hand trug der Dicke einen Aktenkoffer.

Qazi warf einen Blick auf seine Uhr und suchte danach den Park in allen Richtungen ab. Das Liebespaar auf der Decke am Seeufer war schon vor ihm dagewesen; sie tranken jetzt Wein. Eine Frau führte ihren Pudel aus. Die meisten Büroangestellten hatten ihr Mittagessen verzehrt und befanden sich auf dem Rückweg. Fünfzehn Meter von ihm entfernt saß eine Mittfünfzigerin auf der nächsten Bank und beaufsichtigte zwei kleine Jungen, die im Kies mit Plastikautos spielten.

Der Oberst beobachtete den Verkehr auf der Via Veneto, um zu sehen, ob weitere Autos hielten, um Fahrgäste abzusetzen. Fünf Minuten später stand er auf, schlenderte mit den Händen in den Hosentaschen langsam auf die Ladenpassage zu und beobachtete dabei weiter seine Umgebung. Er schwitzte, weil er trotz der Sommerhitze drei Hemden übereinander trug. Auf dem Gehsteig blieb er bei einem Eisverkäufer stehen und zahlte 1500 Lire für ein Eis, das er im Schatten stehend aß, während er den Verkehr und die Fußgänger im Auge behielt.

Auf der gegenüberliegenden Straßenseite ragten mächtige Betonröhren hüfthoch aus dem Rasen unter den Bäumen. Jenseits dieser Röhren lag das *Galioppio*: Pferdeställe und die Reitbahn, auf der die Kinder reicher römischer Familien reiten lernten. Qazi wußte, daß die Betonröhren die Licht- und Luftschächte der Ladenpassage waren und daß in einigen von ihnen Stufen nach unten führten. Er überzeugte sich davon, daß niemand in der

Nähe der Schächte stand. Da es dort keine Bänke gab, war dieser Teil des Parks nur wenig besucht.

Dann endlich war er zufrieden und stieg die Treppe hinab, die vom Gehsteig in die Ladenpassage hinunterführte.

Der Dicke, der auf der Via Veneto ausgestiegen war, stand an der Wand des Seitengangs gegenüber einer Filiale der Banca di Roma. Er trug einen schlechtsitzenden Anzug und hatte seinen Hemdkragen aufgeknöpft und die Krawatte gelockert. Er war Anfang Sechzig, braun gebrannt und hatte kurzgeschnittenes graues Haar.

»*Buon giorno,* General«, sagte Qazi.

»Alexander Isajewitsch«, verbesserte der Russe ihn. »Diesmal als Geistlicher, was?« Er begutachtete Qazis Priesterkragen, sein kurzärmeliges schwarzes Hemd und die schwarze Hose.

»Ich heule lediglich mit den Wölfen.«

»Ihr Mann hat mich durch die ganze Stadt gehetzt.«

»Seine Arbeit macht ihm Spaß.«

»Was haben Sie und dieser Spinner el Hakim damit vor?« erkundigte der General sich mit einem Blick auf den Aktenkoffer zwischen seinen Füßen. Er sprach Englisch mit schwachem, aber unverkennbar russischem Akzent.

»Ich wollte es mal lesen.«

»Sie haben einen guten Platz für unseren Treff ausgesucht. Soviel ich weiß, hat dieses Labyrinth mindestens acht in der Nähe liegende Ausgänge.«

»Acht oder neun.«

General Simonow zog ein Päckchen amerikanischer Zigaretten aus der Jackentasche und zündete sich eine an. Er inhalierte tief und ließ den Rauch durch die Nase austreten. »Hüten Sie sich vor der Mossad. Die Israelis haben's wirklich auf Sie abgesehen. Sie wissen genau, wer die Presseberichte über ihre unterirdische Waffenfabrik lanciert hat.«

Ein endloser Strom von Passanten zog an ihnen vorbei. Ein junger Mann mit einem Rucksack kam durch die zweiflüglige Glastür vom Haupteingang her und blieb hinter einer grauhaarigen Matrone am Geldautomaten stehen. Rechts von sich sah Qazi jenseits des Luftschachts den Eingang der Tiefgarage und dahinter den Zugang des zur U-Bahn und zur Piazza d'Espagna führenden Fußgängertunnels.

»Und Sie?«

»Ich gebe zu, daß das eine Ihrer besten Leistungen gewesen ist. Ein regelrechter Triumph.«

»Vielen Dank.«

»Die CIA ist sehr unglücklich wegen des verschwundenen amerikanischen Waffentechnikers Samuel Jarvis. Soll ich ihr einen Tip geben, sich bei Ihnen nach ihm zu erkundigen?«

»Kommen Sie, kommen Sie, General! Sie sind an diesem heißen Sommertag nicht kreuz und quer durch Rom gefahren, um mit mir über Belanglosigkeiten zu plaudern.«

Die Augen des Generals waren grau wie Moskau im Winter.

»Warum wollen Sie das Handbuch? Soviel ich weiß, haben Sie doch gar keine Atomwaffen.« Simonow machte eine Pause, seine Finger schnippten rhythmisch gegen das Filterende seiner Zigarette. Er sah zu einem eleganten Geschäftsmann hinüber, der jetzt ebenfalls vor dem Geldautomaten anstand. »Und wenn Sie eine hätten, was würden Sie dann damit anfangen?« Der General ließ seinen Zigarettenstummel fallen und trat ihn aus. »Moskau wäre sehr unglücklich, wenn eine Waffe dieser Art so eingesetzt würde, daß die sowjetischen Interessen im Mittelmeerraum beeinträchtigt würden.« Er zündete sich eine neue Zigarette an. Der junge Mann mit dem Rucksack drückte auf die Tasten des Geldautomaten. Er trug Jeans und Turnschuhe und hatte kurzes, lockiges schwarzes Haar. »El Hakims Aktivitäten machen uns Sorgen. Es wäre ein Fehler, etwas anderes zu denken. Ein großer Fehler.«

Der Geldautomat wies die Karte des jungen Mannes zurück. Er schlug mit der Faust gegen das Gerät, steckte seine Karte wieder in den Schlitz und drückte auf die Tasten. »Ich glaube, daß el Hakim Ihre Auffassung kennt«, sagte Qazi, »aber ich werde sie ihm erneut vortragen. Andererseits habe ich nicht gewußt, daß der Kreml Sie dazu abgeordnet hat, Fanatikern aus der Dritten Welt verbale Noten zu überbringen, General. Ich dachte, er hätte wichtige Aufträge für Sie.«

Der Geschäftsmann hinter dem jungen Mann am Geldautomaten sah sich ungeduldig um. Das Gerät hatte die Karte des Schwarzgelockten soeben zum dritten Mal zurückgewiesen.

Der junge Mann trug seinen Rucksack jetzt unter dem linken Arm. Er hielt den Kopf leicht schief. Qazi merkte, daß er die Spiegelungen im blanken Metall des Geldautomaten betrachtete.

Qazi bückte sich und griff nach dem Aktenkoffer. Der Schwarzgelockte warf sich herum, sank auf ein Knie und griff in seinen offenen Rucksack. Simonow fuhr zusammen.

Qazi war mit einem Satz durch die offene Tür rechts neben ihnen und stieß eine hereinkommende Frau beiseite. Er lief die Rampe zum Tunnel hinunter. Ein Blick nach hinten zeigte ihm, daß der junge Mann ihn mit einer Waffe in der Hand verfolgte.

Qazi rannte. Der Boden des etwa zweieinhalb Meter hohen Tunnels war mit Gummimatten ausgelegt. Zum Glück war dieser Belag rutschfest. Die konkaven Wände erzeugten eine Illusion größerer Geräumigkeit. Erhellt wurde der Tunnel durch indirektes Licht von der Decke aus.

Nicht allzu viele Passanten. Qazi schlängelte sich zwischen ihnen hindurch und stieß dabei einige um. Er rannte am Ausgang zum *Galioppio* vorbei und warf erneut einen Blick nach hinten, bevor er um die nächste Ecke bog. Der Bewaffnete verfolgte ihn noch immer.

Qazi schoß am Ausgang zur Via Veneto vorbei, ließ ihn links hinter sich und lief auf einen Rollsteig zu. Er stolperte, als er das bewegliche Band erreichte, hielt sich aber an einem Passanten fest, der ihn nicht kommen gehört hatte, und blieb so auf den Beinen. Auch der Rollsteig bestand aus Gummiprofilen. Er erstreckte sich leicht abfallend in scheinbar endlose Fernen. Qazi hatte das Gefühl, buchstäblich zu fliegen. Nach 50 Metern sah er sich um. Sein Verfolger hatte aufgeholt.

Er rannte schneller als jemals zuvor im Leben. Dann war der Rollsteig plötzlich zu Ende. Qazi verließ ihn mit einem Satz, verlor das Gleichgewicht, stolperte die nach unten führende Rolltreppe hinunter und prallte mit einer Gruppe aus Männern und Frauen zusammen, die zu Boden gingen. Bevor sie reagieren konnten, war er wieder auf den Beinen und nahm jeweils drei Rolltreppenstufen auf einmal.

Unten endete der Tunnel in einem Quergang. Qazi wandte sich nach links, wo der Eingang zur U-Bahn Metropolitano lag, und preßte sich gegen die Wand.

Er beobachtete den Korridor. Nur Passanten, die sich normal bewegten.

Als der Bewaffnete um die Ecke stürmte, trafen ihn drei Schüsse aus Qazis Walther. Der junge Mann ging zu Boden und verlor dabei seine MP, eine Uzi, die von der Betonwand abprallte. Irgend jemand kreischte. Ein junger Mann machte einen halbherzigen Versuch, Qazi aufzuhalten, der ihn mit einem ungezielten Schuß abschreckte.

Dann rannte er vom U-Bahn-Eingang weg in Richtung Piazza d'Espagna. Unterwegs nahm er den Priesterkragen ab und zog das schwarze Hemd aus. Er riß sich das Hemd buchstäblich vom linken Arm und stopfte beides in den nächsten Abfallkorb.

Am Tunnelausgang verringerte Qazi sein Tempo und ging mit normaler Geschwindigkeit weiter. Er hörte mehrere Sirenen näher kommen – ein durchdringendes an- und abschwellendes Heulen. Die Piazza war voller Menschen, die dort saßen, spazierengingen und Fotos machten. Qazi marschierte zielbewußt, aber ohne auffällige Eile zur nahe gelegenen Spanischen Treppe und begann, zu dem am oberen Ende stehenden Obelisken hinaufzusteigen. Die Stufen waren mit Blumen bedeckt. Er blieb stehen und beobachtete, wie ein Streifenwagen mit Blaulicht und heulender Sirene durch die auseinanderstiebende Menge am Fuß der weißen Marmortreppe fuhr.

Er nahm den Aktenkoffer von der linken in die rechte Hand, wischte sich mit seinem Taschentuch den Schweiß von der Stirn und stieg weiter die Treppe hinauf. Zwei Carabinieri in Khakiuniformen und Baretten rannten mit umgehängten Maschinenpistolen an ihm vorbei die Treppe hinunter.

* *
*

Qazi stand auf dem Gehsteig vor dem Zoo-Eingang. Ein gelber, ziemlich ramponierter Fiat mit Noora am Steuer hielt vor ihm. Ali saß auf dem Beifahrersitz. Hinten saß ein weiterer Mann Mitte Zwanzig, der Qazi von innen die Tür öffnete.

Sobald der Wagen angefahren war, öffnete Qazi den Aktenkoffer. Er enthielt lediglich einen fast fünf Zentimeter dicken broschierten Band. Auf dem roten Umschlag stand in drei Zentimeter hoher schwarzer Schrift *Top Secret*. Rechts unten hatte jemand unter einer vierstelligen gedruckten Zahl handschriftlich vermerkt: »2. von 3 Exemplaren«.

Nachdem Qazi die Bindung sorgfältig überprüft hatte, steckte er das Handbuch in die auf dem Wagenboden bereitliegende Plastiktüte. Den Aktenkoffer gab er dem Mann neben ihm. »Laß ihn verschwinden.«

Ali hatte sich auf dem Beifahrersitz umgedreht und beobachtete ihn mit hochgezogenen Augenbrauen.

»Ein Mann hat meinen Treff mit dem General beobachtet. Er hat mich verfolgt. Ich hab' ihn erschossen.«

»Wer war es?« fragte Ali.

»Keine Ahnung.«

Wenig später hielt der Fiat an einem Fußgängerübergang. Der Mann neben Qazi stieg aus, lief zu einem großen grünen Abfallbehälter, steckte den Aktenkoffer hinein und kam rasch zurück.

An der nächsten Ampel drehte Ali sich erneut nach Qazi um. »In einer Woche läuft die *United States* in Neapel ein«, sagte er.

»Für wie lange?«

»Eine ganze Menge Offiziersfrauen kommen eigens aus Amerika nach Neapel, um ihre Männer wiederzusehen. Ihre Hotelzimmer sind für acht Nächte reserviert.«

»In irgendeinem bestimmten Hotel?«

»Über ein Dutzend sind im *Vittorio Emanuele* reserviert. Einige auch in anderen Hotels.«

»Noora«, sagte Qazi zu der jungen Frau, »du besorgst uns zwei Zimmer im *Vittorio*. Möglichst Suiten, mindestens aber Doppelzimmer. Und laß dich nirgends sehen.« Sie nickte.

Qazi wandte sich an den jungen Mann neben sich. »Sobald du

weißt, welche Zimmer die Amerikaner bekommen, Jasin, baust du dort möglichst viele Wanzen ein.« Qazi hatte Jasin entdeckt, als er der beste Student des Staatlichen Polytechnikums gewesen war.

»Ali, du läßt den Plan anlaufen. Ich stoße dann morgen zu euch.« Während Noora bei dichtem Verkehr auf der Via Tiburtina nach Osten fuhr, sah Qazi immer wieder aus dem Heckfenster. Auf einem Parkplatz des römischen Autobahnrings stieg er mit Ali in eine dort geparkte Limousine um. Ali ordnete sich in den nach Süden fließenden Verkehr ein, während Qazi wiederholt die Fahrspuren hinter ihnen kontrollierte.

Eine Stunde später setzte Ali ihn bei der Engelsburg ab und fuhr davon. Zu seiner schwarzen Hose trug der Oberst jetzt ein weißes Polohemd mit einem kleinen Krokodil auf der linken Brustseite. Er ging auf der Via della Conciliazione nach Westen weiter. Auf beiden Straßenseiten erhoben sich drei- und vierstöckige Gebäude mittleren Alters, während am Straßenende der Petersdom aufragte. Einige Straßen vor dem Petersplatz bog Qazi nach rechts ab, ging unter der alten römischen Mauer hindurch, die diese Seitenstraße überspannte, und erreichte so eines der besseren Viertel Roms. Wenige Minuten später betrat er ein ruhiges Hotel mit einer winzigen Empfangshalle.

»Hören Sie, alter Junge«, sagte er zu dem jungen Mann an der Rezeption. »Sind irgendwelche Nachrichten oder Anrufe für mich da? Ich heiße MacPhee. Zimmer drei-null-sechs.«

»Nein, Signore MacPhee«, antwortete der Portier nach einem Blick in das Kästchen über dem Zimmerschlüssel. »Nichts für Sie.« Alles andere hätte Qazi verblüfft. Niemand – nicht einmal Ali – wußte, daß er hier wohnte. Er hatte sich das Zimmer am Morgen genommen, bevor er die fünf Kilometer zur Villa Borghese zu Fuß gegangen war.

»Grazie«, murmelte »Signore MacPhee«, als der junge Mann ihm seinen Schlüssel gab.

Die Abenddämmerung war herabgesunken, und die Straße unter seinem Fenster wurde von der Leuchtreklame der Bar gegenüber erhellt, als Qazi schließlich das Handbuch aufs Bett warf und aus dem Fenster sah. Geistesabwesend betrachtete er die wenigen Passanten und ließ seinen Blick dann über die dicht geparkten Autos schweifen.

Nach vierstündiger angestrengter Lektüre taten ihm die Augen weh. Er reckte sich, lehnte sich in seinen Sessel zurück und starrte das auf dem Bett liegende Handbuch an. Sekunden später nahm er seine Pistole von dem Schreibtisch, an dem er gelesen hatte, löschte das Licht und streckte sich auf dem Bett aus. Die Pistole legte er auf das Handbuch.

Als er aufwachte, war es dunkel, nur durch die Straßenbeleuchtung drang Licht in den Raum. Qazi sah auf seine Armbanduhr. Es war 1.05 Uhr. Er blieb im Halbdunkel liegen und horchte.

Gut eine Viertelstunde später stand er auf, steckte die Pistole unters Hemd und nahm das Handbuch in der Tragtasche mit. Er schloß sein Zimmer ab und stieg die Feuertreppe hinter dem Notausgang bis in den Keller hinunter. Dort war es still und dunkel. Qazi hörte ein Rascheln und entdeckte im Lichtschein seiner Taschenlampe eine davonhuschende Maus. Der Heizungsraum mit dem Kohlenkessel lag hinter der zweiten Tür rechts. Er sah noch genauso aus wie vor zwei Monaten, als Qazi sich wegen des Kessels für dieses Hotel entschieden hatte.

Er öffnete die Feuerklappe, riß ein Dutzend Seiten aus dem Handbuch und zündete sie im Feuerraum an. Das Feuer brannte gut. Qazi legte immer drei bis vier Seiten nach. Das Ganze dauerte eine halbe Stunde. Als das Handbuch zu Asche geworden war, schloß Qazi die Feuerklappe und ging in sein Zimmer zurück.

Auf dem Nachttisch neben dem Bett stand ein Telefon. Qazi schlug im Telefonbuch eine Nummer nach und wählte sie. Nach dem zweiten Klingeln sagte eine Männerstimme: »Botschaft des Staates Israel. Sie wünschen?«

Qazi legte den Hörer auf. Er starrte auf den Eintrag im Telefonbuch und wiederholte die Nummer mehrmals halblaut. Dann legte er das Buch in die Schublade zurück.

* *
*

»Aber er hat das Handbuch nicht bei sich gehabt, als wir heute nachmittag aus dem Flugzeug gestiegen sind«, protestierte Ali.

El Hakim schob das Kinn vor. »Was hat er damit angefangen?«

»Er muß es gelesen und danach vernichtet haben, Exzellenz.«

»Weshalb?«

»Offenbar hat er keine weitere Verwendung mehr dafür, Exzellenz.« Ali zuckte hilflos mit den Schultern.

Garantiert nicht! dachte el Hakim aufgebracht. Damit hatte Qazi sich unentbehrlich gemacht. Diese kleine Episode war seine Lebensversicherung. El Hakim schlug mit der Faust auf den Tisch, stand auf und trat an seinen riesigen Globus. Er stieß ihn mit einem Finger an und sah zu, wie er sich drehte. Er haßte es, überlistet zu werden – vor allem von einem seiner Helfer, dem er nicht traute. Das brachte ihn auf.

El Hakim schlug mit der flachen Hand gegen den Globus, der sich nun so schnell drehte, daß die Farben verschwammen. Während er zusah, wie der Globus langsamer wurde, rückte er den Kragen seines offen getragenen Militärhemds und seinen Pistolengürtel zurecht.

Qazi war ein listiger, ein gefährlicher Mann. Ein viel zu gefährlicher Mann.

»Jarvis«, murmelte er schließlich vor sich hin. Er drehte sich mit einem wölfischen Lächeln zu Ali um. »Jarvis«, wiederholte er laut.

Kapitel 10

Sir?« Farnsworth stand an der Tür von Jakes Dienstzimmer. Jake sah von einem Wartungsbericht auf. »Ja?«

»Leutnant Reed ist draußen und möchte Sie sprechen.«

»Er soll reinkommen.«

»Aye, aye, Sir.«

Jake bot dem Bombenschützen-Navigator mit einer Handbewegung einen Besuchersessel an. Danach kramte er in der obersten Schublade seines Schreibtisches, fand die goldenen Schwingen und warf sie auf den Wartungsbericht. Dann lehnte er sich wieder zurück.

Reed starrte auf das Pilotenabzeichen. Es war in jeder Navy Exchange für ungefähr 4,50 Dollar erhältlich.

»Sie wollten mich sprechen?« munterte Jake ihn auf.

»Äh, ja, Sir. Ich habe noch mal drüber nachgedacht. Über unser Gespräch, meine ich. Vielleicht sollte ich doch im Cockpit bleiben – zumindest bis zu meiner Entlassung.«

Jake grunzte zustimmend. Er griff nach dem Abzeichen und warf es über den Schreibtisch. Es landete eine Handbreit von der Kante entfernt vor Reed. Der BN steckte es ein.

»Aber Sie wollen noch immer raus, was?«

»Ich muß mir die Sache noch überlegen. Und mit meiner Frau besprechen.«

Jake merkte, daß er in seinen Taschen nach Zigaretten suchte, und umklammerte die Sessellehnen, um seine Hände stillzuhalten. »Vielleicht verbringen Sie die nächsten zwanzig Jahre bei der Navy, ohne noch einmal beschossen zu werden. Statt dessen heißt es üben, üben, üben, weiter durch den Himmel rasen, Ihre Frau vor einer Reise nach der anderen zum Abschied küssen.«

»Das klingt fast so, als wollten Sie mir empfehlen, doch auszusteigen.«

»Ich will Ihnen nur klarmachen, daß dieser Job nichts mit Tom Cruise zu tun hat, der daherkommt, als sei er bereit, noch vor dem

Frühstück einen Commie abzuschießen.« Der Film *Top Gun* lief jetzt bereits zum fünften oder sechsten Mal in den Bereitschaftsräumen.

»Wir brauchen intelligente, fähige Leute für unsere Cockpits, aber viel Ruhm und Ehre gibt's dort nicht zu verdienen. Und Sie werden niemals der Mann sein, dessen Heldentat unserer Seite den Sieg bringt. Sollte es jemals zu einem weiteren Weltkrieg kommen, werden die ersten und letzten Schüsse von irgendwelchen Knopfdrückern in Silos oder U-Booten abgefeuert. Dann ist die Welt am Ende. Wer nicht schon von den Explosionen in Staub aufgelöst worden ist oder seinen Verletzungen erliegt, stirbt einen langsamen Strahlentod. Und welcher vernünftige Mensch würde dann noch überleben wollen? Der Fallout vergiftet die Meere und Kontinente – und die einzigen Tiere, die das überlegen können, dürften die Küchenschaben sein.«

Jake suchte wieder nach Zigaretten. Er starrte Reed trübselig an. »Was die Navy hier auf den Flugzeugträgern anzubieten hat, sind Posten für Krieger. Das ist ein alter, ehrbarer Beruf, aber heute ungefähr so überholt wie die Kavallerie. Die Knopfdrücker, die einen Atomkrieg verhindern oder ihn führen werden, falls es zu einem kommt, sind keine Krieger.« Jake zuckte mit den Schultern. »Vielleicht professionelle Scharfrichter. Henker. Weiß der Teufel, was sie sind – jedenfalls keine Krieger.«

Er blätterte geistesabwesend in dem Wartungsbericht.

»Ich verstehe«, murmelte Reed.

»Das bezweifle ich.« Jake klappte den Ordner zu und starrte den Leutnant an. »Die Navy hat erstklassiges Personal. Unsere Mannschaftsdienstgrade sind die intelligentesten, gebildetsten, am besten ausgebildeten Seeleute der Welt. Sie werden niemals mit besseren Leuten zusammenarbeiten. Die Fliegerei ist ziemlich gut. Das Gehalt ist mittelmäßig. Das Familienleben ist Scheiße. Die meisten Offiziere werden nach ungefähr zwanzig Jahren in den Ruhestand versetzt, weil nicht alle Kapitäne oder Admirale werden können. Das sind die Punkte, die Sie mit Ihrer Frau besprechen sollten. Aber ... solange Sie diese Uniform tragen, erwarte ich von Ihnen, daß Sie fliegen, wenn Sie dafür eingeteilt werden, und dabei Ihr Bestes geben. Setzen Sie Ihr ganzes Wissen, Ihre ganzen Fähigkeiten ein. Das sind Sie Ihrem Land schuldig.«

Jake nickte zur Tür hinüber. »Ich habe zu arbeiten.« Er schlug den Bericht auf und begann zu lesen, während der Leutnant aufstand. Als das Schloß klickte, lehnte Jake sich zurück und starrte die graue Metalltür an. Nach einer längeren Pause schüttelte er langsam den Kopf, wischte sich den Schweiß von der Stirn und griff wieder nach dem Bericht.

* * *

Um 3.55 Uhr betrat Jake Grafton das Carrier Air Traffic Control Center (CATCC) und ließ sich neben Fregattenkapitän Ken Walker, dem Air Operations Officer, auf die mit Kunstleder bezogene Couch fallen. Während er mit Walker und einigen der hereinkommenden Staffelchefs und ihren technischen Offizieren scherzte, warf er wie gewohnt einen prüfenden Blick auf die Plexiglastafeln an der vorderen Wand des Kontrollzentrums, auf denen sämtliche an Deck zum Start bereitstehenden oder in der Luft auf Landeerlaubnis wartenden Flugzeuge verzeichnet waren. Die Starts sollten um 4.00 Uhr beginnen, und die Landungen würden unmittelbar danach erfolgen.

Das als »Cat-See« ausgesprochene CATCC war nachts das Nervenzentrum des Flugbetriebs. Zwei an der Decke hängende Bildschirme zeigten ständig Aufnahmen der beiden Videokameras an der Insel und auf dem Flugdeck. Mannschaftsdienstgrade mit akustisch gesteuerten Kopfhörern standen als »Sprecher« hinter den Statustafeln und brachten ihre Informationen mit gelben Fettstiften auf den neuesten Stand. Der Air Operations Officer hatte von seiner Kunstledercouch aus den ganzen Raum im Blickfeld und konnte seinem Assistenten, der, von Telefonen und Gegensprechanlagen umgeben, vor ihm an einem Schreibtisch saß, Anweisungen erteilen.

Bis auf eine winzige Lampe über dem Schreibtisch und die roten Lichter, die die gelben Buchstaben und Ziffern auf den Statustafeln beleuchteten, lag der Raum in Dunkel. Hinter der Couch, auf der ihre Vorgesetzten saßen, drängten sich jüngere Offiziere aus den Staffeln, die Maschinen in der Luft hatten. Sie sollten Ratschläge geben und Fragen beantworten – falls sie gefragt wurden.

Jakes Blick glitt über die Statustafeln. Zwölf Flugzeuge sollten starten, dreizehn sollten landen.

»Wie klappt's heute?« fragte er Walker.

»Überhaupt nicht. Wir haben ungefähr Windstärke vier, und der Wind hat in der letzten Stunde um sechzig Grad gedreht. Wir haben ständig den Kurs gewechselt, um den Bug in den Wind zu drehen.« Der Flugdeckoffizier würde Kursänderungen veranlassen, während er dem Wind zu folgen versuchte. Das hatte wiederum katastrophale Auswirkungen auf die Bemühungen des Air Controller, die zur Landung zurückkehrenden Flugzeuge in einem dem Landekurs entgegengesetzten Luftraum zu staffeln. Vorerst kannte noch niemand den endgültigen Landekurs.

»Und Fünf-null-sechs hat sich noch nicht zur Staffelung gemeldet.«

Jake warf erneut einen Blick auf die Statustafeln. 506, das waren Majeska und Reed. Der Treibstoffstatus war nicht angegeben. Majeska war der Chef der A-6-Staffel.

Jake stand auf. »Ich gehe mal nach nebenan.« Als er den Raum verließ, hörte er Walkers Assistenten mit Kapitän James telefonieren.

Der nächste Raum enthielt Radarschirme, Fernmeldeeinrichtungen und Statustafeln zur Überwachung von in der Luft befindlichen Flugzeugen. Im grünen Widerschein der Radarschirme wirkten die Gesichter der vor ihnen sitzenden Spezialisten fast unheimlich. An der Decke brannten trübe rote Lampen. Ein Stabsbootsmann, der einen Kopfhörer trug, um den gesamten Funkverkehr mithören zu können, ging hinter den Radarschirmen auf und ab, beobachtete sie, hörte zu und erteilte gelegentlich Anweisungen. Dieser Wachleiter war ein Kettenraucher, der einen eigenen Aschenbecher mit sich herumtrug. Deshalb war der Eingangsbereich ein Zufluchtsort für Raucher aus dem rauchfreien CATCC nebenan. Hier im Allerheiligsten mit den Bildschirmen zogen deutlich sichtbare Rauchschwaden, die abwechselnd rot und grün beleuchtet wurden, durch den nur unzulänglich klimatisierten Raum.

Das Hintergrundgeräusch bildete der aus einem Lautsprecher kommende Funkverkehr zwischen Piloten und Fluglotsen. Dieser Funkverkehr wurde auch nebenan im CATCC mitgehört.

Der Wachleiter sah Jake an der Tür stehen und kam zu ihm, wobei er sein Kopfhörerkabel hinter sich herzog. »Wo ist Fünf-null-sechs?« fragte Jake.

Der Stabsbootsmann führte ihn zu einer der Konsolen, auf deren großem Radarschirm sie vergeblich das codierte Echo dieses Flugzeugs suchten. Selbst als der Wachleiter den Darstellungsradius auf 50 Seemeilen vergrößerte, war das gesuchte Echo nirgends zu finden. »Fragen Sie Strike, ob sie Fünf-null-sechs irgendwo haben«, wies er den Radarlotsen an.

Der Mann führte den Befehl aus. Jake und der Wachleiter hörten das Gespräch mit. Der andere Fluglotse hatte seit fast einer Viertelstunde nicht mehr mit der A-6E gesprochen. Er rief die Intruder mehrmals, ohne jedoch eine Antwort zu bekommen.

»Könnte er knapp außerhalb der Reichweite Ihres Radars sein?« fragte Jake.

»Nein, Sir. Und Combat hat ihn ebenfalls nicht.« Das Combat Decision Center (CDC) würde der Computer des Naval Tactical Data Systems (NTDS) abfragen.

»Uncodiertes Echo?« Falls der Transponder der A-6E ausgefallen war, strahlte er keinen Code mehr ab, sobald die Maschine vom Radar erfaßt wurde. Das Bordradar konnte jedoch auch gewöhnliche Echos darstellen, die nicht auf einer Transponderantwort beruhten.

»Nein, Sir. Wir haben alles versucht, aber wir können ihn dort oben nicht finden.«

Jake fühlte das Brausen und den dumpfen Schlag eines Katapultstarts. Er warf einen Blick auf den Bildschirm. Die Starts hatten begonnen.

Ein Offizier erschien neben ihm. »Sir, Fregattenkapitän Walker möchte Sie sprechen.« Jake nickte dem Wachleiter zu und folgte dem Leutnant nach nebenan.

Walker hatte noch den Telefonhörer am Ohr, als Jake sich neben ihn setzte. »Ein griechischer Frachter hat sich übers kommerzielle Netz gemeldet. Er glaubt, daß vor ungefähr zwanzig Minuten in seiner Nähe ein Flugzeug abgestürzt ist. Wollen Sie zu Combat rübergehen und fragen, was sie dort wissen?«

»Klar.« Jake stemmte sich hoch. Als er das CATCC verließ, spürte er die Blicke sämtlicher Anwesenden auf sich und fühlte sich sehr müde. Die Tür des Combat Decision Centers war auf dem O-3-Deck im selben Steuerbordgang, nur etwa 12 Meter weit entfernt.

Die NTDS-Computerkonsolen und ihre Operatoren waren über den ganzen Raum verteilt. Der Offizier vom Dienst, ein Leutnant, rauchte gerade eine Zigarette. Jake mußte sich beherrschen, um ihn nicht um eine zu bitten.

»Irgendwelche Anzeichen für Überlebende?«

»Der Frachter hat keine gefunden.«

»Weshalb ist die Fünf-null-sechs dort draußen unterwegs gewesen?«

»Überwachungsauftrag. Der Pilot hat zuletzt gemeldet, er wolle sich diesen Frachter aus der Nähe ansehen. Der Frachter hat gemeldet, er suche nach Überlebenden – bisher jedoch erfolglos. Wir schicken die eben gestarteten Jäger zur angegebenen Position und lassen sie dort kreisen. Vielleicht hören sie einen Notsender oder sehen eine Leuchtkugel.«

Die beiden Offiziere besprachen die Lage. Der Zerstörer lief mit Höchstfahrt auf die Absturzstelle zu. Sie diskutierten, wie lange die Jäger voraussichtlich über dieser Stelle kreisen konnten; wie lange der Rettungshubschrauber, der wenige Minuten nach der Landung der letzten Maschine starten würde, dorthin brauchen würde. Jake rief seinen Technischen Offizier Will Cohen an. Als Cohen hereinkam, waren die Landungen in vollem Gange. Der Raum vibrierte, während die Maschinen auf das Flugdeck knallten, das über den Räumen des O-3-Decks lag. Die beiden Männer verließen das CDC und gingen 15 Meter weiter zum Strike

Operations Office, wo der tägliche Einsatzplan für Jakes Flugzeuge zusammengestellt wurde. Während der Strike Operations Officer sich am Telefon mit dem Operations Officer des Admirals abstimmte, wurde ein Plan für eine Suchaktion nach Piloten und Wrackteilen entworfen. Ein Brei mit zu vielen Köchen, dachte Jake.

»Das muß ausgerechnet jetzt passieren, kurz bevor wir einen Hafen anlaufen«, meinte einer der Strike-Offiziere trübselig.

»Ist der Hubschrauber noch an Deck?«

»Ja, Sir.« Alle sahen zu dem Bildschirm hinüber. Der Hubschrauber ließ eben erst sein Triebwerk an. »Will, sagen Sie Air Ops, daß sie den Hubschrauber nicht starten lassen sollen, bevor ich komme«, entschied Jake. »Ich fliege mit. Solange ich unterwegs bin, trommeln Sie sofort alle Leute zusammen, die Sie dafür brauchen, und überprüfen die Sauerstoffversorgung jeder A-6 an Bord. Und überprüfen Sie die Anlagen, aus denen Flüssigsauerstoff abgegeben wird. Sollte irgendwo ein Defekt festzustellen sein, versiegeln Sie das betreffende System.« Cohen nickte. »Los! Ich muß raus zum Hubschrauber.«

Jake lieh sich bei der Flight Deck Control eine schmuddelige Fliegerkombi und rannte übers Flugdeck zu dem wartenden Rettungshubschrauber, einer SH-3H SeaKnight. Das Bodenpersonal begann die Spannketten zu lösen, als es ihn kommen sah. Über das Flugdeck wehte eine frische Brise, und der Himmel war wolkenlos klar. Im Osten zeigte ein heller Streifen das Nahen des kommenden Tages an.

An Bord des Rettungshubschraubers gab eines der Besatzungsmitglieder ihm einen Helm, von dem ein langes schwarzes Kabel herabhing. Jake setzte ihn auf, und das Besatzungsmitglied stöpselte den Klinkenstecker am vorderen Schott ein. Jetzt konnte er mithören, wie Pilot und Copilot ihre Vorflugkontrolle durchführten. Jake schlüpfte in die Fliegerkombi, die nur knapp über seine Uniform paßte, und legte danach die aufblasbare Schwimmweste an, die ein weiteres Besatzungsmitglied ihm hinhielt.

Selbst unter dem Helm war der Lärmpegel extrem hoch, als der Hubschrauber abhob und in den Horizontalflug überging. Durch die offene Tür sah Jake die Buglichter der *United States* aus seinem Blickfeld verschwinden. Dann waren nur noch der Nachthimmel und das kaum erkennbare dunkle Meer zu sehen. Er winkte den Mann, der ihm den Helm gegeben hatte, zu sich heran und brüllte ihm ins Ohr: »Wie lange werden wir bis zur Absturzstelle brauchen?«

Das Besatzungsmitglied sprach in sein Lippenmikrofon, und Jake hörte die Antwort aus dem Cockpit. Eine Stunde und zwanzig Minuten. Während der Mann die seitliche Schiebetür schloß, um die Aerodynamik im Reiseflug zu verbessern, suchte Jake sich eine Kapokschwimmweste als Kopfkissen und versuchte sich zu entspannen. Er kaute auf einem ohnehin schon abgekauten Fingernagel herum und verfolgte mit halbem Ohr, wie Pilot und Copilot ihre Klarliste nach dem Start herunterbeteten. Weshalb, in Gottes Namen, war Bull Majeska verunglückt – ein Mann mit 4000 Jetflugstunden, davon über 2500 mit Flugzeugen des Musters A-6? Was konnte passiert sein? Würden sie das Wrack bergen können?

Jake ärgerte sich schließlich über seine Ungeduld und zwang sich, die Augen zu schließen und gleichmäßig zu atmen.

Zehn Minuten später gab er den Versuch zu schlafen auf und stellte sich hinter die Piloten, um die Bordinstrumente sehen zu können. Während der heraufdämmernde Morgen die Sterne verblassen ließ und die leicht bewegte graue See sichtbar machte, unterhielt Jake sich mit den beiden Besatzungsmitgliedern über frühere Rettungseinsätze.

Der neue Tag war bereits angebrochen, als über Funk eine Meldung einging. Einer der kreisenden Jäger hatte einen Überlebenden gesichtet, mit dem Funkverbindung bestand. Es war Bull Majeska. Von Reed war weit und breit nichts zu sehen.

»Sie sollen Majeska fragen, ob der Bombenschütze auch ausgestiegen ist«, verlangte Jake.

Der Hubschrauberpilot sprach in sein Mikrofon. Wenige Sekunden später drehte er sich nach Jake um. »Das weiß der Pilot nicht, Sir.«

»Sagen Sie den Jägerpiloten, daß sie nach dem zweiten Mann

suchen sollen. Und daß sie vorsichtig sein sollen. Ich will nicht, daß jemand bei einer Suchaktion ins Meer fliegt.«

»Ich sehe euch!« rief die blecherne Stimme über Funk. »Ich zünde eine Rauchpatrone.« Die kreisenden Jäger hatten den Hubschrauber zu Bull Majeskas Schlauchboot geführt.

»Da ist er!« Der Copilot deutete nach links vorn, wo eine kleine orangerote Rauchwolke über dem Wasser auszumachen war. Die Wellenhöhe betrug etwa einen Meter, und der Wind war stark genug, um gelegentlich Schaumkronen zu erzeugen. Aus 300 Meter Flughöhe waren am nördlichen Horizont eben noch die niedrigen Berge Zyperns und im Osten die Aufbauten des sich entfernenden Frachters zu erkennen.

Der Hubschrauber flog das Schlauchboot in zehn Meter Höhe gegen den Wind an.

Jake trat in den Frachtraum zurück und beobachtete, wie der Windenmann den orangeroten Rettungskragen herabließ. Der Rettungsschwimmer im Naßtaucheranzug rückte seine Taucherbrille zurecht und lehnte sich aus der offenen Tür. Er würde nur ins Meer springen, wenn der Überlebende außerstande war, den Rettungskragen anzulegen.

Majeska hatte Schwierigkeiten, sein Schlauchboot zu verlassen, deshalb ging der Hubschrauber noch tiefer, und der Schwimmer sprang ins Wasser. Keine zwei Minuten später hievte der Windenmann Majeska in den Frachtraum, und Jake half, ihm den Rettungskragen abzunehmen. Majeska lag völlig erschöpft da; um ihn herum bildeten sich Pfützen.

»Ist Reed auch ausgestiegen?« brüllte Jake.

»Weiß ich nicht.«

Jake half Majeska aus seinem Rettungsanzug und hüllte ihn in eine trockene Decke.

»Bist du verletzt?« Jake mußte brüllen, um den Triebwerkslärm zu übertönen.

»Ich glaube nicht.«

»Was ist passiert?«

Bull Majeska schüttelte den Kopf. »Weiß ich nicht. Bin bewußtlos geworden.«

»Ist Reed vor dir ausgestiegen?« Da die Schleudersitze der A-6 nicht gemeinsam vom Piloten betätigt werden konnten, mußte jedes Besatzungsmitglied sich selbst aus dem Cockpit schießen.

»Weiß ich nicht. Als ich im Wasser war, hab' ich ihn immer wieder gerufen, aber es kam keine Antwort.«

Jake hüllte den zitternden A-6-Piloten in eine weitere Wolldecke. Danach stand er an der Tür, starrte ins graue Meer und dachte an den Bombenschützen. Später klappte das Besatzungsmitglied die Winde ein und schloß die Seitentür.

Kapitel 11

Doktor Hartman stand über den Patienten gebeugt und hörte sein Herz und seine Lungen ab. Sie befanden sich in einer Zweimannkabine im Schiffslazarett, aber das zweite Bett war leer. Majeska war bereits geröntgt worden und hatte eine Urinprobe abgeliefert. Jetzt hockte er auf der Bettkante.

»Was ist also genau passiert?« wollte Jake wissen.

»Ich weiß es nicht genau, CAG. Wir haben den Frachter in geringer Höhe angeflogen – und dann bin ich plötzlich im Wasser gewesen. Ich weiß nicht, ob der Schleudersitz beim Aufschlag ausgelöst worden ist oder ob ich herausgeschleudert worden bin, als das Flugzeug auseinandergebrochen ist. Ich weiß es einfach nicht! Und ich weiß nicht, ob Reed noch rausgekommen ist.«

»Sind Sie im Sitz gesessen, als Sie zu Bewußtsein gekommen sind?«

»Nein. Meine Schwimmweste hatte sich aufgeblasen, und ich war in tausend Fallschirmleinen verwickelt. Ich mußte sie durchschneiden, um freizukommen und mein Schlauchboot aufblasen zu können. Mein Gott, so geschuftet habe ich seit Jahren nicht mehr – und ich habe dabei bestimmt ein paar Liter Salzwasser geschluckt. Wahrscheinlich habe ich jede Leine dreimal durchgeschnitten.«

Jake wußte, daß die Schwimmweste automatisch von zwei Kohlensäurekapseln aufgeblasen wurde, wenn sie mit Salzwasser in Berührung kam. Aber der Fallschirm hätte sich nur entfalten dürfen, wenn der Schleudersitz betätigt worden war.

»Haben Sie den Frachter vom Wasser aus gesehen? Seine Besatzung will nach Überlebenden gesucht haben.«

»Ich hab' ihn gesehen. Aber ich war so in Fallschirmleinen verstrickt, daß ich meine Leuchtpatronen nicht gleich erreichen konnte. Und als es endlich soweit war, hatte er bereits abgedreht. Ja, so muß es wohl gewesen sein. Nachdem die erste Patrone ausgebrannt war, habe ich mich mindestens eine halbe Stunde lang bemüht, ins Schlauchboot zu kommen, und dabei ständig gereihert. Die Leinen haben mich behindert, das Schlauchboot ist ständig wieder umgekippt, und ich hatte Angst, der Fallschirm könnte mich unter Wasser ziehen. Ich bin damit beschäftigt gewesen, mit dem Klappmesser um mich zu schlagen, Wasser zu schlucken und mir die Seele aus dem Leib zu kotzen.«

»CAG«, sagte Doktor Hartman, »ich kann die Untersuchung nicht abschließen, solange Sie mit ihm reden. Könnten Sie . . .«

»Kommen Sie in ein paar Minuten wieder, Doc«, forderte Jake ihn auf. Der Arzt wollte etwas sagen, überlegte sich die Sache jedoch anders, verließ den Raum und schloß die Tür hinter sich.

Jake setzte sich Majeska gegenüber auf das andere Bett. »Ich glaube dir nicht«, stellte er fest.

Bull schob das Kinn vor. »Was soll das heißen, verdammt noch mal?«

»Daß ich dir nicht glaube. Ich vermute, daß du sehr viel mehr weißt, als du bisher erzählt hast, und will es von dir hören. Sofort!«

»Du bezeichnest mich als Lügner?«

»Spiel bloß nicht den Empörten, du Scheißkerl! Ein Mann ist tot, und ein Flugzeug für sechsunddreißig Millionen Dollar liegt auf dem Meeresboden. Ich will die ganze verdammte Wahrheit hören!«

Majeska senkte den Kopf. »Reed können wir nicht mehr lebendig machen«, sagte er halblaut.

»Ich will alles hören, Bull. Sofort!

»Ich habe alles erzählt, was ich dir zu sagen habe, Jake. Ich habe dir den Hergang geschildert. Ich wiederhole meine Schilderung vor dem Untersuchungsausschuß, aber dir gegenüber habe ich nichts hinzuzufügen.«

»Ich bin dein Chef, Bull. Ich schreibe deine Beurteilungen. Der Unfallbericht wird mir vorgelegt, und ich gebe meinen Senf dazu, bevor er weitergeleitet wird.« Jake holte tief Luft. »Du Idiot, ich bin für all diese Flugzeuge und ihre Besatzungen verantwortlich. Ich will keine weiteren Todesfälle.« Auf Majeskas Stirn standen Schweißperlen, und er biß sich auf die Unterlippe. »Ich bin nicht hier, bloß um dir eins reinzuwürgen. Wenn du Scheiß gebaut hast, hast du Scheiß gebaut. Aber ich muß die Wahrheit erfahren!«

»Ich habe Ihnen bereits die Wahrheit gesagt, Sir«, antwortete Bull Majeska schließlich.

Jake stand auf und verließ den Raum. Er ließ die Tür hinter sich offen.

* *
*

Jake ging in sein Dienstzimmer, wo bereits Fregattenkapitän Bob St. Peter, der Operation Officer des Geschwaders, auf ihn wartete. »Was hast du mitgebracht, Bob?«

»Aufnahmen des griechischen Frachters, der *Aegean Argos*. Sie scheint aus einem nordafrikanischen Hafen nach Beirut unterwegs zu sein. Im Augenblick läuft sie zwölf Knoten und macht gewaltig viel Rauch.« Als Jake hinter seinem Schreibtisch Platz genommen hatte, legte St. Peter ihm die Luftaufnahmen hin.

Jake betrachtete die Aufnahmen. Der Frachter schien unbewaffnet zu sein, aber seine Deckfracht war mit Planen abgedeckt. »Was sagen die Leute von der Air Intelligence dazu?«

»Sie sagen, daß keine Waffen zu erkennen sind. Glaubst du, daß die *Argos* Majeska abgeschossen haben könnte?«

»Ich weiß nicht, was ich glauben soll. Vielleicht haben sie ihn mit einer von der Schulter abgefeuerten Flakrakete oder einem an der Reling montierten MG runtergeholt. Vielleicht ist einfach ein Flügel seiner Maschine abgebrochen. Auch das ist schon vorgekommen. Vielleicht ist das Flugzeug in der Luft explodiert. Ich habe nicht die geringste Ahnung. Bull sagt, er sei bewußtlos geworden und erst im Wasser wieder zu sich gekommen. Eines steht jedenfalls fest: Der Kapitän dieses Frachters hat verhindern wollen, daß wir uns bei Tageslicht auf seinem Schiff umsehen. Ich habe fast den Eindruck, er hat die ursprünglich begonnene Suche nach Überlebenden abgebrochen, als ihm klargeworden ist, daß wir auf die *Argos* kommen würden, um sie abzuholen. Vielleicht hat er deshalb abgedreht.«

»Der wahre barmherzige Samariter!«

»Majeska hat mir erzählt, der Frachter habe abgedreht, obwohl er eine Leuchtpatrone gezündet hatte. Die hätte die Besatzung sehen müssen. Der Seegang ist bei guter Sicht nicht sonderlich hoch gewesen. Am besten redest du mal mit den Leuten im Strike Ops darüber. Und frag mal, was der Admiral von dieser Sache hält.«

»Okay, wird gemacht.«

* *
*

»Irgendwelche Ideen, was den Absturz der A-6 betrifft?« fragte Cowboy Parker. Der Admiral saß in seinem erhöhten Ledersessel auf der Backbordseite der Kommandobrücke. Von dort aus konnte er die Aktivitäten auf dem Flugdeck überblicken, ohne aufstehen zu müssen. Auf dem Fensterbrett vor ihm lagen die Akten, die er gerade durcharbeitete.

Jake berichtete, was Majeska ausgesagt hatte. »Ich glaube, daß er lügt«, stellte er abschließend fest. »Wir haben diese Sauerstoffsysteme gründlichst überprüft und keinerlei Defekte festgestellt. Die Sauerstoffversorgung in Jelly Dolans Tomcat kann versagt haben, aber ich glaube nicht, daß sie in Majeskas Intruder versagt hat. Die Wahrscheinlichkeit, daß das passiert, ohne daß die Anlagen an Bord defekt sind, ist verschwindend gering.«

»Und du weißt genau, daß die Bordanlagen in Ordnung sind?«

»Hundertprozentig.«

»Hast du Majeska gesagt, daß du ihm seine Story nicht abnimmst?«

»Ja, das habe ich ihm gesagt.«

»Und er ist trotzdem dabei geblieben.« Parker legte den Kopf schief und kratzte sich hinterm Ohr. »Falls er bei seiner Aussage bleibt, wird der Unfalluntersuchungsbericht eine Katastrophe für ihn. Und er weiß, daß du eine vernichtende Beurteilung über ihn schreiben wirst. Unter Umständen wird er sogar von seinem Posten abgelöst. In der Navy ist er dann erledigt.«

»So ungefähr sieht's aus.«

»Trotzdem ist ihm das lieber, als die Wahrheit zu sagen.«

Jake breitete die Hände aus. »Falls er lügt.«

»Was, zum Teufel, kann er im Cockpit getan haben?«

»Wahrscheinlich geht es eher um etwas, was er nicht getan hat.«

»Aber was?«

Jake zuckte ratlos mit den Schultern.

»Weshalb löst du ihn nicht gleich ab, wenn du weißt, daß er lügt?«

»Ich weiß überhaupt nichts. Ich habe nur den Verdacht, daß er's tut. Das hat er sogar selbst angedeutet. Aber Andeutungen und ein Verdacht reichen nicht aus, um jemanden von seinem Posten abzulösen.«

»Uns fehlt ein Bombenschütze. Wie hat er gleich wieder geheißen? Reed? Er ist zweifellos tot. Ich verlange Aufklärung darüber, wie das passiert ist. Wir können diese Sache nicht einfach unter den Teppich kehren und weitermachen, als ob nichts passiert wäre.« Parkers Gesicht ließ keinerlei Gemütsregung erkennen. »Wenn es dir nicht gelingt, die Wahrheit aus Majeska rauszuholen, schickst du ihn zu mir rauf.«

»Laß mir noch ein bißchen Zeit, Cowboy.«

Parker griff nach der nächsten Akte auf dem Fensterbrett. »Gut, dann bis später.«

»Ja, Sir.« Jake grüßte und ging.

* *
*

Eine endlose Herde kleiner weißer Wolken zog übers Meer dahin. Die Kampfgruppe lief um die Südküste Siziliens herum nach Westen. Auf den Mittelkatapulten standen zwei Jäger zum Alarmstart bereit. Ihre Besatzungen winkten Jake zu, dann vertieften sie sich wieder in ihre Taschenbuchromane.

Jake stand mit beiden Händen in den Hosentaschen am vorderen Rand des Flugdecks und spürte die Aufundabbewegungen des Schiffsbugs, der die Wellen durchschnitt. Die Wolken glichen weißen Wattebäuschen und warfen deutlich umrissene Schatten, unter denen das Wasser tiefblau, fast schwarz wirkte. Die Wolken und ihre Schatten zogen von einer steifen Brise getrieben rasch von Steuerbord nach Backbord übers Schiff hinweg.

Das Mittelmeer unter einem endlos weiten Himmel mit weißen Wolken und ihren Schatten und der strahlend hellen Sonne hatte Dichter und Sänger seit Homers Zeiten und vermutlich schon davor inspiriert. Odysseus hatte diese Gewässer bei seiner Heimkehr aus Troja befahren; später waren hier phönizische Galeeren und römische Handelsschiffe unterwegs gewesen. Dieses Meer war gewissermaßen das Herz der abendländischen Zivilisation.

Wie vielen Männern mochte es schon zum Seemannsgrab geworden sein?

Zweiundzwanzig Jahre in der U. S. Navy, neun Seereisen, ein Krieg – er hatte alles gesehen und durchlebt. Unfälle auf dem Flugdeck, Bruchlandungen, Abstürze, Menschenleben zerschmettert und ausgelöscht ... blutige Fäden in diesem Gewirk aus jungen Männern, die fern der Heimat in eine Männerwelt hineinzuwachsen suchten.

Und was ist mit dir, Jake Grafton? Hast du deinen Teil getan? Was hast du getan, das ein anderer nicht ebensogut hätte tun können?

Müde und deprimiert ging er zur Backbordseite hinüber und stieg den kurzen Niedergang hinunter. Am vordersten Punkt des anschließenden Laufgangs befand sich eine Fernglashalterung, die ein Ausguck beim Ein- oder Auslaufen des Schiffs oder bei schlechtem Wetter benützen konnte. Jake lehnte sich gegen die Halterung und beobachtete, wie die Wolkenschatten über das schaumgekrönte Meer dahinzogen.

Als Frau eines Seeoffiziers hatte Callie es nicht leicht gehabt. Sie war in einer Familie aufgewachsen, in der der Vater jeden Abend nach Hause gekommen war und in der Rituale wie das gemeinsame Abendessen, der gesellige Verkehr mit Kollegen und Nachbarn und der Kirchgang am Sonntag befolgt worden waren. In ihrer Ehe mit Jake waren nur zwei Rituale gewissenhaft befolgt worden: Abschiede und Begrüßungen. Und dazu kam noch, daß Callie und er wegen seiner Versetzungen im Zweijahresrhythmus nirgends richtig seßhaft geworden waren ...

Wenn Kinder dagewesen wären, hätte er den Dienst in der Navy vielleicht längst quittiert. Sie hatten sich Kinder gewünscht, aber nie welche bekommen.

So viele Monate, so viele Jahre war er von Callie getrennt gewesen.

Wofür?

Jake Grafton wandte sich müde ab und folgte dem Laufgang nach achtern.

* *
*

Jake sah Ray Reynolds im Backbordlaufgang in der Nähe des optischen Landesystems stehen und ging zu ihm hinüber. Der Erste Offizier beaufsichtigte vier Marines in Tarnanzügen, die im Laufgang ein 12,7-mm-MG aufbauten. Jake wußte, daß auf beiden Seiten des Schiffs je zwei dieser MGs stehen würden, wenn die *United States* in Kürze in Neapel einlief.

»Tag, XO.«

Reynolds nickte ihm zu und beobachtete dann weiter die Marines. Einige Minuten später meldete der Sergeant, daß das MG feuerbereit sei.

»Sergeant, führen Sie mir den Feuerbereich des MGs vor«, verlangte Reynolds.

Der Sergeant schwenkte die Waffe von links nach rechts.

»Und jetzt so tief wie möglich.«

»Das Heck ist völlig ungeschützt«, murmelte Reynolds Jake zu. »Und wenn sie bis auf fünfzehn Meter rankommen, befinden sie sich im toten Winkel.« Reynolds wandte sich ab. »Diesmal bewaffne ich die Flugdeckwache, solange wir im Hafen liegen, CAG«, berichtete er, während sie nach achtern gingen. »Alle Mann kriegen Schrotflinten. Ich wollte, wir hätten mehr M-16 . . .« Reynolds schlängelte sich zwischen zwei abgestellten A-6 hindurch und blieb an der Hinterkante des Flugdecks stehen. Er starrte in die zwanzig Meter unter ihnen schäumende Hecksee. »Hier oben postiere ich zwei Marines mit M-16. Die Urlauberboote legen hier am Heck an . . .« Er wies mit dem Daumen auf das unter dem Flugdeck vorspringende Schiffsheck. »Und ich verstärke den Schiffsprofos und seine Truppe durch ein paar bewaffnete Marines. Fällt dir sonst noch was ein?«

»Damit dürfte alles abgedeckt sein. Erwartest du Probleme?« Das kam einer höflichen Frage gleich, ob der Erste Offizier eine Geheimdienstmeldung kannte, die Jake nicht erhalten oder übersehen hatte.

»Nein, ich mache mir nur wie üblich Sorgen.« Er versuchte zu grinsen, ohne daß man das Fehlen seiner Vorderzähne sah. »Du etwa nicht?«

»Dauernd«, antwortete Jake wahrheitsgemäß.

Kapitel 12

»Weißt du, daß ich dich liebe?« flüsterte Jake.

»Ich hab's oft vermutet«, gab Callie scherzhaft zurück. »Aber ihr Seeleute mit euren Mädchen in jedem Hafen! Wir armen Frauen sollen Schlange stehen. Und es lohnt sich einfach nicht, viel Gefühl in einen Liebhaber zu investieren, der morgen schon wieder fort ist.«

Jake küßte leise lachend ihren Nacken, atmete den Duft ihrer Haare ein und genoß das sinnliche Vergnügen ihrer Haut, die seine berührte, die Kühle der Bettwäsche und die sanften Formen des Körpers unter seiner Hand. »Das bin ich, schätze ich.«

»Allerdings! Und was bin ich? Deine Nummer zehn für diesen Monat?« Sie kicherte, als Jakes Zungenspitze vom Nacken über ihr Schlüsselbein nach Süden wanderte.

»Elf, glaube ich.«

Sie drückte ihn stürmisch an sich. »Oh, ich liebe dich, Jake Grafton, du nichtsnutziger Flieger, du Dummkopf, der immer wieder wegfährt und mich allein läßt!«

Als Callie ihn losließ, stützte er den Kopf auf einen Arm und ließ einen Finger über ihr Kinn gleiten. Sie schnappte spielerisch danach.

»Bist du in letzter Zeit wieder im Strandhaus gewesen?« fragte Jake. Vor drei Jahren hatten sie sich in Delaware ein Haus am Strand gekauft, das sie bei jeder Gelegenheit besuchten, um sich auf den Tag zu freuen, an dem sie für immer dort bleiben würden.

»Erst letztes Wochenende. Die Möwen kreischen noch immer, und bei Flut rauscht die Brandung gegen den Strand. Aber das Klo im ersten Stock ist verstopft gewesen, und ich mußte den Installateur holen ...«

Jake wälzte sich aus dem Bett und zog seinen Bademantel an. »Ich habe in letzter Zeit oft an dieses Haus gedacht«, sagte er aus dem Sessel an der Balkontür.

Callie setzte sich im Bett auf und strich sich ihre langen schwarzen Haare aus dem Gesicht. »Sind einundzwanzig Jahre genug?« Damit meinte sie Jakes Dienstjahre in der Navy.

»Ich kann nachts nicht mehr fliegen. Ich bin nur noch halb flugtauglich.« Sie stand auf, trat an den Sessel und setzte sich auf Jakes Schoß. »Es liegt an meinen Augen. Ich werde nachtblind. Mit meinem Augenpurpur ist irgendwas nicht in Ordnung.«

»Mein Gott, Jake, wird dir die Fliegerei nicht sehr fehlen?«

»Doch«, seufzte er bedrückt.

»Und wie kannst du Geschwaderkommandeur bleiben, wenn du nicht mehr fliegen kannst?«

»Das kann ich eben nicht. Ich werde bestimmt bald abgelöst. Wahrscheinlich bin ich schon bald zu Hause und bekomme völliges Flugverbot. Dann ist's mit der Fliegerei für immer vorbei.«

»Wohin wirst du versetzt?«

»Keine Ahnung. Wahrscheinlich in den Stab irgendeines Admirals. Uns fehlen Radartechniker, aber wir haben massenhaft Admirale und massenhaft Stäbe.«

»Deshalb hast du über unser Strandhaus nachgedacht?«

»Mmm-hmm. Und über uns. Über dich und deinen nichtsnutzigen Flieger und all die Jahre, die wir voneinander getrennt gewesen sind. Und ich habe mir überlegt, daß es vielleicht Zeit ist. Jeder tritt irgendwann in den Ruhestand, wenn er nicht vorher rausfliegt – warum also nicht? Es wird Zeit, daß du einen Vollzeitehemann bekommst, nicht einen ...«

Callies Gesicht war jetzt nur eine Handbreit von seinem entfernt. Sie legte beide Hände auf Jakes Wangen. »Ich bin sehr, sehr glücklich mit dir gewesen. Oh, die Trennungen sind schwer zu ertragen, aber ich halte die Zeit ohne dich aus, weil ich weiß, daß du, so Gott will, zu mir zurückkommst. Du bist, wie du bist, und ich liebe dich. Fang also bloß nicht davon an, daß ich es bei dir nicht gut gehabt hätte. Das stimmt nämlich nicht!«

Er wollte etwas sagen, aber sie küßte ihn. Im nächsten Augenblick trug er sie ins Bett zurück.

* *
*

Sie ließen sich das Frühstück auf dem Balkon servieren, wo sie nur ihre Bademäntel zu tragen brauchten. Von dort aus konnten sie die weite Bucht von Neapel und den Renaissancehafen mit den Jachten überblicken. Die *United States*, die aus diesem Blickwinkel kürzer wirkte, lag mit zwei Überwasserkampfschiffen mehrere Kilometer vor der Küste. Der Träger mit seinem riesigen Flugdeck wirkte klobig und daher eher ungefährlich, aber die Fregatten mochten für Zivilisten ziemlich bedrohlich aussehen. Und weit, ganz weit draußen verschwamm die Kimm im Dunst. Der Tag versprach heiß zu werden.

»Fährst du heute zum Schiff raus?« fragte Callie zwischen zwei Schlucken Orangensaft.

»Vielleicht etwas später. Nachmittags könnten wir irgendwo hinfahren. Was hältst du von Pompeji?« Jake saß da, starrte den Flugzeugträger an und trommelte mit den Fingern auf die gläserne Tischplatte.

»Ich bin froh, daß du das Rauchen aufgegeben hast.«

»Ich hab's noch nicht ganz geschafft«, gab Jake zu und steckte seine Hände mit den abgekauten Fingernägeln verlegen in die Taschen seines Bademantels.

Callie verbarg ihr Lächeln hinter einer weiteren Scheibe Toast. Du kannst von Glück sagen, daß du dir diesen Mann geangelt hast, überlegte sie sich. Aber natürlich hat er keine Chance gehabt, dir zu entwischen. Callie fuhr sich mit einer Hand durchs Haar und streckte sich. Jake sah auf die Terrasse am Swimmingpool hinunter, wo man drei Stockwerke tiefer ebenfalls im Freien frühstükken konnte.

»Wer interessiert dich dort unten?«

»Ich dachte, ich hätte eine junge Frau wiedererkannt. Aber aus diesem Winkel bin ich mir nicht ganz sicher.«

Callie stand auf und trat ans Geländer. Sie hielt ihren Toast in der Hand. »Welche junge Frau?«

»Die in dem blauen Kleid.«

Callie beugte sich übers Geländer und rief: »Hallo, Judith! Guten Morgen!« Die junge Frau in dem blauen Kleid hob den Kopf, lächelte und winkte ihr zu.

»Das ist Judith Farrell«, erklärte Callie und steckte ihr letztes Stück Toast in den Mund.

»Wo hast du denn die kennengelernt?«

»Auf dem Flug von London hierher. Judith ist neben mir gesessen. Eine sehr nette Person – eine amerikanische Journalistin, die in Paris lebt. So habe ich Gelegenheit gehabt, mein Französisch aufzupolieren. Judith spricht fließend Französisch. Sie bleibt zwei Wochen in Neapel. Ich habe sie eingeladen, heute abend mit uns zu essen.«

Jakes verblüffter Blick wanderte abermals von Callies Gesicht auf die Terrasse hinunter und zu Judith Farrell, die ruhig weiterfrühstückte.

»Für wen hast du sie gehalten?« fragte Callie neugierig.

»Für Mrs. Judith Farrell, Mitarbeiterin der *International Herald Tribune*. Die Welt ist eben doch verdammt klein!«

* *
*

Oben in der Suite richtete Oberst Qazi sein Fernglas auf die Terrasse am Swimmingpool und betrachtete Judith Farrells Profil. Er saß auf einem von der Balkontür ins Innere des Zimmers abgerückten Tisch – hier konnte er aus keinem der anderen Hotelzimmer gesehen werden. Jetzt nahm er den Kopfhörer ab und gab ihn Jasin zurück. Dann setzte er das Fernglas erneut an die Augen. Er runzelte die Stirn, während er beobachtete, wie Judith Farrell frühstückte.

»Judith Farrell. Welches Zimmer hat sie, Noora?«

Die schwarzhaarige Frau sah auf ihrem Plan nach. »Zimmer achthundertzweiundzwanzig.«

»Du hilfst Jasin, es so schnell wie möglich zu verdrahten. Wanzen ins Telefon, ins Bad und in ihr Bett.«

»Wer ist sie?« fragte Ali.

»Angeblich eine Journalistin. Sie ist in Tanger auf dem Schiff gewesen.«

»Könnte sie Sie erkennen?«

»Nein. Dort bin ich als korpulenter Mittfünfziger aufgetreten.«

Er reichte das Fernglas an Ali weiter, der es auf die junge Frau am Swimmingpool richtete.

Als Qazi das Fernglas zurückbekam, beobachtete er den Balkon der Graftons. Mrs. Farrell und Mrs. Grafton hatten also im Flugzeug aus London nebeneinandergesessen. Sehr interessant.

Während der Oberst vom Tisch stieg, begutachtete der Ex-CIA-Agent Sakol die junge Frau in dem blauen Kleid durch das Fernglas. Seine Finger betätigten die Scharfeinstellung. Nach einem langen Blick legte er das Fernglas auf den Tisch zurück. »Die habe ich noch nie gesehen. Mossad, CIA oder GRU.«

»Vielleicht ist sie auch, was sie zu sein scheint«, meinte Qazi. Dann wandte er sich an Ali. »Was hast du letzte Nacht über die Sicherheitsvorkehrungen an Bord des Flugzeugträgers erfahren?«

»Sie haben bewaffnete Marines am Heck, wo die Boote für Mannschaften anlegen, und am Bug, wo die Offiziersboote anlegen. Vier 12,7-mm-MGs, je zwei auf beiden Seiten des Flugdecks, sind Tag und Nacht mit Marines besetzt. An Deck stehen Flugzeuge verteilt, so daß kein Hubschrauber landen kann. Die Funkmasten ums Flugdeck bleiben aus demselben Grund aufgerichtet. Scheinwerfer beleuchten die Umgebung des Schiffs, so daß sich nachts weder Schwimmer noch kleine Boote ungesehen annähern können.«

Qazi reckte sich seufzend. »Können wir unseren Zeitplan halten?«

»Mit knapper Not. Ich fliege heute nachmittag nach Afrika zurück. Noora sollte mitkommen. Wir brauchen sie, damit sie Jarvis auf Trab bringt.«

»Drei Tage. Wir müssen in drei Tagen losschlagen können. Die Amerikaner können jederzeit wieder auslaufen.«

»Ihre Hotelzimmer sind aber für weitere sieben Tage gebucht«, wandte Jasin ein.

»Die amerikanische Regierung kann die Schiffe jederzeit ins östliche Mittelmeer beordern, um auf irgendwelche Ereignisse im Libanon zu reagieren. Wir müssen diese Gelegenheit nutzen, bevor es zu spät ist.«

»Dann sind Änderungen unvermeidlich.«

»Ja.« Qazi rieb sich den Nacken. Die peinlich genaue Beachtung einer Vielzahl winziger Details war die Grundlage eines erfolgreichen Geheimunternehmens – und der Grund dafür, daß Oberst Qazi nach zwölf Jahren in diesem Geschäft immer noch lebte. Er bestand darauf, daß Ali und seine übrigen persönlichen Mitarbeiter auf Details achteten. Trotz aller Vorsichtsmaßnahmen würden immer wieder unerwartete Ereignisse auftreten, aber je weniger dem Zufall überlassen blieb, desto besser standen die Chancen für ein Gelingen des Plans.

»Erzähl mir was über die Nachrichtenverbindungen.«

Kapitel 13

Gegen acht Uhr verließ Jake das Hotel gemeinsam mit vier weiteren Offizieren, die er in der Hotelhalle getroffen hatte. In ihren weißen Uniformen lenkten sie auf der Via Medina die Blicke von Passanten und motorrollerfahrenden Kamikazes auf sich.

Auf der Piazza Municipal bogen sie links ab und schlenderten den geteilten Boulevard in Richtung Hafen hinab. Hinter ihnen bildete der imposante Bau des Rathauses den Abschluß des Boulevards; rechts ragte das Castel Nuovo in den schmutzigweißen Morgendunst. An einer Mauer des Bauwerks aus dem 13. Jahrhundert erkannte Jake einen Granateneinschlag – vielleicht aus dem Zweiten Weltkrieg. Eine Granate mit Aufschlagzünder schien einen flachen Krater in den Stein gesprengt zu haben, und ihre Splitter hatten nach allen Seiten ausstrahlende Furchen gerissen. Jake fragte sich, wie viele Kriege, Belagerungen und Beschießungen das Kastell schon erlebt haben mochte.

Die kleine Gruppe schlängelte sich durch den dichten Verkehr und erreichte endlich das Tor zum Kai. Der Carabiniere, der dort Wache stand, salutierte vor den Amerikanern, die seinen Gruß erwiderten.

Sie gesellten sich zu weiteren Offizieren und Mannschaften, die auf das Boot der *United States* warteten, schwatzten miteinander und beobachteten das Ablegen der Fähren nach Ischia und Capri.

Als das Offiziersboot eine halbe Stunde später anlegte, stellte Jake sich lieber neben den Bootsführer, als vorn oder achtern in einem der beiden Fahrgastabteile Platz zu nehmen. Er hatte sich nie recht an das Tanzen dieser kleinen Boote in der Dünung jenseits des Wellenbrechers gewöhnen können.

Das Motorboot durchpflügte das ölige schwarze Wasser, so daß das Treibgut in seiner Heckwelle tanzte, während es am Bug von vier amerikanischen Zerstörern und Fregatten vorbeifuhr, die mit dem Heck voraus an dem Wellenbrecher festgemacht hatten. An der Mastspitze jedes Schiffs drehten sich unaufhörlich Radarantennen. Die meisten dieser Schiffe gehörten zu der Flottille, die den Auftrag hatte, die *United States* zu begleiten und zu schützen. An den Piers an Backbord lagen italienische Kriegsschiffe, hinter denen im Dunst eben noch die Umrisse des Vesuvs auszumachen waren.

Jake blickte nach achtern übers Bootsheck hinweg. Gebäude aus früheren Jahrhunderten bedeckten die Hügel hinter Castel Nuovo und Rathaus. Auf dem höchsten stand eine prächtige Festung: Castel Sant' Elmo, jetzt ein Militärgefängnis. Das Gebiet zwischen Rathaus und Sant' Elmo war das älteste und ärmste Viertel der Stadt, das Generationen amerikanischer Seeleute unter dem Spitznamen »der Bauch« kannten. Kneipen und Mädchen sorgten seit Jahrhunderten für die Unterhaltung von Seefahrern.

Auch mit seinen modernen neuen Wohngebieten und Einkaufszentren blieb Neapel eine Industrie- und Hafenstadt – nicht hübsch, nicht für Touristen herausgeputzt, sondern eine Stadt mit Muskeln unter ihrem Fett, die nach Schweiß und billigem Fusel roch. Jake gefiel sie.

Er beobachtete, wie die Umrisse der einzelnen Gebäude im Dunst verschwammen, während das Boot in der Dünung jenseits des Wellenbrechers tanzte. Die hier draußen wehende natürliche Brise wurde durch die Eigenbewegung des Boots verstärkt, so daß es nach der Hitze der Stadt jetzt angenehm kühl wurde.

Möwen auf Futtersuche segelten meerwärts, gegen den Wind und so dicht über das Boot, daß sie fast mit Händen zu greifen waren. Am Heck des Motorboots knatterte das Sternenbanner im Fahrtwind.

Jake genoß diese Szene mit den in der Sonne vor Anker liegenden grauen Schiffen, der frischen Brise, dem Rudergänger, der seine Mütze tief in die Stirn gedrückt hatte, damit sie ihm nicht vom Kopf geweht wurde, und den in der Sonne leuchtenden weißen Uniformen. Dies war der Teil seines Lebens, der ihm am meisten fehlen würde: dieses sorglose Abenteurertum auf See, wo die Welt jung und frisch wirkte und das Leben sich über die Wogen hinweg bis zu einem unendlich fernen Horizont erstreckte.

Als das Boot sich der *United States* näherte, dachte Jake Grafton jedoch nicht mehr über die landschaftlichen Schönheiten dieses Morgens nach. Die beiden Festmacher ließen im letzten Augenblick die Fender herunter und sprangen auf das Floß unter dem Schiffsbug, während das Motorboot es streifte. Oben am Fallreep grüßte der Deckoffizier Jake, der seinen Gruß erwiderte und weiter in seine Kabine auf dem O-3-Deck – unmittelbar unter dem Flugdeck – hastete.

»Sind Sie schon an Land gewesen?« fragte er Farnsworth.

»Noch nicht, Sir. Ich gehe heute nachmittag, wenn ich einiges erledigt habe.«

»Veranlassen Sie, daß das Wartungshandbuch der abgestürzten A-6 in mein Dienstzimmer gebracht wird. Ich will es mir mal ansehen.«

»Ich rufe den Wachhabenden der Staffel an.«

»Irgendwas Dringendes?«

»Immer das gleiche, Sir. Der Erste Offizier hat für heute morgen eine weitere Musterung angeordnet. Anscheinend sind drei Besatzungsmitglieder, darunter ein Bootsmann, nicht vom Landgang zurückgekehrt. Deshalb läßt der Erste das ganze Schiff erneut antreten.«

»Gut, wir sehen uns in ein paar Minuten.«

Jake fragte sich, was das alles zu bedeuten haben mochte. Ray Reynolds schien sich aus irgendeinem Grund Sorgen zu machen.

In seinem Dienstzimmer griff er automatisch in den von der Decke herabhängenden Helm. Er war leer. Jake ließ sich von Farnsworth einen Becher Kaffee geben und starrte den Helm nachdenklich an, während er den ersten vorsichtigen Schluck nahm. Dann zog er sich hinter seinen Schreibtisch zurück und blätterte in der eingegangenen Dienstpost. Die U. S. Navy hatte einen Nachfolger für ihn ernannt – einen ihm unbekannten Offizier. Der Neue würde sich in vier Wochen zum Dienstantritt melden. Keine Andeutung über Jakes nächste Dienststellung.

Bestimmt an einem Schreibtisch in irgendeinem Stab. Davon wollte er lieber nichts wissen, solange Callie hier war.

Ein junger Airman brachte das Wartungshandbuch. Es bestand aus einem Loseblattordner, auf dessen Metalldeckel in drei Zentimeter hohen Ziffern die Zahl 503 stand – die Nummer der A-6 Intruder, die Majeska und Reed bei Reeds letztem Flug geflogen hatten.

Jake schlug den Ordner auf. Rechts waren die Vordrucke mit den bei den letzten zehn Flügen aufgetretenen schweren Mängeln eingeordnet. Auf jedem waren das Instandsetzungsdatum, der Name des Flugzeugmechanikers und die durchgeführten Arbeiten angegeben. Links waren die leichten Mängel abgeheftet, die bisher noch nicht behoben worden waren.

Nachdem er beide Spalten durchgegangen war, klappte er den Ordner zu. Welcher Defekt konnte die A-6 zum Absturz gebracht haben? Die Sauerstoffversorgung war kein einziges Mal beanstandet worden. Hatte Bull Majeska wirklich das Bewußtsein verloren? In niedrigen Höhen gab es reichlich Sauerstoff; ein Schaden an der Maske war da kein Beinbruch. Oder log er? Was verschwieg er Schreckliches? Und für wen war es schrecklich? Natürlich für Majeska. Als Jake merkte, daß er an einem Fingernagel kaute, knallte er den Ordner auf seinen Schreibtisch und rief nach Farnsworth.

»Geben Sie mir 'ne Zigarette.«

»Nein.«

»Verdammt noch mal! Bitte!«

»Degradieren Sie mich. Lassen Sie mich vors Kriegsgericht stellen. Sie kriegen keinen Glimmstengel mehr.«

»Wenn Sie sich die Beine rasieren würden, Farnsworth, wären Sie 'ne klasse Ehefrau für irgend jemanden.«

»Keine Zigaretten für Sie, Seemann. Aber wollen Sie mich zu 'nem Drink einladen?«

»Gehen Sie ins Geschäftszimmer des Kapitäns und stellen Sie fest, weshalb heute morgen zwei Musterungen stattgefunden haben.«

»Ja, Sir.«

Jake ging aufs Flugdeck hinauf und suchte sich eine A-6, an der gerade nicht gearbeitet wurde. Er klappte die Pilotenleiter herunter und betätigte den Haubenschalter. Die Haube öffnete sich langsam, während ihre elektrisch angetriebene Hydraulikpumpe laut protestierend surrte. Jake stieg die Leiter hinauf und setzte sich ins Cockpit.

Er fragte sich, ob Reed noch leben würde, wenn er ihn in jener Nacht nicht mitgenommen hätte. Mad Dog mit den ebenmäßigen Gesichtszügen und der sanften Stimme. Ach, wer konnte schon sagen, was geschehen wäre, wenn . . .? Solche Überlegungen waren etwas für Philosophen und Politiker. Aber Reed war tot. Der junge Mann, der eigentlich hatte aussteigen wollen, war jetzt tot.

Jakes Blick glitt über die Instrumente. ADI, Höhenmesser, Fahrtmesser, Radarhöhenmesser, Kreiselkompaß, Warnleuchten . . . Dann sah er zu den Knöpfen und Schaltern vor dem Platz des Bombenschützen und Navigators hinüber. Er starrte nachdenklich auf die schwarze Haube über den Radar- und Infrarotbildschirmen.

Die beiden hatten nachts einen griechischen Frachter kontrolliert. Reed mußte die Infrarotkamera eingeschaltet haben – wie in jener Nacht vor einigen Wochen, als Jake und er auf das Boot mit der Sprengladung herabgestoßen waren. Bull Majeska hatte hier gesessen und die Maschine im Tiefflug gesteuert – wie niedrig über dem Wasser? Beim Überfliegen des Frachters mußte Reed das Zoomobjektiv der Infrarotkamera im Rumpfturm benützt haben, um Einzelheiten erkennen zu können. Und Majeska? Er mußte auf den Knopf am Steuerknüppel gedrückt haben, um das Infrarotbild auf seinen ADI-Bildschirm zu holen. Und er mußte sich zugleich darauf konzentriert haben, die Maschine zu fliegen. Wäre er dabei zu tief geraten, hätte der Radarhöhenmesser ihn gewarnt.

Jake streckte die linke Hand nach diesem Gerät aus und drehte den Knopf, mit dem die Höhe eingestellt wurde, in der das akustische Warnsignal ertönen sollte. Er beobachtete, wie die kleine keilförmige Anzeige um den äußeren Umfang des Höhenmessers wanderte. Falls Majeska sie zu hoch eingestellt hatte, würde er das Warnsignal überhört haben. Falls sie zu niedrig eingestellt gewesen war, würde es zu spät ertönt sein.

Was war, wenn Majeska den Frachter beobachtet hatte, anstatt sich aufs Fliegen zu konzentrieren? Oder wenn er durch irgend etwas im Cockpit abgelenkt worden war? Das akustische Warnsignal ertönt, sobald das Flugzeug die zuvor eingestellte Mindesthöhe unterschreitet. Und dann? Was dann? Majeska zieht die zu niedrig fliegende – und bereits gefährdete – Maschine hoch? Nein... Sie schlägt also aufs Wasser auf oder... Oder was? Weshalb weigerte sich Majeska nun, über die Absturzursache zu reden?

Jake schlug sich mit der rechten Faust auf den Oberschenkel und kletterte aus dem Cockpit. Er schloß die Haube und marschierte zielstrebig übers Deck davon. In seinem Dienstzimmer klappte er das Wartungshandbuch auf und blätterte in den Vordrucken für leichte Mängel. Da war die gesuchte Anzeige! »ADI-Kontrast unzuverlässig. Einmal ganz schwarz. Vermutlich Kurzschluß.« Das hatte noch als leichter Mangel gegolten. Zwei Flüge später wurde in der Nacht vor dem Absturz ein schwerer Mangel angezeigt: »ADI schwarz geworden. DRINGEND INSTANDSETZEN!« In beiden Fällen lautete der Prüfbericht des zuständigen Technikers: »Kein Defekt festzustellen.«

Jake schaltete sein Kopiergerät ein und machte von beiden Mängelanzeigen Kopien, die er in die oberste Schreibtischschublade legte.

»Was haben Sie rausgekriegt?« fragte er Farnsworth, als der Schreiber zurückkam.

»Sie wissen auch nur, daß der E. O. eine weitere Musterung angeordnet hat. Er hat keinen Grund dafür genannt.«

»Hier«, sagte Jake und drückte Farnsworth den Ordner in die Hand. »Wenn Sie den zurückgebracht haben, können Sie zum Essen gehen.«

Danach rief er den Ersten Offizier Ray Reynolds an. »Hier ist Grafton, Erster. Nur so aus Neugier: Wozu die zwei Musterungen von heute morgen?«

»Einer der Kerle, die vom Landgang nicht zurückgekommen

sind, ist Bootsmann, ein anderer Obergefreiter der Marines. Ich kenne den Obergefreiten als Ordonnanz. Er ist nüchtern, pünktlich und zuverlässig – ein verdammt guter Junge. Irgend etwas ist da faul.«

»Vielleicht . . .«

»Oh, ich weiß. Welcher Offizier ahnt schon, was ein junger Untergebener denkt oder was seine Frau oder Freundin ihm schreibt? Aber auf diesen Jungen hätte ich einen Monatssold verwettet. Nach dieser Reise will er einen Vorbereitungskurs für die Marineakademie besuchen. Ich habe ihm sogar einen Empfehlungsbrief geschrieben.«

»Terroristen?« fragte Jake und kaute wieder an einem Fingernagel herum.

»Manche Leute sehen überall Terroristen. Aber ich weiß nicht, was ich davon halten soll.«

* * *

Jake saß in der vorderen Offiziersmesse und ging einige Fernschreiben durch, als Toad Tarkington mit seinem Tablett erschien und sich zu Kameraden an einen anderen Tisch setzte.

Jake drehte sich halb um. »Mr. Tarkington.«

»Ja, CAG?«

»Setzen Sie sich einen Augenblick zu mir, ja?«

Nachdem Toad seiner Aufforderung Folge geleistet hatte, begann Jake: »Erinnern Sie sich an die Journalistin, die in Tanger an Bord gekommen ist? Judith Farrell?«

Toad nickte.

»Möchten Sie's noch mal mit ihr versuchen?«

Der Leutnant zog die Augenbrauen zusammen und schluckte angestrengt. »Sie ist hier? In Neapel?«

»Richtig. Sie geht heute abend mit meiner Frau und mir essen. Wie wär's, wenn Sie mitkommen und versuchen würden, sie mir vom Hals zu halten?«

»Ach, ich weiß nicht recht . . .«

»Hören Sie zu, Sie Schwachkopf! Ich verlange nicht, daß Sie die

Mieze gleich abschleppen. Sie sollen sie mir bloß vom Hals halten. Damit haben Sie schon in Tanger Erfolg gehabt, und da Sie ein hartnäckiger Junge sind, könnten Sie's noch mal versuchen.«

»Sie ist von meiner Show nicht gerade begeistert gewesen, CAG. Wenn ich was Hartes brauche, um mit dem Schädel dagegen zu rennen, tut's auch die Wand in meiner Kabine.«

»Na ja – meine Frau hält sie für eine sehr nette Lady. Kaum zu glauben, aber vielleicht stimmt's ja doch. Vielleicht hat sie für uns Bauernburschen in Uniform bloß eine Rolle gespielt. Sie wissen schon: Hartgesottene Reporterin auf der Suche nach politischen Skandalen.«

»Oder vielleicht hat sie Ihrer Frau was vorgespielt.«

»Toad, wollen Sie auf diese von einem Vorgesetzten ausgesprochene Bitte um Unterstützung positiv reagieren?«

»Äh . . . ja, Sir, wenn Sie's so ausdrücken.«

»Sie sind ein guter Mann, Toad. Leider sind gute Männer heutzutage nicht sehr gefragt. Kommen Sie in Anzug und Krawatte. Wir treffen uns um neunzehn Uhr in der Halle des *Vittorio Emanuele*. Das ist ein Hotel. Lassen Sie sich von einem Taxifahrer den Weg erklären.«

»Ich bin eingeladen, stimmt's, Sir?«

»Essen Sie ein paar Hamburger, bevor Sie aufkreuzen. Das ist ein Befehl.«

* *
*

»Hat Majeska schon irgendwas gebeichtet?« fragte Admiral Parker.

»Nein, kein Wort.«

»Dieser Idiot«, murmelte Parker vor sich hin. Er massierte sich mit den Fingerspitzen beider Hände die Stirn. »Jedenfalls kann er nicht länger Staffelchef bleiben.«

»Das weiß er. Aber die Alternative scheint für ihn schlimmer zu sein.« Jake trank einen Schluck Kaffee.

»Hast du eine Vorstellung davon, was dort draußen passiert sein könnte?«

»Ich habe eine Theorie – mehr nicht. Keine konkreten Beweise. Überhaupt keine Beweise.« Jake gab Cowboy die Fotokopien der Mängelanzeigen aus dem Wartungshandbuch des abgestürzten Flugzeugs. Der Admiral las beide zweimal durch. Dann warf er Jake einen fragenden Blick zu.

»Ich glaube, daß der ADI-Bildschirm schwarz geworden ist und ihn abgelenkt hat. Oder er hat das Infrarotbild auf dem Bildschirm gehabt und sich von dem Wechsel im Blickwinkel ablenken lassen. Jedenfalls ist er ein paar Sekunden lang unaufmerksam gewesen. Vielleicht war das Warnsignal am Radarhöhenmesser zu niedrig eingestellt. Ober zu hoch. Dann ist ihm klar geworden, daß er ins Wasser stürzen würde ...« Jake zuckte mit den Schultern. »Ich glaube, daß er in Panik geraten und ausgestiegen ist.«

»Und seinen BN im Stich gelassen hat?«

»Nur das könnte sein Schweigen erklären. Ich glaube, daß er jetzt der Überzeugung ist, Reed im Stich gelassen zu haben.«

»Möglicherweise hat er keine Zeit mehr gehabt, Reed zu warnen. Vielleicht wären sie dann beide beim Aufschlag im Wasser umgekommen.«

»Vielleicht. Aber wenn Bull dieser Überzeugung wäre, würde er vermutlich auspacken.«

Parker zupfte sich am Ohrläppchen, las die Mängelanzeigen nochmals durch und gab sie Jake zurück. »Ich denke, du solltest ihn von seinem Posten ablösen und Washington benachrichtigen. Schreib in deiner Meldung, daß er bis zum Abschluß der Unfalluntersuchung an Bord zu bleiben hat.«

»Das habe ich bereits getan.« Jake gab Parker den Entwurf seines Fernschreibens. Parker las ihn aufmerksam durch.

»Hast du Majeska schon darüber informiert?«

»Noch nicht.«

»Dann tu's jetzt. Solltest du dich getäuscht haben, hat er Gelegenheit zur Richtigstellung.«

»Was ist, wenn ich mich getäuscht habe und wenn er die Wahrheit sagen sollte? Vielleicht kann er sich wirklich an nichts erinnern.«

»Dann hast du einfach auf der Basis der dir vorliegenden Informationen eine Entscheidung getroffen und irrtümlicherweise einen guten Mann abgesägt. Damit mußt du leben – und er auch.«

Jacke nickte und legte das Fernschreiben auf seine Knie. Er faltete die Mängelanzeigen zusammen und steckte sie in eine Hemdtasche.

Die beiden Männer saßen einander schweigend gegenüber, bis Admiral Parker fragte: »Wie geht's Callie?«

»Gut.« Jake biß sich auf die Unterlippe.

»Hör zu, Jake. Majeska hat dir keine andere Wahl gelassen. Du mußt ihn ablösen.«

»Ja, ich weiß.« Jake machte ein wütendes Gesicht und warf das Fernschreiben auf den Boden. »Der Teufel soll diesen gottverdammten Scheißkerl holen! Der junge Reed wollte nicht mehr fliegen, weil seine Verpflichtungszeit in einem halben Jahr abgelaufen wäre. Und ich habe ihn dazu überredet, im Cockpit zu bleiben. Ich hab's ihm praktisch befohlen. Und dann bringt dieser Scheißkerl Majeska den Jungen um und ist nicht Manns genug, sich dazu zu bekennen. Und jetzt muß ich ihn absägen, verdammt noch mal!« Er schüttelte resigniert den Kopf. »Der Teufel soll alles holen«, sagte er leise.

Admiral Parker betrachtete ein Bild an der Wand und studierte dann seine Fingernägel. »Was hält Callie davon, daß du das Rauchen aufgegeben hast?«

Jake hob das Fernschreiben auf und faltete es sorgfältig zusammen. Er schlug die Beine übereinander. »Sie findet, daß es allmählich Zeit geworden ist.«

Parker grunzte zustimmend. »Bring sie doch mal abends mit, dann essen wir miteinander. Und sag ihr einen schönen Gruß von mir.«

»Klar, Cowboy.« Jake stand auf. »Klar. Sie freut sich bestimmt darauf, dich wiederzusehen.«

* *
*

»Farnsworth, warum sind Sie noch da, verdammt noch mal?«

»Äh, ich hatte noch zu tun, CAG.« Jake wußte, daß Farnsworth nicht vor seinem Boß an Land gehen würde. Er ließ sich auf den Stuhl neben seinem Schreibtisch fallen.

»Rufen Sie den A-6-Bereitschaftsraum an und fragen Sie, ob Fregattenkapitän Majeska an Bord ist. Falls er da ist, lasse ich ihn bitten, umgehend in mein Dienstzimmer zu kommen.« Jake legte das Fernschreiben auf Farnsworths Schreibtisch und zeichnete es ab. »Schicken Sie Majeska zu mir rein, sobald er aufkreuzt. Dann gehen Sie in die Nachrichtenzentrale und bringen dieses Fernschreiben auf den Weg. Und danach ziehen Sie sich um und fahren an Land. Das ist ein ausdrücklicher Befehl.«

»Ja, Sir.«

Jake kippte den an einem Kleiderbügel hängenden Helm nach vorn. Man konnte schließlich nie wissen . . . Nichts. Er versetzte ihm einen leichten Fausthieb, verschwand in seinem Dienstzimmer und schloß die Tür hinter sich.

Als Majeska hereinkam, bot Jake ihm mit einer Handbewegung einen Stuhl an. »Setz dich, Bull.« Der Staffelchef wirkte erschöpft; die Runzeln seines Gesichts waren zu tiefen Falten geworden.

»Ich löse dich von deinem Posten ab, Bull.«

Majeska nickte und betrachtete seine Hände.

»Sieh mich an, verdammt noch mal!«

Majeska hob langsam den Kopf. Seine Unterlippe zitterte.

Jake zog die Fotokopien der Mängelanzeigen aus der Hemdtasche, faltete sie auseinander und schob sie über den Schreibtisch.

Majeska las sie nacheinander langsam, ungläubig. Wenn er mit einem Blatt fertig war, legte er es unter das andere und las sie auf diese Weise wieder und wieder durch. Ein unbeteiligter Zuschauer hätte glauben können, er lese nicht nur zwei, sondern sechs oder acht Seiten. »Du hast es also gewußt«, murmelte er schließlich.

Jake streckte eine Hand aus und ließ sich die Fotokopien zurückgeben.

Majeskas Kopf sank auf seine Brust.

»Es ist ein Unfall gewesen, Bull. Du hast ihn nicht absichtlich umgebracht.«

»Ich hatte einfach keine Zeit mehr. Wir sind so schnell runtergegangen, das Wasser war so nahe ... Ich *mußte* aussteigen. Ich hatte keine Zeit zum Nachdenken ... keine Zeit ...«

Kapitel 14

Du hast heute nachmittag in der Sonne gelegen«, stellte Jake lustlos fest, während Callie seine Krawatte zurechtrückte. Er trug einen dunkelgrauen Anzug. »Du siehst großartig aus.« Er küßte sie auf die Stirn.

Sie legte den Kopf schief. »Willst du heute abend wirklich zum Essen ausgehen? Du scheinst nicht recht in Stimmung zu sein.«

»Ich komme nicht oft dazu, mit dir auszugehen. Wenn ich's nicht täte, würde ich mich auf See über diese verpaßte Gelegenheit ärgern.«

Callie betrachtete ihn forschend. Dann nickte sie zufrieden und sagte leichthin: »Sei heute abend ein bißchen nett zu Judith, ja?«

»He, du kennst mich doch! Ich bin der Charme in Person. Übrigens habe ich einen meiner ledigen Leutnants gebeten, uns beim Abendessen Gesellschaft zu leisten.« Jake sah auf seine Armbanduhr. »Er müßte bereits unten in der Hotelhalle sein.«

Callie, die ihren Lippenstift kontrollierte, warf ihm einen schrägen Blick im Spiegel zu. »Ich dachte, du hättest Judith bei eurem Kennenlernen in Tanger unausstehlich gefunden?«

»Na ja, sie hat vielleicht unter Streß gestanden. Du hast mir ja erzählt, sie sei sehr nett. Und dieser Junge, den ich eingeladen habe, ist ein sehr netter Kerl. Vielleicht mögen die beiden sich.«

»Unausstehlich?«

»Völlig geschäftsmäßig. Ich sollte Kommentare zu Themen abgeben, die ich nicht kommentieren kann und darf, und sie war mit keiner Antwort zufrieden. Man hätte glauben können, sie habe vor, einen häßlichen Artikel über Gefangenenlager zu schreiben, und sei in unserem Stalag vorbeigekommen, um dort Material zu sammeln.«

»Sie tut auch nur ihre Arbeit.« Callie griff nach ihrer Handtasche und trat in den Flur hinaus. »Wie heißt dein Junggeselle?«

»Toad Tarkington.« Jake knipste das Licht aus und schloß die Türe.

»Wie merkwürdig! Wo hat er den Spitznamen Toad, ›Kröte‹, her?«

Jake ließ die Tür ins Schloß krachen. »Er hat Warzen.«

* * *

»Sie kennen meinen Mann, Judith?«

»O ja, Kapitän zur See Grafton.«

Jake fand ihren Händedruck überraschend kräftig. »Freut mich, Sie wiederzusehen«, murmelte er, als Toad eben mit einem Drink in der Hand aus der Bar kam. »Das hier ist unser zweiter Gast. Leutnant Tarkington, ich möchte Sie meiner Frau Callie vorstellen. An Mrs. Farrell erinnern Sie sich vielleicht.«

»Guten Abend, Mrs. Grafton.« Tarkington schüttelte Callie flüchtig die Hand und nickte dann Judith zu. »Hallo.«

Sie quittierte seine Begrüßung mit einem kühlen Lächeln und einem höflichen Nicken.

»Okay, Leute«, sagte Jake, »dann wollen wir mal.« Er nahm Callies Arm und ging mit ihr zum Aufzug voraus. Vor dem Expreßlift zum Dachrestaurant warteten bereits andere Gäste. Als die Tür aufging, betraten sie die Kabine, in der nur noch zwei Personen Platz hatten.

»Fahren Sie nur schon rauf«, drängte Judith Callie und Jake. »Wir kommen nach.« Da ein lächelnder japanischer Tourist ihnen die Tür aufhielt, nickte Jake dem Mann dankend zu und betrat hinter Callie die Kabine.

Judith stand schweigend neben Toad, ohne ihn anzublicken. Er starrte auf die Stockwerksanzeigen über dem polierten Metall der Lifttüren.

Einige Minuten später öffnete die Tür sich erneut. Diesmal waren Judith und Toad die einzigen Fahrgäste.

»Wie nett, daß Sie uns heute abend Gesellschaft leisten«, sagte Judith auf dem Weg nach oben.

»Es war Kapitän Graftons Wunsch«, stellte er sachlich fest.

»Wahrscheinlich fürchtet er, ich könnte ihn zuviel fragen. Und Callie ist eine so nette Frau. Was sie bloß an ihm findet?«

»Hören Sie mal«, ereiferte sich Toad, »der CAG ist einer der besten Marineoffiziere, die ich kenne. Ein Gentleman im wahrsten Sinne des Wortes. Und ein ausgezeichneter Pilot dazu. Er ist durchaus imstande, allein mit einer zickigen Reporterin fertig zu werden, die . . .«

»Damit werde ich Sie zitieren«, sagte sie leichthin, als die Tür sich öffnete. Draußen warteten die Graftons auf sie. Judith lächelte den beiden zu. »Sie wissen ja, welche Zeitung Sie kaufen müssen«, murmelte sie, während sie aus der Kabine trat.

Toad starrte ihr nach, bis die Tür sich wieder zu schließen begann. Mit wütender Miene stemmte er sich dagegen. Niemand achtete auf ihn. Jake Grafton und die Damen folgten bereits dem Maître d'hôtel. Während sie zu einem Ecktisch mit Blick auf den Hafen gingen, tuschelten die beiden Frauen kichernd miteinander, und Toad ertappte Judith Farrell bei einem Blick auf sein Spiegelbild in der Fensterwand. Erst jetzt dämmerte es ihm, daß sie ihn nur hatte aufziehen wollen.

* *
*

»Oh, Sie sind also Sprachwissenschaftlerin?« fragte Judith. Die beiden Frauen bestritten den größten Teil der Unterhaltung. Judith hatte Callie unauffällig über ihr Leben ohne ihren zur See fahrenden Ehemann ausgehorcht, während Toad mürrisch in seinem Salat herumstocherte und ab und zu einen Schluck Wein trank. Jake Grafton begnügte sich damit, Callie und Judith zu beobachten; er hörte zu und ergriff nur das Wort, wenn er angesprochen wurde.

»Ja«, antwortete Callie mit einem Blick zu ihrem Mann. »Ich habe an mehreren Orten, wo Jake stationiert gewesen ist, an Colleges gelehrt und arbeite jetzt als Übersetzerin bei einer Behörde in Washington. Das sind alles nur vorübergehende Beschäftigungen, aber das läßt sich bei Jakes Beruf eben nicht vermeiden.«

»Ist das fair?« fragte Judith mit einem Blick zu Jake hinüber, der seine Frau nachdenklich betrachtete. »Kapitän?«

»Wie bitte?« fragte Jake, als er endlich begriff, daß er angesprochen worden war.

Judith wiederholte ihre Frage. Sie sah, daß Callie ihre Hand auf die ihres Mannes gelegt hatte.

»Wahrscheinlich nicht«, gab Jake zu. »Ich hab' es nie für fair gehalten. Aber Callie hat's so gewollt.« Er zuckte mit den Schultern und lächelte Callie zu. Ihre Hände blieben beieinander.

Judith Farrell lächelte ebenfalls und lehnte sich behaglich auf ihrem Stuhl zurück. Sie hatte sogar ein Lächeln für Toad übrig. Dann servierte der Ober das Essen.

Beim Nachtisch kam das Gespräch irgendwie auf die politische Lage im Mittleren Osten. »Kapitän«, fragte die Journalistin, »was unternimmt der Präsident wegen der Geiselnahmen im Libanon? Hat er vor, die Navy einzusetzen?«

»Ist das eine offizielle oder inoffizielle Frage?«

»Hintergrundinformation. Ohne Namensnennung.«

»Nichts zu machen. Wenn Sie Hintergrundinformationen wollen, müssen Sie sich an Washington wenden. Außerdem habe ich nicht die geringste Ahnung, was der Präsident oder sonst jemand in der Regierung vorhat«, sagte Jake und trank einen Schluck Kaffee.

Toad grinste breit – und wurde schlagartig wieder ernst, als er Judiths Blick auffing.

»Dafür wissen Sie vielleicht etwas über den einige Wochen zurückliegenden Vorfall mit dem Terroristenboot, Kapitän – oder?«

»Sie meinen das Boot mit der Sprengladung, das vor der libanesischen Küste versucht hat, unsere Kampfgruppe anzugreifen?«

»Ganz recht.«

»Ja, ich weiß davon.«

»Was können Sie mir darüber erzählen?«

»Judith, spielen Sie bitte nicht die Ahnungslose. Sie wissen genau, daß ich diesen Einsatz geflogen habe. Sie müssen die Berichterstattung verfolgt haben.«

»Sie wollen sich also nicht weiter dazu äußern?«

»Ich habe nicht die Absicht, beim Essen Kriegsgeschichten zu erzählen. Das ist eine schlechte Angewohnheit, in die alte Männer verfallen. Stellen Sie mir Fragen zu Themen, zu denen ich mich qualifiziert äußern kann, dann bekommen Sie auch vernünftige Antworten.« Der Ober brachte die Rechnung, und Jake nahm sie an sich.

»Ich möchte meinen Teil dazu beitragen«, sagte Judith und griff nach ihrer Handtasche.

»Sie sind eingeladen«, wehrte Jake ab.

»Wir könnten halbe-halbe machen. Ich kann meinen Anteil selbst zahlen.«

»Wer nicht einen Dollar pro Minute ausgibt, hat nichts vom Leben. Also zahle ich heute abend.«

»Ist er immer so?« fragte Judith Callie.

»Wenn er sich gerade mal gut benimmt«, antwortete Callie.

»Okay, ich weiß eine Frage, die zu beantworten Sie qualifiziert sind. Finden Sie, daß die Gesetzesbestimmungen geändert werden sollten, um Frauen zu sämtlichen Laufbahnen an Bord von Kriegsschiffen zuzulassen?«

»Warum nicht? In der Navy gibt's keinen Job, den Frauen nicht auch übernehmen könnten.«

»Das kann doch nicht Ihr Ernst sein, CAG!« protestierte Toad. »Können Sie sich Frauen in den Bereitschaftsräumen vorstellen? In der Messe? Das würde die Navy grundlegend verändern.«

»Richtig, das würde sie verändern«, stimmte Jake zu. »Aber was wäre dabei? Wir brauchen ihre Talente und ihren Verstand, wie wir die Fähigkeiten von Schwarzen und Chicanos brauchen. Sexuelle Diskriminierung ist nicht anders als Rassendiskriminierung. Das werden die Leute eines Tages einsehen.«

»Sie überraschen mich, Kapitän«, sagte Judith Farrell halblaut.

»Mich auch«, seufzte Toad bedrückt.

Judith nahm ihre Handtasche vom Tisch und stand auf. »Ich danke Ihnen für diesen netten Abend, Callie, Kapitän Grafton.« Sie ging davon, ohne Toad eines Blickes zu würdigen.

»Toad Tarkington«, sagte Callie. »Judith und ich haben Anspruch auf eine Entschuldigung von Ihnen.«

»Oh, das habe ich nicht so gemeint, Mrs. Grafton«, versicherte

Toad ihr und errötete leicht. »Aber der CAG wollte, daß ich sie ihm vom Hals schaffe, und mit der romantischen Masche hat's nicht sonderlich gut geklappt.«

Callie preßte ihre Lippen zu einer schmalen Linie zusammen. »Besten Dank, Toad«, sagte Jake angewidert.

»Äh, nun ja, am besten verschwinde ich jetzt auch.« Tarkington stand hastig auf. »Danke für die Einladung, CAG. Gute Nacht, Mrs. Grafton.« Im nächsten Augenblick marschierte er bereits in Richtung Ausgang davon.

»Tut mir leid, Callie. Ich dachte, Judith und Toad würden sich gut verstehen.«

»Nein, das stimmt nicht! Die Wahrheit ist, du kannst sie nicht leiden.«

»Sie ist in Ordnung. Ein bißchen penetrant. Aber sie ist Reporterin, und ich kann keine Reporter brauchen. Ich hatte gehofft, Toad würde sie in die Bar abschleppen, um mit ihr Händchen zu halten. Dann wären wir allein gewesen.«

Callie kicherte. »Sie hatte dich bereits klassifiziert.«

»Ja, als militärischen Neandertaler. Und Toad hat sich dann wie einer benommen.«

* *
*

In der an die Hotelhalle angrenzenden Damentoilette saß Judith Farrell mit ihrer Handtasche auf den Knien in einer der Kabinen. Sie strich einen Tausendlireschein glatt und schrieb in Druckbuchstaben darauf: »Der Hasenbraten war gut. Unbedingt bald versuchen.« Sie steckte ihren Kugelschreiber ein, riß Toilettenpapier ab und betätigte die Spülung. Dann wusch sie sich die Hände und gab den Geldschein beim Hinausgehen der Toilettenfrau.

* *
*

Die Straße war zu schwach beleuchtet. Jake fluchte vor sich hin, als er merkte, daß seine Augen sich nicht daran gewöhnen wollten. Er stolperte zweimal und spürte Callies Hand an seinem Ellbogen.

»Na, wie ist es, einen Blinden zu führen?«

»Du brauchst nur etwas mehr Übung bei solchem Licht.«

»Unsinn. Ich brauche nur mehr Licht.«

»Wie wir alle«, sagte sie sanft und faßte seinen Arm fester.

»Weshalb sind wir eigentlich hier draußen unterwegs?«

»Weil wir beide einen Spaziergang nötig haben.«

Jakes Verkrampfung löste sich etwas, als er merkte, daß er nach und nach doch wieder besser sah – allerdings nicht wirklich gut. Wie, zum Teufel, hatte er so überhaupt fliegen können? Ein Wunder, daß er noch lebte! Er schnaubte erneut.

»Vielleicht geht's besser, wenn du deine Hand auf meinen Arm legst und mich einen halben Schritt vorausgehen läßt.« Das klappte tatsächlich besser. »Wünschst du dir jetzt nicht, du hättest immer brav deine Karotten gegessen?«

Jake mußte unwillkürlich lächeln. Er zog Callie an sich und umarmte sie. Vier Straßen weiter fanden sie ein kleines Bistro und nahmen an einem der Tische im Freien unter einem Campari-Schirm Platz. Sie bestellten eine Karaffe Rotwein. Das kleine Lokal war hell beleuchtet, und auf der Straße brandete dichter Verkehr an ihnen vorbei.

»Willst du in der Navy bleiben, obwohl du nicht mehr fliegen kannst?«

»Weiß ich noch nicht. Im Augenblick erscheint mir unser Strandhaus sehr verlockend. Aber ich weiß nicht, wie die Sache in sechs Monaten oder in einem Jahr aussehen würde. Ich fürchte, daß ich einen Lagerkoller kriegen würde.«

»Du könntest bestimmt was zu tun finden. Du könntest einen Laden aufmachen. Oder weiterstudieren, um deinen Magister zu machen. Du sitzt bestimmt nicht rum und wartest darauf, alt zu werden.« Ihr Tonfall ließ erkennen, daß er sich diese Idee aus dem Kopf schlagen mußte, falls er sie jemals gehabt haben sollte. »Vielleicht könntest du auch an einer Flugschule unterrichten.«

»Ich will's nicht sehen, riechen und schmecken können, ohne es anfassen zu dürfen.« Er trank einen Schluck Wein. »Eigentlich kann ich mich nicht beschweren. Die Fliegerei hat's ziemlich gut mit mir gemeint.«

»Wahrscheinlich hast du recht«, sagte sie. »Du hast überlebt und bist heil und einigermaßen normal geblieben.«

»Hmmm.« Jake sah Mad Dog Reed in seinem Dienstzimmer sitzen und ihm erklären, weshalb er vorhabe, aus der Navy auszuscheiden. Großer Gott, wie viele solcher Gesichter hatte er in den vergangenen zwanzig Jahren gesehen? So viele tote Männer, so viele zum Scheitern verdammte Ehen, so viele Kinder, die nur Teilzeitväter hatten oder Halbwaisen waren, so viele vergeudete Begabungen und geplatzte Träume, wenn die Karriere scheiterte oder die Beförderung ausblieb. Was hatte all diese ... Verschwendung letztlich bewirkt?

Und er, Jake Grafton? Was hatte er in den vergangenen zwanzig Jahren getan? Flugzeuge geflogen! In Vietnam ein paar Bomben geworfen, ohne die Niederlage verhindern zu können. Ein paar Dutzend Piloten ausgebildet, Berge von Akten bearbeitet und unzählige Male von Flugzeugträgern gestartet. Beförderungen. Was noch?

Richtig, fünfzehn Jahre Ehe mit einer schönen Frau, aber nur die Hälfte dieser Zeit zu Hause gewesen.

Und einige Kameraden beigesetzt. An zu vielen Bestattungen, zu vielen Kommandoübergaben und zu vielen Verabschiedungen teilgenommen und zu viele falsche Versprechungen gemacht, Kontakt zu halten.

»Ich bin froh«, meinte Jake schließlich, »daß du mich für einigermaßen normal hältst.«

Eine Stunde später betrachteten sie vom Balkon ihres Hotelzimmers aus den Mond, der zwischen silberglänzenden Wolkenbänken aufs Meer herabsank.

»Weißt du«, sagte Jake, »ich bin immer wieder zum Himmel zurückgekehrt. Ich habe alle seine Aspekte, alle seine Stimmungen erlebt und bin trotzdem zurückgekehrt, um sie nochmals zu erleben.« Der untere Rand des Mondes erschien in der Lücke zwischen einer Wolkenbank und dem Meeresspiegel. »Aber wozu? Das hat mich nicht klüger, nicht reicher und bestimmt nicht besser gemacht. Weshalb bin ich immer wieder zurückgekehrt, verdammt noch mal?«

»Weil du dich nicht davon trennen konntest, Jake«, antwortete Callie sanft.

»Aber den Nachtstarts weine ich bestimmt keine Träne nach. Von denen habe ich genug, und wenn ich hundertfünfzig werde! Auch der verdammte Papierkram und all die elend langen Tage auf See ohne Post werden mir nicht fehlen.« Er merkte, daß er in seinen Taschen nach Zigaretten tastete. »Ich bin am Ende, schätze ich. Wahrscheinlich habe ich niemals Antworten gewußt und bin endlich alt genug, um mir das einzugestehen.«

»Wen versuchst du zu überzeugen?«

»Mich, nehme ich an.« Er betrachtete seine Hände mit den abgekauten Fingernägeln, doch dann erinnerte er sich an Majeska, der vor wenigen Stunden dasselbe getan hatte, und steckte die Hände deshalb lieber in die Hosentaschen. »Wir alle müssen unser Leben lang Entscheidungen treffen, und jeder von uns muß mit seinen guten und schlechten Entscheidungen leben. Aber gelegentlich, ab und zu macht jemand einen Fehler und stellt fest, daß er nicht damit leben kann. Und er kann ihn nicht mehr korrigieren.«

»Doch hoffentlich nicht du?«

»Einer meiner Leute.«

»Jemand, den ich kenne?«

»Ja.« Er sank tiefer in seinen Sessel, so daß sein Kinn fast die Brust berührte, und starrte seine ausgestreckten Füße an. Jake betrachtete schweigend den untergehenden Mond, dann stemmte er sich hoch und ging ins Zimmer.

Callie blieb sitzen und beobachtete weiter den scheinbar im Meer versinkenden Mond. Als sie hörte, daß Jake telefonierte, trat sie an die offene Balkontür.

»Hier ist Kapitän Grafton. Mit wem spreche ich?«

Sie erriet, daß er mit dem Wachhabenden an der Anlegestelle sprach.

»Okay, Mr. Meyer. Ich möchte, daß Sie sich über Funk mit dem

Schiff in Verbindung setzen und mit dem OvD sprechen. Fertig zum Mitschreiben? Der dienstälteste Schiffsgeistliche an Bord möchte bitte sofort Fregattenkapitän Majeska aufsuchen. Lassen Sie ihm bestellen, daß ich ihn dringend darum ersuche. Das ist alles. Haben Sie's?« Er wartete kurz, murmelte seinen Dank und legte auf.

»John Majeska?« fragte sie.

Er nickte trübselig und schloß sie in die Arme.

* *
*

Judith Farrell saß in einer Ecke der Hotelbar, von der aus sie den Eingang beobachten konnte, als Toad Tarkington hereinkam, sie sah und auf sie zuging. An zwei Tischen des dezent beleuchteten, holzgetäfelten Raums saßen Paare, und an der Theke standen mehrere Gäste, die sich mit dem Barkeeper unterhielten. Aus Deckenlautsprechern drang leise klassische Musik.

»Darf ich mich zu Ihnen setzen?« Toad ließ sich in einen Sessel fallen, bevor sie antworten konnte. »Hören Sie, ich muß mich bei Ihnen entschuldigen. Eigentlich sogar mehrfach. Heute abend wollte ich Sie nur ... na ja, vertreiben, damit Kapitän Grafton und seine Frau ein bißchen allein sein könnten. Ehrlich, ich wollte Sie nicht kränken. Ich habe selbst zwei Schwestern, die sich abgerakkert haben, um anständige Jobs zu kriegen, deshalb weiß ich, wie schwierig das für eine Frau ist.«

»Sind Sie nur hergekommen, um mir das zu sagen?«

Er nickte. »Und um Sie zu einem Drink einzuladen. Bitte. Nehmen Sie meine Entschuldigung an?«

»Ich muß wohl, schätze ich«, antwortete Judith, wobei Sie seinen Südstaatenakzent imitierte.

Er lehnte sich lachend zurück. »Danke. Am besten fangen wir noch mal von vorn an. Ich bin Toad Tarkington.« Er hielt ihr die Hand hin.

Sie schüttelte sie, und er fand ihre Hand trocken, warm und fest. »Ich bin Judith Farrell, Mr. Tarkington.«

»Nennen Sie mich Toad. Das tun alle.«

»Wie heißen Sie wirklich?«

»Robert.«

»Weshalb sind Sie heute abend ins Hotel zurückgekommen. Robert?«

»Um mich zu entschuldigen. Sie sind eigentlich sehr nett, und ich bin mir ziemlich schäbig vorgekommen.«

»Oh. Ich bin hier gesessen und habe mir eingebildet, Sie könnten ein romantisches Motiv gehabt haben.«

Tarkington wurde rot. »Okay, ich gebe zu, daß der Gedanke an eine kleine Romanze irgendwo im Hintergrund eine Rolle gespielt haben könnte. Wären Sie eine häßliche alte Schachtel mit Dreifachkinn, wäre ich von Anfang an netter zu Ihnen gewesen und hätte dann nicht so schreckliche Gewissensbisse zu haben brauchen.«

Judith lachte ein tiefes, kehliges Lachen, und ihre Augen blitzten. »Sie kommen mir wie ein Mann vor, der jede Menge Mädchen, aber nicht viele Frauen kennt.«

»Oh, ich kenne ein paar«, behauptete Toad. Obwohl er wußte, daß er sich in der Defensive befand, konnte er nicht den Mund halten.

»Aber Sie sehen sie als Mädchen. Hübsche, weiche Kuschelpuppen.«

Damit hatte sie recht. Er starrte unbehaglich über den Tisch. Schon früher hatten Frauen ihm gelegentlich diesen Fehdehandschuh hingeworfen, und er war aufgestanden und gegangen, weil er nicht bereit war, über seine Gefühle zu diskutieren. Auch jetzt empfand er diesen Drang – aber zugleich auch etwas anderes. Diese Judith Farrell . . .

Der Barkeeper kam an ihren Tisch, und sie bestellten.

Konversation, dachte Toad, Konversation! Unterhalt dich mit ihr, Mann. Aber ihm fiel einfach nichts ein, was er hätte sagen können. Judith brach das Schweigen. »Wie lange sind Sie schon bei der Navy?«

Toad öffnete den Mund, und die Geschichte seines Lebens brach aus ihm hervor. Schon nach wenigen Minuten merkte er, daß er sich damit zum Narren machte. Aber das war ihm jetzt gleichgültig. Er gestikulierte, bemühte sich, geistreich zu sein, und ließ Judith nicht aus den Augen. Sie erwiderte seinen Blick.

Die Drinks wurden serviert, und er zahlte. Nun erzählte Judith einige Geschichten aus ihrem Leben. Toad hörte amüsiert zu.

Judith Farrell war ganz bestimmt nicht irgendein Mädchen. Sie war eine reife, erwachsene Frau, die mit ihrem Leben zufrieden war. Er fand sie bezaubernd.

Mitten in einer Anekdote über ihre Familie griff Judith plötzlich mit der linken Hand nach ihrer Handtasche und rückte ihren Sessel etwas zurück.

»Müssen Sie schon gehen?«

Sie nickte. »Freut mich, daß wir Gelegenheit gehabt haben, uns näher kennenzulernen.«

»Können wir uns wiedersehen?« Toad stand auf. »Hören Sie, ich . . .«

Ihre Fingerspitzen streiften seinen Arm. »Leben Sie wohl, Robert.« Ihre hohen Absätze klickten über den Marmorboden, als sie davonging.

Toad starrte ihr nach und sank dann in seinen Sessel zurück. Sie hatte kaum an ihrem Drink genippt. Sein Glas war leer. Er winkte den Barkeeper heran, ohne auf den blonden Mann im Nadelstreifenanzug zu achten, der sein leeres Glas auf die Theke stellte und ebenfalls die Bar verließ.

Was hatte er nur gesagt, das ihr so mißfallen hatte. Er hockte niedergeschlagen da und starrte auf den Sessel, in dem sie gesessen hatte.

Kapitel 15

Septemberdunst verhüllte den Himmel bis auf einen blaßblauen Fleck direkt über dem Schiff. Die Gipfel der beiden Inseln Capri und Ischia am Ausgang des Golfs von Neapel lagen im Dunst. Wenn man zur Stadt blickte, konnte man die markantesten Bauwerke Neapels erkennen, doch im Norden und Süden verschwand die Küstenlinie in dieser weißlichgrauen Mischung aus Feuchtigkeit, Rauch und nordafrikanischem Staub.

Toad Tarkington schlenderte übers Flugdeck der *United States* und blickte prüfend in den Dunst. Sichtweite vier bis fünf Kilometer, entschied er. Dann wandte seine Aufmerksamkeit sich einem wichtigeren Thema zu – einer Frau.

Frauen! knurrte er innerlich. Gerade wenn im Leben alles glattzugehen scheint, kreuzt eine Frau auf.

Frauen sind wie Autos, sagte er sich, während er mit den Händen in den Hosentaschen weiterging. Es gibt alte Limousinen, trist und heruntergekommen, Chevys und Fords, die dahintukkern und einen ans Ziel bringen, solange man will, die nicht elegant und nicht zu schnell, dafür aber zuverlässig sind. Und es gibt rassige italienische Sportwagen mit faszinierenden Formen, Zwölfzylindermotoren und gewaltiger Beschleunigung, die einen blutend und mit gebrochenen Gliedern am Straßenrand zurücklassen. Und schließlich gibt es Mercedes, die stets elegant wirken, egal, ob sie langsam oder schnell fahren, und mit denen man sein Leben lang überglücklich ist.

Judith Farrell ist ein Mercedes, überlegte er sich. Diese Mrs. Farrell ist kein billig aufgemotzter Renner für ein heißes Samstagabendrendezvous, sondern ein Qualitätsprodukt in bezug auf Konstruktion, Technik und Verarbeitung. Sie besitzt Charakter, Intelligenz, Geist, Schönheit und Charme. Er dachte daran, wie sie sich bewegte, wie ihre Hüften sich leicht über ihren langen, wohlgeformten Beinen wiegten, wie ihr Haar die perfekten Linien ihres Gesichts betonte, wie ihre Brüste sich bei jedem Atemzug unter ihrer Bluse hoben und senkten. Wie ihre Lippen sich beim Sprechen bewegten. Wie sie lächelte. Allein der Gedanke an sie genügte, um einen Mann ins Schwitzen zu bringen.

Und du hast dich ihr gegenüber unmöglich benommen, Idiot! Nicht nur einmal, nicht nur bei der ersten Begegnung, nein, gleich zweimal! Die Vorsehung hat dir eine zweite Chance gegeben, und du hast sie wieder verpatzt. Idiot!

Er stieg in den das Flugdeck umgebenden Laufgang hinunter und lehnte sich neben der vorderen Phalanx-MK an die Steuerbordreling. Direkt unter ihm lag ein großer Prahm am Rumpf der *United States* vertäut, aber Toad beachtete ihn nicht. Er stemmte beide Ellbogen auf die Reling, stützte sein Kinn in die rechte Hand, starrte gedankenverloren auf die verschwimmende Kimm und zählte sich erneut alle Reize auf, die er an Judith Farrell wahrgenommen hatte – ihre Reize, die für ihn offenbar ewig unerreichbar bleiben würden.

Der Prahm war eine Malerschute, die kurz nach Tagesanbruch von einem Schlepper längsseits geschleppt worden war. In ihrem offenen Laderaum hatte sie Dutzende von Zweihundertliterfässern mit Farbe, Tauwerkrollen, Hängegerüste, langstielige Farbroller und eine Akkordpartie mit etwa einem halben Dutzend Anstreichern in farbverkleckstem Overalls transportiert. Der Prahm selbst trug die Spuren zahlloser Unfälle mit Farben in allen nur vorstellbaren Tönen.

Auf Hängegerüsten am Rumpf des Kriegsschiffs – von dem Laufgang aus, auf dem Toad seinen trübseligen Gedanken nachhing, nicht zu sehen, weil der Schiffsrumpf stark nach innen zurücksprang – arbeiteten jeweils zwei Männer mit langstieligen Farbrollern. Nachdem die *United States* monatelang salzhaltiger Luft und Meerwasser ausgesetzt gewesen war, erinnerte ihr Rumpf an den eines Trampdampfers einer bankrotten panamaischen Reederei.

Die Arbeiter überstrichen die durch Roststreifen entstellte graue Farbe rasch mit einer neuen Farbschicht. Auf dem Hängegerüst in der Nähe des Hangartores zu Aufzug 2 – dem zweiten Flugzeugaufzug an Steuerbord unmittelbar vor den Inselaufbauten – arbeitete einer der Anstreicher jedoch langsamer als seine Kollegen. Er verbrachte den größten Teil seiner Zeit damit, die Entladung einer Schute zu beobachten, die bei Aufzug 3 längsseits gegangen war. Dieser Flugzeugaufzug befand sich unten.

Die Matrosen benützten einen Kran auf dem Flugdeck, um Frachtstücke aus dem Laderaum auf die Aufzugsplattform zu hieven. Holzkisten auf Paletten wurden vorsichtig auf die Plattform abgesetzt, wo Matrosen die Stahlbänder lösten, mit denen sie gesichert waren. Gabelstapler transportierten die Kisten von der Aufzugplattform in den Hangar. Dort trugen weitere Matrosen in blauen Overalls und mit weißen Schutzhelmen die Kistennummern in Listen ein und teilten anderen Gabelstaplerfahrern mit, wohin die Kisten gebracht werden sollten. Während sie rasch und effektiv arbeiteten, erteilte ihnen ein Oberbootsmann in Khakiuniform mit lauter Stimme Anweisungen.

Der Anstreicher auf dem Hängegerüst bewegte seinen Farbroller langsam auf und ab und beobachtete die Arbeitenden dabei aus dem Augenwinkel heraus. Die Matrosen würden vermutlich in etwa einer Stunde fertig sein. Sie waren inzwischen dabei, die Kisten im Hangar zu öffnen und ihren aus Kartons und Gebinden bestehenden Inhalt einer scheinbar endlos langen Schlange von Männern zum Weitertransport nach unten zu übergeben. Wie lastentragende Ameisen, dachte Oberst Qazi. Er registrierte, daß die Matrosen ihre Anweisungen von einem weiteren Bootsmann mit einem Schreibbrett in der Hand erhielten, bevor sie verschiedenen Hangarausgängen zustrebten. Der Oberst vermutete ganz richtig, daß die angelieferten Frachtstücke für viele verschiedene Abteilungen an Bord bestimmt waren.

Nach einiger Zeit war Jasin, der neben Qazi arbeitete, mit ihrem Abschnitt fertig, und der Oberst rief auf italienisch nach oben, bis er den Matrosen auf dem Laufgang über ihnen auf sich aufmerksam gemacht hatte. Nun wurde das Hängegerüst, das dabei ziemlich pendelte, nach achtern verschoben, bis es unmittelbar neben dem Aufzug 2 hing. Von dort aus konnte Qazi den Grundriß des strahlend hell beleuchteten Hangars und die darin Arbeitenden noch besser beobachten.

»So viele Männer«, meinte Jasin halblaut.

»Ja. Lauter ausgebildete Techniker. Sieh dir die Flugzeugmechaniker an. Sieh dir diese Mengen modernster Elektronik an.« Bei vielen Maschinen standen Rumpfklappen offen und gaben den Blick auf die zahllosen elektronischen Bauteile frei, die jeden Kubikzentimeter ausfüllten, der nicht von Triebwerken oder Treibstofftanks eingenommen wurde.

»So viele Techniker haben wir im ganzen Land nicht«, sagte Jasin mit unüberhörbarem Neid in der Stimme.

Der Oberst gab ihm ein Zeichen, er solle weiterarbeiten, und tauchte seinen eigenen Farbroller in den großen Eimer. Sie mußten ihre Arbeit tun, wenn sie nicht auffallen wollten.

»Wann?« fragte Jasin.

»Morgen abend, Samstag abend«, antwortete Qazi, während ein feiner Farbnebel von dem Farbroller sein Gesicht benetzte. »Wir dürfen nicht länger warten. Die Kiste kommt morgen an Bord und bleibt nicht ewig unbeachtet stehen. Dazu sind diese Leute zu tüchtig.«

»Woher wissen wir, daß sie die Kiste nicht öffnen?«

»Das wissen wir nicht.« Der Oberst machte eine Pause und sah erneut zu den Männern mit den Schreibbrettern hinüber. Sie schienen die Kistennummern mit Computerlisten zu vergleichen. »Die Nummern auf der Kiste sind auf keiner ihrer Listen zu finden. Deshalb lassen sie sie bestimmt bis zuletzt stehen.«

»Aber was ist, wenn sie sie aufmachen?« beharrte Jasin.

»Dann werden sie die Sendung für einen Irrläufer halten.«

Das eigentliche Problem war jedoch, wohin sie die geöffnete oder ungeöffnete Kiste stellen würden. Er hatte mit dem Gedanken gespielt, einen Minisender in die Kiste zu packen, aber angesichts der zahlreichen elektronischen Sensoren an Bord des Schiffs war ihm diese Idee doch als zu riskant erschienen. Eine nicht überwachte Frequenz hätte er höchstens erraten können – falls es überhaupt nicht überwachte Frequenzen gab, was er bezweifelte. Wenn es soweit war, würde er die Kiste einfach suchen und darauf vertrauen müssen, daß er sie finden würde.

Qazi hatte schon früher mehrfach sein Leben riskiert – aber

diesmal ging es um etwas anderes. Diesmal stand die Chance der arabischen Völker, eine geeinte Nation zu werden, auf dem Spiel. Wenn dieses Unternehmen gelang, würde das geistige und politische Streben nach der arabischen Einheit sich so machtvoll entfalten, daß die Kräfte, die sich aus stammesbedingten, wirtschaftlichen oder politischen Gründen gegen den Zusammenschluß wandten, ihren Einfluß verlieren würden.

Würde er die Kiste finden? *Inschallah,* so Gott will, würden seine Landsleute sagen.

Ich werde sie finden, nahm Qazi sich vor. Das Schicksal aller Araber hängt davon ab. Die Kiste ist an Bord, und ich werde sie finden. Weil *ich* es will!

Er zog den Schirm seiner Mütze tiefer ins Gesicht, um seine Augen zu schützen, und arbeitete weiter.

* *
*

»Ist Chaplain Berkowitz da?« fragte Jake Grafton den Matrosen im Vorzimmer des Militärgeistlichen.

»Sind Sie's, CAG?« Berkowitz öffnete die Tür seines Dienstzimmers und erschien lächelnd auf der Schwelle. »Kommen Sie bitte herein.«

Berkowitz war klein und drahtig und trug eine üppige Mähne, die den Eindruck erweckte, als habe er seinen letzten Friseurtermin versäumt. Mit dem Dienstgrad eines Fregattenkapitäns war er der ranghöchste der drei Militärgeistlichen der *United States*.

»Ich bin gestern abend an Bord gewesen, als der OvD einen Boten vorbeigeschickt hat. Ich habe mich gefreut, helfen zu können.« Berkowitz bot Jake mit einer Handbewegung einen der Besuchersessel an und ließ sich selbst in den zweiten fallen.

Jake sah sich um. Der Militärgeistliche hatte sein Dienstzimmer hellbeige streichen und mit einem Teppichboden auslegen lassen. An einer Wand hing ein Kruzifix.

»Wie geht's Bull?«

»Ich bin natürlich zu Vertraulichkeit verpflichtet, aber ich glaube, er beginnt langsam, mit sich ins reine zu kommen. Und das ist im Augenblick entscheidend.«

Jake nickte. »Ich habe mir Sorgen um ihn gemacht. Sie wissen ja, wie das mit Schuldgefühlen ist. Sie sind wie eine Säure, die alles zerfrißt.«

»Die Sache mit Leutnant Reed ist schrecklich gewesen, aber Majeska ist auch nur ein Mensch und hat eine sehr menschliche Entscheidung getroffen. Wahrscheinlich hätten die meisten von uns an seiner Stelle ähnlich gehandelt. Ich glaube, daß er das einsieht. Aber bis er das emotional begreift und damit zurechtkommt ...« Berkowitz zuckte mit den Schultern.

»Ja, ich weiß«, stimmte Jake zu. »Nochmals vielen Dank, Chaplain.«

»Puh, ihr Flieger! Ihr haltet euch alle für Supermänner.« Berkowitz lächelte, um seinen Worten den Stachel zu nehmen. »Nirgends habe ich so viele große und einsame Helden getroffen wie bei den Marinefliegern. Schlimmer sind vielleicht nur noch Fernsehprediger und Kongreßabgeordnete.« Er lächelte abermals, da er sah, daß Jake grinste. »Manchmal fällt es Supermännern schwer, zu akzeptieren, daß sie auch nur Menschen sind.«

»Richtig.« Jake wollte aufstehen, aber Berkowitz forderte ihn mit einer Handbewegung zum Sitzenbleiben auf.

»Ich habe mich schon gefragt, wie Ihnen zumute sein mag, seitdem der Arzt Ihnen Flugverbot erteilt hat.« Der Militärgeistliche beugte sich nach vorn. »Deshalb kommt Ihr Besuch mir nicht ungelegen. Sie könnten mir vielleicht sagen, wie Sie damit fertig werden, und das würde mir im Gespräch mit anderen Fliegern helfen. Zu mir kommen mehr, als Sie vermuten würden.«

Jake rutschte bis an die Sesselkante nach vorn. »Ich bin nicht sehr gläubig, wissen Sie ...« Als er sah, wie Berkowitz das Gesicht verzog, fügte er hastig hinzu: »Aber Sie und Ihre Kollegen leisten großartige Arbeit. Wir brauchen natürlich Militärgeistliche ...«

»Als Sicherheitsventil? Damit der Dampfkochtopf nicht hochgeht? Jeder Mann ist einer – auch Sie, CAG.«

»Nennen Sie mich Jake.«

»Jake.«

»Ich schaff's irgendwie.«

Berkowitz stand auf und nahm mehrere Blatt Papier von seinem Schreibtisch. »Nicht alle Männer schaffen's, Jake. Heute morgen sind fünf weitere UAs gemeldet worden.« UA bedeutete »unerlaubte Abwesenheit« von der Truppe. »Das ist eigenartig. Normalerweise gehen nicht so viele Männer verloren. Sicher, vier Monate auf See sind eine lange Zeit. Aber zwei dieser Leute sind Bootsmänner. Merkwürdig.«

Jake blätterte die Meldungen durch. Dann wandte er sich zum Gehen.

»Danke, daß Sie sich Zeit für mich genommen haben. Und Sie behalten Bull im Auge, ja?« Jake schüttelte Berkowitz die Hand und machte sich auf den Weg zum Ersten Offizier.

Ray Reynolds telefonierte gerade. »Hören Sie zu, Leutnant. Diese Männer liegen nicht alle besoffen in irgendwelchen Kaschemmen. Ich will, daß sie aufgespürt werden.« Er bedeckte die Sprechmuschel mit einer Hand und flüsterte Jake zu: »Küstenpatrouille.« Eine Polizeieinheit der U.S. Navy unter Befehl eines Leutnants, mit dem Reynolds jetzt sprach, war ständig in Neapel stationiert. »Was halten Sie davon, wenn ich Ihnen Verstärkung für die Küstenpatrouille schicke? Starten Sie dann eine Suchaktion? . . . Wie viele Männer brauchen Sie?«

Er bot Jake mit einer Handbewegung einen Sessel an und sah auf seine Uhr. »Okay, ich sorge dafür, daß sie mit dem Mittagsboot kommen. Ja, ich weiß, wofür Sie zuständig sind. Ich schicke diese Männer mit einem eigenen Offizier los und erwarte, daß Sie mit ihm zusammenarbeiten. Und heute abend sehen wir uns zu einer kleinen Besprechung. Hoffentlich haben Sie dann gute Nachrichten für mich.«

Reynolds legte auf, obwohl der Leutnant am anderen Ende noch sprach. Er hatte während dieses Telefonats kein einziges Mal die Stimme erhoben. Er war dafür bekannt, daß er durch nichts aus der Ruhe zu bringen war, aber man mußte ihm gut zuhören und seinen gleichmütigen Tonfall ignorieren, sonst bekam man nicht mit, was gemeint war. Jake fragte sich, ob dies bei dem Leutnant von der Militärpolizei wohl der Fall gewesen war.

»Jake, ich brauche ein Dutzend deiner Männer und einen Offizier zur Verstärkung der Küstenpatrouille. Einen Kapitänleutnant, damit er sich keinen Scheiß von dem Leutnant an Land gefallen lassen muß. Alle in Weiß. Ablösung alle acht Stunden. Der Offizier soll bei mir vorbeikommen, bevor er an Land geht.«

Jake griff nach dem Telefonhörer, rief Farnsworth an und gab den Befehl weiter.

»Irgendwas ist hier faul«, stellte Reynolds fest, nachdem Jake aufgelegt hatte. »Wir verlieren Männer wie die Südstaatenarmee bei Petersburg. Noch eine UA, eine einzige, dann sperren wir den Landurlaub.«

Jake spitzte die Lippen zu einem stummen Pfiff. Die Männer nach vier Monaten auf See an Bord einzusperren war ein drastischer Schritt. »Was sagt der Kapitän dazu?«

Ray zuckte mit den Schultern. »Laird James ist natürlich ziemlich verzweifelt. Er bombardiert sämtliche Dienststellen östlich des Mississippis mit Fernschreiben. Später will er sich über die Lautsprecheranlage an die Männer wenden und ihnen erklären, was hier vorgeht.«

»Und was geht hier vor?«

»Das weiß kein Mensch.« Reynolds massive Schultern bewegten sich erneut auf und ab. »Ich tippe noch immer auf die gottverdammten Araber, aber Vermutungen gibt's drei für 'nen Quarter. Wir müssen unsere Männer schützen.«

»Vielleicht sollten wir mal mit den örtlichen Behörden reden?«

»Admiral Parker ist heute vormittag mit dem Hubschrauber an Land geflogen, um genau das zu tun.«

Jake stand auf. »Ich sorge dafür, daß alle Staffelchefs mit ihren Leuten reden, bevor sie an Land gehen. Sie sollen wenigstens zusammmenbleiben und aufeinander aufpassen.«

»Tu das.« Der Erste Offizier nahm den Telefonhörer ab und begann zu wählen. Jake ging zur Tür.

* *
*

Oberst Qazi und Jasin saßen mit den italienischen Arbeitern beim Mittagessen auf dem Prahm, als Kapitän James sich über die Lautsprecheranlage an die Besatzung wandte. Der Pfiff der Bootsmannspfeife, der seine Ansprache ankündigte, hallte durch den Hangar und war auch auf dem Prahm deutlich zu hören. Die Arbeiter horchten auf, als das Signal ertönte, dann aber fuhren sie fort zu essen, ohne auf die für sie unverständliche Rede des Kapitäns zu achten. Nur Qazi hörte aufmerksam zu, während er seine Salamibrote aß und dazu Rotwein aus der Flasche trank.

Nach dem Mittagessen sprach er mit dem Vorarbeiter, der einen seiner Männer anwies, Qazi und Jasin mit dem längsseits liegenden Boot an Land zu bringen. Der Oberst wußte, daß die Anstreicher über das, was hier vorging, zumindest einige Tage lang den Mund halten würden, weil sie gut bezahlt worden waren – von einem Beauftragten Pagliaccis. Und letzteres war vielleicht noch wichtiger als die Höhe des Schmiergeldes selbst.

Qazi drehte sich um, als das Boot sie von der *United States* wegtrug. Das Schiff war so massiv, daß ihm einen Augenblick unbehaglich zumute war. Er konnte die über das Deck hinausragenden Flugzeugleitwerke und den oberen Teil der Inselaufbauten mit den vielen Antennen sehen. Im Backbordlaufgang war eines der 12,7-mm-MGs zu erkennen. Der Marine, der einen Stahlhelm trug, winkte ihnen nach. Qazi erwiderte seinen Gruß.

* *
*

»Leutnant Tarkington möchte Sie sprechen, Sir«, meldete Farnsworth durch die halbgeöffnete Tür von Jakes Dienstzimmer.

»Was will er denn?«

Farnsworth zuckte mit den Schultern.

»Okay.« Farnsworth trat über die Schwelle, riß die Tür weit auf und hielt sie offen. Nachdem Toad eingetreten war, verließ der Schreiber das Dienstzimmer und schloß die Tür hinter sich. Wie der heilige Petrus am Himmelstor, dachte Jake. Darüber würde er mit Farnsworth sprechen müssen. Sein Auftritt als Türsteher wurde allmählich zu theatralisch.

»Guten Morgen, Sir.«

Jake starrte den jungen Offizier an, der sich genau einen Meter vor seinem Schreibtisch aufgebaut hatte. »Vielen Dank für Ihre Bemühungen von gestern abend, Tarkington. Ihr weltmännisches Auftreten hat mir wirklich sehr imponiert.«

»Tut mir leid, Sir.«

Donnerwetter, dachte Jake, er meint's ernst! Er hatte Mühe, sich ein Lächeln zu verbeißen.

»Weshalb sind Sie dann hier und stehlen mir meine Zeit?« Jake blätterte angelegentlich in einer Akte, während Toad einen Punkt über seinem Scheitel fixierte.

»Äh, ich habe einen großen Fehler gemacht, Sir. Judith Farrell ist wirklich sehr nett.«

Jake schnaubte und gab vor, in der Akte zu lesen.

»Wirklich, sie ist ganz anders, als man zunächst meint. Sie ist hochintelligent.« Er räusperte sich. »Ich würde sie gern näher kennenlernen.«

»Tatsächlich? Nehmen Sie sich vor dieser Frau in acht, Tarkington. Und warum stehen Sie dann hier vor meinem Schreibtisch?«

»Sie ist eine wunderbare Frau, Sir. Das ist mir jetzt klargeworden. Zunächst habe ich sie für ziemlich oberflächlich gehalten. Sie wissen schon, für eine attraktive Frau mit nicht allzuviel im Kopf.« Er sprach in vertraulichem Tonfall weiter: »Sie kennen diesen Typ, Sir – Frauen, die sich für Astrologie, Hirngespinste und langhaarige Katzen begeistern. Aber so ist Judith überhaupt nicht. Ah, ich hab' mich wohl . . . sozusagen . . . hmmm . . . in sie verliebt.«

»Sehe ich wie ein Militärgeistlicher aus? Ihr Liebesleben ist mir schnurzegal. Diese gottverdammte Hexe ist wahrscheinlich mit den Borgias verwandt. Schreiben Sie Ihrer Mami einen Brief und weinen Sie sich bei ihr aus. Und verschwinden Sie aus meinem Dienstzimmer!«

»Ich möchte, daß Sie mir ein weiteres Rendezvous mit ihr verschaffen, Sir«, stieß Toad hervor. »Bitte«, fügte er hinzu, als Jake so ruckartig aufstand, daß seine Sessellehne gegen die Wand knallte.

Jake beugte sich über den Schreibtisch und brüllte los: »Ich führe niemandem Frauen zu, Mister! Ich bin Kapitän der US Navy, und Sie sind bloß ein gottverdammter kleiner Leutnant, vergessen Sie das nicht! Wie können Sie es wagen, in mein Dienstzimmer zu kommen und von mir zu verlangen, *ein Rendezvous für Sie zu arrangieren?*« Die letzten sechs Worte klangen beißend scharf. »Das nenne ich eine Unverschämtheit!«

»Aber . . .«

»Halten Sie den Mund!« brüllte Jake ihn an. »Hier rede *ich*, verstanden? Wenn ich jetzt fertig bin, machen Sie kehrt und treten ab. Falls Sie sich noch mal außerdienstlich bei mir blicken lassen, verbringen Sie den Rest Ihrer Dienstzeit als Radaroffizier auf einem Müllkahn in Newark. Habe ich mich klar und deutlich ausgedrückt?«

»Ja, Sir.«

»Und fordern sie nie wieder einen Vorgesetzten auf, Ihnen bei Ihren Ausschweifungen behilflich zu sein. Dazu wendet man sich an die Frau des Vorgesetzten.« Er fügte leiser hinzu: »Meine ist noch im Hotel.« Die Lautstärke schwoll wieder an. »Abtreten! *Los, raus mit Ihnen!*«

Toad verließ fluchtartig das Dienstzimmer. Als die Tür des Vorzimmers sich rasch hinter ihm schloß, ließ Jake sich lachend in seinen Sessel fallen. So herzhaft hatte er seit Monaten nicht mehr gelacht. Farnsworth erschien mit großen Augen und offenem Mund in der Tür.

Kapitel 16

Oberst Qazi saß mit Ali im Auto und blickte auf die sechs Hubschrauber, die hinter einem Maschendrahtzaun auf dem betonierten Vorfeld eines kleinen Landeplatzes abgestellt waren.

»Ein weiterer steht im Hangar«, berichtete Ali. »Pagliaccis Mann sagt, daß die Maschinen ab morgen abend startbereit sind. Pagliaccis Leute sind bei dem Wachmann am Tor und bei dem Geschäftsführer des Hubschrauberdienstes gewesen. Den Wachmann sollen wir fesseln.«

»Wir brauchen nur drei Hubschrauber.«

»Wir haben freie Wahl. Sollte es Probleme mit einem geben, lassen wir ihn einfach stehen und nehmen einen anderen.«

»Was ist, wenn keiner startbereit ist?«

»Aber . . .«

»Was ist, wenn der Wachmann vor eurer Ankunft kalte Füße bekommt und die Polizei verständigt? Was ist, wenn dort drüben vor dem Büro ein Streifenwagen steht? Was ist, wenn der Geschäftsführer des Hubschrauberdienstes in Panik gerät und die Maschinen sabotiert, so daß keine flugfähig ist? Wir sind dann bereits an Bord des Trägers. Das läßt sich nicht mehr rückgängig machen. Was tut *ihr* dann?«

»Wenn es nur ein Streifenwagen ist, erschießen wir die Bullen und fliegen planmäßig ab. Wenn die Hubschrauber nicht startbereit sind, holen wir uns die Reservemaschinen vom Militärflugplatz.« Schon vor Wochen hatten Qazi und Ali sämtliche Flugplätze in 100 Kilometer Umkreis inspiziert und geeignete Hubschrauber entdeckt, auf die man notfalls zurückgreifen konnte.

»Es wird nichts schiefgehen, Oberst. Wir kommen mit den Hubschraubern.«

»Wo ist euer Aufpasser?«

»Dort drüben.« Ali nickte zu einer verlassenen Lagerhalle hinüber. »Hinter dem kleinen Giebelfenster. Er wird alle zwölf Stunden abgelöst. Jasin entwickelt seine Fotos. Wenn er etwas Verdächtiges beobachtet, ruft er uns sofort an.«

»Wen setzt du als Aufpasser ein?«

»Die Hubschrauberpiloten – hier und auf dem Militärflugplatz. Nur bei der letzten Wache vor dem Abflug können wir keine Piloten einsetzen, denn wir haben nur vier. Trotzdem ist das Risiko halbwegs akzeptabel. Bestimmt klappt alles. *Inschallah!*«

»Hör mit diesem So-Gott-will-Scheiß auf! Die Sache muß unter allen Umständen klappen. Also handle gefälligst umsichtig, und sei auf alles Unerwartete gefaßt.«

»Ja, Oberst.«

Qazis Stimme klang müde. »Alles wird garantiert anders kommen, als du denkst – das kannst du mir glauben. Sei darauf vorbereitet und verhalte dich entsprechend. Aber vielleicht sollten wir am besten überhaupt auf diese Maschinen verzichten«, fuhr Qazi nachdenklich fort, während er auf die Hangars blickte. »Ich frage mich, wie zuverlässig Pagliacci ist.«

»Hat er nicht alles wie versprochen beschafft – die Lastwagen, die Uniformen, die Waffen, die Abhörgeräte, die Kooperation der Firma, die das Schiff anstreicht? Für ihn ist das alles nur ein gutes Geschäft.«

»Ahhh, die Leichtgläubigkeit der Dummen! Allah, steh mir bei«, murmelte Qazi. »Erzähl mir noch mal, wie die Sache mit den Hubschraubern ablaufen soll.«

Ali gehorchte. Er hatte den Plan in allen Einzelheiten bereits viermal mit Qazi durchgesprochen. Als er fertig war, setzte der Oberst seinen breitkrempigen Hut auf und nickte zum Tor hinüber. Ali sprach mit dem Wachmann, der tagsüber Dienst hatte, fuhr dann langsam weiter und parkte vor dem Büro des Hubschrauberdienstes. Er stieg mit einem Aktenkoffer in der Hand aus, ging um den Wagen herum und hielt Qazi die Beifahrertür auf. Der Oberst, der sich wieder in einen alten Mann verwandelt hatte, stieg langsam aus. Ali ging voraus. Vor dem Büro übergab er Qazi den Aktenkoffer.

Drinnen war lediglich eine junge blonde Sekretärin mit atemberaubendem Busen und breiten Hüften. Als Qazi leise »*Signore*

Luchesi, prego« verlangte, drückte sie ihre Zigarette aus, stand hastig auf und verschwand im Büro des Geschäftsführers, wobei sie sich nach dem Besucher umsah.

Gleich darauf öffnete die Tür sich wieder, und ein Mann in Hemdsärmeln erschien auf der Schwelle. Hinter ihm wurde seine Sekretärin sichtbar, die nervös ihr Kleid glattstrich. *»Prego«,* sagte er mit einladender Handbewegung. Qazi betrat sein Büro und stützte sich dabei wie ein gebrechlicher Alter am Türrahmen ab. Vorsichtig ließ er sich in dem Sessel vor dem wuchtigen Schreibtisch des Geschäftsführers nieder. Die Sekretärin bewegte sich in Richtung Tür, blieb dann wieder stehen, trat von einem Fuß auf den anderen und starrte den Alten neugierig und ängstlich zugleich an.

»Grazie, Maria.« Ihr Chef nickte ungeduldig zur Tür hinüber. Er war wenigstens 20 Jahre älter als seine Angestellte, sein Körper war dick und unförmig, sein Gesicht fleckig, als habe er Schwierigkeiten mit dem Herzen. »Was kann ich für Sie tun?« fragte er.

Qazi klappte den Aktenkoffer auf, nahm drei große braune Umschläge heraus und warf sie auf den Schreibtisch. »Zählen Sie's nach.«

»Das ist nicht nötig, Signore.« Der schwitzende Geschäftsführer breitete die Hände aus und versuchte zu lächeln. »Ich verlasse mich darauf, daß . . .«

Qazi nahm die Walther aus dem Aktenkoffer und klappte ihn wieder zu. Dann legte er die Pistole auf den Schreibtisch. »Sie sollen das Geld nachzählen.«

Der Geschäftsführer riß den ersten Umschlag auf und blätterte die Geldscheinbündel flüchtig durch.

»Langsam zählen!«

Luchesi nickte, und seine Lippen begannen, sich stumm zu bewegen. In dem durchs Fenster einfallenden Licht glänzte seine feucht gewordene Stirnglatze. Als er mit dem dritten Umschlag fertig war, sagte er: »Fünfzig Millionen Lire, *grazie*. Unsere Abmachung gilt.«

Qazi legte seine Pistole in den Aktenkoffer zurück.

»Sie können sich darauf verlassen, daß ...«

Der Oberst stemmte sich scheinbar mühsam aus dem Sessel hoch. Er öffnete die Tür und schlurfte an der Sekretärin vorbei. Er spürte förmlich, wie ihr Blick sich in seinen Rücken bohrte.

Ali fuhr ihn in Richtung Neapel.

»Er hat das Geld genommen. Ein nervöser, dummer kleiner Mann. Hoffentlich hat er schon alles für eine Flucht ins Ausland vorbereitet. Bei einem Verhör würde er innerhalb einer Stunde ein umfassendes Geständnis ablegen.«

»Was hindert ihn daran, mit dem Geld durchzubrennen?«

»Nur die Tatsache, daß der Auftrag von Pagliacci kommt. Wenn er verschwindet, ohne sich das Geld verdient zu haben, ist er so gut wie tot. Das weiß er.«

»Vielleicht bekommt er's mit der Angst zu tun und verrät uns schon vorher.«

»Nur wenn er selbstmörderisch veranlagt ist. Und seine Sekretärin hat sich sehr um ihn bemüht. Er hat sie auffordern müssen, das Büro zu verlassen.« Qazi verzog das Gesicht. »Sie wird ihm das Geld binnen weniger Wochen abnehmen. Nun ja, jeder Mann sollte diese Erfahrung einmal mit anderer Leute Geld machen können.«

* *
*

Toad Tarkington lehnte sich mit etwas dümmlichem Lächeln auf seinem Stuhl zurück und hörte begeistert zu, wie Judith Farrell von ihrer Arbeit bei der *International Herald Tribune* erzählte. Die Menschen um sie herum nahm er kaum wahr.

Hingerissen betrachtete er sie. Er liebte ihre ausdrucksvollen Augen, er liebte die Gesten, mit denen sie ihre Worte unterstrich. Sie war eine Göttin. Er hatte zuviel Wein getrunken, das stand fest, aber sie war trotzdem eine Göttin. Und dieser Dusel, daß sie noch mal mit ihm ausgegangen war! Vorsicht, Junge, nicht wieder Elefant im Porzellanladen spielen. Dankbar dachte er an Callie: Ohne ihre Hilfe hätte er Judith vielleicht nie wiedergesehen.

»Und der Chefredakteur ist ein rundlicher kleiner Mann mit einer komischen Locke hier vorn ...« Judith deutete auf die Mitte ihrer Stirn und kicherte. Toad grinste breit. »Er will mit mir schlafen. Wirklich verrückt! Er macht ständig Andeutungen und seufzt und schmachtet und läuft vor meiner Tür auf und ab.« Sie stemmte eine Hand in die Hüfte, runzelte die Stirn und versuchte den Gesichtsausdruck ihres Chefredakteurs zu imitieren. Ihr Kleid mit Spaghettiträgern war tiefer ausgeschnitten, als es die Gesetze der Schwerkraft gestatteten.

Judith kicherte erneut und trank einen Schluck Wein. Sie hat auch ein Glas zuviel getrunken, dachte Toad. *Mais c'est la guerre ...*

Als sie ihr Glas abstellte, streiften ihre Fingerspitzen seine Hand. Er hatte das Gefühl, als ob sein Arm bis zum Ellbogen hinauf brannte.

Während sie weiterplauderte, überlegte Toad, wie er die Verführung einfädeln sollte. Vielleicht war es am besten, ganz offen darüber zu sprechen. Einfach vorschlagen, sie solle ihn zu einem Drink in ihrem Zimmer einladen. Nein, das war nichts für eine Klassefrau. Oder sollte er sie auf dem Rückweg ins Hotel küssen und dann wortlos durch die Hotelhalle zum Aufzug führen? Aber war das nicht zu eingebildet, zu machohaft?

»... Modell für Aktfotos zu stehen, aber seine Wohnung war so zugig. Er war sehr französisch, sehr romantisch, ein fotografierender Anarchist.« Das rhythmische Heben und Senken ihrer Brüste bei jedem Atemzug faszinierte Toad. Er merkte, daß er unwillkürlich im Gleichtakt atmete. Vielleicht war es doch besser, sie erst zu einem Cognac in die Bar einzuladen, neben ihr in einer Nische zu sitzen und an ihrem Ohr zu knabbern – bis sie ihn hinauf zu sich bat.

Sie hob die Arme und reckte sich lässig, so daß ihr Kleid sich spannte. »Möchtest du mit mir schlafen, Robert?«

Was? Was hatte sie gesagt?

Judith stützte ihr Kinn auf eine Hand und warf ihm einen warmen, schläfrigen Blick zu. Ihre andere Hand bewegte sich langsam über den Tisch und berührte seine.

Er merkte, daß er eifrig nickte, und machte endlich wieder den Mund zu.

»Komm, wir wollen gehen. Ich bin bereit.«

Toad tastete nach seiner Geldbörse. Auch er war bereit. So bereit wie noch nie in seinem Leben.

* *
*

»Er ist noch immer da«, berichtete Sakol, als Oberst Qazi in den Wagen stieg. Die Limousine parkte – wegen des warmen Abends mit geöffneten Fenstern – weit von der nächsten Straßenlampe entfernt unter einem großen Baum. Die Einfahrt zu Pagliaccis Villengrundstück lag zwei Straßen weiter, aber da die Fahrbahn leicht abfiel, war das Tor gut zu beobachten. Gegenüber der Villa lag ein öffentlicher Park. Sakol gab Qazi sein Fernglas. »Ein Chauffeur hat ihn abgesetzt und ist weggefahren. Er ist allein reingegangen.«

Qazi stellte das Fernglas scharf ein. Die großen Linsen schienen das wenige Licht zu konzentrieren. Der Oberst betrachtete das Tor und die brusthohe Umfassungsmauer. Dann erkannte er das Glühen einer Zigarette im Dunkel unter den Bäumen. »Wie viele Wachen sind aufgestellt?«

»Mindestens zwei Mann – einer am Tor, der andere hinter dem Haus. Letzte Nacht sind auf dem Grundstück Hunde herumgelaufen, deshalb glaube ich, daß die Wachen ins Haus gehen, wenn der Alte allein ist.«

Qazi richtete das Fernglas auf den Park und suchte ihn systematisch ab. Zwischen den Lichtinseln der Laternen an den Gehwegen lag undurchdringlicher Schatten. »Was für Hunde?« fragte er dann, mehr um das Gespräch in Gang zu halten, als aus wirklichem Interesse.

»Dobermänner. Es wundert mich, daß er überhaupt zwei Wächter hat. Kein Einheimischer, der bei Verstand ist, würde dort einzubrechen versuchen, und zwei Mann könnten ein Team von Attentätern nicht lange aufhalten. Ich bezweifle, daß Pagliacci auch nur eine Alarmanlage hat.«

»Richtig, er hat keine«, bestätigte Qazi. »Die Wachen sind nur da, um den Schein zu wahren. Ein Mann in seiner Position muß einfach Leibwächter haben.« Er gab das Fernglas zurück. »Er ist also dort drin.«

»Allerdings! Groß, bösartig und häßlich. Zweifellos ein Höflichkeitsbesuch.«

»Zweifellos.«

»Dann ist es jetzt so ziemlich aus, oder?«

»Was soll aus sein?«

»Das ganze Unternehmen. Falls Pagliacci ausgepackt hat – und das hat er bestimmt getan –, können Sie die Sache vergessen.«

»Sie sind zu pessimistisch. Wir dürfen nicht gleich das Schlimmste annehmen, nur weil zwei Männer in diesem Haus zusammensitzen. Vielleicht sollte ich ein kleines Gespräch mit ihnen führen.« Qazi zog seine Walther aus einer Jackentasche und holte den Schalldämpfer aus der anderen. Nachdem er den Schalldämpfer aufgeschraubt hatte, lud er die Pistole durch, überzeugte sich, daß sie gesichert war, und steckte sie in seinen Hosenbund. »Ich brauche den Glasschneider, eine Rolle Klebeband und die kleine Taschenlampe aus dem Kofferraum.« Sakol öffnete die Fahrertür. Die Innenbeleuchtung ging nicht an, da er sie ausgeschaltet hatte.

»Und holen Sie sich eine Uzi.«

Als Sakol wieder am Steuer saß, prüfte Qazi das Seil und den an einem Ende befestigten Stahlhaken. »Geben Sie mir Ihr Messer«, verlangte er. Sakol löste wortlos die Klettbänder, von denen die Lederscheide an seiner rechten Wade festgehalten wurde.

Qazi begutachtete die 15 Zentimeter lange Klinge des kleinen Bowiemessers. »Ihr Amerikaner stellt gute Messer her.«

»Es kommt aus Japan.«

Der Oberst steckte das Messer in die Scheide zurück und zog sein Hosenbein hoch. »Sollte er vor mir rauskommen, empfangen Sie ihn mit der Uzi. Ich will, daß er umgelegt wird. Und erledigen Sie auch etwaige Begleiter.«

»Mit Vergnügen.«

Qazi rückte die Lederscheide an seinem Knöchel zurecht und zog das Hosenbein wieder herunter. »Danach warten Sie auf mich, verstanden? Sie warten unter allen Umständen, bis ich zurückkomme.«

»Sie sind der Boß.«

Sakol schraubte einen Schalldämpfer an die Uzi und überzeugte sich davon, daß die MP durchgeladen war und ein volles Magazin hatte. Er ließ den Motor des Wagens an. »Ich habe den Park beobachtet, seitdem ich hier bin, und niemanden gesehen. Aber vielleicht ist dort ein dritter Mann postiert, der das Tor überwacht.«

»Das müssen wir riskieren.« Qazi betätigte den Schalter der Innenbeleuchtung, so daß sie wieder aufflammen würde, sobald eine Tür geöffnet wurde.

»Fahren Sie mit Licht bis vors Tor. Diesmal reden wir Englisch.«

In der Nähe des Tors zu Pagliaccis Villengrundstück brannte eine Straßenlampe. Sakol hielt direkt vor dem Tor. »Sehen Sie die Hausnummer?« fragte Qazi im Gesprächston.

»Nein, aber hier muß es sein.«

Der Oberst öffnete die Beifahrertür und stieg aus. Er ließ seine Tür offenstehen. Sakol hielt sich eine Hand über die Augen, als blende ihn die Innenbeleuchtung, und starrte auf das Tor. Qazi machte einige schwankende Schritte auf das schmiedeeiserne Tor zu, sah sich um, zog einen Zettel aus der Hemdtasche und hielt ihn leicht schwankend ins Licht der Straßenlampe.

Der Mann hinter der Mauer bewegte sich.

»Oh, alter Junge«, sagte Qazi undeutlich. »Hab' Sie gar nicht gesehen. Können Sie mir sagen, ob Colonel Arbuthnot hier wohnt?«

Der Mann war mit drei Schritten an der brusthohen Mauer. *»Non comprendo, Sig...«* Er verstummte abrupt. Die Pistole mit Schalldämpfer hatte nur Plop! gemacht. Qazi trat an die Mauer und blickte auf den Toten hinab. Der Wachmann lag mit offenen Augen auf dem Rücken und hatte ein Loch in der Stirn.

»Los, wir schaffen ihn in den Wagen!« Die beiden setzten über die Mauer, hievten den Toten auf die andere Seite und schleppten ihn zum Auto, wo er im Fußraum hinter den Vordersitzen Platz fand. »Sie stellen den Wagen wieder an der alten Stelle ab«, wies Qazi danach Sakol an. »Dann kommen Sie zurück und erledigen den zweiten Kerl. Setzen Sie sich dabei die Mütze des Mannes hier auf. Sie wissen, was Sie zu tun haben. Danach warten Sie hier am Tor. Lassen Sie keinen lebend entkommen.«

Der Oberst setzte erneut über die Mauer und ging die Auffahrt entlang, wobei er auf Hunde achtete. Außer dem Zirpen irgendwelcher Nachtinsekten und dem leisen Motorengeräusch des Wagens, den Sakol an seinen alten Platz zurückfuhr, war nichts zu hören. Lediglich das Rauschen des Verkehrs auf einer etwa einen Kilometer entfernten Durchgangsstraße bildete ein gleichmäßiges Hintergrundgeräusch.

Während Qazi sich der Villa näherte, beobachtete er die Fenster. Der Hauseingang lag im Dunkel, aber hinter den Vorhängen des linken Eckzimmers brannte Licht. Die übrigen Erdgeschoßfenster waren dunkel. Durch eines von ihnen würde er einsteigen müssen.

Qazi blieb vor der Haustür stehen und drückte vorsichtig die Klinke herunter. Die Tür war nicht verschlossen! Aber was hatte Pagliacci auch zu befürchten? Als mächtigster Mafioso Süditaliens war er möglicherweise der Mann, der in dieser Gegend am ruhigsten schlafen konnte. Qazi öffnete behutsam die massive, fast zweieinhalb Meter hohe Holztür, schlüpfte ins Haus und schloß die Tür hinter sich.

Er stand in der Dunkelheit und horchte. Nichts. Das Haus war grabesstill. Der Lichtkegel seiner Taschenlampe wanderte durch eine große Eingangshalle mit Renaissancemöbeln. Qazi beleuchtete den Orientteppich vor seinen Füßen, durchquerte die Eingangshalle und wandte sich nach links.

Hinter der Eckzimmertür waren Stimmen zu hören. Er strengte sich vergeblich an, zu verstehen, wovon die Rede war. Schließlich steckte er die Taschenlampe ein, nahm die Pistole in die rechte Hand und stieß die Tür auf.

Die beiden Männer fuhren herum. General Simonow, dessen

kurzgeschorener Schädel im Lampenlicht glänzte, starrte den Eindringling wütend an. Pagliacci wirkte wie vom Donner gerührt.

»Guten Abend, Gentlemen. Tut mir leid, daß ich so hereinplatze . . .«

»Wer sind Sie?« unterbrach ihn Pagliacci mit schriller Stimme.

»Das ist Qazi, Dummkopf«, knurrte Simonow.

»General, Sie müssen unseren italienischen Freund entschuldigen. Er kennt mich als ziemlich gebrechlichen Alten.« Qazi setzte sich ihnen gegenüber und ließ seine Pistole auf Simonow gerichtet.

»Gentlemen, wir haben viel zu besprechen und nicht viel Zeit, deshalb wollen wir gleich zur Sache kommen. Wer von Ihnen möchte den Anfang machen?«

Simonow starrte ihn lediglich an. Qazi beobachtete seine Hände auf den Sessellehnen. Als sie sich kaum merklich verkrampften, während der Russe leicht die Beine anzog, schoß Qazi ihm ins linke Knie. Simonows Bewegung kam sofort zum Stillstand.

»Weshalb sind Sie heute abend hier, General?«

Der Russe hielt sich das verletzte Knie mit beiden Händen. Sein Blick blieb ausdruckslos auf Qazi gerichtet. Zwischen seinen Fingern quoll Blut hervor, das auf den Teppich tropfte.

Qazi schoß ihm in den rechten Oberarm. Simonow ließ sich in den Sessel zurücksinken.

»Ihr Vorhaben wird scheitern«, sagte der General schließlich. »Alle Indizien weisen auf el Hakim hin. Das ist Ihnen doch wohl klar?«

Qazi nickte knapp. Simonows Armwunde blutete stark.

»Die Israelis, die Amerikaner, die Engländer. Sie werden Präventivschläge führen.«

»Nur wenn sie Erfolgsaussichten sehen, General. Nur dann. So unvorsichtig sind sie nicht.«

»Sie haben keine Kontrolle über . . .« Im nächsten Augenblick war Simonow mit vorgereckten Armen auf den Beinen und versuchte, die zwischen ihnen liegenden drei Meter zu überwinden.

Eine Kugel aus Qazis Pistole durchschlug seine Kehle, und der General brach vor ihm zusammen. Ein Blutstrahl verfärbte den Teppich. Die Kugel mußte das Rückgrat getroffen haben, denn der Russe bewegte sich nicht mehr.

Qazis Waffe bedrohte jetzt Pagliacci. »Red oder stirb.«

Der Alte zitterte am ganzen Leib. Schweiß stand ihm auf dem Gesicht und tropfte von seiner blaugeäderten Nase. »Heilige Muttergottes ...«

Qazi stand auf und trat auf den Italiener zu.

»Der Russe hat sich für die Hubschrauber interessiert. Wann und wo sie eingesetzt werden sollen. Tun Sie mir nichts! Ich bin ein alter Mann. Um Himmels willen, tun Sie mir nichts!«

»Und Sie haben's ihm gesagt.«

»Natürlich. Er zahlt mir jeden Monat viel Geld. Er will Auskünfte über die Amerikaner, und wir liefern sie ihm. Wann Schiffe ein- und auslaufen, was für Waffen sie an Bord haben. Und Dokumente ... Dokumente ...«, brabbelte Pagliacci vor sich hin.

»Wann haben Sie ihm von den Hubschraubern erzählt?«

»Sie erschießen mich sowieso. Aber ich erzähle Ihnen ...«

Qazi setzte seine Pistole auf die Stirn des Alten. »Wann haben Sie ihm von den Hubschraubern erzählt?«

»Heute abend. Erst heute abend.«

»Wenn Sie gelogen haben, komme ich zurück und bringe Sie um.«

»Beim Blute Christi, ich sage die Wahrheit! Das schwöre ich beim Grab meiner Mutter. Beim Grab meiner Frau ...«

»Aufstehen!«

»Bitte, *bitte*. Sie haben versprochen, mir nichts zu tun!«

Qazi steckte seine Pistole ein und riß den Alten aus dem Sessel hoch. Er drehte ihn von sich weg und brach ihm mit einem einzigen Ruck am Kinn das Genick.

Der Oberst stieß einen Grunzlaut aus, als der Tote in seine Arme sackte. Er schleppte ihn zu Simonow hinüber und ließ ihn mit dem Gesicht nach unten auf den Teppich gleiten. Dabei hütete er sich, in die Blutlachen zu treten.

Dann drehte er den Alten auf den Rücken. Zum Glück war das

Blut noch nicht geronnen. Er packte den toten Russen und legte ihn so, daß er halb über Pagliaccis Körper fiel. Nun drückte er von hinten seinen Hals zusammen, und ein Blutschwall aus Simonows Kehle ergoß sich über das Hemd des Italieners. Dann legte Qazi die rechte Hand des Generals hinter Pagliaccis Genick.

Nachdem er die Pistole an seinem aus der Hose gezogenen Hemd abgewischt hatte, drückte er Pagliaccis Finger gegen die Waffe. Qazi legte seine Pistole neben die beiden Leichen und beförderte die ausgeworfenen Patronenhülsen mit der Fußspitze in ihre Nähe.

Danach begutachtete er den Tatort. Sein Arrangement würde Ermittlungen von Amateuren mindestens 24 Stunden lang standhalten. Die Polizei würde diesen Raum niemals zu sehen bekommen. 24 Stunden würden ausreichen . . .

Beim Hinausgehen wischte er die Türklinken ab.

Sakol stand im Schatten, als Qazi die Einfahrt entlangkam und sich mit einem Hemdsärmel den Schweiß von der Stirn wischte. »Wo ist der zweite Leibwächter?« erkundigte er sich.

»Auch schon im Wagen.«

»Los, wir verschwinden.« Nachdem sie die Mauer überstiegen hatten, sagte Qazi: »Sie beseitigen die beiden Wachen so, daß ihre Leichen frühestens in vierundzwanzig Stunden aufgefunden werden.«

»Kein Problem. Haben Sie den Russen umgelegt?«

»Ich hoffe, daß ich ebenso tapfer sterbe, wenn meine Zeit kommt.«

* *
*

Eine Viertelstunde nachdem Qazi und Sakol weggefahren waren, trat ein Mann aus dem Dunkel des Parks. Unter dem linken Arm trug er eine mittelgroße Kameratasche. Er überquerte die Straße und kletterte vorsichtig über die Mauer. Zehn Minuten später war der Mann zurück. Er überquerte wieder die Straße und verschwand im Park.

* *
*

Kurz nach vier Uhr wachte Toad Tarkington mit bohrenden Kopfschmerzen auf. Er spürte jeden Pulsschlag als schmerzhaftes Pochen über den Augen. Dann fühlte er, daß etwas auf seiner Brust und dem rechten Bein lag.

Judith schlief fest und hatte im Schlaf einen Arm über seine Brust und ein Bein über sein rechtes Bein gelegt. Er bemühte sich, sie nicht zu wecken, während er von ihr abrückte und sich im Bett aufsetzte. Tagesdecke und Bettdecke lagen auf dem Teppich. Überall waren Kleidungsstücke verstreut, die zu Boden gefallen oder weggeschleudert worden waren.

Toad schloß die Augen und versuchte sich zu entspannen, während er auf Judiths gleichmäßige Atemzüge horchte. Nach einiger Zeit öffnete er wieder die Augen. Sie war noch immer da: warm und nackt und fest schlafend.

Warum hast du so viel gesoffen, Idiot?

Toad stand leise auf und ging ins Bad. In Judiths Handtasche auf der Ablage vor dem Spiegel fand er zum Glück eine Dose Aspirin. Er nahm drei Tabletten und spülte sie mit Leitungswasser hinunter.

Dann saß er auf dem kleinen Stuhl am Schreibtisch und betrachtete Judiths makellosen Körper.

Schließlich hob er ihr Kleid vom Teppich auf und legte es sorgfältig über die Lehne eines Sessels. Wie wäre es, jeden Abend zu dieser Frau heimzukommen? fragte er sich dabei. Zu dieser klugen, schönen, leidenschaftlichen Frau? Mit ihr wäre es niemals eintönig, niemals langweilig.

Langsam, Toad! So hast du noch nie an eine Frau gedacht. Und dies ist nur eine Affäre für eine Nacht. Eine verdammt tolle Affäre, aber eben doch nur für eine Nacht. Sie ist eine einsame Frau in einer fremden Stadt, und ihre Wahl ist zufällig auf dich gefallen. Vermutlich hält sie dich nach wie vor für einen Trottel und verläßt dich am Morgen, ohne auch nur einen Gedanken an das zu verschwenden, was zwischen dir und ihr gewesen ist.

Toad hielt die Vorhänge einen Spalt weit auf und starrte aus dem Fenster, als er plötzlich hörte, daß Judith sich bewegte.

»Wie spät ist es?«

»Ungefähr halb fünf.«

»Komm wieder ins Bett, Robert. Die Nacht ist noch nicht vorbei.«

Sie schlang ihre Arme um ihn. Sie duftete nach Liebe und Schlaf. Ihre Haut war weich und nachgiebig über den durchtrainierten Muskeln, warm und glatt. Sie nahm ihn in sich auf, als habe sie ihr Leben lang nur nach ihm gesucht und gehungert.

Als er wieder aufwachte, fiel durch den Vorhangspalt Sonnenlicht ins Zimmer. Er setzte sich im Bett auf und sah sich um. Judith war verschwunden.

Sie hatte sich leise angezogen und war auf Zehenspitzen hinausgeschlichen, während er schlief. Oh, wie oft hatte er das selbst schon getan? Er hatte mit vielen Frauen geschlafen, um dann bei Sonnenaufgang die Flucht zu ergreifen. Er war vor den weichen parfümierten Betten, den Fotos auf dem Toilettentisch und den Tüllgardinen an den Fenstern geflüchtet. Er war über Slip und Büstenhalter auf dem Teppich hinweggestiegen und hatte sich nicht einmal umgesehen.

Toad konnte sich im Spiegel über der Kommode sehen. Er mußte sich dringend rasieren. Das Bett roch noch immer nach ihr. Das Hotelzimmer war so leer wie sein Leben.

Kapitel 17

Qazi saß bei einem Glas Orangensaft auf der Terrasse der angemieteten Villa, die diesmal sein »Hauptquartier« war, als Jasin an den Tisch trat und ihm mehrere Umschläge mit Schwarzweißfotos hinlegte. Qazi betrachtete sie in der Morgensonne. Er hatte nur vier Stunden geschlafen und fühlte sich benommen. So kurz vor einem Unternehmen fand er nur mühsam Schlaf; deshalb hatte er eine Tablette genommen, deren Wirkung erst allmählich abklang.

Die Aufnahmen zeigten Menschen in der Nähe der Hubschrauber. Qazi sortierte sie nach Personen, indem er kleine Stapel bildete. Als er damit fertig war, lagen neun Stapel vor ihm. »Gestern sind's also neun Leute gewesen, Jasin?«

»Ja, Oberst. Und einer der Hubschrauber ist zweieinhalb Stunden lang unterwegs gewesen. Hier sind Aufnahmen von dem Piloten und den Fluggästen.« Jasin legte weitere Fotos auf den Glastisch.

Qazi betrachtete jedes einzelne Foto aufmerksam. »Wir bekommen Sturm, Oberst.«

»Wann?« Qazi sah nicht von den Fotos auf.

»Auffrischender Wind und höherer Seegang sind für heute abend angekündigt. Die Front soll dann morgen früh bei Tagesanbruch durchziehen.«

»Wunderbar! Und Ali bildet sich ein, es könne nichts schiefgehen.«

»Verschieben wir das Unternehmen?«

»Ausgeschlossen. Das geht seit letzter Nacht nicht mehr.« Er betrachtete weiter die Fotos. »Eigentlich seit zwei Wochen immer wieder dieselben Leute«, stellte er schließlich fest.

»Keine bekannten Agenten«, bestätigte Jasin. »Die Fotos von dem Reserveplatz sind in einer Stunde fertig.«

»Und niemand ist euch zu oder von den Hubschraubern gefolgt?«

»Niemand.«

»Ihr habt keine Beschatter gesehen?«

»Keine.« Jasin runzelte die Stirn. Er wußte so gut wie Qazi, daß eine großangelegte Überwachung unmöglich zu entdecken war. »Wir haben alle Vorsichtsmaßnahmen getroffen.«

»Hmmm. Wann kommt die Kiste an Bord?«

»Der Versorgungsprahm ist schon längsseits gegangen. Sie dürfte jeden Augenblick an Bord gehievt werden.«

»Und am Kai hat's heute morgen keine Probleme gegeben?«

»Sie haben die Kiste wie vereinbart übernommen.«

Qazi stand vor einer schwierigen Entscheidung, die er bisher absichtlich hinausgeschoben hatte. Er hatte gehofft, diese Fotos würden sie ihm erleichtern. Die ursprünglich vorgesehenen Hubschrauber waren von Pagliacci beschafft worden, der auch die Bestechung des Wachmanns und des Geschäftsführers des Hubschrauberdienstes arrangiert hatte. Qazi mußte damit rechnen, daß Pagliacci alles der GRU verraten hatte. Trotzdem schienen sich in den vergangenen zwei Wochen keine sowjetischen Agenten für die Hubschrauber interessiert zu haben. Und Pagliacci hatte behauptet, er habe Simonow erst bei ihrem letzten Treffen informiert. Falls die GRU vorhatte, heute abend Alis Abflug zu verhindern, ging sie ungewöhnlich diskret vor.

Andererseits hatte Qazi Pagliacci in bezug auf die Terminplanung absichtlich im ungewissen gelassen. Die Kastenwagen waren für weitere zwei Wochen gemietet. Die Villa für ein halbes Jahr. Der Schiffsmaler glaubte, seine Schute werde morgen und übermorgen nochmals benötigt. Und der Alte hatte sein Wissen nur stückweise preisgegeben und sich jede Information bezahlen lassen.

Deshalb war es wahrscheinlich – nein, *sicher* –, daß Simonow nur teilweise informiert gewesen war, als Qazi ihn letzte Nacht erschossen hatte. Aber vielleicht hatte er bereits Vorbereitungen getroffen, um aufgrund der verfügbaren Informationen zu handeln? Falls die Sowjets beabsichtigten einzugreifen, hätte die GRU sich zumindest für die Hubschrauber interessieren müssen.

Darüber hinaus gab es noch die Reservehubschrauber, von

denen Pagliacci nichts wußte, weil Qazi ihm nicht davon erzählt hatte – und weil kein italienischer oder NATO-Soldat ausgehorcht oder bestochen worden war. Diese Maschinen standen auf dem NATO-Stützpunkt Armed Forces South. Ali würde sie buchstäblich entführen müssen, ohne vorher zu wissen, ob sie betankt und flugklar waren. Darüber hinaus wurden diese Hubschrauber bewacht; folglich würde es eine Schießerei mit sofortiger Alarmierung übergeordneter Dienststellen geben. Andererseits hing der Erfolg von Qazis Plan davon ab, daß er Generale und Admirale im ungewissen ließ, bis die Waffen von Bord der *United States* geschafft waren. Sie sollten vor vollendete Tatsachen gestellt werden.

Unter Berücksichtigung aller Tatsachen war der Einsatz der Militärhubschrauber mit gewaltigen Risiken verbunden. Sie waren also nur als Reserve für den Notfall geeignet.

War der Notfall eingetreten? Während Jasin die Fotos in die Umschläge zurücksteckte, dachte Qazi das Problem nochmals durch. Er entschied sich fürs erste dafür, bei den ursprünglichen Hubschraubern zu bleiben.

»Du fährst ins Hotel zurück und hörst heute nachmittag sorgfältig alle Zimmer ab. Sollten die Amerikaner gewarnt worden sein, werden sie versuchen, ihre Männer an Bord zu holen und auszulaufen. Ich komme abends vorbei und helfe dir, die Anlage in der Suite abzubauen.«

»Ja, Oberst.«

»Verhalte dich, als würdest du beschattet.«

Jasin nahm die Fotos und verschwand in der Villa.

In diesem Geschäft gibt's keine Gewißheiten, überlegte Qazi. Man tastet sich blindlings voran, ist sich bewußt, daß nichts jemals so ist, wie es zu sein scheint, und weiß, daß überall wirkliche und eingebildete Gefahren drohen. Je länger man dieses Spiel spielt, desto realer werden die imaginären Gefahren. Und das schlimmste ist, daß man nie weiß, ob man den einen schweren, unkorrigierbaren, tödlichen Fehler nicht vielleicht schon gemacht hat . . .

»Guten Morgen, Oberst.« Noora sank auf den Gartenstuhl

neben ihm. Sie trug eine schwarze Seidenbluse, enge Hosen und hochhackige Pumps und hatte ihr langes Haar zu einem Nackenknoten zusammengefaßt.

»Schläft Jarvis noch?«

»Ja.«

»Was hat er gestern abend nach der Ankunft gegessen?«

Die beiden waren am Vorabend mit einer Verkehrsmaschine nach Rom gekommen. Der mit einer Spritze betäubte Jarvis war im Rollstuhl von der als Krankenschwester verkleideten Noora durch Zoll und Paßkontrolle zu einem wartenden Krankenwagen geschoben worden, der sie in fünfstündiger Fahrt in die Villa gebracht hatte.

»Er hat noch nichts gegessen. Ich habe ihm vor drei Stunden eine Spritze zum Aufwachen gegeben. Er müßte bald wieder auf den Beinen sein. Ich sorge dafür, daß er ißt.«

»Sobald er gegessen hat, soll er die Zünder auspacken und überprüfen. Sie liegen noch in der Garage. Dabei überwachst du ihn gemeinsam mit Ali. Die Zünder packen wir heute abend wieder ein.«

Noora nickte wortlos.

»Ist er folgsam gewesen?«

»Ja.«

»Welche Einstellung hat er dir gegenüber?«

»Er hat begonnen, mich so respektvoll wie seine Frau zu behandeln.«

Qazi starrte sie forschend an. »Ausgezeichnet! Wie hast du das geschafft?«

Sie zuckte mit den Schultern. »Er will beherrscht werden. Das braucht er.« Sie wich Qazis Blick nicht aus.

»Er muß binnen zwölf Stunden in Topform sein.«

»Dafür garantiere ich.«

* *
*

»Iß!« sagte Noora lediglich, als sie Jarvis das Tablett hinstellte. Dann verschwand sie im Bad und schloß die Tür hinter sich ab.

Sie stand vor dem wandhohen Spiegel und bürstete gemächlich ihr langes schwarzes Haar aus. Dann löste sie die Knöchelriemen ihrer hochhackigen Pumps, streifte sie ab und zog langsam die enge Hose aus. Zuletzt schlüpfte sie aus ihrer Bluse und war sich dabei jeder im Spiegel beobachteten Bewegung bewußt.

Jetzt trug sie nur noch einen schwarzen Stretch-Body. Sie drehte sich halb um und betrachtete ihre Rückenansicht im Spiegel. Ja, das schmale Stretchband verschwand völlig zwischen ihren Gesäßbacken. Und ihre Beine – so glatt und wohlgeformt!

Sie stellte ihren Fuß auf den niedrigen Toilettentisch und betrachtete ihr Spiegelbild, während sie den Schuh wieder anzog und das Knöchelband schloß. Die beiden Spiegel warfen die Ansicht ihres schlanken Körpers mehrfach zurück. Sie zog den zweiten Schuh an, richtete sich auf und genoß es, wie die hohen Absätze ihre Waden streckten und ihr Gesäß betonten.

So gefiel sie Jarvis. Wie seine Zunge sie streichelte und liebkoste! Sie gestattete ihm nur, seine Zunge zu gebrauchen. Schon beim Gedanken daran fühlte sie, wie ihre Brustspitzen sich aufrichteten und ihr Schoß feucht wurde. Sie ließ ihre Fingerspitzen langsam über Schenkel und Hüften gleiten.

Bei einem letzten Blick in den Spiegel befeuchtete sie ihre Lippen mit dem Finger. Dann schloß sie die Tür auf und öffnete sie.

* *
*

Im fünften Stock eines Bürogebäudes in der Nähe des Hotels *Vittorio Emanuele* wurde hinter einer Tür mit dem Firmennamen *Middle East Imports – Exports, Ltd.* ein weiterer Satz Fotos begutachtet. Die Aufnahmen waren jedoch mit einem hochempfindlichen Infrarotfilm gemacht worden und deshalb sehr körnig.

Judith Farrell wählte eine der Vergrößerungen aus und befestigte sie mit Klebstreifen an der Wand. Sie trat zurück. Die Aufnahme zeigte zwei Männer vor einem auf einer Straße geparkten Wagen. Links über ihnen mußte sich eine Wärmequelle befunden haben – vermutlich eine Straßenlampe. Dadurch veränderten die Gesichter sich etwas. Bei Infrarotfilm erzeugte jedes Gesicht sein eigenes Licht, weil es Wärme abstrahlte.

»Das ist er«, sagte sie schließlich. »Das ist Qazi.«

»Simonow und Pagliacci hat er's jedenfalls besorgt. Überall reichlich Blut.« Der Sprecher war ein etwa dreißigjähriger großer Mann mit strähnigen, bis über die Ohren hängenden blonden Haaren. Er wählte ein paar Aufnahmen der Leichen aus und klebte sie neben das Infrarotfoto. Simonows Kopf war etwas zur Seite gedreht worden, damit ein Teil seines Gesichts aufs Bild kam. Allerdings waren schon der gebräunte Schädel und der Bürstenhaarschnitt des Generals unverkennbar.

»Mit der Ermordung Pagliaccis hat Qazi allen einen Dienst erwiesen. Der Kerl hat den Sowjets zu lange geholfen.«

»Sein Nachfolger wird weitermachen, wo er aufgehört hat. Die Russen haben das Geld, und die Mafia hat die Organisation. Das ist eine im kommunistischen Himmel geschlossene Ehe.«

Aus den Infrarotfotos suchte Judith eine Aufnahme heraus, die den zweiten neben dem Wagen stehenden Mann im Halbprofil zeigte. Sie hielt sie in der ausgestreckten Hand und betrachtete sie mit zusammengekniffenen Augen. Schade, daß sie so körnig war.

»Wer ist das?« fragte der blonde Mann.

»Keine Ahnung«, gab Judith schließlich zu und legte das Foto auf den Tisch zurück.

»Müssen wir die CIA informieren?«

»Das wird sich nicht vermeiden lassen«, murmelte Judith. Sie warf mit einer Kopfbewegung ihr Haar zurück und starrte wieder auf die an der Wand hängenden Aufnahmen.

»Sollen wir nicht auch der Sowjetbotschaft ein paar Abzüge schicken? Vielleicht wüßte die GRU gern, wer Simonow umgelegt hat.«

»Das müßten wir uns genehmigen lassen. Immerhin eine Idee. Aber ich glaube, wir lassen die Finger davon. Für Simonows Tod – oder sein Verschwinden – wird Moskau die Mafia verantwortlich machen. Das hat Qazi geschickt eingefädelt. Auf solche Dinge versteht er sich sehr gut.«

»Weshalb ist Qazi also in Neapel?«

»Jedenfalls nicht, um diese beiden zu liquidieren. Dabei hat er mit nur einem weiteren Mann als Rückendeckung auf der Straße zuviel riskiert. Das sieht zu sehr nach Improvisation aus.«

»Eine Entführung? Ein Bombenanschlag? Mehrere amerikanische Matrosen sind nicht auf den Flugzeugträger zurückgekehrt. Vielleicht steckt er dahinter«, meinte der Mann. »Aber sollen wir zuschlagen, bevor wir mehr wissen?«

»Er darf uns nicht wieder durch die Finger schlüpfen. Zu Pagliacci geht er nicht mehr. Da hätten wir ihn schnappen können – wenn wir bereit gewesen wären.« Sie wandte sich nach einem letzten Blick auf die Fotos ab. »Er ist drei Abende nacheinander im *Vittorio* gewesen. Wir müssen ihn dort abfangen.«

Der Blonde schüttelte den Kopf. »Ungeeignet. Zu viele Leute, zu viele Ausgänge – für ein so großes Gebäude ist unser Team zu klein. Das wäre zu riskant.«

»Das Team soll sich fertigmachen. Der Erfolg ist greifbar nahe. Das spüre ich.«

»Nicht im *Vittorio*.«

»Doch! Möglichst heute abend, Joel.«

»Hör zu, dieser Mann ist gefährlich. Er hat David in Rom erkannt – und erschossen. Wir brauchen eine geeignetere Umgebung, vielleicht ein Straßencafé. Wir müssen rasch zuschlagen und wieder verschwinden können.«

»David hat Qazi verfolgt«, stellte Judith mit erhobener Stimme fest. »Dabei hat er *gewußt*, daß das ein Fehler war. Das habe ich ihm dutzendmal gesagt.« Sie funkelte Joel aufgebracht an. »Wäre ich an Davids Stelle gewesen, hätte ich versucht, Qazi sofort umzulegen. David hat zu lange gezögert. Er hat ihn beobachtet und abgewartet – bis es zu spät gewesen ist.«

Beide schwiegen und dachten an David und das Jahr, das ihr Team damit verbracht hatte, ein Phantom zu jagen. »Wir werden niemals erleben«, sagte Judith, »daß Oberst Qazi irgendwo zwei Tage nacheinander an einem öffentlich zugänglichen Ort sitzt und nur darauf wartet, daß wir ihn peng! peng! peng! erschießen. Dazu ist er viel zu clever. Und du weißt so gut wie ich, daß wir nicht genug Leute haben, um ihn wirkungsvoll zu beschatten. Dazu brauchten wir mindestens ein Dutzend Leute. Wir können schon von Glück sagen, wenn wir drei Stunden pro Tag wissen, wo er sich im Umkreis von fünf Kilometern aufhält.«

»Wenn die Italiener uns erwischen...« Der Blonde hob die Hände. »Das *weißt* du doch! Großer Gott... ein Hotel! Voller Menschen! Funktaxis vor dem Eingang. Überall Polizei.« Er breitete hilflos die Arme aus. »Qazi ist mit seinem eigenen Team in Neapel. Wenn wir Geduld haben, können wir vielleicht alle erledigen.«

»Nein.« Sie schüttelte den Kopf. »Er ist zu clever. Und zu gefährlich. Beim leisesten Verdacht, daß wir ihm auf der Fährte sind, schlüpft er uns durch die Finger. Wieder einmal. Wenn wir nicht die erstbeste Gelegenheit nutzen, ziehen wir mit leeren Händen ab.« Sie drehte sich nach dem Fenster um und sah über die Dächer zum *Vittorio* hinüber. »Von hier aus ist es nicht weit nach Tanger. Qazi ist an Bord des Schiffs gewesen.«

Jenseits des Hoteldachs war der langgestreckte Rumpf der *United States* in einigen Kilometern Entfernung als dunkle Silhouette im Dunst über dem Meer zu erkennen. Der Himmel dahinter hatte sich mit schiefergrauen Wolken bedeckt. »Er interessiert sich für den Flugzeugträger, das steht fest.« Sie ballte die rechte Hand zur Faust und schlug leicht gegen den Fensterrahmen. »Wir sind so verdammt dicht dran. So dicht wie noch nie.«

»Was ist mit diesem amerikanischen Marineoffizier? Tarkington? Was will er? Welche Rolle spielt er?«

»Er will nur meinen Körper.«

»Oh.«

Judith drehte sich ruckartig um. »Halt dich da raus«, fauchte sie. »Das geht dich gar nichts an.«

Der Blonde hob abwehrend die Hände. »He, das war nur 'ne Frage. Wenn du ihn willst, hab' ich nichts dagegen. Kein Problem für mich – solange unser Auftrag nicht gefährdet ist.«

* *
*

»Was möchtest du heute unternehmen?« fragte Jake Grafton seine Frau.

»Du fährst heute nicht aufs Schiff?«

»Ich bleibe den ganzen lieben langen Tag bei dir. Vielleicht stehe ich überhaupt nicht auf.« Jake schlug die Bettdecke zurück und betrachtete Callies nackten Körper.

»Es ist schon zehn Uhr, Liebster. Glaubst du, daß der Zimmerservice uns noch ein Frühstück serviert?«

»Du bist eine bemerkenswert gut erhaltene Frau. Möchtest du nicht ein paar deiner Liebesgeheimnisse mit einem Bewunderer teilen?«

Callie drückte ihn zurück, bis er auf dem Rücken lag, und setzte sich rittlings auf ihn. Das Gesicht auf dem Kissen blickte mit jungenhaftem Grinsen zu ihr auf. Sie beugte sich nach vorn und begann an seinem Hals zu knabbern.

Jake griff nach dem Telefonhörer. »Bitte den Zimmerservice ... Bringen Sie uns zwei große Portionen Rührei mit Schinken. Dazu Toast und eine Kanne Kaffee.« Er nannte ihre Zimmernummer und legte den Hörer auf. »Das Frühstück kommt in ungefähr zwanzig Minuten.«

»Zwanzig Minuten«, flüsterte Callie ihm ins Ohr. »Das genügt kaum für das heutige Liebesgeheimnis, Jacob Grafton. Aber ich will's wenigstens versuchen.«

Es wurde Mittag, bevor sie in Freizeitkleidung und Hand in Hand auf die Straße hinaustraten. »Komm, wir sehen zu, daß wir die Fähre nach Capri erwischen«, schlug Jake vor.

»Schon wieder? Ich bin erst gestern mit Judith dort gewesen.«

»Warum nicht? Mit mir ist's bestimmt lustiger.«

»Ha! Nur nicht so eingebildet!« Sie bogen auf den Boulevard ab und machten sich auf den Weg zur Anlegestelle.

»Worüber hast du dich den ganzen Nachmittag mit Judith unterhalten?«

»Na ja, wir haben über junge amerikanische Marineoffiziere und ihre enttäuschende Einstellung Frauen gegenüber gesprochen. Davon, daß sie wie rohe Eier behandelt werden müssen, damit ihr zerbrechliches Ego keinen Schaden erleidet. Und wir haben über unsere Ausbildung und unseren Beruf gesprochen, und ich habe ihr erzählt, wie ich dich in Hongkong kennengelernt habe ...«

Jake warf ihr einen fragenden Blick zu, als sie plötzlich zu sprechen aufhörte. Callie biß sich auf die Unterlippe.

»Und was noch?«

»Irgendwas an der ganzen Unterhaltung hat mich gestört.«

Callie ließ seine Hand los. »Sie ist die perfekte amerikanische Karrierefrau, die in Paris ein Traumleben führt. Sie läßt sich davon nicht den Kopf verdrehen, schwärmt nicht nur von Berühmtheiten, gibt ihr Geld sparsam aus und wirft nicht mit großen Namen um sich.«

»Woher stammt sie überhaupt?«

Callie blieb ruckartig stehen und drehte sich nach ihrem Mann um. »Das ist's! Sie ist keine geborene Amerikanerin! Sie behauptet, aus New England zu stammen, und sie spricht auch so. Aber sie kommt nicht von dort.«

»Heißt das, daß Englisch nicht ihre Muttersprache ist?«

»Genau. Sie hat sehr früh Englisch gelernt, aber ihre eigentliche Muttersprache macht sich trotzdem noch bemerkbar – zum Beispiel in der Art und Weise, wie sie bestimmte Silben ausspricht. Das habe ich gehört, aber es ist mir nicht gleich aufgefallen.« Sie machte eine ungeduldige Handbewegung. »Ich habe nicht so genau hingehört, weil ich davon ausging, daß sie Amerikanerin ist.«

»Was, meinst du, ist ihre Muttersprache gewesen?«

Callie, die Linguistin, ging gedankenverloren neben ihm her. »Darüber muß ich noch nachdenken«, meinte sie schließlich.

»Vielleicht sind ihre Eltern Einwanderer gewesen, die kein Englisch konnten.«

»Das ist heutzutage außer bei Chicanos selten. Nein, sie hat nicht schon als Sechsjährige in der Schule Englisch gelernt. Damit muß sie später angefangen haben – vielleicht als Teenager. Je später man eine Fremdsprache lernt, desto schwieriger ist es, sich von der gewohnten Artikulation zu lösen. Deshalb behalten manche Menschen ihr Leben lang einen bestimmten Akzent.«

Sie warteten geduldig in der Schlange vor dem Fahrkartenschalter und gingen dann an die Anlegestelle. Dort beobachteten sie, wie die Fähre an der Pier vorbeiglitt, an der Passagierschiffe und die Boote der *United States* anlegten. Der Rudergänger brachte sein Schiff mit einem eleganten Manöver auf den Meter genau an den vorgesehenen Liegeplatz. Nachdem die Leinen belegt waren, wurde die Gangway auf den Kai geschoben, und die Fahrgäste von der Insel gingen von Bord. Dann strömten die Wartenden vom Kai aufs Schiff.

Die Fähre befand sich auf halber Strecke nach Capri, und Callie und Jake standen gerade am Bug, um die frische Brise zu genießen, als sie plötzlich sagte: »Eine semitische Sprache, glaube ich. Arabisch oder Hebräisch.«

* *
*

Mittags kam Ali auf die Terrasse, wo Qazi saß und die Eichhörnchen auf dem Rasen beobachtete.

»Jarvis sagt, daß der Zünder betriebsbereit ist.«

»Sperr ihn wieder in seinem Zimmer ein. Mit einer Wache vor der Tür.«

»Selbstverständlich.«

»Schlafen Joussef und seine Männer?« Sie waren seit drei Tagen in der Villa, und Qazi hatte darauf bestanden, daß sie die ganze Nacht wach blieben und tagsüber schliefen. Am ersten Tag hatten sie nur wenig geschlafen, gestern dafür um so besser.

»Sie scheinen zu schlafen. Ich glaube, daß ihr Schlafmangel sich endlich ausgewirkt hat.«

»Dann sind sie heute nacht ausgeruht. Und die Piloten?«

»Die schlafen auch.«

»Gut. Mach einen Rundgang bei den Wachposten. Sie müssen jedes – jedes! – Fahrzeug melden, das nicht geradewegs vorbeifährt. Sollte ein Überfall geplant sein, kommt er blitzschnell und ohne Vorwarnung. Und die Wachen würden als erste sterben.«

Als Ali verschwunden war, legte Oberst Qazi die hundert Schritte zur Garage der Villa zurück. Der Posten vor dem Tor nickte ihm zu, als er die Garage betrat. Qazi schloß das Tor hinter sich und verriegelte es von innen.

Er machte einen Kontrollgang durch das Gebäude, überzeugte sich davon, daß die Fenster wie befohlen verhängt waren, kontrollierte die Chauffeurswohnung über der Garage und rüttelte prüfend an den beiden anderen Toren. In der Garage standen drei geschlossene Lieferwagen.

Qazi zog ein kleines Werkzeugetui aus der Hüfttasche und breitete es auf der Werkbank aus. Die Zündergehäuse lagen in einem rechteckigen grauen Metallkasten, der vor der Werkbank auf dem Boden stand. Qazi löste rasch die vier Schrauben der Frontplatte des ersten Zeitzünders, den Jarvis aus einer elektronischen Uhr mit Flüssigkeitskristallanzeige konstruiert hatte. Unter der Frontplatte, die sich leicht abnehmen ließ, kamen eine Platine und ein verblüffendes Gewirr aus dünnen Drähten zum Vorschein.

Die Platine wurde von drei Schrauben festgehalten. Nachdem Qazi sie gelöst hatte, ließ sie sich herausziehen, so weit die Drähte reichten. Er betrachtete sie aufmerksam, holte dann einen Zettel aus seiner Geldbörse und verglich ihn mit dem Aufbau der Platine. Mit einem kleinen Seitenschneider knipste er eine Diode und zwei Drähte von der Platine. Vor zwei Monaten hatte er bei dem Versuch, diese Diode zu identifizieren, fast ein Dutzend elektronischer Uhren zerstört. Da er seinem Gedächtnis nicht traute, hatte er die Zeichnung angefertigt. Diese kleine Veränderung hatte er auch bereits an den sechs anderen Zündern vorgenommen, die noch in Nordafrika waren.

Er schob die Platine vorsichtig wieder ein und zog die drei kleinen Schrauben an. In weniger als einer Minute hatte er auch die Frontplatte wieder festgeschraubt.

Nun stieg Qazi auf die Werkbank und tastete die Wand unterhalb der auf vorspringenden Trägern sitzenden Deckenbalken ab. Ja, die Gipskartonplatten hörten eine Handbreit über den Trägern auf. Er schob das Werkzeugetui dahinter, sprang von der Bank und benützte ein Büschel Putzwolle, um den schwachen Fußabdruck von der Werkbank abzuwischen.

Danach stieg Qazi die Treppe zur Chauffeurswohnung hinauf. Der Zettel aus seiner Geldbörse, alle sieben Dioden und die kurzen Drahtstücke verschwanden im WC. Als der Wasserbehälter sich wieder zu füllen begann, hörte er Schritte in der Garage. Unten war irgend jemand.

»Oberst!« Das war Alis Stimme.

Eine der Dioden lag noch im WC. »Ich bin hier oben.« Qazi griff ins Wasser und fischte die Diode heraus. Kein Handtuch! Ali kam die Treppe heraufgerannt. Qazi wischte seine Hand am Hosenboden ab, ließ die Hose herunter und setzte sich aufs WC.

»Hier drinnen.«

Ali steckte seinen Kopf durch die Tür. »Auf der Straße ist ein Wagen zweimal langsam vorbeigefahren. Mit vier Männern. Sie haben herübergesehen.«

»Laß die Dächer von vier Männern besetzen. Sie sollen aber außer Sicht bleiben!«

Ali verschwand wieder. Qazi wickelte die Diode in Toilettenpapier und ließ sie ins Wasser fallen. Diesmal wurde sie weggespült.

Als Qazi auf die Terrasse kam, wies Ali vier mit Sturmgewehren bewaffnete Männer in ihre Positionen auf den Dächern ein. »Ihr schießt erst, wenn ihr Waffen bei ihnen seht«, befahl er. Ein Mann erkletterte einen Baum, um aufs Dach der Dreifachgarage zu gelangen. Zwei weitere stiegen zum Dachboden hinauf und bezogen Stellung auf dem Dach der Villa. Der vierte Mann benützte eine Leiter, die Ali dann wieder wegnahm, um das Dach des gegenüber der Villa gelegenen Gästehauses zu erreichen.

* *
*

Oberst Qazi saß auf der Terrasse. Noora brachte ihm seine Pistole, den Schalldämpfer und ein Glas Eistee und zog sich wieder ins Haus zurück. Ihr Posten war bei Jarvis. Die übrigen Männer schliefen noch immer, die Waffen neben sich.

Qazi drückte auf den Knopf, der das Magazin des Browning Hi-Power aus dem Griff gleiten ließ. Es war voll. Er schraubte den Schalldämpfer vor den Lauf, steckte das Magazin wieder hinein und lud die Waffe durch. Nachdem er sich davon überzeugt hatte, daß die Pistole gesichert war, steckte er sie hinten in seinen Hosenbund. Dann stellte er die Lautstärke seines Handfunkgeräts ein und legte es auf den Tisch. Auch Ali und die Wachposten waren mit Funksprechgeräten ausgerüstet, um sich in Notfällen rasch verständigen zu können.

Hier im Schatten der riesigen Bäume, mit der leichten Brise, die über den Rasen streicht, ist es wirklich angenehm, dachte Qazi. Es duftete nach Blumen, die in Beeten ums Haus und in Rabatten entlang der Wege blühten. Er füllte seine Lungen und atmete langsam aus. Wundervoll.

Selbst der sonst allgegenwärtige Verkehrslärm fehlte in dieser ländlichen Idylle. Das einzige Geräusch war das leise Rauschen windbewegter Blätter.

Ein großer schwarz-gelber Schmetterling setzte sich auf Qazis Schuhspitze und breitete zitternd seine Flügel aus. Ein Sonnenstrahl beleuchtete sie und ließ sie fast durchscheinend wirken.

Einen Ort wie diesen mußte der Prophet sich vorgestellt haben, als er das Paradies als »einen Garten, unter dem ein Fluß fließt« beschrieben hatte. Und seine Zuhörer in ihren Zelten unter einer unbarmherzigen Sonne, zwischen Sand und Fels hatten die Wahrheit seiner Botschaft erkannt. Ja, das Paradies wird grün und blühend sein – mit klaren Seen und fetten Weiden und majestätischen Bäumen, die tief in die Erde hinabreichen und von Gottes Überfluß trinken. Und die Gläubigen werden ihre Gebetsteppiche im Schatten der Bäume im Gras ausbreiten, um Allah für seine Gnade und Barmherzigkeit zu danken. Gewißlich liebt der Mensch das am meisten, was er nicht hat.

* *
*

Die Sterne waren nacheinander verblaßt. Quälend langsam verstrich die Zeit. Dann merkte er plötzlich, daß die Umrisse der Felsklippen sich gegen den Himmel abzuzeichnen begannen. Noch während er sie betrachtete, traten sie schärfer hervor, und der Himmel hinter ihnen wurde allmählich grau.

Er verließ seinen Platz neben dem Kamel und kroch bis zur Kante des Felsabbruchs vor. Das Wadi unter ihm lag noch im Dunkel. Hinter sich hörte er, wie das Kamel aufstand, Wasser ließ und unter dem Lappen grunzte, mit dem er ihm das Maul zugebunden hatte.

Während das Grau des Himmels im Osten sich in ein blasses Blau verwandelte, starrte er erwartungsvoll ins Wadi hinunter und bemühte sich, Einzelheiten zu erkennen. Er horchte angestrengt, ohne mehr als das aufgeregte Pochen seines eigenen Herzens zu hören. Schließlich beleuchtete rotes Sonnenlicht die Felsen um ihn herum. Im Wadi lag noch immer undurchdringliches Dunkel.

Er sah Mündungsfeuer unter sich aufblitzen und hörte im selben Augenblick, wie eine Kugel auf die Steine neben ihm traf. Erst danach hallte der Schuß: ein heller Knall, der von den Felsen zurückgeworfen wurde, erstarb und noch tiefere Stille zurückließ. Er durfte nicht zurückschießen, weil er die Kamele hätte treffen können. Er wich von der Kante zurück und betastete seine brennende Backe. Ein Steinsplitter hatte ihn getroffen – eine leicht blutende Wunde. So fühlte es sich also an!

Er veränderte seine Haltung und war überrascht, wie kraftvoll und lebendig er sich fühlte. Er würde nicht sterben. Und selbst wenn er sterben mußte, lebte er jetzt wie nie zuvor, nahm alles um sich herum wahr, war ein Teil des Universums.

Als er wieder über die Felskante spähte, erkannte er auf dem sandigen, mit riesigen Felsblöcken übersäten Grund des Wadis vier angepflockte Kamele. Er schob behutsam sein Gewehr nach vorn und legte den Sicherungsflügel um.

Dann sah er einen Kopf, der nach ihm Ausschau hielt. Er zielte mit dem Enfield und bemühte sich, seinen raschgehenden Atem zu beherrschen. Der Schuß ging los, bevor er wirklich schußbereit war.

Der Gewehrkolben krachte gegen seine Schulter. Er kroch von der Felskante zurück und zerrte den Lauf der schweren Waffe über Fels und Geröll.

»Ihr seid umzingelt!« hörte er seinen Onkel rufen. »Legt die Waffen nieder und kommt heraus, dann rettet ihr euer Leben. Allah ist gnädig!«

»Wir haben das Wasser.« Eine hohe Jungenstimme.

»Ergebt euch oder sterbt!«

»Ihr bringt uns auf jeden Fall um.«

»Ich beschwöre euch beim Namen des Propheten: Ergebt euch und rettet euer Leben.«

Qazi kroch zur Felskante zurück und sah in die Tiefe.

»Allahs Wille geschehe«, sagte der Junge kaum hörbar. Er und sein Gefährte traten hinter den Felsen hervor. Einer von ihnen hatte ein Gewehr. Er warf es vor sich in den Sand.

* *
*

»Ich glaube nicht, daß jemand kommt, Oberst«, sagte Ali.

»Vielleicht kommen sie später. Laß die Männer auf den Dächern in denselben Abständen wie die an der Parkmauer ablösen.« Dies geschah alle zwei Stunden.

»Wer kann das gewesen sein?«

»Irgend jemand.« Qazi zuckte mit den Schultern. »Möglicherweise sogar neugierige Nachbarn.« Er sah auf seine Armbanduhr. Sie zeigte 16.25 Uhr. Der Oberst stand auf und griff nach seinem auf dem Tisch liegenden Handfunkgerät. »Ich gehe nach oben, um ein bißchen zu schlafen. Um fünf Uhr weckst du mich. Als Wachen teilst du nur Männer ein, die nicht für heute abend vorgesehen sind. Alle übrigen sollen um siebzehn Uhr zu einer Besprechung ins Speisezimmer kommen.«

Kapitel 18

Jake knallte den Telefonhörer auf die Gabel. »Der ganze verdammte Nachmittag vergeudet – und das nur seinetwegen!«

»Na, na!« mahnte Callie. »Du darfst nicht ungerecht sein, Jake. Toad kann schließlich nichts dafür.« Sie waren auf der Fähre geblieben und wieder nach Neapel zurückgefahren, wo Jake von der amerikanischen Anlegestelle aus über Funktelefon mit der *United States* gesprochen hatte. Er hatte Ray Reynolds, dem Ersten Offizier, von Callies Verdacht in bezug auf Leutnant Tarkingtons neue Flamme Judith Farrell berichtet. Und er hatte die Nachricht hinterlassen, Toad solle sich persönlich bei Kapitän Grafton in dessen Hotel melden. Darüber hinaus wollte Jake telefonisch verständigt werden, sobald Leutnant Tarkington auftauchte.

* *
*

Toad Tarkington saß in der Bar des *Vittorio* und beobachtete die lange Theke der Rezeption in einem der Wandspiegel. Er hatte langsam zwei Bier getrunken, und das dritte stand jetzt unberührt auf dem Tischchen vor ihm. Er war hungrig und müde und mutlos. Vielleicht kam sie niemals zurück. Aber weshalb hatte sie dann ihr Zimmer behalten? Irgendwann mußte sie an die Rezeption kommen, um nach Post zu fragen oder ihre Rechnung zu bezahlen, falls sie abreisen wollte.

Hinter ihm versammelte sich eine Gesellschaft – anscheinend zu einem Hochzeitsempfang. Männer in dunklen Anzügen und Frauen in eleganten Modellkleidern drängten sich an der Rückwand der Bar um einen Tisch mit Hors d'œuvres. Der Barkeeper versorgte die Gäste mit Drinks. Das Stimmengewirr wurde immer lauter. Toad nahm nichts davon wahr. Neu hereinkommende Paare versperrten ihm immer wieder den Blick, aber er behielt den Wandspiegel trotzdem im Auge.

Als er die Warterei nicht länger ertragen konnte, ging er an das Haustelefon am Ende der Theke und wählte Judiths Nummer. Vielleicht war sie durch einen Nebeneingang hereingekommen und gar nicht in der Hotelhalle gewesen. Er ließ das Telefon zehnmal klingeln, bevor er auflegte und an seinen Tisch zurückkehrte.

Und dann war Judith plötzlich da! Sie stand an der Rezeption, warf einen Blick auf die Fächer hinter den Schüsseln und sah danach zum Portier hinüber. Toad stand rasch auf, um gleich wieder in seinen Sessel zurückzusinken.

Erst soll sie den Brief lesen, dachte er. Er hatte an diesem Nachmittag zwei Stunden damit verbracht, einen zweiseitigen Brief abzufassen und mehrmals umzuschreiben. Zwei lange Stunden für den wichtigsten Brief seines Lebens. Darin standen Dinge, die er noch keiner Frau gesagt hatte – die er noch keiner hatte sagen wollen. Erst soll sie ihn lesen, dachte er und versuchte, das in ihm aufsteigende Unbehagen zu unterdrücken.

Judith sprach mit dem Portier, der ihr den Umschlag gab. Sie betrachtete den Brief von beiden Seiten und sah sich in der Hotelhalle um – ihr Blick streifte sogar die beiden Paare, die eben die Bar betraten –, bevor sie den Umschlag aufriß.

Diesmal war ihr schwarzes Haar zu einer lockeren Hochfrisur aufgesteckt, die Judith etwas älter wirken ließ. Sie trug eine ärmellose weiße Bluse, einen weiten bunten Sommerrock und griechische Sandalen. Über ihrer linken Schulter hing eine große Handtasche.

Toad beobachtete sie erwartungsvoll, während sie zu lesen begann. Aber ihr Gesichtsausdruck blieb unverändert. Sie sah sich erneut um und las dann weiter. Nach der ersten Seite galt Judiths Aufmerksamkeit wieder ihrer Umgebung. Dann überflog sie die zweite Seite. Sie faltete den Brief zusammen, steckte ihn in den Umschlag zurück und schlug damit leicht gegen ihre geöffnete Hand, während sie die Gesichter der Partygäste musterte.

Dann trat er an die Tür, und sie sah ihn.

Als Toad auf sie zugehen wollte, hörte er hinter sich die aufgeregte Stimme des Barkeepers. In seiner Hosentasche fand er einige Geldscheine. Er warf sie auf die Theke und hastete nach draußen.

»Judith, ich ...«

»Hallo, Robert.« Die Andeutung eines Lächelns. »Den behalte ich«, sagte sie und steckte den Umschlag in ihre Umhängetasche.

»Äh ... ich ...« Ihm fiel nichts ein, was er hätte sagen können – dabei wußte er, daß er die wichtigsten Sätze seines Lebens hätte sagen sollen! »Hör zu, ich ...«

Aber sie sah weg, und aus ihrem Blick sprach gespannte Erwartung. Toad folgte ihm mit den Augen. Ein hagerer Mann mit strähnigem blondem Haar, der einen blauen Nylonrucksack trug, stand an der Tür zum Innenhof und starrte auf sie.

»Ich muß gehen, Robert. Ich finde dich sehr, sehr nett.«

»Gib mir wenigstens deine Telefonnummer, deine Adresse, damit ich ...«

»Nicht jetzt, Robert. Später.« Sie bewegte sich auf den Ausgang zum Hof zu, doch er wich nicht von ihrer Seite. Plötzlich lag Judiths Hand auf seiner Brust. »Nein, Robert. Bitte!« sagte sie energisch. Toad blieb gehorsam stehen. Sie küßte ihn flüchtig auf die Wange, hastete weiter und verschwand durch die Tür.

Er stand stocksteif da, ohne recht zu wissen, wie ihm geschehen war. Sie hatte den Brief gelesen, sie wußte, daß er sie liebte. Er sah sich in der Hotelhalle um, ohne die elegant-schlichte Einrichtung, den Balkon im ersten Stock, die Jugendstilkronleuchter, die leuchtendgrünen Vorhänge und die ein und aus gehenden Menschen wahrzunehmen. Natürlich liebte sie ihn nicht, aber sie mußte ihm doch eine Chance geben! Dann wurde ihm plötzlich alles klar. Es gab einen anderen Mann in ihrem Leben: einen Ehemann oder Geliebten. Großer Gott, daran hatte er nie gedacht!

Toad setzte sich in Bewegung, erreichte die Tür zum Innenhof und riß sie auf.

Auf dem mit Glas überdachten Hof lag jemand. Toad blieb erschrocken an der Tür stehen.

Judith und der Mann mit dem Rucksack beugten sich über die unbewegliche Gestalt. In ihrer Nähe stand ein weiterer Mann in blauer Arbeitskleidung und mit einem Werkzeugkasten neben sich. Er hielt etwas in den Händen, das im Halbdunkel nicht recht zu erkennen war. Der Handwerker drehte die liegende Gestalt mit einem Fuß um.

»Das ist er nicht«, sagte Judith leise, aber ihre Worte waren in dem abgeschlossenen Hof deutlich zu verstehen.

»Stimmt.«

»Okay, wer ist es dann?« fragte sie gereizt.

»Sakol«, antwortete der Handwerker, dessen Akzent verriet, daß er aus dem Mittleren Westen stammte. »Wir sind seit Jahren hinter ihm her. Ich hab's tun müssen.«

»Idiot!« fauchte Judith erbittert. Sie holte einen länglichen Gegenstand aus ihrer Handtasche und sprach hinein. »An alle. Verschwindet aus dem Hotel. Sofort!« Sie lief auf den zweiten Hofausgang zu, der ins Nebengebäude führte. Im Licht der dort brennenden Lampe sah Toad, daß sie eine Pistole in der Hand hatte. Die beiden Männer folgten ihr. Nun erkannte Toad auch, was der Handwerker an der rechten Hüfte hielt: eine Maschinenpistole!

Er schloß die Tür hinter sich, trat in den Hof hinaus und starrte den Mann am Boden an. Er lag mit aufgeschürftem Gesicht, offenem Mund und offenen Augen da. Kleine Blutflecken hatten sein Hemd um die fünf Einschüsse in seiner Brust herum rot verfärbt. Die Schußwunden zogen sich wie eine präzise Naht von Achsel zu Achsel.

Verdammt noch mal! Heilige Muttergottes!

Toad hörte gedämpftes MP-Feuer und die Geräusche von klirrendem Glas und splitterndem Holz.

»Er ist auf dem Dach!«

Schritte polterten die Treppe herab, die Judith hinaufgestürmt war. Sie kam wieder auf den Hof gestürzt, und der Mann mit dem Rucksack tauchte unmittelbar hinter ihr auf. Er hielt eine Maschinenpistole feuerbereit, deren Schalldämpfer jetzt auf Toad zeigte.

Judith durchquerte den Hof in Richtung Hotelhalle. »Los, verschwinde!« zischte sie Toad zu, und der Blonde machte eine unmißverständliche Bewegung mit seiner Waffe.

Toad starrte den vor ihm liegenden Erschossenen nochmals an. Dies war die erste Leiche, die er jemals außerhalb eines Sarges gesehen hatte. Dann zog ihn irgend etwas unaufhaltsam, fast gegen seinen Willen in die Hotelhalle zurück.

Die Halle war voller Menschen. Die junge Braut in weißem Tüll wurde auf dem Weg zur Bar mit Applaus und Umarmungen begrüßt. Ihr Ehemann im Smoking blieb dicht neben ihr, schüttelte den Männern die Hand und begrüßte die Frauen mit Küßchen links und Küßchen rechts.

Der Blonde stand in der Nähe eines großen Kübelfarns über seinen Rucksack gebeugt. Toad hielt nach Judith Ausschau. Er sah sie hinter einer Gruppe vor den Aufzügen stehen und die Stockwerksanzeigen über den Edelstahltüren beobachten.

Der Handwerker stand ebenfalls in der Nähe der Aufzüge und hielt seine Maschinenpistole an das rechte Bein gepreßt.

»Vorsicht!« rief Toad laut. »Er hat eine Waffe!« Erschrokkene Gesichter drehten sich nach ihm um.

Toad deutete auf den Mann. *»Er hat eine Waffe!«*

Frauen kreischten, und die Menge wich vor dem Bewaffneten zurück.

Die Lifttür öffnete sich.

Die Maschinenpistole, die der Blonde jetzt in beiden Händen hielt, spuckte leere Hülsen aus. Das gedämpfte Hämmern seiner Waffe ging fast im Klirren der Wandspiegel der Aufzugkabine und in schrillen Entsetzensschreien unter. Eine Panik entstand, manche warfen sich zu Boden, andere versuchten zu fliehen, bahnten sich rücksichtslos ihren Weg, trampelten in wilder Flucht über die auf dem Teppich Liegenden hinweg. Der Blonde schickte noch einen Feuerstoß nach, riß seinen Rucksack an sich und rannte durch den zum Nebenausgang führenden Korridor davon.

Toad spürte etwas Hartes in seinem Rücken. »Hinterher!« befahl Judith und stieß ihn voran. Er sah einen blutenden Toten halb im Aufzug, halb in der Hotelhalle liegen.

Die Braut stand mit vor Entsetzen geweiteten Augen mitten in dem großen Raum und starrte auf den erschossenen Mann, der zwischen den Lifttüren eingeklemmt war. Irgendwo kreischte eine Frau mit schriller Stimme.

»Schneller!« drängte Judith.

Sie befanden sich jetzt im Korridor. Judith stieß ihn abermals. »Lauf!« Sie hielt eine Pistole mit riesigem Schalldämpfer in der Hand. Toad genügte ein Blick in ihre Augen, um zu wissen, daß sie notfalls abdrücken würde.

Er lief.

Draußen auf dem Gehsteig stürmten bewaffnete Männer – mindestens vier – auf sie zu. Ein Lieferwagen bog schleudernd um die nächste Straßenecke und hielt mit quietschenden Reifen vor ihnen.

»Ihn auch!« rief Judith, als die Männer die Hecktür aufrissen. Irgend jemand packte Toad und stieß ihn in den Wagen. Er landete mit dem Gesicht nach unten auf dem Boden, und ein schwerer Fuß stellte sich auf seinen Nacken.

Der Lieferwagen schoß mit aufheulendem Motor davon, aber der Fahrer nahm schon nach kurzer Zeit wieder etwas Gas weg. »Du Arschloch!« sagte jemand laut. »Du hast den Falschen erschossen! Du hast uns alles versaut, Scheißkerl!« Drei oder vier Männer begannen gleichzeitig zu reden.

»Ruhe!« Das war Judith Farrells Stimme.

Toad roch Schweiß und hörte die keuchenden Atemzüge der Männer vor dem Hintergrund aus Verkehrslärm und dem unaufhörlichen Quäken von Motorrollerhupen. Vorn im Fahrerhaus war ein Funkgerät eingeschaltet. Toad bemühte sich, die blecherne Lautsprecherstimme zu verstehen, und merkte, daß es sich um eine ihm unbekannte Sprache handelte. Dann übertönte eine Sirene alle anderen Geräusche. Zwei Sirenen, die phasenverschoben heulten.

Das Rucken, Bremsen und Beschleunigen des Fahrzeugs zeigte ihm, daß der Lieferwagen im Verkehrsstrom mitschwamm. Wie lange sie so unterwegs waren, konnte Toad nicht beurteilen.

Als er einen Krampf in den Beinen bekam, verlangte er so beiläufig wie möglich: »Nehmen Sie bitte Ihren Fuß von meinem Nacken.«

Der Druck wurder verstärkt. »He, ich hab' Sie freundlich um was gebeten!« sagte er lauter. »Nehmen Sie Ihren Scheißfuß da weg!«

»Okay, laß ihn sich aufsetzen.« Wieder Judiths Stimme.

»Dann sieht er unsere Gesichter.« Der Amerikaner aus dem Mittleren Westen.

»Deines sollte er mal sehen!« Eine weitere Männerstimme, die Englisch mit osteuropäischem Akzent sprach. »Erst wollt ihr Agency-Arschlöcher unbedingt mitmachen – und dann baut ihr solchen Scheiß!«

»Haltet die Klappe!« befahl Judith. »Laß ihn sich aufsetzen.«

Toad wurde im Wagen nach hinten gezerrt und hochgezogen, bis er saß. Judiths Hände umschlossen seinen Kopf. Ihr Gesicht war nur eine Handbreit von seinem entfernt. »Sieh dich nicht um.«

Durch die Heckfenster des Lieferwagens drang nur wenig Licht von Autoscheinwerfern und Straßenlampen. Während diese Lichter kamen und gingen, starrten Judiths Augen in seine. Es waren die intelligentesten Augen, in die er jemals geblickt hatte.

»Du darfst keinem Menschen erzählen, was du gehört und gesehen hast. Das mußt du mir versprechen! Nicht ein Wort.«

Ihr Blick schlug ihn in seinen Bann.

»Oh, Judith! Warum gerade du?«

»Wenn du uns verrätst, müssen Menschen sterben. Nicht du. Andere Leute. Gute Leute.«

»Du?«

»Vielleicht.«

»Ich weiß nicht mal, wie du wirklich heißt.«

»Kein Wort!« flüsterte sie eindringlich und packte seinen Kopf noch fester.

»Ich liebe dich.«

Das Fahrzeug hielt, und die Hecktür wurde geöffnet. »Los, raus mit dir!« Während Toad aus dem Wagen kletterte, hörte er sie sagen: »Den Brief hebe ich mir auf.«

Der Lieferwagen fuhr wieder an. Toad stand mitten auf einer weitläufigen Piazza neben einer Fußgängerinsel. Auf der anderen Straßenseite parkten Busse in langen Reihen. Rechts von sich erkannte er den Hauptbahnhof mit seinen charakteristischen schwarzen Dreiecken auf dem niedrigen Flachdach. Er befand sich auf der Piazza Garibaldi.

Dann fiel ihm ein, daß er sich das Autokennzeichen hätte merken sollen. Er starrte wild in die Richtung, in die der Lieferwagen weitergefahren war, aber der Wagen war längst nicht mehr zu sehen. Als er angefahren war, hatte Toad sich ganz auf Judiths Gesicht hinter dem kleinen Heckfenster konzentriert. Jetzt starrten Passanten ihn neugierig an.

Er steckte beide Hände in die Hosentaschen und schlurfte davon.

* *
*

An diesem Abend aßen Callie und Jake in einer Pizzeria in der Via San Lucia, die bei Seeleuten der Sechsten Amerikanischen Flotte berühmt war. Das Glas der drei großen Wandspiegel in dem gut besuchten Lokal verschwand fast unter den Aufklebern zahlreicher Einheiten. Der Boden bestand aus Linoleum, und von der Decke hingen Kugellampen herab. Fotos von amerikanischen Flugzeugen und Kriegsschiffen in billigen schwarzen Rahmen bedeckten große Teile der schmuddeligen Tapete. Zwei Männer Anfang Fünfzig bedienten die lärmenden Gäste an den fünfzehn Tischen.

Das italienische Ehepaar am Nebentisch aß Pizza und versuchte, seiner kleinen Tochter beizubringen, wie man mit Messer und Gabel aß. Das Mädchden hatte noch Schwierigkeiten mit dieser Technik. Rote Sauce und geschmolzener Käse liefen ihm übers Kinn.

Der Bruder des Mädchens starrte Jake an. Jake blinzelte ihm zu. Der Kleine wandte das Gesicht ab, sah aber gleich wieder zu ihm hinüber. Erneut ein Blinzeln, das dieselbe Reaktion auslöste. Jake mußte grinsen.

»Nette Kinder«, meinte er. »Aber eigentlich sind alle Kinder nett . . .«

»Oh, findest du?«

»Du weißt, was ich meine.«

»Dann hast du also nichts dagegen, wenn wir eines adoptieren?«

Jake setzte sich ruckartig auf und starrte seine Frau an. Sie trank einen Schluck Wein und sah sich mit der Spur eines Lächelns und leicht hochgezogenen Augenbrauen scheinbar harmlos im Lokal um. Gott, wie schön sie war!

Er grinste. »Denkst du an ein bestimmtes, oder ist dir jedes Kind recht?«

Callie wandte sich ihm zu und wurde plötzlich ernst. »Sie ist zehn Jahre alt und heißt Amy Carol. Sie hat schwarzes Haar und schwarze Augen und ein Lächeln, das dir das Herz brechen wird.«

»Und . . .«

»Sie ist zuckerkrank. Sie hat schon bei vier Pflegeeltern gelebt und braucht eine eigene Familie.«

Jakes Lächeln verschwand.

»Sie braucht uns, Jake. Uns beide. Sie braucht Liebe und Verständnis und Geborgenheit und einen Mann, der ihr ein liebevoller Vater sein kann.«

Jake atmete tief ein und langsam durch die Nase aus. In den Monaten vor dem Auslaufen der *United States* zu dieser Reise hatte Callie gelegentlich von Adoption gesprochen, ohne aber jemals konkret zu werden. Alles hatte ganz beiläufig gewirkt: Zeitungsausschnitte, die sie ihm zum Lesen hingelegt hatte, und ab und zu ein kurzes Gespräch beim Abendessen, als wäre es nur um ein gesellschaftliches Phänomen gegangen, mit dem man sich als gebildeter Mensch befassen mußte. Und dabei hatte sie bereits seine Reaktion getestet! Jake saß leicht verwirrt da und versuchte zu überlegen, wann und wo er den Anschluß verpaßt hatte. Sein Blick fiel auf die Kleine am Nebentisch. Tomatensauce lief ihr übers Kinn und die Gabel, die sie wie ein Schwert in der rechten Faust hielt.

»Amy Carol Grafton . . . Wann kriegen wir sie?«

»Oh, Jake!« rief Callie aus. Sie kam um den Tisch herum, setzte sich auf seinen Schoß und umarmte ihn. Die Gäste an den anderen Tischen klatschten begeistert, als Callie ihn leidenschaftlich küßte. Schließlich war man hier in Italien.

* *
*

Qazi lehnte am Ausguß. Noora und Ali saßen mit Joussef und dem Chef der Hubschrauberpiloten am Küchentisch.

»Sakol und Jasin sind also tot?«

»Laut Polizeifunk, ja.«

»Um Sakol ist's nicht schade«, knurrte Ali. »Aber Jasin wird uns fehlen. Wer sind diese Leute gewesen?« fragte er Qazi.

»Keine Ahnung. Ich habe im Hof eine Waffe mit Schalldämpfer gehört. Dann haben Leute Englisch gesprochen. Ich habe nachgesehen. Zwei Männer und eine Frau, die Judith Farrell gewesen sein könnte. Wir hatten Jasins Tonbänder abgehört, und Sakol war eben gegangen.«

»Weshalb haben Sie ihn gehen lassen?« fragte Ali. »Er hätte uns verraten können.«

»Meine Beurteilung. Meine Entscheidung. Wir haben uns mit einem Händedruck verabschiedet, und er ist gegangen. Kurz darauf habe ich die Schüsse gehört und aus dem Fenster gesehen. Wir wollten die Treppe hinunterlaufen, aber dann haben wir jemand raufkommen hören. Deshalb bin ich aufs Dach geflüchtet. Jasin muß beschlossen haben, in den Hauptflügel hinüberzugehen und mit dem Lift nach unten zu fahren. Wahrscheinlich hat er geglaubt, in der Menge sicher zu sein.«

»Und dann haben sie ihn in der Hotelhalle erschossen.«

»Offenbar. Er ist nicht hier, und die Polizeibeamten reden über Funk von zwei Toten.«

»Jasin ist ein Märtyrer«, sagte Joussef. »Er ist unterwegs ins Paradies.«

»Wieviel wissen die Amerikaner?« fragte Ali.

»Kapitän Grafton und seine Frau haben heute nachmittag darüber gesprochen, daß die Farrell keine geborene Amerikanerin ist. Anscheinend haben sie befürchtet, sie könne Leutnant Tarkington, einen der Schiffsoffiziere, becircen. Grafton hat ihn am Nachmittag von den Amerikanern suchen lassen – offenbar erfolglos. Dann sind die Graftons ausgegangen. Grafton ist besorgt und mißtrauisch, aber er weiß eigentlich nichts.«

»Irgend jemand weiß etwas«, stellte Ali fest. »Falls dieses Mordkommando bei den Hubschraubern wartet, die Amerikaner gewarnt oder die Italiener alarmiert werden, sind wir erledigt.«

»Na, endlich scheinst auch du mal einige der grundlegenden Tatsachen zu kapieren«, meinte Qazi sarkastisch.

Ali schwieg.

»Das Wetter macht mir Sorgen«, sagte der Pilot. »Der Wind frischt böig auf, und wir müssen bei tiefer Wolkendecke mit Regenschauern rechnen. Dann wird die Fliegerei heute nacht verdammt bockig.«

»Aber Sie können noch fliegen?«

»Ja – wenn die Wettervorhersage stimmt. Wenn das Wetter jedoch schlechter wird als vorhergesagt, dann kann es gefährlich werden. Dann ist der kleinste Fehler tödlich.«

»Und in Sizilien?«

»Dort müßte besseres Wetter herrschen. Jedenfalls laut Vorhersage.«

»Es gibt also viele unberechenbare Faktoren. Aber das haben wir schon bei der Planung gewußt.«

»Könnten wir nicht bis morgen warten?« schlug Noora vor. »Vielleicht bessert sich das Wetter bis dahin.«

»Dann ist die Kiste vielleicht schon wieder von Bord geschafft. Oder die Carabinieri, die GRU, die CIA oder die Mafiosi kommen uns auf die Schliche. Dort draußen ist bereits mindestens ein Mordkommando unterwegs. Vielleicht leben Jasin und Sakol noch, und die Polizeimeldungen waren ein Täuschungsmanöver. Falls einer der beiden noch lebt, kann er zum Sprechen gebracht werden. Mit jeder Minute, die wir warten, wird unser Risiko größer. Jetzt oder nie! Macht ihr mit?«

Noora und Ali wechselten einen Blick und sahen dann wieder zu Qazi hinüber. Beide nickten zustimmend.

Der Oberst klatschte in die Hände. »Bravo! Joussef, du belädst mit deinen Männern die Fahrzeuge. Noora, du sorgst dafür, daß Jarvis die Verladung der Zünder beaufsichtigt. Dann sollen die Männer zur Inspektion antreten. Ali und ich überprüfen jeden einzelnen. Danach ziehen wir die Wachen ab und fahren los.« Er sah auf seine Uhr. »Abfahrt in siebenundzwanzig Minuten. Los!«

Kapitel 19

Qazi und Ali saßen auf den Vordersitzen des Lieferwagens und beobachteten durch Ferngläser das Tor im Maschendrahtzaun und den Hubschrauberlandeplatz dahinter. Im Licht der Halogenscheinwerfer an den Hangars war nirgends eine Bewegung zu erkennen. Qazi richtete sein Fernglas durchs offene Fahrerfenster auf das Wachhäuschen. Der alte Mann war auf seinem Posten. Er hatte noch immer einen Stoppelbart.

Der Oberst drehte sich auf seinem Sitz um und suchte die Dächer der Lagerhäuser auf der gegenüberliegenden Straßenseite ab. Nirgends Köpfe oder verdächtige Gegenstände. Auch hinter den Fenstern war nichts zu erkennen.

»Was halten Sie davon?« fragte Ali.

Oberst Qazi ließ sein Fernglas sinken und starrte nachdenklich auf die Hubschrauber. »Geh«, sagte er schließlich.

Ali stieg aus und ließ die Tür angelehnt. Er blieb im Halbdunkel auf ihrer Straßenseite. Qazi hörte seine Schritte verhallen. Er setzte sein Fernglas wieder an, suchte erneut die Lagerhäuser ab und entdeckte auch diesmal nirgends eine Bewegung. Dann beobachtete er, wie Ali rasch die Straße überquerte und ans Fenster des Wachhäuschens trat. Der Wachmann schob es hoch, und Ali beugte sich hinein. Qazi wußte, daß er die Telefonleitung durchschnitt. Dann ging er in Richtung Hangar weiter.

»Wachen raus!« Dieser Befehl Qazis galt den hinter ihm auf dem Boden Sitzenden. Er hörte, wie die Hecktür geöffnet wurde, und sah im Rückspiegel einen ganz in Schwarz gekleideten Mann mit einer Maschinenpistole neben einem Abfallcontainer am Straßenrand Posten beziehen. Ein zweiter Schwarzgekleideter trabte an ihm vorbei und verschwand um die nächste Ecke. Er würde gegenüber dem Tor Wache halten.

»Nichts im Scanner?« fragte Qazi über die Schulter hinweg.

»Nein«, antwortete Noora. Sie hörte den Polizeifunk ab.

Durchs Fernrohr beobachtete der Oberst, wie Ali sich an der

Tür des Büros des Hubschrauberdienstes zu schaffen machte. Der Hangar dahinter war dunkel. Ali öffnete die Tür, verschwand im Büro und machte Licht. Das war jedoch unverdächtig, weil die Firma auf einen verspäteten Passagier warten konnte. Eines der beiden Hangartore öffnete sich langsam.

Qazi hob sein Handfunkgerät an die Lippen. »Wagen zwei – los!«

Sekunden später hörte er den Motor des anderen Fahrzeugs anspringen. Der Lieferwagen rollte die Straße entlang und bog zum Tor ab. Der Fahrer hielt kurz am Wachhäuschen, wie Qazi ihm befohlen hatte, und gab dann wieder Gas. Er fuhr an zwei abgestellten Hubschraubern vorbei und durchs offene Tor des Hangars.

»Wagen drei – los!«

Diesmal dauerte es fast eine Minute, bis das Fahrzeug an Qazi vorbeirollte. Es hielt ebenfalls kurz am Wachhäuschen, fuhr an den Hubschraubern vorbei und verschwand im Hangar. Jetzt wurde das Tor wieder geschlossen.

Sie warteten.

»Im Scanner ist nichts Außergewöhnliches zu hören«, meldete Noora.

Schließlich wurde die Bürotür geöffnet. Eine Gestalt in der gleichen Uniform wie der Wachmann trat ins Freie. Der Uniformierte marschierte in Richtung Tor übers Vorfeld.

Qazi drehte sich nach hinten um. »Noora, du mußt los.«

Sie nahm den Kopfhörer ab und griff nach ihrer Umhängetasche.

»Italiener darfst du nur im äußersten Notfall erschießen, verstanden?«

»Ja.«

»Und du hältst Ali den Rücken frei.«

Sie nickte wortlos.

»Alles Gute.«

Sie stieg über die Beine der hinten auf der Ladefläche sitzenden Männer hinweg und durch die Hecktür aus. Qazi beobachtete sie. Der Mann am Steuer der Limousine hinter ihnen stieg aus, und

Noora nahm seinen Platz ein. Der Motor der Limousine sprang an. Als der Wagen an Qazi vorbeifuhr, sah er Jarvis auf dem Rücksitz hocken. Noora bog über die Straße zum Tor ab und hielt ebenfalls kurz an, als wolle sie sich kontrollieren lassen. Der Oberst hörte, wie hinter ihm die Hecktür geschlossen wurde.

Wenige Minuten später kamen fünf Männer aus dem Hangar und gingen zu dem am weitesten vom Tor entfernten Hubschrauber. Sie machten sich daran, im Licht von Taschenlampen die Vorflugkontrolle durchzuführen.

Scheinwerferlicht. Ein kleiner Fiat kam rasch die Straße entlang. Im Vorbeifahren sah Qazi ein junges Paar auf den Vordersitzen. Der Wagen passierte das Flugplatztor mit unverminderter Geschwindigkeit und verschwand um die nächste Ecke.

Danach herrschte wieder Stille. Nach der Hitze des Tages war der kühle Wind eine willkommene Abwechslung. Qazi blieb sitzen und beobachtete die Lichtkegel der Taschenlampen, die den Hubschrauber scheinbar willkürlich umkreisten.

* *
*

Die fünf Männer jenseits des Zauns brauchten nur wenige Minuten, um den ersten Hubschrauber zu überprüfen. Als sie ihn verließen, um zum nächsten zu gehen, meldete sich eine Stimme aus dem Lautsprecher von Qazis Handfunkgerät. »Alles in Ordnung. Der Treibstoff reicht.«

»Verstanden.«

Ein Kleinlaster mit fast blinden Scheinwerfern und einem Loch im Auspuff kam von vorn herangeröhrt. Er schoß an Qazi vorbei und verschwand in der Ferne, aber sein Auspufflärm war noch fast eine Minute lang zu hören. Wenig später folgte ihm ein schwerbeladener Sattelschlepper, der an dem Lieferwagen vorbeibrummte und Qazi in eine übelriechende Qualmwolke hüllte.

»Der hier ist auch in Ordnung.«

»Verstanden.«

Was hatte er vergessen? Was war unerledigt geblieben? Am Steuer des Lieferwagens ging Oberst Qazi alles noch einmal in

Gedanken durch. Gelegentlich warf er einen Blick auf seine Armbanduhr und drehte sich einmal nach den geduldig hinter ihm auf dem Boden hockenden Männern um. In ihren abgewetzten, schmutzigen Jeans und den ausgeleierten Polohemden sahen sie ziemlich heruntergekommen aus. Qazi nickte zufrieden und beobachtete wieder die Lagerhäuser.

* *
*

Die Kameldiebe waren zwei Jungen, fast noch Kinder, von elf oder zwölf Jahren. Waisen. Sein Onkel zwang sie, die Wasserlöcher tiefer zu graben und Wasser für die Kamele zu schöpfen, die dann angepflockt Dornen weiden durften. Erst danach erhielten die Jungen ein karges Mahl. Sie hatten keine eigenen Lebensmittel. Während die Sonne die Erde verbrannte, lagen die Männer im Schatten. Die beiden Diebe kauerten sich unter einem Felsen zusammen, auf dem Qazi und sein Vetter mit ihren Gewehren auf den Knien saßen und sie bewachten. Der Alte suchte sich einen anderen Platz, von dem aus er die Kamele im Auge behalten konnte. Als Qazi am Spätnachmittag zu ihm hinüberging, sah er, daß sein Onkel im Koran las.

Abends wurden die Diebe für die Nacht gefesselt. Im Morgengrauen des nächsten Tages wurden die Kamele erneut getränkt und das letzte Brot und die letzten getrockneten Datteln aufgeteilt.

»Wer ist der Ältere?« fragte Qazis Onkel.

Einer der jungen Diebe gab sich als der ältere Bruder zu erkennen.

Der Alte nickte seinem Sohn und Qazi zu. »Ergreift ihn. Legt seine rechte Hand auf diesen Felsen.« Er deutete auf einen großen Felsbrocken.

»Nein! Gnade im Namen Allahs, des Barmherzigen! Nein! Erschießt mich lieber!« Qazi half dabei, den schluchzenden Jungen zu dem Felsen zu schleppen.

Der Alte zog sein Schwert aus der Scheide an seinem Sattel. »Du hast das Gesetz Allahs übertreten. Und du kennst die Strafe, die darauf steht.«

Das dumpfe Knirschen, mit dem die Schwertklinge sich ins Handgelenk des Jungen fraß, war schrecklich anzuhören. Der Alte brauchte drei Hiebe, um die Hand abzutrennen. Er band den Arm mit einem Lederriemen ab und riß sein eigenes Unterhemd herunter, um die Wunde zu verbinden.

Sie setzten die beiden Jungen auf ihr eigenes Kamel, ein erbärmliches Tier, das so räudig war, daß es kaum noch Haare hatte. Der Alte steckte ihr Gewehr in die Sattelhalterung und trieb das Tier an. Der Jüngere hielt seinen Bruder vor sich fest, während das Kamel langsam aus dem Wadi kletterte und verschwand.

»Onkel . . .«

Das Gesicht des Alten war wie aus Stein gehauen. Er trieb die gestohlenen Kamele zusammen und band sie aneinander.

Die drei waren fast eine halbe Stunde lang geritten, als sie das schwache Echo eines Schusses hörten.

Der Alte brachte sein Kamel zum Stehen, drehte sich im Sattel um und blickte nach Westen, wo der Schuß gefallen sein mußte. Dann ließ er den Strick fallen, an dem er die aneinandergebundenen Kamele geführt hatte, und trieb sein Tier zu schnellster Gangart an.

Qazi und sein Vetter folgten ihm. Sie entdeckten das einzelne Kamel in einer flachen Senke zwischen Lavabrocken und Dornenbüschen. Der Junge mit der abgehauenen Hand lag mit dem Gewehrlauf im Mund auf der Erde. Er hatte den Abzug mit einem Zeh betätigt. Sein Gehirn lag im Sand oberhalb des Leichnams.

Der jüngere Bruder saß zu Füßen des Toten.

Der Alte warf sich der aufgehenden Sonne zugewandt zu Boden.

Am wolkenlosen Himmel stieg die Sonne höher und höher.

»Allah, ich habe mein Leben lang die Worte deines Propheten geglaubt. Ich habe den Koran gelesen und seine Vorschriften befolgt. Ich habe den Glauben meiner Vorväter bewahrt. Ich habe mich an deine Gesetze gehalten. Ich habe meine Söhne dazu erzogen, sich an deine Gesetze zu halten. Aber das ist nicht genug.«

»Onkel«, mahnte Qazi, »versündige dich nicht. Allah hört alles.«

Der Alte erhob sich. Sein runzliges Gesicht war grau, und er wirkte plötzlich so hinfällig wie ein Greis. »Für einen einfachen Mann wie mich ist der Koran nicht genug. Das weiß Allah, der

Barmherzige.« Er betrachtete die Felsbrocken und den Sand und den unerbittlichen Himmel und den verkrümmten Leichnam. »Nicht genug.«

Sie begruben den toten Jungen. Sie nahmen seinen Bruder mit, und er wurde von dem ältesten Sohn des Alten an Sohnes Statt aufgenommen.

Drei Jahre später schickte der Alte Qazi nach Norden in die Hauptstadt, damit er Soldat wurde.

* *
*

Wieder die Stimme aus dem Handfunkgerät. »Der hier ist auch in Ordnung.«

»Verstanden.«

Qazi ließ den Motor an und legte den ersten Gang ein. Im Vorbeifahren warf er einen Blick in den Rückspiegel, der ihm die Hangarscheinwerfer und die libellenartigen Hubschrauber zeigte. Ihre Rotorblätter waren jetzt ausgeklappt und schwankten im auffrischenden Wind, der unangenehm böig zu werden begann.

Der Koran genügt nicht. In diesem Punkt hatte sein Onkel recht gehabt. Aber vielleicht behält der Prophet recht, dachte Qazi, und das Paradies ist wirklich besser als dieses Leben. Vielleicht auch nicht. Qazi wünschte sich, er wäre dort, wo der Alte jetzt war – wo immer das sein mochte. Falls das heutige Unternehmen schiefging – das wußte er recht gut –, würde er sich sehr bald zu dem Alten gesellen. Nun ja, vielleicht wurde es allmählich Zeit.

* *
*

»Ist das mit der Adoption tatsächlich dein Ernst?«

Callie und Jake schlenderten am Königspalast unter den weißen Marmorstatuen der mittelalterlichen Könige Neapels vorbei. Jake fand, daß sie in ihren Rüstungen und mit den Schwertern in den Händen furchterregend genug aussahen. Gegenüber auf der Piazza Plebiscito flirteten kleine Gruppen von Mädchen mit ganzen Schwärmen von jungen Männern auf Vespas und Motocrossmaschinen. Ab und zu zog ein Mädchen den Rock hoch und setzte sich auf eine der Maschinen, deren Besitzer dann mit aufheulendem Motor im Verkehrsgewühl verschwand. Für die hiesige Jugend war dies offenbar *der* abendliche Treffpunkt.

»Ich bin vor vier Monaten bei der Vermittlungsstelle gewesen. Auf ein Baby müßten wir jahrelang warten. Und gerade diese älteren Kinder brauchen besonders viel Liebe und Zuwendung, weil sie von den einen Pflegeeltern zu den nächsten abgeschoben worden sind.«

»Erzähl mir von Amy.«

Während Callie das kleine Mädchen beschrieb, bogen sie um die Ecke des Palasts, überquerten den anschließenden Parkplatz, kamen am Eingang der Galleria Umberto vorbei und machten einen Bogen um die eingerüstete Fassade der Oper. Auf den Stufen vor der Galleria sah Jake mehrere Straßenmädchen stehen, aber Callie war zu beschäftigt, um auf die Frauen zu achten.

Als sie am Castel Nuovo anlangten, lehnten sie sich an das Geländer des Burggrabens und beobachteten die Straßenverkäufer, die auf improvisierten Vorrichtungen grillten. Arbeiterfamilien, die den freien Abend genossen, saßen im Gras und aßen gerösteten Mais und Hühnerstücke. Ihre Hunde liefen auf der Suche nach liegengebliebenen Köstlichkeiten mit der Nase auf dem Boden durch die Menge. Jake zählte fünf junge Paare – drei auf der Promenade, zwei auf dem Rasen – in leidenschaftlicher Umarmung. Vor Callie und Jake spielten drei kleine Jungen Fußball. Bei jedem zweiten Schuß prallte der Ball von Liebespaaren und Picknickgästen ab, erschreckte die Hunde oder drohte auf die vielbefahrene Straße zu rollen. Jedesmal rettete ihn irgend jemand und spielte ihn zu den Jungen zurück. Das blecherne Quäken von Motorroller- und Autohupen bildete die perfekte Begleitmusik. Der auffrischende Wind trieb Pappteller, Plastiktüten und Servietten vor sich her.

»Samstagabend in Neapel.«

»Hier gefällt's dir, was?« fragte Callie und strich sich ihr vom Wind verwehtes Haar aus dem Gesicht.

Jake nickte grinsend und führte sie weiter. Sie überquerten den zur Anlegestelle führenden Boulevard und schlenderten die parallel zur Via Medina verlaufende Via Depritis entlang. Seemannskneipen und Pizzerias säumten die Ostseite der Straße. Callie und Jake setzten sich in einer Straßenbar an einen freien Tisch und tranken Rotwein, während amerikanische Seeleute in Zivil zu zweit, zu dritt und zu viert vorbeizogen: lärmende Touristen auf der Suche nach dem Abenteuer.

Die Graftons gingen Hand in Hand weiter, als ein junger Mann aus einer Gasse schoß, mit Jake zusammenstieß und zu Boden ging. Jake wäre beinahe umgerannt worden, aber Callie stützte ihn.

»Sorry.« Der junge Mann rappelte sich auf.

»Wohin müssen Sie so eilig?« erkundigte Jake sich.

Der andere war bereits drei, vier Schritte weit entfernt, als er sich umdrehte und Jake anstarrte. »CAG? Kapitän Grafton?«

»Der bin ich.«

»Mein Gott, Sir.« Der Junge kam hastig zurück. »Entschuldigen Sie, daß ich Sie beinahe umgerannt hab. Aber unser Katapult-Kapitän ist dort drinnen ...« Er deutete in die Gasse. »Und er ist betrunken und fängt gleich 'ne Schlägerei an.«

»Wer sind Sie?«

»Airman Gardner, Sir. Katapult 3.«

»Ist Kowalski Ihr Katkapitän?«

»Ja, Sir, und er ist besoffen wie ein Schwein ... Oh, entschuldigen Sie, Ma'am.« Der Seemann nickte Callie zu und wurde rot. »Er ist ziemlich betrunken, Sir, und ich kann ihn dort nicht rauskriegen. Der Barkeeper hat die Küstenstreife gerufen, und ich wollte Hilfe holen.« Gardner sah keinen Tag älter als achtzehn aus.

»Callie, du gehst am besten ins Hotel zurück. Ich komme später nach.«

Sie küßte ihn auf die Wange. »Okay.« Sie blinzelte ihm zu und ging in Richtung Piazza davon. Jake sah ihr nach und bewunderte wieder einmal ihren eleganten Gang, der ihren Rock zum Schwingen brachte.

»Kommen Sie, Sir!« drängte Gardner. »Die Bullen von der

Küstenstreife müssen jeden Augenblick dasein.« Er zupfte an Jakes Ärmel.

Die Bar war eine Matrosenkneipe im Rotlichtbezirk. Jake stellte mit einem Blick fest, daß die etwa zwei Dutzend Gäste ausschließlich Amerikaner zu sein schienen. Kowalski stand mit gespreizten Beinen, zerrissenem Hemd und einem Barhocker in den Händen in einer Ecke. Wäre er in Ruhe gelassen worden, hätte die Schwerkraft seinen stämmigen Körper sicher bald zu Boden gezwungen. »Okay, ihr Schwanzlutscher, wer will der erste sein?«

Ein Mann in rot-gelb gestreiftem Hemd hatte sich vor Kowalski aufgebaut und schien seine Herausforderung annehmen zu wollen. Er wirkte fast so betrunken wie der Katkapitän. Hinter der Theke kreischte ein Italiener mit aufgekrempelten weißen Hemdärmeln: »Raus, raus, raus! Sie kommen! Keine Schlägerei, keine Schlägerei! Raus, raus, raus . . .«

»Entschuldigung«, sagte Jake zu dem vor Kowalski stehenden Betrunkenen und drängte sich an ihm vorbei. Er baute sich vor Kowalski auf. »Ski, erkennen Sie mich?«

Kowalski starrte ihn an. Der Barkeeper brüllte noch immer: »Raus, raus, raus . . .«

Kowalski schüttelte den Kopf.

»Ich bin *Kapitän* Grafton.« Jake packte den Barhocker und entwand ihn Kowalski mit sanfter Gewalt. Er stellte ihn ab, schüttelte Kowalski die rechte Hand und hielt sie fest, während er ihn am Ellbogen packte und zum Ausgang zu führen begann. »Ich möchte, daß Sie mitkommen.«

»Ja, Sir«, murmelte der Bootsmann und setzte sich schweren Schritts in die von Jake eingeschlagene Richtung in Bewegung.

»Na, dann bis zum nächsten Mal, du aufgeblasener Arschficker!« rief der Mann in dem rot-gelben Hemd ihm nach.

Kowalski brüllte auf und wollte sich losreißen. Gardners Faust traf sein Kinn und ließ ihn zusammensacken.

»Auuuua!« jammerte Gardner und schüttelte seine Hand.

»Ein klasse Kinnhaken, mein Junge«, sagte Grafton, »aber dabei können Sie sich leicht die Hand brechen. Helfen Sie mir jetzt, diesen Fettkloß rauszubefördern.« Gardner packte Kowalskis anderen Arm, und sie schleppten ihn gemeinsam zum Ausgang.

»Ich hab' sie mir gebrochen, glaub' ich«, sagte Gardner draußen in der Gasse.

»So was kommt im Film nie vor, stimmt's? Los, Ski, gehen Sie endlich selbst, verdammt noch mal, sonst überlassen wir Sie der Küstenstreife.«

Die Füße des Bootsmanns begannen sich zu bewegen. Jake stützte ihn auf der linken Seite, während Gardner die rechte übernahm. Der Arm des jungen Manns steckte so unter Kowalskis Achsel, daß seine schmerzende Hand nach vorn herausragte.

»Ski ist ein großartiger Katkapitän, Sir. Sie werden's nicht bereuen, ihm geholfen zu haben.«

»Er ist ein gottverdammter Säufer. Wenn wir ihn an Bord zurückkriegen, ohne daß Meldung gegen ihn erstattet wird, ist eine Entziehungskur überfällig.«

»Ja, Sir. Los, Ski, beweg dich gefälligst!«

Der Katkapitän gab sich alle Mühe. Als sie aus der Gasse kamen und in Richtung Anlegestelle weitergehen wollten, fuhr die Küstenstreife mit einem Kleinbus vor. Ein Leutnant in weißer Uniform mit der Armbinde eines Patrouillenführers am linken Ärmel stieg aus und grüßte. Er war ein Hornet-Pilot der *United States*.

»Sollen wir ihn zur Anlegestelle mitnehmen, Sir?«

»Das bedeutet, daß Sie eine Meldung über ihn schreiben müssen, stimmt's?«

»Das müßte ich leider, CAG.«

»Ich schaffe ihn selbst runter, und sein Kamerad hier kann ihn an Bord zurückbringen. Ich rede morgen mit dem Ersten Offizier über ihn.«

»Ja, Sir.«

»Trotzdem vielen Dank.«

Der Leutnant nickte.

»Aber wenn Sie schon mal da sind, könnten Sie der Kneipe am Ende der Gasse einen Besuch abstatten. Den Säufer in dem rotgelben Hemd sollten Sie mitnehmen und aufs Schiff bringen lassen.«

»Ja, Sir.« Der Offizier drehte sich um und machte seinen Männern ein Zeichen. Sie stiegen aus und folgten ihm die Gasse entlang.

Gardner und Jake gelang es, den inzwischen zusammengesackten Kowalski wieder auf die Beine zu stellen. Nachdem sie ihn wach gerüttelt hatten, stolperte er von den beiden gestützt weiter.

»Danke, Sir«, sagte der junge Seemann. »Er ist wirklich ein prima Vorgesetzter und ein Klassekerl dazu.«

»Ja, natürlich.«

Sie mußten mehrmals haltmachen, damit Kowalski sich übergeben konnte. Inzwischen begannen einzelne Regentropfen zu fallen.

Unmittelbar vor dem am Castel Nuovo vorbeiführenden Boulevard hielt ein weiterer Kleinbus der Küstenstreife neben ihnen. Am Steuer saß ein Chief Petty Officer in weißer Uniform. Er beugte sich über den Bootsmann auf dem Beifahrersitz. »Sollen wir ihn zur Anlegestelle mitnehmen?«

»Danke, Chief, wir kommen schon zurecht.« Die Scheibenwischer des Kleinbusses verschmierten Staub und Regentropfen auf der Windschutzscheibe.

»Mieses Wetter für Betrunkene, Sir. Wir haben schon ein halbes Dutzend aufgesammelt.« Der Chief wies mit dem Daumen über die Schulter nach hinten.

»Trotzdem vielen Dank«, wehrte Jake ab. »Aber wir bringen ihn lieber selbst hin.«

»Aye, aye, Sir.« Der Chief ließ die Kupplung kommen, und der Kleinbus fuhr auf den Boulevard hinaus.

»Los, Ski, weitergehen! Hoffentlich lohnt sich die Mühe mit Ihnen, verdammt noch mal!«

In dem Kleinbus sagte einer der Männer zu dem Chief am Steuer: »Sie haben uns für Amerikaner gehalten, Oberst! Damit kommen wir bestimmt überall durch.«

Vielleicht, dachte Qazi. So Allah will.

* *
*

Der Carabiniere am Tor zum Kai würdigte Jake und Gardner keines Blickes, als sie mit Kowalski durchmarschierten. Sie folgten dem Zaun nach rechts zur Anlegestelle der Boote der *United States*. Aus den einzelnen Regentropfen war inzwischen leichter Regen geworden. Der Kleinbus der Küstenstreife parkte neben der kleinen OvD-Hütte, und der Chief sprach mit dem Einschiffungsoffizier. Unter dem wasserdichten Sonnensegel lagen sechs Betrunkene in Zivil mit den Gesichtern nach unten in Tragekörben und wurden gerade von zwei Männern der Küstenstreife festgeschnallt.

»Haben Sie noch einen Korb übrig?« fragte Jake. Er stützte Kowalski mit einer Hand und strich sich mit der anderen sein nasses Haar aus der Stirn.

»Ja, Sir«, antwortete der Einschiffungsoffizier, ein Oberleutnant namens Ritchel. Er nickte dem Chief zu, der an den Korbstapel neben der Hütte trat und Gardner half, den obersten Tragekorb herunterzunehmen. Dann packten er und Gardner den Katkapitän und legten ihn in den Korb.

»Mr. Ritchel«, seufzte Jake, während er sich mit dem Jackenärmel über die Stirn fuhr und beobachtete, wie Gardner Kowalski festschnallte, »gegen diesen Mann liegt keine Meldung vor. Lassen Sie ihn einfach an Bord zurück- und in seine Koje bringen. Ich rede morgen mit dem Ersten Offizier über ihn.«

»Aye, aye, Sir. Oh, ich habe eine Nachricht für Sie. Von Leutnant Tarkington.«

»Er ist also endlich aufgekreuzt?«

»Vor zwei Stunden, Sir. Ich habe ihm gesagt, daß er auf Ihre Anweisung an Bord zurückmüsse. Er hat bloß genickt und einen Zettel verlangt. Nachdem er diese Nachricht geschrieben hatte, ist er aufs Schiff zurückgefahren.« Der OvD gab Jake einen zusammengefalteten Zettel, der offenbar aus einem Notizbuch stammte. Auf der Außenseite stand: Kapitän Grafton.

Jake faltete ihn im Weggehen auseinander. »Danke, Chief«, sagte er zu dem Mann, der Gardner geholfen hatte.

»Aye, aye, Sir.«

Jake warf einen Blick auf sein Namensschild. DUSTIN. Der

Chief war Anfang Vierzig, hatte graumeliertes dunkles Haar und war fit und braungebrannt. Kein überflüssiges Gramm Fett am Körper. »Aye, aye, Sir?« Er hätte »Ja, Sir« oder »Nichts zu danken, Sir« sagen müssen. Mit »Aye, aye, Sir« wurden nur Befehle bestätigt.

»In welcher Abteilung ...«, begann Jake, aber Dustin hatte sich bereits abgewandt, als ein weiterer Kleinbus der Küstenstreife vorfuhr. Der Leutnant, mit dem Jake zuvor gesprochen hatte, stieg aus und sah zu, wie zwei seiner Männer den Betrunkenen im rot-gelben Hemd zu den Tragekörben führten. Wie heißt der Leutnant gleich wieder? fragte sich Jake. Ah, richtig: Flynn.

Flynn sprach jetzt mit Dustin. Jake stand nahe genug, um mithören zu können.

»Wo sind Sie heute abend bei der Musterung gewesen, Chief? Ich habe nicht mal gewußt, daß Sie und Ihre Leute hier unterwegs sein würden.«

»Wir sind erst spät von Bord gegangen, Mr. Flynn. Wir haben den Auftrag, Betrunkene aufzusammeln.« Der Chief zuckte mit den Schultern.

»Von wem haben Sie diesen Auftrag? Ich führe heute abend die Küstenstreife und habe nicht gewußt, daß Sie hiersein würden.«

»Irgend jemand muß Mist gemacht haben, Sir. Jedenfalls bin ich hier.«

Jake drehte sich nach den beiden um. Flynn blätterte in den Unterlagen auf seinem Klemmbrett.

»Sie stehen nicht mal auf dieser Liste.«

»Sir, ich habe den Auftrag bekommen, mit zwei Mann an Land zu gehen und Betrunkene aufzusammeln.«

»Von wem denn, verdammt noch mal?«

»Von meinem Divisionsoffizier.«

»Der mag Sie an Land geschickt haben, aber er hat Ihnen nicht befohlen, Betrunkene aufzulesen. Von wem haben Sie diesen Auftrag?«

»Von einem Offizier drüben in der Dienststelle der Küstenstreife. Er ist dort gewesen, als wir vor ein paar Stunden an Land gekommen sind.«

»Korvettenkapitän Harrison?«

»Ein Korvettenkapitän, Sir. Aber seinen Namen hab' ich nicht mitbekommen.«

»Diesen Auftrag hätte er Ihnen nicht geben sollen. Ich habe nicht mal gewußt, daß er heute abend in der Dienststelle sein würde. Und seit der Schießerei im *Vittorio* kann ich mir bessere Aufgaben für Sie denken, als Besoffene rumzukarren. Kommen Sie, wir gehen in die Dienststelle hinüber und bringen diese Sache ins Lot.«

»Mr. Flynn!« rief Jake. »Was ist das für eine Schießerei gewesen?«

Der Leutnant kam mit dem Chief im Schlepp zu ihm herüber. »Heute abend ist im *Vittorio* ein Mordanschlag verübt worden, CAG. Zwei Männer sind ihm zum Opfer gefallen.«

»Amerikaner?«

»Keine Marineangehörigen, Sir. Zwei Zivilisten. Soweit ich gehört habe, soll einer davon wie ein Araber aussehen. Vielleicht Terroristen.«

»Wann?«

»Gegen zwanzig Uhr.« Der Leutnant sah auf seine Armbanduhr. »Vor ungefähr drei Stunden, Sir.«

Jake nickte, und der Offizier ging mit dem Chief den Kai entlang aufs Abfertigungsgebäude zu. Die Dienststelle der Küstenstreife befand sich dort im ersten Stock. Jake faltete Tarkingtons Nachricht auseinander.

»Sir«, lautete der Text, »der OvD sagt, daß Sie mich suchen. Ich fahre aufs Schiff zurück. Muß Sie DRINGEND in einer SEHR WICHTIGEN Angelegenheit sprechen. Hochachtungsvoll, Tarkington. 20.50 Uhr.« Jake faltete den Zettel zusammen und steckte ihn ein.

Danach lehnte er an der Tür der OvD-Hütte. Sieben bis zur Bewußtlosigkeit Betrunkene sind ungewöhnlich viel, überlegte Jake. Aber heute ist Samstagabend, und die Männer sind vier Monate lang auf See gewesen. Nächste Woche wird Kapitän

James sich diese Leute vorknöpfen. Und einige von ihnen sind wahrscheinlich Geschwaderangehörige, die er dann zu mir schicken wird. Jake seufzte innerlich.

Ungefähr 50 Seeleute in Zivil standen, hockten oder saßen unter dem Sonnensegel, das ihnen Schutz vor dem Regen bot. Die meisten hatten ziemlich viel getrunken oder waren zumindest angeheitert und flachsten laut miteinander. Dann glitt das M-Boot – ein Landungsboot – auf den Kai zu, und das Brummen seiner Dieselmotoren verstummte, als der Rudergänger es die letzten Meter bis zur Gangway treiben ließ.

Der Bootsoffizier ging von Bord und kam auf die OvD-Hütte zu. Jake sah ihm entgegen. Auf seinem Slicker glänzten Regentropfen, und seine Hosenbeine waren unten durchnäßt.

»Dort draußen wird's allmählich schlimm, Ritchel. Möglicherweise ist dies heute abend das letzte Boot.«

»Wie schlimm?« fragte Jake.

Der Bootsoffizier drehte sich nach ihm um. »Der Seegang wird immer höher. Vorhin haben wir's kaum geschafft, am Heckfloß anzulegen. Auch der Wind hat kräftig aufgefrischt. Dort draußen sind's schätzungsweise fünfundzwanzig Knoten.«

Jake nickte.

»Eigentlich verdammt früh für den ersten Herbststurm.«

Der Assistent des OvD, ein Oberbootsmann, teilte Matrosen ein, die helfen sollten, die Betrunkenen an Bord zu schaffen. Als erstes mußten sie aus den Tragekörben, die nur dazu dienten, sie auf dem Kai ruhigzustellen, herausgezogen und für den Fall, daß sie unterwegs über Bord gehen würden, in orangerote Kapokschwimmwesten gesteckt werden. Dann mußte jeder Betrunkene von zwei Mann an Bord des M-Boots begleitet werden.

»Ihr beiden dort drüben, kommt her und holt euren Mann.«

Die beiden Seeleute, auf die der Oberbootsmann deutete, standen widerstrebend auf und kamen herüber. Betrunkene zu eskortieren war eine unbeliebte Aufgabe. »Verdammt noch mal«, beschwerte sich einer von ihnen, als sie ihren Schutzbefohlenen umdrehten, »dieser Scheißkerl hat gesoffen wie ein

Loch, Mann. Er stinkt nach Schnaps, als hätte er den Abend *in* 'ner Flasche verbracht.«

Sie zogen ihn hoch, bis er saß. Der Mann grunzte und bemühte sich halbherzig, selbst auf die Beine zu kommen. »He, sieh dir das an! Das Schwein blutet ja!«

Einer der beiden Matrosen trat zurück. »He, Mann«, rief er dem Oberbootsmann zu, »der Kerl hier blutet! Vielleicht hat er 'ne Dosis von diesem anal injizierten Todesserum abgekriegt.«

Der Oberbootsmann, ein Sanitäter, kam herüber und stellte fest, daß der Betrunkene nur Hautabschürfungen hatte. Danach richtete er sich auf und verschränkte in nachdenklicher Haltung die Arme. »Vom Typ her sieht er wie so einer aus, was?«

»Allerdings, Mann. Und wer weiß, wo . . .«

»Haltet die Klappe und nehmt ihn mit, ihr Clowns!« knurrte der Oberbootsmann. »Bewegt euch gefälligst!« brüllte er sein Arbeitskommando an. »Schafft sie an Bord!«

Die beiden Zwangsverpflichteten verdrehten die Augen, sahen zu Jake hinüber, um festzustellen, wie er auf das alles reagierte, und legten ihrem betrunkenen Kameraden dann die Schwimmweste an. Jake las indessen Toads Nachricht erneut durch, faltete den Zettel langsam zusammen und steckte ihn wieder ein.

»Mr. Ritchel, rufen Sie meine Frau im *Vittorio* an und sagen Sie ihr, daß ich zum Schiff rausfahre. Und daß ich unter Umständen an Bord übernachten muß.«

»Ja, Sir.«

Jake wartete, bis alle Seeleute an Bord waren, bevor er das M-Boot vorsichtig über die Gangway betrat. Die Kaibeleuchtung war nicht allzu hell, so daß er beinahe stolperte. Er blieb neben dem Bootsoffizier stehen und starrte mit zusammengekniffenen Augen in den ungedeckten Fahrgastraum hinunter. Die Betrunkenen wurden von ihren Kameraden für alle Fälle gegen die Reling gedrückt und dort festgehalten.

»Wenn Sie hier stehenbleiben wollen, Sir«, sagte der Rudergänger zu Jake, »müssen Sie eine Schwimmweste tragen.« Er gab Jake eine, die er sogleich anlegte. Der Rudergänger half ihm, die Beingurte straff anzuziehen.

Chief Dustin kam vom Abfertigungsgebäude her den Kai entlang. Er nickte den beiden Männern zu, die mit ihm die Küstenstreife gebildet hatten, und ließ sie vor sich an Bord gehen. Sie verschwanden nach unten, wo die übrigen Seeleute saßen. Dustin grüßte Jake zackig.

»Na, wieder alles klar, Chief?«

»Ja, Sir. Alles in Ordnung.« Der Chief stieg die kurze Leiter hinunter, um sich zu seinen Leuten zu gesellen.

»Ablegen!« rief Oberleutnant Ritchel vom Kai aus. Das Boot stieß ins dunkle Wasser des Hafenbeckens zurück, wendete und rauschte mit schäumender Bugwelle davon. Neapels Lichter spiegelten sich im ölig schwarzen Hafenwasser.

* *
*

Auf der Fahrt durch den Hafen glitt der Strahl des Leuchtfeuers an der Hafeneinfahrt in regelmäßigen Abständen über sie hinweg. Das Landungsboot begann zu stampfen, als es das von See her ins Hafenbecken strömende turbulente Wasser erreichte. Der Rudergänger spielte mit Gashebel und Steuerrad, während er das flachbödige M-Boot nach Steuerbord zur offenen See hin lenkte. Jetzt hob und senkte der breite abgeschnittene Bug sich im Gleichtakt mit den herankommenden Wogen.

Als sie den Wellenbrecher hinter sich ließen, wurde das Stampfen stärker. Während sich das Heck hob, krachte der Bug ins nächste Wellental, daß Wasserfontänen aufspritzten. Aber bevor das Boot sich aufrichten konnte, um der heranrollenden Woge zu begegnen, brach der Wogenkamm sich am Bugtor und ließ Gischt aufschäumen, die vom Wind nach achtern getrieben wurde. Die Männer auf den seitlichen Sitzbänken bemühten sich vergebens, vor diesen Fluten Schutz zu finden. Einige der Betrunkenen mußten sich übergeben – und sie waren nicht die einzigen.

Der im Regen unsichtbare Flugzeugträger lag mehrere Kilometer von ihnen entfernt. Jake beobachtete, wie der Rudergänger das M-Boot steuerte. Lediglich Drehzahlmesser und Kompaß waren rot beleuchtet. Der Bootsoffizier hielt sich mit einer Hand an einem Pfosten fest und schwenkte mit der anderen den Suchscheinwerfer. Er richtete den Lichtkegel kurz auf die unter ihnen zusammengedrängten völlig durchnäßten Männer. Jake, der in der Nässe vor Kälte zitterte, umklammerte den Pfosten vor sich noch fester. Der von Steuerbord einfallende Wind heulte in seinen Ohren.

Das kümmerliche Licht glitt über die anbrandenden Wogen. Das Wasser wirkte schwarz und hatte weiße Schaumkronen. Die Wellenhöhe betrug wenigstens eineinhalb Meter, und der Sturm riß Gischtschleier von den Wogenkämmen mit sich. Dieser Anblick bot sich auf allen Seiten. Der Bootsoffizier schien zufrieden zu sein, denn er schaltete den Scheinwerfer aus.

Jake beobachtete über eine Schulter hinweg, wie die Lichter Neapels in der Regennacht verschwanden. Um sie herum war es stockfinster. Das Landungsboot stampfte weiter vom Land weg auf die stürmische nächtliche See hinaus.

Kapitel 20

Die *United States* ragte wie eine Felsklippe aus der hochgehenden See auf. Sie hatte sich vor Anker liegend gedreht, bis ihr Bug direkt in den Wind zeigte.

Während der Rudergänger das Anlegemanöver fuhr, hielt der Bootsoffizier seinen Suchscheinwerfer auf das unter dem Heck des Flugzeugträgers liegende Floß gerichtet. Von der Heckplattform aus, dem geräumigen überdachten Bereich fünf Meter über dem Wasserspiegel, beleuchteten zwei weitere Scheinwerfer den auf den Wellen tanzenden Ponton. Nach jeder überkommenden Welle lief tonnenweise Salzwasser von seinem Stahldeck und den an den Seiten als Fender befestigten Reifen ab. Die zum Heck hinaufführende Gangway lief am unteren Ende auf Rädern; jetzt bewegte sie sich erratisch übers schwankende Deck – wie eine riesige Abtastnadel auf einer völlig verzogenen Schallplatte.

Der Rudergänger ging auf halbe Kraft zurück, aber das M-Boot befand sich inzwischen im Schutz des Lees des riesigen Schiffs und drohte das Floß zu rammen, dessen Bewegungen gegenläufig zu denen des Landungsboots waren. Er betätigte blitzschnell den Hebel für die Schraubenumsteuerung, schob die Gashebel bis zum Anschlag nach vorn und drehte ab. Das M-Boot verfehlte nur knapp eine Kante des auf den Wellen tanzenden Stahlpontons.

Der Rudergänger war nicht älter als zwanzig. Sein nasses Gesicht über dem Slicker trug einen konzentrierten Ausdruck, als er das Boot mit seiner Ladung durchnäßter, seekranker Männer erneut an die *United States* heranbrachte. Diesmal war es zu langsam und verlor zuviel Fahrt, bevor es den Windschatten des großen Schiffs erreichte. Der Rudergänger gab Vollgas; die Bootsdiesel übertönten das Heulen des Sturmes. Aber das auf und ab tanzende Boot wurde von dem durch den riesigen Rumpf des Trägers abgelenkten Wind immer weiter abgetrieben. Der Rudergänger legte das Ruder hart nach Steuerbord und drehte mit nur einem mit voller Kraft voraus laufenden Diesel ab, um einen weiteren Anlauf zu nehmen.

»Aller guten Dinge sind drei!« brüllte Jake dem Jungen ins Ohr. Der Rudergänger grinste schwach, ohne dabei die auf den Wellen tanzende Plattform auch nur eine Sekunde aus den Augen zu lassen.

Der Bootsoffizier stand jetzt neben Jake. Als dienstältester Offizier an Bord war Jake für einen sicheren Betrieb verantwortlich. Der junge Bootsoffizier wollte in der Nähe sein, um etwaige Befehle Jakes weitergeben zu können. Das wußte Jake, aber er wußte auch, daß der Rudergänger ein weit besserer Bootsführer als die beiden Offiziere war. Deshalb hatte er sich vorgenommen, den Mund zu halten, solange der Rudergänger nicht offenkundig versagte. Dann wäre Jake nichts anderes übriggeblieben, als ihm zu befehlen, in den Hafen zurückzulaufen.

Der Rudergänger hatte aus seinen beiden ersten Anlegemanövern gelernt. Diesmal behielt er genügend Fahrt bei und ging dann auf äußerste Kraft, um das M-Boot ans Floß zu bringen. Zwei Matrosen warfen ihre Leinen über die Doppelpoller und belegten sie, während Landungsboot und Ponton, die sich noch immer gegenläufig bewegten, sich knirschend aneinander rieben.

Jake beobachtete das wasserüberspülte Deck und sprang hinüber, als Boot und Ponton sich einen Augenblick lang auf gleicher Höhe befanden. Er hielt sich an der Rettungsleine fest, arbeitete sich bis zu der vor- und zurückrollenden Gangway vor, sprang auf und stieg nach oben, indem er die Handläufe mit beiden Händen umfaßte.

Er zeigte den oben an der Gangway Wache haltenden Marines seinen Dienstausweis vor und trat dann zur Seite, um zu beobachten, wie die Männer das Boot verließen. Der Bootsoffizier überwachte das Vonbordgehen, und zwei Matrosen an Sicherungsleinen standen auf dem Floß bereit, um die Herüberspringenden aufzufangen und festzuhalten. Die Betrunkenen wurden zuletzt aus dem Boot auf den Ponton befördert.

Dann passierte es. Der vorletzte Betrunkene verlor den Halt und fiel armeschwenkend nach hinten. Die Matrosen, die ihn gestützt hatten, konnten ihn nicht festhalten, so daß der um sich Schlagende rückwärts gegen den letzten Mann stolperte und mit ihm übers Heck des M-Boots fiel. Ihre Schwimmwesten hielten sie über Wasser, aber Wind und Seegang ließen sie abtreiben.

»Mann über Bord! Mann am Heck über Bord!« plärrte der Handlautsprecher des Decksoffiziers.

Der Bootsoffizier warf einen Rettungsring. Dann warf er eine durch Salzwasser aktivierte Leuchtpatrone hinterher.

Jake drängte sich an den Marines und den heraufkommenden Seeleuten vorbei. »Sehen Sie zu, daß diese Leute an Bord kommen und verschwinden!« rief er dem Sergeanten der Marines zu.

»Scheinwerfer auf die Männer im Wasser gerichtet lassen!« brüllte Jake die Matrosen an den Suchscheinwerfern an. Er entriß dem jungen Decksoffizier seinen Handlautsprecher und bahnte sich mit Gewalt einen Weg zur Reling.

»Ihr da unten im Boot! Nehmt die beiden vom Floß mit und holt die Männer raus! Alle Mann Schwimmwesten anlegen!« Jake drehte sich um. Die Heckplattform stand voller Neugieriger. Er benützte erneut den Handlautsprecher. »Und ihr verschwindet, verdammt noch mal! Sofort!«

* *
*

Oberst Qazi führte die vermeintlichen Angehörigen der Küstenstreife und vier der angeblichen Betrunkenen den schmalen Korridor von der Heckplattform zum Hangar entlang. Er würde schnell arbeiten müssen. Die beiden Männer im Wasser waren angewiesen, ihre Rettung so lange wie möglich hinauszuzögern, aber sobald sie aufgenommen worden waren, würden sie ins Schiffslazarett geschafft werden, wo festgestellt werden würde, daß sie keine Amerikaner waren. Qazi hoffte, eine Viertelstunde Zeit zu haben, aber auf mehr durfte er vernünftigerweise nicht hoffen.

Auf dem Hangardeck waren viele Männer in durchnäßter Zivilkleidung zu sehen, die sich alle auf dem Weg in ihre Unterkünfte befanden. Qazis Leute in Zivil würden binnen weniger Minuten auffallen. Der Oberst ließ sie ausschwärmen und die Kistenstapel an der Hangarrückwand absuchen. Vom Heck aus kamen noch immer vereinzelte Seeleute durch den Hangar. Qazi widerstand dem Drang, seinen Männern zu helfen, diesen Berg von Versorgungsgut abzusuchen, und sah ihnen mit verschränkten Armen zu.

Eine Gruppe von Matrosen in Arbeitsanzügen trabte im Laufschritt in Richtung Heckplattform vorbei.

Die Schiffslautsprecher plärrten: »Alarm für Rettungshubschrauber, Alarm für Rettungshubschrauber! Hubschrauber zwei startbereit machen!« Kapitän Grafton setzt also nicht nur auf den Rudergänger des M-Boots, dachte der Oberst.

Ein Leutnant kam auf Qazi zu. »Was ist passiert, Chief?«

»Ein paar besoffene Landurlauber sind beim Umsteigen über Bord gefallen.«

»Tatsächlich? Genau das richtige Wetter dafür! Sehen Sie lieber zu, daß Sie trockene Sachen auf den Leib kriegen.«

»Ja, Sir.«

Der Leutnant ging nach vorn weiter. Qazi drehte sich wieder nach seinen Männern um. Sie suchten noch immer die Kisten ab, die in Viererblöcken auf Paletten standen, die so aufeinandergestapelt waren, daß zwischen ihnen nur schmale Gänge blieben. Vor der Hangarrückwand standen mindestens 200 Kisten. Welche war ihre?

»Hier drüben!«

Sie stand am Ende eines der Gänge in der zweiten Lage unter einer weiteren schweren Palette. Einer von Qazis Männern riß eine Brandaxt aus ihrer Wandhalterung und machte sich daran, die Kiste aufzubrechen. Die im Hangar stehenden Flugzeuge und die Kistenstapel boten ihnen Deckung, aber die Axt machte viel Krach – ungewohnten Krach. Dann gab das Holz endlich nach. Die Kiste enthielt zwei Dieselmotoren.

»Stapelt das Holz ordentlich an der Wand auf«, befahl der Oberst. Während seine Männer die zersplitterten Bretter wegräumten, untersuchte Qazi die beiden Motoren und entdeckte das gesuchte Kennzeichen.

»Der hier ist's«, sagte er. »Nehmt die Axt mit!« Die sechs

Männer schleppten den Motor durch den Gang zwischen die auf der Backbordseite des Hangars abgestellten Flugzeuge und zur Tür eines Raums. Eine A-6 mit hochgeklappten Tragflächen verbarg sie vor den Blicken der Brandwache in ihrer Kabine hoch an der gegenüberliegenden Hangarwand. Qazi brach die abgesperrte Tür mit der Axt auf.

In dem Raum lagerten Brandbekämpfungsmittel: Feuerwehrschläuche, Preßluftatmer, Feuerlöscher, Asbestanzüge, Brandschutzdecken und anderes Feuerlöschgerät. Nachdem seine Männer ihre Last hereingeschleppt hatten, schloß Qazi die Tür.

Als er sich umdrehte, waren sie bereits dabei, den Behälter zu öffnen, der als Dieselmotor getarnt war. Er enthielt Waffen und Uniformen. Uzis mit Schalldämpfern und für jeden von ihnen eine Browning Hi-Power mit Schalldämpfer. Die Männer streiften hastig ihre Sachen ab und zogen die Uniformen an: weiße Hosen mit ausgestellten Beinen, kurzärmelige Baumwollhemden, marineblaue Pullover und blaue Jacken. Weiße Wollsocken, schwarze Halbschuhe und weiße Matrosenmützen vervollständigten ihre Aufmachung.

»Holt den anderen Behälter her«, befahl Qazi ihnen, als alle umgezogen waren. Dieser Behälter enthielt Plastiksprengstoff und die dazugehörigen Zünder.

* *
*

Der Stabsoffizier vom Dienst löste Jake auf der Heckplattform ab. In dieser Nacht war der SvD Fregattenkapitän Ron Triblehorn der Leitende Ingenieur der *United States*. Das M-Boot war 100 Meter vom Schiff entfernt und versuchte eben, einen der im Wasser Treibenden aufzunehmen. Der Hubschrauber stand noch auf dem Flugdeck.

Während Triblehorn Kapitän James, der auf der Brücke stand und den Start des Hubschraubers befohlen hatte, einen telefonischen Lagebericht erstattete, verließ Jake das Heck und ging durch den Hangar nach vorn. Unterwegs begegnete er Ray Reynolds, der nach achtern trabte. Jake stieg zum O-3-Deck hinauf und ging in seine Kabine. Nachdem er seine nassen Sachen abgestreift und sich trockenfrottiert hatte, rief er das Geschäftszimmer an.

»Wer ist heute nacht bei Ihnen oben, Farnsworth?«

»Nun, Sir, einer der Schreiber und drei der Offiziere haben sich eingefunden. Ich lasse die Schreiber kommen, damit sie bei der Musterung helfen.« Sobald »Mann über Bord« gemeldet wurde, mußten sämtliche Staffeln und Divisionen des Schiffs ihre Leute mustern. Da so viele Männer noch Landurlaub hatten, würde diese Musterung mühsam und zeitraubend sein. »Ich bin bereits hiergewesen, als ›Mann über Bord‹ gemeldet worden ist«, fuhr Farnsworth fort. »Leutnant Tarkington sucht Sie, deshalb bin ich hergekommen, um ihm Gesellschaft zu leisten. Er wartet jetzt auf Sie.«

»Ich komme in ein paar Minuten rüber. Ich muß mich nur noch umziehen.«

»Ich richte's ihm aus, Sir. Und noch was, CAG ...« Farnsworths Stimme wurde zu einem vertraulichen Flüstern. »Mr. Tarkington ist ziemlich aufgeregt.«

»Wenn er glaubt, mich anpfeifen zu können, weil ich seinen Landurlaub gestrichen habe, soll er sich die Sache lieber noch mal überlegen, bevor ich komme.«

»Ich glaube nicht, daß er das vorhat, Sir. Er wirkt überhaupt nicht selbstgerecht.«

»Hmmm. Erinnern Sie Tarkington daran, daß er sich telefonisch bei seiner Staffel melden muß.«

Jake zog eine frischgewaschene Khakiuniform und seine lederne Pilotenjacke an. Die Temperatur im Schiffsinneren lag bei schätzungsweise 15 Grad. Vielleicht hatte jemand vergessen, die Heizung einzuschalten, weil es in den letzten Tagen so heiß war. Oder Kapitän James hatte befohlen, sie ausgeschaltet zu lassen, um der Navy für 64 Cent angereichertes Uran zu sparen. Jake kämmte sich, setzte seine Baseballmütze mit der Goldstickerei auf dem Schirm auf und sperrte die Kabinentür hinter sich ab.

* *
*

Oberst Qazis Männer standen vor ihm. Ihre Pistolen steckten unter Pullovern und Jacken in ihren Hosenbünden. Die Uzis lagen mit Reservemagazinen, Handgranaten, Plastiksprengstoff und Zündern in Sporttaschen.

Qazis Blick wanderte von einem Gesicht zum anderen. »Gut, ihr wißt, was ihr zu tun habt. Der Erfolg unseres Unternehmens hängt davon ab, daß jeder seinen Auftrag genau erfüllt. Denkt daran: Sie wissen noch nicht, daß wir an Bord sind – und je länger wir unentdeckt bleiben, desto leichter wird unser Unternehmen. Ihr seid jetzt amerikanische Seeleute. Solange ihr zielbewußt, aber ohne auffällige Eile vorgeht, werden die Amerikaner euch alle für ganz normale Besatzungsmitglieder halten, auch wenn ihnen eure Gesichter unbekannt vorkommen.«

Drei der Männer sprachen gut Englisch; die anderen drei beherrschten dagegen nur die Anfangsgründe dieser Sprache und sprachen mit starkem Akzent. Alle waren angewiesen worden, nur zu nicken, zu lächeln und weiterzugehen, falls sie angesprochen wurden.

Ihre Mienen waren grimmig und entschlossen. »Vergeßt nicht zu lächeln.«

Ein Lächeln war der Passierschein jedes Amerikaners: der sichtbare Beweis dafür, daß sein Herz rein und seine Absichten lauter waren. Seit dem Zweiten Weltkrieg hatten die Amerikaner fast jedermann auf der Erde angegrinst. Jetzt lächelten sogar die Nomaden in der Wüste Gobi.

»Los!«

Nachdem seine Männer den Raum verlassen hatten, schloß Qazi die Tür und sicherte sie mit einem Vorhängeschloß. Er zog den Schlüssel ab und steckte ihn ein. Bei näherer Untersuchung würde sich zeigen, daß diese Tür aufgebrochen worden war, aber das Vorhängeschloß würde Neugierige ein paar Minuten lang aufhalten. Der Oberst griff nach seiner Sporttasche und marschierte vor seinen Männern her, bis er zu dem Mann in CONFLAG 2, der mittleren Brandwache des Hangars, aufblicken konnte. Er lächelte ihm zu und trat an die Tür unmittelbar unter der Brandwache. Dort sah er sich um. An der Wand stand einer der roten

Farbvorratsbehälter. Sobald er oben fertig war – und während seine Leute die beiden anderen CONFLAG-Stationen außer Gefecht setzten –, würde er mindestens vier oder fünf dieser Behälter anzünden. Qazi holte tief Luft und begann die Leiter hinaufzusteigen.

Kapitel 21

Sie hat mich gebeten, nichts zu verraten.«

»Sie hat gewußt, daß Sie's tun würden.«

Tarkingtons Gesicht hatte sich verändert. Er hatte tiefe Falten um die Augen und wirkte um Jahre gealtert.

»Sie hat gewußt, daß Sie Meldung erstatten mußten«, sagte Jake.

»Aber weshalb hat sie mich gebeten, nichts zu verraten, wenn sie's gewußt hat? Weshalb hat sie mich nicht einfach erschossen?«

»Frauen sind eben so«, murmelte Jake Grafton. »Sie bitten einen, etwas nicht zu tun, obwohl sie genau wissen, daß man's tun wird, und beobachten einen, während man's ihnen verspricht.« Er zuckte mit den Schultern.

»Ich glaube, daß es Israelis gewesen sind, Mossad.«

»Wie kommen Sie darauf?«

»Sie haben einen Mann fertiggemacht, der Amerikaner gewesen zu sein scheint. Einer von ihnen hat ihn als ›Agency-Arschloch‹ beschimpft. Anscheinend hat er den ersten Kerl vorzeitig erschossen.« Toad schüttelte verzweifelt den Kopf. »Mich haben sie schließlich nicht erschossen«, sagte er mit heiserer Stimme. »Die Mossad-Leute ermorden nur Terroristen.«

»Das haben Sie zumindest immer gehört. Und jetzt haben Sie sie verraten und werden von Schuldgefühlen geplagt. Danke, Judith Farrell.«

Jake griff nach dem Telefonhörer und wählte Farnsworths Nummer. »Suchen Sie den dienstältesten Nachrichtenoffizier, der heute nacht an Bord ist, und bitten Sie ihn, sofort ins Intel Center zu kommen. Ich schicke Mister Tarkington jetzt dorthin. Sie sollen ihn wie einen Schwamm auswinden und eine streng geheime Dringlichkeitsmeldung aufsetzen. Danach stellen Sie fest, ob Admiral Parker oder sein Stabschef an Bord ist.«

Nachdem er den Hörer aufgelegt hatte, wandte er sich wieder an Toad. »Ich möchte, daß Sie diese Geschichte den Leuten von der Air Intelligence erzählen. Beschreiben Sie sämtliche Beteiligten – auch Judith. Kleidung, Größe und Gewicht, Aussehen, besondere Kennzeichen, alles.« Als Toad aufstand, um den Raum zu verlassen, fügte Jake hinzu: »Irgendwann werden Sie sich fragen, weshalb ich Sie heute nachmittag überall habe suchen lassen. Judith Farrell ist vermutlich keine Amerikanerin.«

Toad schüttelte benommen den Kopf. »Aber sie hat doch behauptet, eine zu sein!«

»Tarkington . . .«, sagte Jake leicht irritiert. »Sie sind mitten in eine Geheimdienstoperation hineingeraten. Judith Farrell spielt in irgendeinem Team mit. Sie können von Glück sagen, daß Sie nicht umgelegt worden sind, nur weil Sie zur falschen Zeit am falschen Ort gewesen sind.« Der junge Tölpel ließ keine Reaktion erkennen. »Überlegen Sie doch, Toad: Wenn Sie ihr nichts bedeutet hätten, hätte sie sich nicht die Mühe gemacht, Sie zum Schweigen zu verpflichten.«

Tarkington starrte ihn mit leicht geöffnetem Mund an.

Jake kam hinter dem Schreibtisch hervor und setzte sich auf die Kante. Vielleicht hätte er nicht davon anfangen sollen. Aber Toad . . . Weshalb sollte er warten, bis dem anderen das alles erst in zehn Jahren einfiel? »Sie bedeutet Ihnen viel, stimmt's? Und sie hat Ihnen gezeigt, daß Sie ihr viel bedeuten. Das hat sie nur auf diese Weise ausdrücken können. Was sie gesagt hat, ist nicht weiter wichtig – das *Wie* ist entscheidend.«

Toad nickte langsam.

»Hören Sie jetzt auf, sich wie ein Scheißkerl zu fühlen, und erzählen Sie den Nachrichtenleuten alles, was Sie wissen.« Jake deutete auf die Tür. »Los, verschwinden Sie!«

Als Toad das Dienstzimmer verließ, sah er sich nach dem CAG um, der geistesabwesend seine Taschen betastete, während er auf das Telefon starrte. Dann fiel die Tür ins Schloß.

* *
*

Gefreiter Harold Porter hatte nicht daran gedacht, seinen Slicker zum Wachdienst mitzunehmen. Er war vom Regen durchnäßt, und der Wind ließ ihn frösteln. Porter kauerte unter dem Flugdecküberhang an der Wand des Laufgangs und steckte beide Hände unter die Achseln, um sie zu wärmen. Die roten Mastlichter des Flugzeugträgers beleuchteten das 12,7-mm-MG und den bereitstehenden Munitionskasten. Die Sprechfunkgarnitur, die Porter trug – ein Paar Kopfhörer mit einem daran befestigten Mikrofonbügel –, hielt seine Ohren warm. Das war immerhin etwas.

Porter hob den Kopf und beobachtete, wie der Rettungshubschrauber startete. Sein blinkendes rotes Warnlicht beleuchtete die großen Zahlen an der Seite der Inselaufbauten. Der Hubschrauber ging in niedriger Höhe in den Schwebeflug über, kippte leicht nach vorn und flog dann über das Winkeldeck davon. Porter sah ihm kurz nach und kauerte sich dann wieder unter den Überhang des Flugdecks.

Die armen Hundesöhne im Wasser hatten wirklich nichts zu lachen. Nur schade, daß die Aktion sich auf der anderen Seite des Schiffs abspielte, wo er sie nicht beobachten konnte. Nach den übers Telefonnetz verbreiteten Informationen waren die Kerle betrunken gewesen. Sollten sie nicht ertrinken, würden sie also Scheiße schaufeln müssen, wenn Kapitän James mit ihnen fertig war. Geschieht den Hundesöhnen recht, überlegte Porter sich. Er war zwei Abende lang nicht mehr an Land gewesen.

In ein paar Minuten mußte der Hauptgefreite vorbeikommen. Vielleicht konnte er ihn dazu bringen, ihm seinen Slicker aus der Unterkunft zu holen. Nein, nicht Simons, dieser Arsch. Aber vielleicht löste Simons ihn für ein paar Minuten ab, damit er ihn sich selbst holen konnte. Porter überlegte sich mürrisch, wie gering die Aussichten waren, daß der Hauptgefreite sich darauf einließ.

Simons war ein Arschloch, das stand außer Frage. Drei kleine rote Winkel – und schon führte er sich auf, als sei er zum Apostel befördert worden. Warum das Marinecorps einen Arschkriecher wie ihn beförderte, war eine gute Frage, über die man in einer schlimmen Nacht nachdenken konnte. Ahhh, es war zum Kotzen! Man strampelte sich ab, um seine Scheißschuhe zu putzen, seine

Scheißmessingknöpfe zu polieren und sein Scheißgewehr zu reinigen, und dann wurden Armleuchter wie Simons . . .

Jemand kam den Laufgang entlang. Verdammt noch mal! Das konnte nicht Simons sein. Der würde nicht fünf Minuten zu früh auftauchen. Oh, irgendein gottverdammter Matrose, wahrscheinlich besoffen, der sich nach einem feuchtfröhlichen Abend in der Stadt die Beine vertreten wollte und noch Lust hatte, sich mit dem Corps anzulegen . . .

»He, Dixie-cup, was . . .«

Das erste Geschoß aus der 9-mm-Pistole mit Schalldämpfer traf Porter in den Hals. Das Heulen des Windes übertönte den gedämpften Knall. Während der Gefreite sich an die Kehle griff, fielen zwei weitere Schüsse, und Porter sank leblos in sich zusammen.

Der Mörder öffnete den Verschluß des schweren MGs und den Munitionskasten. Er zog den Patronengurt heraus und ließ ihn über die Reling und zwischen den großen grauen Behältern mit den Fünfzigmannflößen hindurchgleiten. Der Gurt versank im aufgewühlten Meer. Danach beugte der Mörder sich über den MG-Verschluß. Sekunden später richtete er sich auf, klappte den Munitionskasten zu und ging in Richtung Bug weiter.

* *
*

Obergefreiter James Van Housen langweilte sich. Und wenn er sich langweilte, unterhielt er sich mit isometrischen Übungen. Er umklammerte die Reling des Laufgangs, als wolle er sie verbiegen, und zählte die Sekunden . . . Vierzehntausend, fünfzehntausend, sechzehntausend . . .

Bei zwanzigtausend hörte er auf und kontrollierte seinen Puls mit Hilfe seiner Armbanduhr, deren Sekundenzeiger im Lichtschein der roten Mastlichter gerade noch erkennbar war.

Die anderen hockten bloß herum, setzten Fett an und ließen sich von den Sergeanten in den Hintern treten. Van Housen blieb in Form. Er nutzte jede Gelegenheit, um zu trainieren. Deshalb war man schließlich im Corps – um fit und einsatzfähig zu bleiben.

Wer ein Fettkloß werden wollte, hätte zur gottverdammten Navy gehen sollen. Alle Seeleute glaubten, um fit zu bleiben, genüge es schon, sich ab und zu unter der Dusche einen runterzuholen.

Van Housen sah den Rettungshubschrauber über das Heck anfliegen und an seinem Landeplatz auf dem Winkeldeck tiefer gehen. Eine Stimme in seinem Kopfhörer meldete, der Engel habe einen Mann übernommen, den das M-Boot aufgefischt habe. Eine verdammt schlimme Nacht für ein Bad im Meer. Was mit dem zweiten Mann im Wasser war, wußte die Stimme noch nicht. Van Housen beobachtete, wie zwei Sanitäter mit einer Tragbahre auf den Hubschrauber zuliefen, sobald er aufgesetzt hatte.

Der Obergefreite umfaßte erneut die Reling, spannte seine Muskeln an und zählte wieder. Nachdem er die Übung beendet hatte, schüttelte er seine Arme aus, als ein Matrose etwa 15 Meter von ihm entfernt vom O-3-Deck auf den Laufgang heraufkam. Nachdem Van Housen den Näherkommenden zuerst nur aus dem Augenwinkel heraus wahrgenommen hatte, drehte er sich nach ihm um und beobachtete ihn.

Was hatte der Kerl um diese Zeit hier draußen zu suchen, verdammt noch mal?

Der Matrose hielt irgend etwas in der rechten Hand. Er verbarg es hinter seinem Oberschenkel. Ein Junkie? Mit einem Joint in der Hand? Nein, es war irgendein Gegenstand.

Van Housen trat an die Wand zurück, wo er wegen der Ausbuchtung des Laufgangs um diesen nächsten Niedergang zum O-3-Deck fast nicht mehr zu sehen war.

Als der Matrose in dem Pullover um die Ecke bog, beobachtete Van Housen seine rechte Hand. Jetzt riß er sie hoch. Eine Pistole! Mündungsfeuer blitzte auf. Van Housen hörte ein dumpfes *Plop!* und spürte, daß er getroffen war, aber er hatte sich bereits nach vorn geworfen. Durch den Zusammenprall wurde der Matrose halb betäubt gegen die Reling geworfen. Van Housen versuchte, ihm die Waffe mit dem aufgesetzten Schalldämpfer zu entreißen. Er schmetterte den Arm des Matrosen auf die Reling. Die Pistole fiel über Bord. Van Housens Faust traf den Angreifer ein-, zweimal in die Magengrube. Der Mann klappte wie ein Taschenmesser zusammen.

Van Housen fühlte, wie ihn die Kräfte verließen.

Ich muß diesen Kerl erledigen! Unbedingt! Bevor ich umkippe.

Er packte den Matrosen an einem Arm und am Gürtel, stemmte ihn hoch und wuchtete ihn, vor Anstrengung keuchend, über die Reling. Der Mann blieb mit ausgebreiteten Armen und Beinen auf einem Rettungsfloßbehälter liegen. Van Housen riß ihm die Wollmütze ab und packte ihn an den Haaren. Er schlug den Matrosen mit der Faust ins Gesicht.

Keine Kraft mehr. Der Schlag war wirkungslos. Seine Beine knickten ein.

Van Housen nahm seine letzten Kräfte zusammen und schlug nochmals zu, wobei er sein ganzes Gewicht in den Schlag legte. Der Mann glitt rückwärts von dem Behälter und stürzte sich überschlagend ins Meer. Dann brach Van Housen auf den Grätings des Laufgangs zusammen. Sein Sprechfunkgerät hatte er während des Kampfes verloren. Er faßte sich an den Bauch. Seine Hand war warm und schwarz und naß. Blut!

Gleich würde er ohnmächtig werden. Er ließ den Kopf auf das Metallgitter sinken, um bei Bewußtsein zu bleiben, und tastete nach dem Sprechfunkgerät. Als er es endlich in der Hand hielt, zog er es zu sich heran und drückte auf die Sprechtaste. »Hier MG eins . . .«

Dann verlor er das Bewußtsein. Er war bewußtlos, als ein weiterer Matrose mit einer Pistole in der Hand zwischen den Maschinen auf dem Flugdeck hervortrat und in den Laufgang hinunterstarrte.

Die nächste Kugel, die ihn tödlich traf, spürte Obergefreiter Van Housen nicht mehr.

* *
*

Admiral Parker trug ein T-Shirt und eine weiße Uniformhose. Nachdem sein Adjutant ihn geweckt hatte, hatte er sich hastig etwas übergezogen. Jake berichtete ihm von dem Attentat im

Vittorio, in das Judith Farrell und Toad Tarkington verwickelt gewesen waren.

»Klar, das ist eine Dringlichkeitsmeldung wert. Haben Sie Kapitän James schon informiert?«

»Noch nicht, Sir. Tarkington hat mir eben erst Meldung erstattet, und der Kapitän ist mit dem Rettungsmanöver beschäftigt.«

»Der Kapitän hat mich eben angerufen. Ein Mann ist noch über Bord, der andere ist halbtot ins Schiffslazarett unterwegs.« Parker wandte sich an seinen Adjutanten, Leutnant Franklin Delano Roosevelt Snyder. »Bringen Sie mir meine Sachen, Duke. Es wird Zeit, daß wir auf die Brücke gehen.« Während der Admiral sich anzog, berichtete er Jake: »Der Offizier, der heute abend die Küstenstreife kommandiert hat, ist mit gebrochenem Genick tot aufgefunden worden.«

»Was?« sagte Jake.

»Ermordet.«

»Wo?«

»Am Kai in der Dienststelle der Küstenstreife. Er ist vor ein paar Minuten aufgefunden worden.«

Jake umfaßte die Armlehnen seines Sessels mit beiden Händen und beugte sich nach vorn. »Ist dieser Offizier Leutnant Flynn gewesen?«

»Ja.«

»Unmittelbar bevor ich an Bord des M-Boots gegangen bin, um zum Schiff rauszufahren, habe ich ihn zur Dienststelle weggehen sehen. Begleitet hat ihn ein Chief, der heute abend Streifendienst gehabt hat. Der Chief ist dann allein zurückgekommen und mit mir zum Schiff rausgefahren. Er ist jetzt an Bord.«

»Haben Sie den Chief schon mal gesehen? Wissen Sie, wie er heißt?«

Jake versuchte, sich an den Namen zu erinnern. »Duncan? Nein . . . Dustin, glaube ich. Dustin. Und ich glaube nicht, daß ich ihn schon mal gesehen habe.«

Parker schnürte seinen zweiten Schuh zu, richtete sich auf und ging zur Tür. Jake und Leutnant Snyder folgten ihm. »Hier sitzen wir«, murmelte der Admiral, »fünf Kilometer vor der Küste auf dem wertvollsten Ziel Süditaliens. Und wir haben vielleicht schon einen Eindringling an Bord.«

»Oder sogar mehrere«, sagte Jake, der an die ungewöhnlich vielen Betrunkenen in dem M-Boot und das Durcheinander auf der Heckplattform dachte, nachdem die beiden Männer ins Wasser gefallen waren.

* *
*

Oberst Qazi hastete mit zwei Männern, die Sporttaschen trugen, einen Niedergang an der Steuerbordseite des Schiffes hinauf. Oben auf dem O-3-Deck folgten sie einem durch das ganze Schiff führenden, langen Korridor. Der Gang war nur schmal, obwohl er eine der beiden Hauptverkehrsadern auf diesem Deck war. Im Korridor selbst konnten zwei Männer aneinander vorbeigehen, aber die wasserdichten Türen mit den hohen Süllen waren so schmal, daß sie jeweils nur einem Mann Platz boten.

Qazi las die Zahlen auf den kleinen Messingschildern neben den Türen, an denen sie vorbeikamen. Obwohl er das Bezifferungssystem kannte, konnte er sich nicht allein durch die Raumnummern orientieren. Zum ersten Mal an diesem Abend befiel Qazi gelinde Panik. Diese Korridore sahen alle gleich aus: schmal und voller Neunziggradwinkel. Das Schiffsinnere war ein Labyrinth aus Wänden und Türen und Gängen, die stets nur in die falsche Richtung zu führen schienen. Sollten die wasserdichten Türen geschlossen werden, müßte er sich von Abteilung zu Abteilung vorwärts kämpfen, ohne sicher zu wissen, wo er war und wohin er sich bewegte. Dann saß er wie eine Ratte in der Falle.

Er hielt einen nach achtern gehenden Matrosen an. »Ich bin neu an Bord. Wo geht's zur Nachrichtenzentrale?«

»Backbordseite, Chief.« Der Matrose zeigte in einen links abzweigenden Korridor, der vermutlich zum Backbordlängsgang führte. »Und ungefähr fünfzig Spanten weit nach vorn. Dann kommt der Schalter, an dem Meldungen angenommen werden. Nicht zu verfehlen.«

»Danke.«

»Klar.« Der Matrose ging weiter. Qazi und seine Männer hasteten den angegebenen Korridor entlang.

Sie hatten Glück. Gleich neben dem Schalter, an dem das Fernmeldepersonal Meldungen zur Weiterübermittlung entgegennahm, befand sich eine elektronisch gesperrte Sicherheitstür. Zugang hatte nur, wer auf einer Tastatur den wöchentlich wechselnden Zahlencode eingab. Und als Qazi hereinkam, tippte ein Matrose eben auf der durch einen Gummiwulst vor den Blicken Unbefugter geschützten Tastatur den Code ein.

Als der Matrose die Sicherheitstür öffnete, prallte Qazi von hinten gegen ihn. Die beiden stürzten durch die Tür, und Qazis Männer blieben ihnen auf den Fersen, während sie ihre Uzis aus den Sporttaschen zogen. Schwarze Sicherheitsvorhänge schirmten den Eingang gegenüber den Räumen der Nachrichtenzentrale ab. Qazi stieß seinen Mann vor sich her durch die Vorhänge, und Jamail und Haddad, die beiden mit Uzis bewaffneten Männer, traten links und rechts neben ihn und eröffneten das Feuer. Die schallgedämpften Waffen knatterten nur und spuckten dabei in hohem Bogen verschossene Patronenhülsen aus. Der Matrose, den Qazi vor sich hergestoßen hatte, wollte sich herumwerfen, aber der Oberst bekam ihn zu fassen und brach ihm mit einem kurzen Ruck das Genick.

Die übrigen fünf Amerikaner in der Nachrichtenzentrale starben im Kugelhagel.

Im Gegensatz zu der roten Beleuchtung der Korridore und Niedergänge waren die Räume der Nachrichtenzentrale weiß beleuchtet. Sobald ihre Augen sich an die Helligkeit gewöhnt hatten, rannten die Bewaffneten weiter in die anderen Räume und erschossen die vier Männer, die sie dort antrafen. Qazi betrat den Raum mit den Fernmeldegeräten. Sämtliche Wände schienen mit Skalen, Anzeigen, Schaltern und Knöpfen bedeckt zu sein. Oder doch nicht ganz? Dort drüben war ein schmaler Durchgang frei gelassen. Vielleicht führte er zu den Kabeln für die Stromversorgung? Was hatte der Fernmeldetechniker bei seiner Vernehmung durch Ali gesagt?

Qazi trat in die Lücke zwischen den über zwei Meter hohen grauen Metallschränken.

Er sah die Faust mit dem großen Schraubenschlüssel gerade noch rechtzeitig und duckte sich, so daß der Schraubenschlüssel gegen das Metall neben ihm krachte.

Der Mann mit dem Schraubenschlüssel war jung. Jung und schwarz und ängstlich. Und schnell! Er schlug wieder zu, bevor der Oberst reagieren konnte. Qazi ließ sich fallen, aber der Schraubenschlüssel streifte noch seine Schläfe.

Er lag benommen auf dem Boden, und der Matrose hockte auf ihm, umklammerte seine Arme mit den Beinen und hob mit vor Anstrengung gespannten Halssehnen seinen Schraubenschlüssel, um ihm den Schädel einzuschlagen.

Qazi hörte ein *Plop!* und sah Blut aus der Schläfe des Amerikaners spritzen. Der Erschossene brach über ihm zusammen. Der Schraubenschlüssel klirrte, als er auf das Deck fiel.

Jamail rollte den Toten zur Seite. Qazi versuchte aufzustehen. Aber er war noch zu angeschlagen, um gleich wieder auf die Beine zu kommen.

»Schnell«, wollte er sagen, doch die Stimme versagte ihm. Mit einer vagen Handbewegung trieb er Jamail zur Eile an. Der Mann nickte und verschwand, während Qazi sich an dem Metallschrank neben sich hochzuziehen versuchte.

Haddad und Jamail hatten bereits fast alle Sprengladungen angebracht, bevor es Qazi gelang, seine Benommenheit soweit abzuschütteln, daß er aufstehen und in den Geräteraum hinausgehen konnte. »Eine Ladung auf die Elektrokabel unter der erhöhten Abdeckplatte auf dem Boden«, wies Qazi sie an und zeigte hinter die Metallschränke. Haddad griff nach seiner Sporttasche und verschwand in dem Durchgang, in dem Qazi niedergeschlagen worden war. Der Oberst überprüfte den Zeitzünder der von Haddad gelegten Spengladung an der Schalttafel. Und er überzeugte sich davon, daß die Magnesiumleuchtpatrone 30 Sekunden nach der Hauptdetonation gezündet werden würde. Alles in Ordnung.

»Was soll das, verdammt noch mal?«

Dieser Ausruf kam aus dem Geschäftszimmer, durch das sie die Nachrichtenzentrale betreten hatten. Jamail ging mit schußbereiter Uzi zum Angriff über. Qazi folgte dicht hinter ihm.

Der Offizier in Khakiuniform brach nach einem Feuerstoß aus Jamails Waffe zusammen. Während er fiel, flatterten die Sicherheitsvorhänge, und Qazi hörte, wie die Tür zum Gang aufgerissen wurde. Jamail jagte einen kurzen Feuerstoß in die Vorhänge.

»Unbefugte in der Nachrichtenzentrale! Unbefugte in der...« Die Tür fiel wieder ins Schloß und schnitt den Rest des Warnrufs ab.

»Schnell! Stellt die Zeitzünder ein! Wir müssen weiter!« drängte der Oberst.

Fünfzehn Sekunden später standen die drei Männer an der Tür und rückten die Traggurte ihrer Sporttaschen zurecht. Jamail und Haddad steckten neue Magazine in ihre Uzis.

»Jamail, du gehst voraus und sorgst dafür, daß der Korridor links frei ist. Haddad sichert nach rechts. Ich führe euch dann nach vorn – also nach rechts – bis zum ersten Gang links, der uns aus dem Schiff zum Laufgang und aufs Flugdeck bringt. Los!«

Qazi nickte den beiden zu. Haddad zog die Vorhänge beiseite und öffnete die Tür. Jamail schlüpfte gebückt hindurch. Er begann zu schießen, während Haddad und Qazi ihm in den Korridor hinausfolgten.

Etwa zehn Meter von ihnen entfernt hatte sich in dem rot beleuchteten Gang eine kleine Gruppe von Männern versammelt, von denen die meisten in ihre Richtung blickten. Als die Uzi gedämpft loshämmerte, verschwanden die Männer durch die offenen Türen oder blieben an Deck liegen.

Qazi legte die wenigen Meter zum nächsten Quergang mit drei großen Sprüngen zurück. Der Seitengang bog nach links und wieder nach rechts ab, um vor einer mit Vorreibern gesicherten Tür zu enden. Qazi packte den durch Gestänge mit allen acht Vorreibern verbundenen Hebel und zog ihn hoch. Die Vorreiber drehten sich um 90 Grad. Haddad stieß die Tür auf. Jamail war dabei, sie hinter ihnen zu schließen, als die Druckwelle der Detonationen in der Nachrichtenzentrale die Decks und Wände erzittern ließ. Die schwere Metalltür flog auf und knallte gegen Jamail, der zu Boden ging. Er rappelte sich wieder auf und schloß sie mit Haddads Hilfe.

Hier unter dem Laufgang empfing sie der Sturm. Durch die Grätings sah Qazi weiße Schaumkronen auf dem schwarzen Meer. Er wartete, bis seine Augen sich ganz an die Dunkelheit gewöhnt hatten. Bisher hatte alles geklappt. Die Phase eins war beinahe abgeschlossen.

Die Bordsprechanlage wurde eingeschaltet. Einer der Lautsprecher befand sich unmittelbar über ihnen auf dem Laufgang. Sie hörten ein Klicken, dann heulte ein Horn los. Das Geräusch war ohrenbetäubend laut – wahrscheinlich damit die Durchsagen auch auf dem gesamten Flugdeck verständlich waren. Qazi steckte sich die Zeigefinger in die Ohren. Als das Horn verstummte, ertönte eine ebenso laute Stimme:

»Alarm! Alarm! Alle Mann auf Gefechtsstation. Dies ist keine Übung. Alarm! Alarm! Nach oben und vorn an Steuerbord, nach unten und achtern an Backbord gehen. Alarm! Alarm! Dies ist keine Übung.«

Das Horn heulte weiter, um dann plötzlich zu verstummen. Selbst hier draußen unter dem Laufgang spürte Qazi, wie das Metallgitter, auf dem sie standen, unter den von Tausenden von rennenden Füßen ausgelösten Vibrationen erzitterte.

Die Zeit lief ihnen davon. In drei Minuten würde der Befehl kommen, sämtliche wasserdichte Türen an Bord zu schließen. Und schon jetzt mußte die Schnelle Eingreiftruppe des Schiffs – eine Gruppe bewaffneter Marines – zum Schutz des Kapitäns zur Brücke unterwegs sein. Sie mußten ihr zuvorkommen.

Qazi führte seine Männer zum Laufgang und von dort aus zum Flugdeck hinauf.

* *
*

Jake Grafton, Vizeadmiral Parker und Kapitän James standen neben dem Kapitänssessel auf der Brücke, als sie die Druckwelle der Detonation in der Nachrichtenzentrale spürten. Hier oben hoch auf der Insel wirkte sie sich nur als dumpfer Knall aus, der das Stahldeck erzittern ließ. Zum Zeitpunkt der Detonation hatten sie einen Mann am Telefon, der das Eindringen Unbefugter in die Nachrichtenzentrale meldete.

»Feuerlöschtrupp eins alarmieren und Kreis William betätigen«, wies der Kapitän den Wachhabenden an. Dieser gab den Befehl an einen Maat weiter, der ihn über die Bordsprechanlage bekanntgab. Der Feuerlöschtrupp eins bestand aus den bestausgebildeten Feuerwehrleuten an Bord; deshalb wollte der Kapitän gerade ihn eingesetzt wissen. Der Kreis-William-Befehl diente zur Eindämmung der Rauch- und Qualmentwicklung bei Bränden. Wurden die mit einem »W« in einem roten Kreis – dem Kreis William – gekennzeichneten Luken geschlossen, war das Lüftungssystem des Schiffs abgeschottet, so daß sich weder Brandrauch noch giftige Dämpfe im Schiff ausbreiten konnten.

»Sir«, meldete der Wachhabende, »die Nachrichtenzentrale ist weder über Telefon noch über Kommandosprechanlage zu erreichen.«

Laird James griff nach dem Mikrofon der Bordsprechanlage.
»Was wollen Sie sagen?« fragte Parker.

»Ich will der Besatzung mitteilen, was vorgefallen ist.«

»Denken Sie daran, daß die Eindringlinge mithören.«

James nickte und betätigte die Sprechtaste. »Hier spricht der Kapitän. Eben hat es eine Detonation in der Nachrichtenzentrale auf dem O-3-Deck an Steuerbord gegeben. Offenbar haben wir eine Gruppe Unbefugter an Bord. Vielleicht mehr als nur eine Gruppe. Sie sind bewaffnet. Einige eurer Kameraden sind offenbar bereits erschossen worden.«

Er ließ die Sprechtaste los und sah zu Parker hinüber. »Meine Leute haben keine Waffen.«

Parkers Lippen waren zu einer schmalen Linie geworden. »Lassen Sie sie nicht unnütz sterben.«

James betätigte wieder die Sprechtaste. »Vermeidet die direkte Konfrontation mit den Eindringlingen, aber leistet ihnen nach besten Kräften Widerstand. Haltet die Brücke und das CDC auf dem laufenden.« Er machte erneut eine Pause und starrte aufs nachtdunkle Meer hinaus, bevor er weitersprach. »Männer, ihr seid amerikanische Seeleute. Ich erwarte, daß jeder von euch seine Pflicht tut. Ende der Durchsage.«

James drückte auf den Sprechknopf der Kommandosprechanlage, die ihn mit dem Combat Decision Center verband. »Hier spricht der Kapitän. Seid ihr dort unten voll bemannt?«

»Ja, Sir.«

»Setzen Sie eine Meldung, möglichst über Scrambler, auf Ihren Sprechfunkkanälen ab. Weisen Sie unsere Begleitschiffe an, sie an CINCLANT weiterzuleiten.« CINCLANT war der Oberbefehlshaber der amerikanischen Atlantikflotte.

»Ja, Sir. Was sollen wir senden?«

»Verdammt noch mal, Mann!« brüllte James los. »Natürlich das, was ich eben der Besatzung mitgeteilt habe. Melden Sie, daß wir bewaffnete Eindringlinge an Bord haben. Weitere Informationen folgen schnellstmöglich.«

»Aye, aye, Sir.«

* *
*

Chief Terry Reed starrte erstaunt auf das Vorhängeschloß an der Tür des Lagerraums für Brandbekämpfungsmittel in Hangar 2. Die Männer hinter ihm blickten über seine Schulter, weil sie sich über die Verzögerung wunderten. Wo kam dieses Vorhängeschloß her, verdammt noch mal? Die Tür hatte ein Sicherheitsschloß, zu dem jeder Angehörige ihres Feuerlöschtrupps einen Schlüssel hatte. Dieser Lagerraum war ihre Gefechtsstation. Chief Reed sah sich die Tür genauer an. Sie war aufgebrochen worden.

»Holt 'ne Brandaxt und brecht das verdammte Schloß auf!«

Während der Chief wartete, sah er sich im Hangar um. Eindringlinge? An Bord dieses Schiffs? Kapitän James war kein Mann leichtfertiger Worte. Er mußte wissen, was passiert war. Der Chief sah sich die Tür erneut an. Sie war tatsächlich aufgebrochen worden. Und dieses Schloß war keine Navyausführung. Verdammt noch mal! Konnten die Eindringlinge hier gewesen sein?

Ein Mann kam mit einer Brandaxt gerannt. Der Chief trat von

der Tür zurück. Er sah sich – noch immer verwundert – im Hangar um. Was hatten die Eindringlinge in ihrem Lagerraum zu suchen gehabt? Dort lagerten nur Brandbekämpfungsmittel. Wertvoll waren allein die Flugzeuge, mit denen der Hangar vollgestellt war. Reed starrte auf die Maschinen. Bei einigen standen Rumpfklappen und Bugverkleidungen offen, so daß Radargeräte, Elektronikbauteile und Kabelbündel zu sehen waren. Sie wirkten verwundbar. Waren sie sabotiert worden?

Noch während der Chief darüber nachdachte, explodierte der Farbenbehälter an der gegenüberliegenden Hangarwand. Im nächsten Augenblick standen die dort gelagerten brennbaren Chemikalien in hellen Flammen.

Reed sah sich wild nach dem nächsten Feuermelder um. Er entdeckte ihn an der Wand unmittelbar neben ihrem Lagerraum und stürzte darauf zu. Dadurch erwachten auch seine Männer aus ihrer Erstarrung. Sie drehten den Hydranten auf und begannen den Schlauch auszurollen. Als sie damit bis in die Mitte des Hangars vorgedrungen waren, explodierten zwei weitere Farbenbehälter.

* *
*

Qazi und seine Männer kauerten unter einer Flugzeugtragfläche unmittelbar vor der Insel. Er zählte sie. Außer ihm waren es sieben Mann. »Wer fehlt?«

»Muhammed. Er scheint einen der Marines an den MGs nur verwundet zu haben und ist von ihm angegriffen worden. Vermutlich ist er dabei über Bord gegangen.«

»Hast du seine Sprengladungen an den Antennenkabeln angebracht?«

»Seine und meine.« Folglich waren sämtliche Antennenkabel, von denen Qazi wußte, jetzt unterbrochen. Diese Schäden ließen sich verhältnismäßig leicht beheben, sobald die Amerikaner die Stellen gefunden hatten, an denen die Kabel unterbrochen waren, aber die Suche würde viel Zeit kosten. Den Amerikanern lief jetzt die Zeit davon.

Qazi sah zu den dunklen Fenstern der Kommandobrücke auf, die sich acht Decks über ihnen in den Inselaufbauten befand. Wegen der starken roten Mastlichter konnte er nicht erkennen, ob auf der Brücke Licht brannte. Natürlich hielten sich jetzt dort die ranghöchsten Offiziere des Schiffs auf. Sie mußten dort oben sein! Die Schnelle Eingreiftruppe konnte die Brücke noch nicht erreicht haben, aber sie war zweifellos unterwegs. Qazi mußte vor den Marines oben sein, sonst würde er sie vielleicht nie erreichen. Auch ihm lief jetzt die Zeit davon.

Er wies zwei seiner Männer mit Handzeichen in die Positionen ein, die sie auf dem Flugdeck einnehmen sollten. Von dort aus konnten sie den Hubschrauberlandeplatz auf dem Winkeldeck vor der Insel kontrollieren. Da der Rettungshubschrauber der *United States* sich wieder in der Luft befand, war die Landefläche zum größten Teil frei. Die beiden sollten dafür sorgen, daß sie frei blieb.

Die übrigen Männer führte er durch Wind und Regen übers Deck zur Tür der Flugdeckleitstelle, dem Reich des Aircraft Handler. Neben der Insel waren Aufklärungsflugzeuge vom Typ E-2 Hawkeye abgestellt. Ihre regennasse Rumpfbeplankung glänzte im roten Scheinwerferlicht. Der Oberst ging gebückt unter einem Leitwerk hindurch und warf durch ein Bullauge einen Blick in die Leitstelle. Der Raum war voller Männer. Er blieb vor der Tür stehen und wartete, bis zwei seiner Männer den Hebel gepackt hatten, mit dem sich die Vorreiber zentral lösen ließen.

* * *

Auf der Brücke liefen Meldungen über Telefone, Kommandosprechanlagen und Sprechfunkgeräte ein. Die Feuerlöschgruppe meldete Brände in der Nachrichtenzentrale und auf dem Hangardeck. Der Rettungshubschrauber konnte den zweiten über Bord gegangenen Mann nicht finden. Volle zehn Prozent der Schiffsbesatzung waren noch an Land. Die meisten Funkgeräte schienen nicht zu funktionieren – wahrscheinlich wegen Antennenproblemen. Während Kapitän James sich einen Überblick zu verschaffen versuchte, standen Jake und der Admiral in einer Ecke und hörten sich die eingehenden Meldungen an.

Jake sah auf seine Uhr. Seit Alarm gegeben worden war, waren drei Minuten vergangen.

»Was haben sie vor?« sagte Parker – mehr zu sich selbst als zu Jake. »Und wo stecken sie?«

* *
*

Die Tür zur Leitstelle schwang auf, und Qazi stieg hinter zweien seiner Männer übers Süll. Die beiden hielten ihre Uzis schußbereit. Die anderen folgten ihnen in den Raum.

»Ruhe!« befahl Qazi auf englisch. »Hände hoch!«

Verblüffte Gesichter starrten ihm entgegen. Er deutete auf den Bereich hinter den maßstabsgetreuen Modellen des Flug- und des Hangardecks. »Dort rüber! Los, alle dort rüber!«

Niemand bewegte sich. Qazi zielte mit seinem Browning Hi-Power auf die Chiefs und Matrosen vor der Plexiglastafel mit dem Wartungszustand sämtlicher Flugzeuge. »Los, los, bewegt euch! Kopfhörer ab!«

Sie standen wie erstarrt da und gafften ihn an. Seine Pistole machte ein gedämpftes *Plop!*, aber das Geräusch, mit dem die Kugel ein Loch aus dem Plexiglas stanzte und gegen die Stahlwand knallte, war lauter. Alle Blicke richteten sich wie hypnotisiert auf das kreisrunde Loch in der Plexiglastafel. In dem Raum war es so still, daß Qazi das Klirren hörte, mit dem die ausgeworfene Patronenhülse von einem Klappstuhl abprallte und übers Deck davonrollte.

»Tut, was er sagt. Los, rüber mit euch, Leute.« Der Sprecher war ein Offizier in Khakiuniform: ein Korvettenkapitän, der in einem erhöhten Sessel saß.

Die Männer gehorchten hastig, wobei sie ihre Sprechfunkgarnituren ablegten.

Als sie dichtgedrängt und mit im Nacken gefalteten Händen auf der ihnen zugewiesenen Fläche standen, ergriff Qazi erneut das Wort. »Sie bleiben so stehen, ohne zu reden oder sich zu bewegen.

Meine Männer erschießen jeden, der sich bewegt oder den Mund aufmacht. Sie verstehen kein Englisch. Aber sie verstehen zu töten.« Als sei ihm dieser Gedanke erst nachträglich gekommen, fügte er hinzu: »Es macht ihnen sogar Spaß.«

Der Oberst wandte sich ab und verschwand durch die zum Aufgang zu den Inseldecks führende Tür. Er würde sich beeilen müssen. Hoffentlich waren die Marines nicht schneller gewesen.

Qazi ging an der Tür zum Niedergang – einer Aluminiumtür – vorbei und öffnete die zum Aufgang hinausführende. Dies war das einzige Treppenhaus im Schiff, dessen Decks Aluminiumtüren und -trennwände aufwiesen. Sie verhinderten, daß Lärm und Abgase vom Flugdeck aus ins Schiffsinnere gelangten.

Unmittelbar unter sich hörte er ein Poltern. Dort rannten Männer die Treppe herauf! Sie waren auf dem Weg zur Brücke! Er machte den ihm folgenden Männern ein hastiges Zeichen. Im nächsten Augenblick wurde die von unten heraufführende Tür aufgestoßen, und einer von Qazis Männern durchsiebte den auf der Schwelle erscheinenden Marine mit einem Feuerstoß aus seiner MP. Der Getroffene fiel rückwärts gegen den Mann hinter sich. Die Tür wäre von selbst zugefallen, wenn seine Füße nicht gewesen wären.

Auf der Treppe unterhalb des Erschossenen zielte ein Marine mit seinem Sturmgewehr M-16 nach oben und schoß durch die dünne Aluminiumwand. Einmal, zweimal, dann ein Feuerstoß.

»Eine Handgranate«, flüsterte Qazi heiser.

Der Mann hinter ihm zog den Sicherheitsstift ab und warf die Handgranate durch den Türspalt, während die anderen sich zu Boden fallen ließen.

Die Detonation klang gedämpft. »Noch eine«, befahl Qazi.

Diesmal war die Detonation laut, und ein Splitterhagel durchsiebte die Aluminiumwand.

Mit Handgranaten ließen die Marines sich nur vorläufig aufhalten. Sie würden eine andere Route nach oben finden, denn sie kannten das Schiff. Qazi wußte, daß er lediglich Sekunden gewonnen hatte. Aber vielleicht genügten sie. »Los, wir müssen weiter!«

Zwei seiner Männer standen nicht auf. Jemand drehte sie um.

Einer war tot – Herzschuß –, und der andere hatte einen Granatsplitter im Bauch. Doch damit konnte sich Qazi nicht aufhalten. Er stürmte den Überlebenden voraus nach oben und nahm mit jedem Schritt zwei Stufen auf einmal. Wieder Schüsse. Qazi blieb stehen und sah nach unten. Der letzte Mann hielt sich das rechte Bein. Die Marines hatten durch das Aluminiumblech unter dem Aufgang geschossen. Während der Oberst nach unten sah, kam ein weiterer Feuerstoß durchs dünne Blech, und der Verwundete verlor das Gleichgewicht und fiel. Aber Qazi hatte noch zwei einsatzfähige Männer hinter sich. Er hastete weiter.

O-5-Deck, O-6-Deck, O-7-Deck . . . Auf dem O-8-Deck hatte der Admiral seine Räume. Noch immer keine Marines zu sehen. Vielleicht klappte es doch . . .

Als Qazi den Aufgang zum O-9-Deck hinaufkeuchte, sah er einen Marine mit Pistolengürtel vor der Tür zur Kommandobrücke stehen. Der Mann hielt eine Waffe in der Hand und starrte auf Qazi, der noch immer zwei Stufen auf einmal nahm. Der Oberst warf einen raschen Blick nach unten – keine weiteren Marines – und riß seine Pistole hoch. Er erschoß den überraschten Wachposten aus nächster Nähe. Der Mann sackte zusammen, während Qazi die Tür aufriß und auf die Kommandobrücke stürmte.

Kapitel 22

Als Gunnery Sergeant Tony Garcia den Absatz des Inselaufgangs auf dem O-3-Deck erreichte, stand er zunächst wie gelähmt da und starrte fassungslos auf das Bild des Schreckens, das sich ihm bot. Er war mit zwei Kameraden zum Abendessen in Neapel gewesen und hatte bereits fest geschlafen, als Alarm gegeben worden war. Daraufhin hatte er sich hastig angezogen und war zur Waffenkammer gerannt, wo der diensthabende Obergefreite ihm ein M-16 und ein Koppel mit gefüllten Patronentaschen zugeworfen hatte. Dann hatte er sich auf den Weg zur Brücke gemacht. Normalerweise führte er die Gruppe, die für die Bewachung der Brücke eingeteilt war, doch heute abend hatte Sergeant Vehmeier Dienst gehabt. Fünf Marines lagen inmitten von Blut und Granatsplittern am Boden. Einer von ihnen war bei Bewußtsein.

»Handgranaten, Gunny«, flüsterte der Verwundete. Sein Rükken und die rechte Schulter waren voller Blut.

Sergeant Vehmeier lag in einer Blutlache. Garcia drehte ihn vorsichtig auf den Rücken. Vehmeiers Hände bestanden nur noch aus rohem Fleisch und weißen Knochen, und sein Unterleib war aufgerissen. Er war auf eine der Handgranaten gefallen. Wie durch ein Wunder war an seinem Hals noch der Puls zu spüren. Garcia drückte mit beiden Händen Vehmeiers Eingeweide in die Bauchhöhle zurück. Dann zog er ihm das Hemd aus und verwendete es als Notverband.

»Beeilung!« fauchte Garcia eine Gruppe neugierig gaffender Matrosen an. »Schafft sie ins Schiffslazarett. Diesen Mann zuerst.« Sie gehorchten hastig.

Der Sergeant wischte sich die blutigen Hände an seiner Hose ab. »Bindet ihm den Arm ab«, befahl er mit einem Blick auf den Verwundeten, der ihn angesprochen hatte. Dann stieg er mit schußbereitem M-16 den Aufgang hinauf.

Die Brust des oben liegenden Mannes, dessen Füße durch die

Tür ragten, war von einem halben Dutzend Kugeln durchsiebt worden. Hier kam jede Hilfe zu spät. Als Garcia die Tür etwas weiter öffnete, um hinaussehen zu können, rutschte der Tote geräuschvoll polternd tiefer. Garcia erstarrte.

Er wartete auf einen Geschoßhagel. Er schwitzte, und sein Herz klopfte wie rasend. Nichts. Nach einem weiteren Blick durch den Spalt öffnete er die Tür weit genug, um hindurchschlüpfen zu können.

Hier lagen zwei Männer. Garcia hob ihre MPs und Pistolen auf. Einer der beiden lebte noch, aber mit dieser Bauchverletzung würde er es nicht mehr lange machen. In seiner Nähe lag eine Sporttasche, die der Sergeant vorsichtig öffnete. Sie enthielt Handgranaten und eine Masse, die wie Plastiksprengstoff aussah. Und einige Zünder.

Er stieg zum nächsten Deck hinauf. Am Aufgang lag ein Schwerverwundeter. Er wies mindestens zehn Einschüsse auf. Garcia sah die Löcher im Aluminiumblech. Einer seiner Marines hatte ein ganzes M-18-Magazin durchs Aluminium gejagt und damit diesen Kerl durchsiebt.

Der Verwundete bewegte sich stöhnend. Garcia zielte mit seinem M-16 auf ihn. Die Versuchung war groß. Dieser Schweinehund hatte nichts anderes verdient. Doch dann senkte er die Waffe wieder und blickte nach oben. Was erwartete ihn dort? Sollte er hier hinaufgehen oder eine andere Route wählen? Eine andere Route war vermutlich gesünder.

Er hörte, wie links von ihm eine Tür geöffnet wurde, und warf sich nach rechts zu Boden. Um ihn herum trafen Kugeln die Stahlwände und surrten als Querschläger davon. Im Unterbewußtsein registrierte er, daß diese Schüsse ungewohnt leise waren. Eine Waffe mit Schalldämpfer.

Garcia drehte sich auf den Rücken und wartete darauf, daß der Schütze um die Ecke biegen würde. Dann stand er langsam auf, wischte sich mit seinem T-Shirt den Schweiß von der Stirn und versuchte, sich zu orientieren. Die Tür, die eben geöffnet worden war, mußte in die Flugdeckleitstelle führen. Die Schweine mußten dort drinnen sein! Mit dem ganzen Personal. Das bedeutete, daß er nicht durch die Tür schießen durfte, um keinen Seemann zu treffen. Verdammt noch mal!

Sein rechter Oberschenkel brannte wie Feuer. Garcia sah an sich hinab und entdeckte ein Einschußloch im Hosenbein. Er betastete seinen Oberschenkel. Nur ein Streifschuß, nicht allzu schlimm. Die Wunde blutete allerdings ziemlich stark. Diese Scheißkerle!

Irgendwo im Schiff hörte er Schritte, die winzige Vibrationen erzeugten, und ein leises Scheppern: wasserdichte Türen fielen zu. Das waren normale Geräusche, zu denen noch das allgegenwärtige Summen und Surren von Maschinen kam. Aber Garcia horchte jetzt angestrengt auf andere Geräusche: von einer Tür, die vorsichtig geöffnet wurde, von Schuhen, die über Stahl scharrten, von einer Waffe, die ganz leise gegen eine Wand schlug. Davon war jedoch nichts zu hören.

Alte, längst vergessen geglaubte Erinnerungen wurden in ihm wach. Das Gefühl, um sein Leben zu kämpfen, stets angespannt, stets lauschend, stets in der Erwartung, töten zu müssen ... oder getötet zu werden. Dieses Gefühl hatte er fast zwanzig Jahre lang nicht mehr gehabt. Doch jetzt war es wieder da, als sei das alles erst gestern gewesen. Er schwitzte stark, und seine Kehle war wie ausgedörrt.

Garcia hörte, wie irgendwo hinter ihm eine wasserdichte Tür geöffnet wurde. Er hielt sein Gewehr schußbereit und wartete. Irgend jemand kam von der Steuerbordseite der Insel näher. Aber das waren nur Stabssergeant Slagle und ein Obergefreiter. Wie hieß er gleich wieder? Leggett. Obergefreiter Leggett.

Die Bordsprechanlage knackte. »Männer der *United States*, hier spricht Oberst Qazi. Ich habe den Befehl auf dem Schiff übernommen. Wir haben den Kapitän und den Admiral hier bei uns auf der Brücke. Weiterer Widerstand Ihrerseits ist sinnlos und führt zum Tod Ihrer Offiziere und der Seeleute, die bei uns auf der Brücke sind. Sollte noch ein Schuß auf einen meiner Männer abgefeuert werden, lasse ich einen Ihrer Männer hinrichten und die Leiche aufs Flugdeck hinunterwerfen. Ich befehle, daß das Flugdeck geräumt wird. Andernfalls lasse ich einen Matrosen erschießen.«

»Was machen wir jetzt, Gunny?« fragte Slagle.

Garcia begutachtete den Schalldämpfer einer der Pistolen, die er vom Deck aufgehoben hatte. Als er auf den Knopf am Griff drückte, sprang das Magazin heraus. Es enthielt noch etwa zehn Schuß. Er schob es wieder hinein und überzeugte sich davon, daß die Waffe durchgeladen und gesichert war. Dann steckte er die Pistole in seinen Gürtel. Die übrigen Waffen gab er Slagle.

»Slagle, du rufst Hauptmann Mills an und . . .«

»Er hat Landurlaub.« Mills war der Kommandeur der Marines an Bord der *United States*.

»Dann rufst du den Oberleutnant an«, knurrte Garcia. Oberleutnant Potter Dykstra war Mills' Stellvertreter und der einzige weitere MC-Offizier an Bord. »Du meldest ihm, daß die Gruppe, die zur Brücke unterwegs gewesen ist, mit Handgranaten erledigt worden ist. Und daß mindestens ein Terrorist sich in der Leitstelle aufhält. Leggett, Sie bleiben hier. Falls jemand mit einer Waffe aus der Leitstelle kommt, erschießen Sie ihn. Diese Scheißkerle tragen Matrosenuniformen. Ich gehe zur Brücke rauf, um mich dort umzusehen.«

Slagle machte kehrt und trottete davon.

»Hören Sie gut zu, Leggett. Diese Arschlöcher haben Handgranaten. Vielleicht werfen sie eine raus, um zu sehen, ob sie Sie erwischen können. Lassen Sie sich nicht überrumpeln.«

»Klar doch, Gunny.« Leggett fuhr sich mit der Zungenspitze über die Lippen und wollte einen Blick um die Ecke werfen.

»Nicht so, Idiot! Sie müssen sich hinlegen und dann um die Ecke schauen.« Damit wandte Garcia sich ab und begann mit schußbereitem Gewehr den zweiten Aufgang an der Rückwand der Insel hinaufzusteigen.

* *
*

Nach der Explosion der Farbenbehälter waren die Brände auf dem Hangardeck außer Kontrolle geraten. Aus den Werkstätten und Feuerlöschstationen kamen Männer geströmt und bekämpften das Feuer mit Löschschaum. Aber die brennende Farbe und die Chemikalien aus den sabotierten Behältern waren überallhin gespritzt: auf Flugzeuge, in offene Cockpits, in die Ölwannen unter den Triebwerken und auf Flugzeugreifen. Die Reifen gerieten fast augenblicklich in Brand. Dichter schwarzer Rauch stieg auf. Da die Wachhabenden in den CONFLAG-Stationen die beiden internen Brandschutztore nicht schlossen, befahl der Hangaroffizier, ein Leutnant, sie manuell zu schließen. Und er schickte einen Mann zur nächsten CONFLAG-Station hinauf, damit er die Sprinkleranlage des Hangardecks einschaltete.

Die zur Brandbekämpfung eingeteilten Männer wurden in Schichten abgelöst, um Preßluftatmer, also völlig autarke Atemschutzgeräte, anzulegen. Obwohl die Brände riesige Schwaden von Rauch und toxischen Gasen erzeugten, zog der größte Teil davon durch die offenen Aufzugtüren ab. Aber die einströmende Frischluft fachte die Brände weiter an.

Eine Minute nach seiner Entsendung zur CONFLAG-Station war der Bote wieder zurück und meldete dem Hangaroffizier, der Wachhabende sei tot, erschossen, und das Schaltpult der Sprinkleranlage sei von Schüssen durchlöchert.

Der Hangaroffizier telefonierte mit Damage Control (DC) Central, der Zentrale der Feuerlöschgruppe. Die Sprinkleranlage wurde von dort aus eingeschaltet – fast vier Minuten nach der Explosion der Farbenbehälter. Da das Löschwasser wenig Wirkung zeigte, wurden mit Einverständnis des Damage Control Assistant auch die Aufzugtüren an den Seiten des Hangars geschlossen.

Die Abteilungen 2 und 3 füllten sich daraufhin binnen Sekunden mit schwarzem Rauch und toxischen Gasen. Der Rauch war so dicht, daß die Löschmannschaften unter ihren Gummimasken buchstäblich nichts sahen. Die Männer konnten die Brandherde nur noch erahnen. Sie klammerten sich verzweifelt an ihre Schläuche, und wenn einer von ihnen stolperte und fiel, riß er mehrere Kameraden mit. Hier und dort gerieten Männer in Panik, ließen ihre Schläuche fallen, rissen sich die Preßluftatmer vom Gesicht und wurden wegen der toxischen Gase schon nach wenigen Sekunden ohnmächtig.

Trotzdem wurden die Löschversuche fortgesetzt. Die Brände in der vorderen Abteilung 1 waren nach knapp zehn Minuten gelöscht. In den Abteilungen 2 und 3 aber wütete das Feuer weiter. Wegen des dichten Rauchs und der zunehmenden Hitze waren die Brandherde schwierig zu entdecken, falls man nicht direkt auf sie stieß. Dann explodierte in der Abteilung 2 eine A-6, die noch einige hundert Liter Treibstoff in den Tanks hatte. Die herumfliegenden Trümmer töteten oder verwundeten fast ein Dutzend Männer und durchtrennten zwei Schläuche, das Feuer breitete sich aus. Männer torkelten, von der Hitze benommen, aus dem Hangar oder brachen auf ihrem Platz zusammen.

In Abteilung 3 traf Chief Reed eine selbständige Entscheidung: er ließ die Tore der Aufzüge 3 und 4 an gegenüberliegenden Seiten des Hangars öffnen. Der Wind heulte von Steuerbord herein und trieb den Rauch und die Gase an Backbord hinaus. Reeds Entscheidung rettete das Schiff. Obwohl der Luftzug die Brände anfachte, war die Hitze nunmehr geringer und die Luft klarer. Die Löschmannschaften konnten die Brandherde nun wieder direkt bekämpfen.

Unterdessen hatte die Abteilung 2 sich in ein regelrechtes Inferno verwandelt.

* *
*

In DC Central auf dem zweiten Deck des Maschinenleitstands unmittelbar unter der Hangarabteilung 3 hatte der Damage Control Assistant alle Hände voll zu tun. An der Wand vor ihm hingen perspektivische Pläne sämtlicher Abteilungen des Schiffs. Netzpläne zeigten den Verlauf von Treibstoffleitungen, Elektrokabeln, Löschwasserleitungen und Telefonleitungen. Ein Team von Männern mit Sprechfunkgeräten markierte auf diesen Plänen die Schäden, die von den Feuerlöschtrupps gemeldet wurden.

In der Nachrichtenzentrale brannte ein ungewöhnlich heißes Feuer, dessen Rauch in die benachbarten Räume drang, die er hatte evakuieren lassen. Sobald jemand eine der wasserdichten Türen öffnete, um sich an den Löscharbeiten zu beteiligen, breiteten Qualm und toxische Gase sich weiter aus. Die Stromversorgung der Nachrichtenzentrale war bereits durch den Wachhabenden am Schaltpult der Elektrozentrale unterbrochen worden.

Wegen der starken Hitze- und Gasentwicklung waren DCA und Löschtruppführer zu dem Schluß gekommen, daß es sich hier um einen Magnesiumbrand handelte, der vermutlich von einer Leuchtbombe ausgelöst worden war. Daher wurde zur Brandbekämpfung Purple K eingesetzt: eine pulverförmige, durch Gas zerstäubte Chemikalie, die das brennende Metall bedecken und ihm den Sauerstoff entziehen würde. Wasser oder Löschschaum hätten nur bewirkt, daß das Magnesium explodierte und sich noch weiter ausbreitete. Der DCA wußte, daß das staubförmige Purple K sämtliche Geräte der Nachrichtenzentrale unbrauchbar machen würde, aber ihm blieb keine andere Wahl. Der Brand mußte so rasch wie möglich gelöscht werden, bevor das Magnesium das Deck durchschmolz und in die darunterliegenden Räume fiel.

Der DCA informierte sich darüber, welche Räume unter dem Brandherd lagen. Dort mußten Löschtrupps bereitstehen, falls das Magnesium sich tatsächlich durch das Stahldeck brannte.

Ray Reynolds, der Erste Offizier, stand hinter ihm. Seit der Mitteilung über die Bordlautsprecher, der Kapitän werde auf der Brücke als Geisel festgehalten, hatte der DCA versucht, ihn am Telefon und über die Kommandosprechanlage zu erreichen. Beide Anrufe waren unbeantwortet geblieben. Aus der Sicht des DCA war die Verantwortung für das Schiff jetzt auf den Ersten Offizier übergegangen.

Ray Reynolds starrte auf die Schiffspläne und die mit Fettstift eingetragenen Markierungen. Er wußte, daß es seine wichtigste Aufgabe war, das Schiff zu retten. Danach mußte er die Eindringlinge gefangennehmen oder unschädlich machen, um den Kapitän und den Admiral zu befreien.

Der DCA hatte ganze Arbeit geleistet. Zwei Großbrände hatten noch nicht unter Kontrolle gebracht werden können, doch er hatte die zu ihrer Bekämpfung nötigen Leute bereits zusammengezogen. Durch die in der Nähe der Brandherde vorbeiführenden Elektrokabel ging kein Strom mehr. Der DCA hatte auch dafür gesorgt, daß die zum Flugdeck hinaufführenden Kerosinleitungen entleert und mit Kohlendioxid gefüllt worden waren. Er überwachte die Löschschaumvorräte der Pumpstationen und sorgte dafür, daß die Männer der Feuerlöschtrupps regelmäßig abgelöst wurden. Der Wasserdruck in den Steigleitungen war nach wie vor gut, beide Reaktoren arbeiteten einwandfrei, und der Maschinenraum hatte reichlich Dampf. Die Notstromaggregate waren angelaufen und konnten sofort ans Netz gehen.

Jemand hielt Reynolds einen Telefonhörer hin. »Oberleutnant Dykstra möchte Sie sprechen, Erster.«

»Dykstra, uns stehen die Alligatoren bis zum Arsch. Sind Sie dabei, den Sumpf trockenzulegen?«

»Die Schnelle Eingreiftruppe ist auf dem Weg zur Brücke mit Handgranaten erledigt worden. Ich glaube, die meisten der Kerle sind dort oben.«

»Nageln Sie sie dort fest. Lassen Sie sie nicht raus.«

»Trotz der Durchsage von vorhin? Dieser Oberst hat verlangt, daß das Flugdeck geräumt wird. Wahrscheinlich bekommen wir noch mehr Gesellschaft.«

Auch Reynolds war sich darüber im klaren, aber er hatte wenig Zeit, über die möglichen Folgen nachzudenken. Weitere bewaffnete Eindringlinge waren das allerletzte, was er sich wünschte. Er kehrte dem Schreibtisch des DCA den Rücken zu und entfernte sich so weit, wie die Telefonschnur reichte. Er zweifelte nicht daran, daß dieser Oberst auf der Brücke seine Drohung wahrmachen würde. Falls der bewaffnete Widerstand fortgesetzt wurde, würde er Geiseln erschießen lassen.

»Versuchen Sie, Zeit zu gewinnen, Dykstra. Das ist unsere einzige Chance. Bevor wir wissen, was diese Kerle vorhaben, ist es sinnlos, sie zu reizen, bis sie unsere Männer ermorden. Wie hat der Anführer sich genannt?«

»Qazi, Oberst Qazi.«

»Lassen Sie Ihre Marines vorn und achtern auf den Laufgängen Stellung beziehen, damit sie die Hubschrauberlandefläche kontrollieren können. Aber vorläufig dürfen sie noch nicht schießen. Wenn diese Leute keine Selbstmörder sind, werden sie das Schiff irgendwann verlassen wollen, und wir wollen auf diesen Augenblick vorbereitet sein. Vielleicht ist unsere Ausgangsposition dann besser als jetzt.«

»Vielleicht handelt es sich um ein Selbstmordkommando, Sir. Qazi? Ob das vielleicht eine Anspielung auf Kamikaze ist?«

»Haben Sie einen besseren Vorschlag, Oberleutnant?«

»Wir könnten sie erschießen, wenn sie aus den Hubschraubern aussteigen.«

Dann würden die Fanatiker auf der Brücke alle in ihrer Gewalt befindlichen Geiseln ermorden. Ray Reynolds war ein Pokerspieler – aber zuerst wollte er ein paar zusätzliche Karten sehen. »Nein. Bringen Sie Ihre Leute in Stellung. Die Zeit arbeitet für uns, nicht für unsere Gegner.«

Er legte auf und wählte die Nummer der Operationsabteilung. Dort meldete sich niemand. Er versuchte es mit dem Combat Decision Center. Ebenfalls keine Antwort. Als Reynolds es über die Kommandosprechanlage versuchen wollte, hörte er den DCA sagen: »Diesen Teil des O-3-Decks räumen!« Als der DCA seinen fragenden Blick sah, erläuterte er: »Über der Hangarabteilung zwei steigen die Temperaturen rapide an, Erster. Deshalb lasse ich sie jetzt räumen. Vielleicht schaffen wir es mit einem Schaumteppich, dort die Temperatur zu senken.«

Das Personal der Operationsabteilung und des Combat Decision Center hatte seine Diensträume also vermutlich schon verlassen. Da die Nachrichtenzentrale ausgefallen und diese beiden Abteilungen unbenützbar waren, besaß das Schiff keine Verbindung zur Außenwelt mehr. »Okay«, sagte Reynolds. Ihnen blieb keine andere Wahl. Wenn die Brände nicht unter Kontrolle gebracht werden konnten, war die *United States* verloren.

* *
*

Gunnery Sergeant Garcia stand im Signalraum achtern auf dem O-9-Deck und warf einen vorsichtigen Blick durch die ins Freie führende Tür. Garcia blickte nach links die Signalbrücke entlang zu der geschlossenen Außentür der Kommandobrücke hinüber.

Ohne Dach oder Wände war die Signalbrücke Wind und Wetter ausgesetzt. Das hüfthohe Schanzkleid bildete eine Seite dieser balkonartigen Brücke, und die Inselaufbauten bildeten die andere.

Nun schaute Gunny Garcia nach rechts. Die Signalbrücke beschrieb dort einen Bogen und vergrößerte sich hinter den Aufbauten zu einer großen Plattform. Er wandte den Kopf und blickte wieder zur Kommandobrücke hinüber.

Neben der auf die Brücke führenden Außentür befand sich ein Fenster. Im Licht der roten Innenbeleuchtung war die Rückenlehne des erhöhten Sessels erkennbar, in dem der Wachoffizier saß, wenn er das Schiff zur Versorgung auf See an einen Flottentanker oder ein Munitionsschiff heranbrachte. Aber niemand war zu sehen. Er blickte sich in dem dunklen Signalraum um. Das durch die geöffnete Außentür fallende Licht genügte eben, um ihm einen dunklen Pullover zu zeigen, der auf der durchgesessenen Couch lag. Garcia zog ihn über sein weißes T-Shirt und schnallte sich das Koppel mit Patronentaschen um, das er bisher über der linken Schulter getragen hatte. Die Taschen enthielten Reservemagazine für sein M-16.

Nur schade, daß er keine Tarnfarbe hatte, denn sein Gesicht würde auf der dunklen Signalbrücke wie ein Scheinwerfer leuchten. Er warf einen Blick auf die Kaffeemaschine. Kaffeesatz färbte nicht genug. Vielleicht war im Schreibtisch des Chief etwas zu finden? Er wühlte die Schubladen durch und entdeckte tatsächlich eine Dose mit schwarzer Schuhcreme. Damit färbte er sein Gesicht schwarz.

Hinter einem der Brückenfenster wurde ein Kopf sichtbar. Der Mann sah nicht zu ihm herüber. Dann verschwand der Kopf wieder. Jetzt oder nie! Garcia schluckte trocken, umklammerte sein Gewehr und spurtete zur Außentür der Kommandobrücke.

Dann kauerte er in der Ecke, wo Wind und Regen ihm nichts anhaben konnten, und legte sein Ohr an die Tür. Nichts. Verdammt noch mal! Er versuchte es erneut. Nur das laute Pochen seines Herzens. Er roch dichten, beißenden Rauch, der offenbar aus den Aufzügen 1 und 2 kam und vom Wind heraufgewirbelt wurde.

Die schwere Außentür wurde von sechs Vorreibern geschlossen gehalten. Garcia richtete sich vor ihr auf und hob vorsichtig den Kopf, um durch das Fenster sehen zu können. Langsame, ganz langsame Bewegungen, damit sein Gewehrlauf nicht etwa gegen Metall klirrte. Dann konnte er einen Teil der Kommandobrücke überblicken. Er sah zwei Matrosen, die an der gegenüberliegenden Wand auf dem Boden hockten. Ihre Arme ruhten auf den hochgezogenen Knien, und ihre Köpfe lagen auf den Armen. Irgend jemand mußte ihnen diese Haltung befohlen haben und bewachte sie jetzt. Er sah nach links und bemühte sich, ihren Bewacher ausfindig zu machen. Unmöglich. Innen vor der Tür befand sich ein kleiner Windfang, um dessen Kante er nicht herumsehen konnte. Andererseits bedeutete das auch, daß der Posten die Außentür nicht im Auge behalten konnte.

Garcia sah jedoch den Sessel des Wachoffiziers, den Kartentisch des Navigators, den Tochterkompaß, die Schiffsuhr und zwischen zwei Fenstern ein halbes Dutzend Telefonhörer in Wandhalterungen. Er hielt nach Reflexionen in den Brückenfenstern Ausschau. Aber alle Fenster waren schräg nach außen geneigt, um einen ungehinderten Blick auf Meer und Flugdeck zu ermöglichen. Deshalb gab es keine Reflexionen.

Er duckte sich wieder und versuchte, den Vorreiber rechts unten zu drehen. Zum Glück bewegte er sich lautlos. Der Techniker, der diese Fittings wartete, wollte offenbar nicht den Zorn des Kapitäns riskieren. Garcia drehte den Vorreiber ganz zur Seite.

Dann warf er nochmals einen Blick durchs Fenster, wobei er sich Zeit ließ und nur ganz langsam den Kopf hob. Niemand zu sehen. Als nächstes öffnete er die beiden oberen Vorreiber. Diesmal knackte die Außentür, als der Andruck sich verminderte. Garcia kauerte möglichst weit vom Fenster entfernt in seiner Ecke.

Endlos lange Sekunden verstrichen. Er beobachtete die Vorreiber und wartete auf die kleinste Bewegung, die ihm verraten würde, daß jemand sie von innen öffnete. Nichts.

Wo steckte Slagle, verdammt noch mal? Er konnte unmöglich so lange mit dem Oberleutnant telefonieren.

Schließlich kroch Garcia wieder unter das Fenster und hob vorsichtig den Kopf, bis er mit einem Auge die Kommandobrücke überblicken konnte. Diesmal sah er einen Mann, der eine Maschinenpistole in beiden Händen hielt und den Trageriemen einer Sporttasche über der linken Schulter hatte. Der Mann sah wachsam aus den Fenstern auf der Steuerbordseite der Brücke. Garcia duckte sich und hielt den Atem an. Wenn der Bewaffnete die geöffneten Vorreiber entdeckte, war das Spiel aus. Dann würde er nur darauf warten, daß die Außentür geöffnet wurde. Garcia zählte die Sekunden. Nach einer halben Minute beschloß er, einen weiteren Blick durchs Fenster zu riskieren.

Ein lautes Kreischen hinter ihm. Er warf sich mit schußbereiter Waffe herum. Scheiße, bloß der Lautsprecher.

»Ihr dort unten auf dem Laufgang am Flugdeck! Hier spricht Oberst Qazi auf der Brücke. Verlaßt das Flugdeck, sonst erschieße ich hier oben einen eurer Kameraden. Geht sofort unter Deck.«

Gunny Garcia warf erneut einen Blick durchs Fenster. Der Bewaffnete war verschwunden. Er öffnete die letzten drei Vorreiber und zog die schwere Stahltür auf.

* *
*

»So, Admiral«, sagte Oberst Qazi, während er das Mikrofon der Bordsprechanlage einhängte, »ich möchte, daß Sie und die Gentlemen mich richtig verstehen. Sie und ich gehen jetzt zum Pri-Fly hinauf. Wir bleiben nicht lange fort. Meine beiden Gehilfen werden dafür sorgen, daß niemand auf der Brücke sich rührt oder den Mund aufmacht. Jeder, der auch nur einen Muckser von sich gibt, wird erschossen. Kommen Sie, Admiral.«

Cowboy Parker sah von einem Gesicht zum anderen. Laird James und Jake Grafton erwiderten seinen Blick. Sie standen mit ihm auf der linken Brückennock neben dem Kapitänssessel. Die Männer des Brückenpersonals saßen an der Rückwand nebeneinander an Deck, hatten ihre Köpfe auf die Knie gelegt und wurden von einem der Terroristen bewacht. Qazis zweiter Mann hielt seine Waffe auf die drei Offiziere gerichtet. »Was wollen Sie überhaupt, Oberst?«

»So nicht, Admiral.« Qazis Stimme klang hart und ausdruckslos. »Keine Unterhaltungen.« Er deutete mit seiner Pistole auf die Tür.

Als Admiral Parker sich in Bewegung setzte, fühlte er den stumpfen Rand des Schalldämpfers in seinem Nacken.

Draußen im Gang war niemand außer dem erschossenen Marine, der direkt vor der Tür lag. Parker blieb stehen, und Qazi drückte ihm seine Pistole ins Genick. »Steigen Sie über ihn hinweg.« Parker gehorchte und sah dabei nach unten. Er fühlte sich für den Tod dieses jungen Mannes verantwortlich. Was war nur schiefgegangen?

»Sie sind ein Bastard!« knurrte Parker erbittert, während sie den Aufgang hinaufstiegen.

»Richtig. Und mein Vater ist Engländer gewesen. Deshalb fühle ich mich beleidigt, und Ihre nächste Bemerkung dieser Art ist Ihre letzte. Darauf können Sie Gift nehmen! Ich brauche keinen Admiral.«

Nichts in seinen dreißig Dienstjahren hatte Earl Parker auf diese Situation vorbereitet . . . auf dieses Gefühl der Verzweiflung und der völligen Hilflosigkeit. Er lebte in einem schrecklichen Alptraum, aus dem er nie mehr erwachen würde. Um ihn herum starben seine Männer, ohne daß er einen Finger rühren konnte, um sie zu retten. Dieser Mann raubte ihm alles, wofür er sein Leben lang gearbeitet hatte, alles, was das Leben lebenswert machte. Er selbst wurde hingemordet – Stück für Stück. Haß und Wut erfüllten ihn.

Aber da er Earl Parker war, ließ er sich nichts davon anmerken. Oben auf dem Treppenabsatz ballte er kurz die Fäuste, doch sein Schritt blieb gleichmäßig und entschlossen, seine Schulterhaltung wirkte entspannt, und er zwang sich dazu, die Hände nicht mehr zu Fäusten zu ballen. Sein Gesicht war eine undurchdringliche Maske. Der Hundesohn darf nicht merken, was du empfindest, sagte er sich – und wünschte sich, er hätte vorhin geschwiegen. Deine Chance kommt noch, dachte er. Gott, laß sie kommen!

Parker betätigte den Hebel, mit dem die Vorreiber der Tür zum Pri-Fly geöffnet wurden, und zog die Tür auf. Qazi hielt so viel Abstand von ihm, daß Parker keine Chance hatte, ihm die Pistole zu entreißen.

Air Boss und Assistant Boss, ein Fregattenkapitän und ein Kapitänleutnant, standen im Pri-Fly und beobachteten schweigend, wie Parker und Qazi hereinkamen. Die drei Unteroffiziersdienstgrade, die dort ebenfalls ihre Gefechtsstation hatten, starrten auf Qazis Pistole. Der Oberst betrachtete wortlos das Schaltpult für die Mast- und Flugdeckscheinwerfer der *United States*. Dann wandte er sich an den Air Boss. »Wo ist der Hubschrauber, der die über Bord gegangenen Männer retten sollte?«

»Wir haben ihn nach Neapel geschickt«, antwortete der Boss. Er nannte den Flugplatz. Earl Parker starrte auf den schwarzen Rauch, der aus Aufzug 4 aufstieg und vom Wind nach achtern davongetragen wurde. Auch aus den Aufzügen 1 und 2 stiegen kleinere Rauchwolken und zogen an der Insel vorbei. Auf dem Flugdeck unter ihnen standen lange Reihen von Flugzeugen, deren regennasse Rümpfe und Tragflächen im Schein der roten Mastlichter glänzten. Selbst hier in diesem klimatisierten Raum konnte Parker den Rauch riechen.

»Und das Urlauberboot?«

»Das haben wir ebenfalls zurückgeschickt.«

»Sie.« Qazis Pistole zielte auf den dienstältesten Unteroffizier, einen Hauptbootsmann. »Kommen Sie her.«

Der Mann sah zu dem Admiral, dann zu dem Air Boss hinüber.

»Tun Sie, was er sagt«, wies der Air Boss ihn an.

Der Hauptbootsmann kam langsam näher, ohne die Pistole aus den Augen zu lassen.

»Schalten Sie die Mastlichter aus, warten Sie fünf Sekunden und schalten Sie sie wieder ein.« Der Mann betätigte die Schalter. Das Flugdeck unter ihnen schien in der Nacht zu verschwinden und tauchte dann wieder auf. »Noch einmal.« Der Angesprochene gehorchte. »Und noch ein drittes Mal.«

Als die Scheinwerfer wieder brannten, ergriff Qazi den Arm des Admirals und drängte Parker an die Wand, bevor er sich an die fünf Männer wandte. »Sie verlassen jetzt diesen Raum und gehen nach unten. Falls einer von Ihnen hierher zurückkommt, erschieße ich ihn und die Geiseln auf der Brücke.« Nachdem die Offiziere und Unteroffiziere gegangen waren, machte Qazi das auf einem schulterhohen Gestell neben der Tür stehende Funkgerät mit einem Schuß unbrauchbar. Er machte einen Rundgang durch den Raum und zerschoß sämtliche anderen Funkgeräte, die er identifizieren konnte. Danach zwang er den Admiral dazu, den Raum zu verlassen und vor ihm zur Kommandobrücke hinunterzusteigen.

* *
*

Gunny Garcia kauerte auf der Signalbrücke und blickte auf die graulackierte Aluminiumtür, die hinter der geöffneten Außentür sichtbar geworden war. Sein erster Gedanke war: Deshalb hat der Kerl also die bereits geöffneten Vorreiber nicht gesehen! Die wasserdichte Außentür wird von dieser Innentür verdeckt. Ein bißchen Glück in einem Spiel, in dem man jedes bißchen Glück dringend brauchen kann . . .

Der zweite Gedanke drängte sich ihm auf, als er nach dem Türknopf griff und ihn zu drehen begann. Vermutlich befanden sich viele amerikanische Seeleute auf der Brücke. Wahrscheinlich hatte sich nach dem Alarm die gesamte Brückenwache hier oben eingefunden. Und keiner von ihnen war bewaffnet. Garcia wußte nicht, wie viele Eindringlinge sich dort aufhielten. Jedenfalls würde er sich auf ein Feuergefecht einlassen, bei dem er unterlegen war, und einige seiner Landsleute würden verwundet werden, manche sogar tödlich. Verluste waren unvermeidbar.

Garcia nahm die Hand vom Türknopf, kauerte sich nieder und überlegte. Der Rauch der Hangarbrände stieg ihm in die Nase, und über sich hörte er den Wind in den Antennendrähten pfeifen. Was sollte er tun? Wo blieb nur dieses Arschloch Slagle? Welchen Befehl würde ihm der Kapitän geben, wenn er dazu in der Lage wäre? Wenn er etwas unternehmen wollte, mußte er es bald tun, bevor der Kerl mit der Uzi wieder aus dem Fenster neben ihm sah.

Als Garcia zuletzt gekämpft hatte, war er erst 19 gewesen – ein einfacher kleiner Soldat in Vietnam. Die Offiziere und Sergeanten hatten die Entscheidungen getroffen, und er hatte seinen Arsch dafür riskiert, sie auszuführen. Auch hier ging es um seinen Arsch, aber diesmal mußte er die Entscheidungen selbst treffen. Das hast du jetzt davon, Tony, sagte er sich, daß du dich abgestrampelt hast, um selbst Sergeant zu werden. Jetzt mußt du dir deine Rangabzeichen verdienen.

Trotzdem wartete er noch. Instinktiv. Im Krieg blieb man am Leben, wenn man seinen Instinkten vertraute. Männer, die nicht den richtigen Instinkt hatten, machten es nicht lange.

Das ohnehin nicht sehr helle Licht erlosch. Dann brannte es wieder. Garcia hob den Kopf. Er sah, wie die Mastlichter aus- und eingeschaltet wurden. Dieser Vorgang wiederholte sich ein drittes Mal.

Ein Signal? Für wen?

Eine Minute verstrich, dann eine zweite. Garcia riskierte einen weiteren Blick durchs Fenster. Aber er sah wieder nur die beiden auf dem Boden hockenden Matrosen.

Verdammt noch mal! Was ging hier vor?

Was war das für ein Geräusch? Dieses Knattern? Ein Hubschrauber! Das Geräusch wurde allmählich lauter. Mehr als nur ein Hubschrauber. Garcia wußte, woher sie kamen. Sie flogen gegen den Wind übers Heck des Flugzeugträgers an.

Garcia zog die Pistole aus seinem Koppel und überzeugte sich davon, daß sie entsichert war. Noch ein Blick durchs Fenster, dann öffnete er leise die Tür und schlich sich auf die Kommandobrücke. Er schloß die Tür ebenso leise wieder.

Die Matrosen sahen nicht auf. Das war ihr Glück. Bisher hatte alles geklappt.

Als erstes wollte er die Pistole mit Schalldämpfer benützen. Wenn es ihm gelang, einen der Terroristen zu erledigen, ohne daß die anderen den Schuß hörten, hatte er sich bereits einen gewissen Vorteil verschafft.

Selbst hier auf der Brücke waren die Hubschrauber deutlich zu hören. Wenn der Kerl, der die Matrosen bewachen sollte, sich vielleicht mehr für die Hubschrauber interessierte ... Garcia hielt die Pistole schußbereit und duckte sich tief, um einen Blick um die Ecke des Windfangs zu werfen.

Der Terrorist war keine drei Meter von ihm entfernt, kam auf ihn zu und starrte ihm geradewegs ins Gesicht! Garcia drückte zweimal rasch nacheinander ab. Der Mann war getroffen! Der Sergeant steckte die Pistole in sein Koppel und trat mit schußbereitem M-16 aus der Deckung.

Bevor er den Abzug betätigen konnte, wurde er von einem Feuerstoß aus einer Uzi getroffen. Garcia verlor das Gleichgewicht und ging zu Boden, während das M-16 loshämmerte und er sich verzweifelt abmühte, rückwärts kriechend wieder in Deckung zu gelangen.

Er lag auf dem Boden und hatte kein Gewehr mehr. Ein Matrose rannte an ihm vorbei zu der Tür, durch die er hereingekommen war.

Der nächste Feuerstoß ließ einen weiteren Matrosen zusammenbrechen, der nach draußen flüchten wollte. Das Spiel war aus. Garcia hatte auf das Überraschungsmoment gesetzt, er hatte verloren. Wenn er blieb, war er erledigt. Er kroch auf allen vieren zu der offenen Tür. Ein weiterer Seemann hetzte an ihm vorbei, dann hatte Garcia die Tür ebenfalls hinter sich.

Er würde es niemals schaffen. Der Terrorist würde aus der Tür treten und ihn niederschießen. Die wasserdichte Stahltür war kugelsicher. Garcia knallte sie zu und zog sich an den Vorreibern hoch. Er drehte sie mit aller Kraft zu. So! Zum Glück bestanden die Fenster der Kommandobrücke aus Panzerglas. Die Terroristen würden etwa 15 Sekunden brauchen, um diese Außentür zu öffnen.

Garcia wandte sich ab und humpelte so schnell wie möglich auf den Signalraum zu. Seine verwundete rechte Seite brannte wie Feuer. Er wartete auf einen Kugelhagel aus den Uzis. Aber die Kugeln blieben aus.

* *
*

Als das ohrenbetäubende Rattern des M-16 die Kommandobrücke erfüllt hatte, hatte sich Jamail, der gleichzeitig Kapitän James und die anfliegenden Hubschrauber beobachtet hatte, auf die Knie fallen lassen und Deckung gesucht. Die Stahlmantelgeschosse aus Garcias Waffe waren als Querschläger durch den Raum gesurrt und hatten die Brückenfenster getroffen, die unzählige winzige Sprünge bekamen.

In diesem Augenblick packte Admiral Parker Qazis rechte Hand mit der Waffe. *»Lauf, Jake!«*

Grafton war der Tür am nächsten. Er stürzte hinaus.

Aus seiner Deckung hinter dem Ruderstand schoß Jamail auf Garcia und dann auf einen Matrosen, der durch die Tür zur Steuerbordnock zu flüchten versuchte. Der Mann brach wie eine Marionette mit abgeschnittenen Schnüren zusammen.

Sein Zorn verlieh Parker Riesenkräfte. Er verdrehte Qazis Handgelenk. Qazi holte mit der linken Hand aus und versuchte, einen Handkantenschlag anzubringen, aber er hatte keinen festen Stand und konnte sein Körpergewicht nicht in den Schlag legen. Er ging in die Knie, um zu verhindern, daß Parker ihm den Arm brach. Die Adern auf der Stirn des Admirals traten wie blaue Seile hervor. Qazi fiel die Pistole aus der Hand. Er bemühte sich verzweifelt, mit der linken Faust Parkers Hoden zu treffen.

Der Admiral kämpfte wie ein Besessener. Die beiden rangen schweigend miteinander. Qazi ließ sich zu Boden fallen, damit Parker weniger Hebelarm hatte. Seine Verzweiflung wurde zu Panik: Er war so weit gekommen, hatte so viel riskiert – und jetzt besiegte dieser eine Mann ihn!

Dann war der Kampf plötzlich zu Ende. Jamail schlug dem Admiral den Griff seiner Pistole auf den Hinterkopf, und Parker fiel wie ein gefällter Baum.

Qazi griff nach seiner Waffe und kam langsam auf die Beine. Sein rechtes Handgelenk war geschwollen und bereits gelbgrün verfärbt. Während er es massierte und die Hand prüfend zur Faust ballte, sah er zu Kapitän Laird James hinüber, der hinter dem Kapitänsstuhl an der Wand lehnte und ihn anstarrte. Auf den schmalen Lippen des Kapitäns stand zum ersten Mal seit langem ein Lächeln. Dann rutschte er die Wand entlang zu Boden und blieb auf dem Gesicht liegen. Auf dem Rücken seines Hemdes breitete sich ein Blutfleck aus. Wahrscheinlich war er von einem der Querschläger aus dem M-16 getroffen worden.

Die Hubschrauber setzten im roten Schein der Mastlichter zur Landung an. Qazi warf einen Blick auf Haddad, der zusammengekrümmt tot in der Brückenmitte lag. Jamail, sein zweiter Mann, stand vor den Amerikanern, die noch immer an einer Wand der Kommandobrücke saßen. Er beschimpfte sie auf arabisch und hielt dabei seine Uzi im Anschlag.

»Nein«, befahl ihm Qazi und trat nach vorn, um durch die von Sprüngen durchzogenen Fenster auf das Winkeldeck hinuntersehen zu können. Die Hubschrauber setzten eben auf.

Es gab viel zu tun. Er griff nach dem Mikrofon der Bordsprechanlage und drückte die Sprechtaste. »Amerikanische Seeleute! Hier spricht Oberst Qazi. Drei meiner Hubschrauber sind soeben auf dem Flugdeck gelandet. Jeder Störungsversuch wird durch den Tod weiterer Männer geahndet. Vorhin hat jemand versucht, auf die Brücke vorzudringen. Um euch eine Lehre zu erteilen, werfen wir die Leiche eines eurer Kameraden aufs Flugdeck hinunter. Kommt es zu weiterem Widerstand, zu weiteren Schießereien, dann erschieße ich den Admiral.«

Er hängte das Mikrofon ein. »Du bewachst sie weiter«, befahl er Jamail. Er ging zu dem toten Amerikaner hinüber und schleppte ihn an den Beinen zur Tür zur Signalbrücke. Nach einem Blick durchs Fenster öffnete er die Außentür, trat geduckt ins Freie und stemmte den Toten übers Schanzkleid. Die Leiche fiel in die Tiefe und hinterließ das Geländer blutbefleckt. Qazi kehrte auf die Kommandobrücke zurück, schloß die Außentür und ließ die Innentür offen, so daß die Vorreiber deutlich zu sehen waren. Dann ging er quer über die Brücke zu dem Kapitän und dem Admiral.

James war tot. Aber das wußten die Amerikaner nicht.

Auf dem Flugdeck waren die Wachposten aus den Hubschraubern gesprungen und schwärmten jetzt aus, um sie zu schützen. Qazi beobachtete, wie Noora Jarvis beim Aussteigen half.

Er griff nach seiner Sporttasche und trat auf Admiral Parker zu, der sich auf eine Hand stützte und sich mit der anderen den Kopf hielt. Er schlug ihm mit einem Tritt den Arm beiseite, drehte ihn auf den Bauch, setzte sich auf ihn und holte eine große Rolle Heftpflaster aus seiner Sporttasche. Nachdem er Parker damit die Handgelenke auf dem Rücken gefesselt hatte, drehte er ihn um und klebte ihm den Mund zu. Zuletzt riß er ihn hoch und stellte ihn wieder auf die Beine.

»Kein schlechter Versuch, Admiral, aber nicht gut genug.« Qazi stieß Parker vor sich her zur Tür. »Du bleibst hier«, wies er Jamail an. »Und laß keinen mehr auf die Brücke, verstanden? Notfalls setzt du Handgranaten ein. Laß dich nicht lebendig gefangennehmen.«

Kapitel 23

Die *United States* lag noch immer mit dem Bug im Wind vor Anker. Der Rauch der in ihrem Inneren wütenden Brände quoll aus den Luken des O-3-Decks, die vor der Insel und den offenen Aufzugtoren lagen. Unter dem Flugdeck führte ihre Besatzung einen verzweifelten Kampf um ihre Rettung.

Der Magnesiumleuchtsatz, den Qazi in der Nachrichtenzentrale gezündet hatte, war durchs Stahldeck geschmolzen und in die Hangarabteilung 1 gefallen. Dort prallte er von einem abgestellten Flugzeug ab und zerbrach in mehrere Teile, die über das Deck flogen, das bereits knöcheltief mit Löschschaum bedeckt war. Dann explodierten die Stücke. Geschmolzenes Metall spritzte durch den Hangar und entzündete neue Brände.

Am bedrohlichsten war die Situation auf dem Mittelschiff: in Abteilung 2. Dort wüteten die Brände ungehindert in einer pechschwarzen Hölle aus Lärm und Giftgasen. Aus der Sprinkleranlage an der Hangardecke regnete es Löschschaum, der aber kaum mehr bewirkte, als daß die Temperatur um ein paar Grade sank. Die zur Brandbekämpfung eingesetzten Männer torkelten alle paar Minuten aus dem Hangar, der einem Backofen glich, um sich mit kaltem Wasser abspritzen zu lassen. Danach gab man ihnen Wasser zu trinken, während die Zylinder ihrer Preßluftatmer überprüft und nötigenfalls ersetzt wurden. Dann wurden sie in das Inferno zurückgeschickt.

Ray Reynolds wußte, daß die Existenz des Schiffs auf dem Spiel stand. Auf dem O-3-Deck über dem Hangar 2 hatte die Temperatur bereits 65 Grad erreicht, und es war schon zu Selbstentzündungen gekommen. Das eigentliche Problem war der Rauch, der nicht aus dem Hangar abziehen konnte und die Brandherde unsichtbar machte. Niemand wußte, wie viele es waren.

Reynolds versammelte die Führer der Feuerlöschtrupps auf einer Außenplattform, auf der erschöpfte Löschmannschaften lagen, um sich in der frischen Luft zu erholen. »Ich glaube, daß wir die Brandschutztore an beiden Enden der Abteilung öffnen müssen.«

Durchzug würde den Rauch mitreißen und die Brände noch mehr anfachen. Aber wenn die Löschtrupps in Abteilung 1, wo sie den Wind im Rücken hatten, eine Reihe bildeten, konnten sie die Brände vielleicht löschen, bevor sie sich zu einem einzigen katastrophalen Großbrand zusammenschlossen. In der Abteilung 3 war bereits so viel Löschschaum, daß von dort keine zusätzlichen Gefahren zu befürchten waren. Die Führer der Feuerlöschtrupps hasteten davon, um ihre Männer einzuweisen.

Mit dieser verzeifelten Maßnahme setzte der Erste Offizier das Schiff aufs Spiel. Falls die Brände sich dadurch nicht unter Kontrolle bringen ließen, war es nur noch eine Frage der Zeit, wann er den Befehl zur Räumung der *United States* geben mußte.

Die Magnesiumbrände in Abteilung 1 waren bereits gelöscht, als Reynolds sie betrat. Auch er trug jetzt einen Preßluftatmer. Die einzigen Lichtquellen waren batteriebetriebene Notscheinwerfer, in deren weißem Licht die schwarzen Wracks ausgebrannter Flugzeuge wie surrealistische Objekte wirkten. Reynolds ließ fünf Feuerlöschtrupps mit ihren Schläuchen nebeneinander aufmarschieren und gab dann das Zeichen, das Brandschutztor zu öffnen. Das Tor zur nächsten Abteilung ging ungefähr zwei Meter weit auf und klemmte dann. Es ließ sich weder schließen noch weiter öffnen.

Damit durften sie sich nicht zu lange aufhalten. Die Würfel waren gefallen. Die Feuerlöschtrupps zwängten sich mit ihren Schläuchen durch die Lücke. Der Rauch zog bereits durch die Abteilung 3 ab, denn dort war es den Männern gelungen, das Brandschutztor fast ganz zu öffnen, bevor es ebenfalls klemmte. Die Löschmannschaften erstickten die Flammen unmittelbar vor sich mit einem Teppich aus Löschschaum und drangen weiter in den Hangar vor. Die Abteilung 2 glich einem Dschungel aus rauchgeschwärzten, ausgebrannten Flugzeugwracks, zwischen denen die Männer sich ihren Weg bahnen mußten.

Auch die Decke des Hangars brannte. Ströme von Löschschaum wurden nach oben gepumpt. Ein durch das Feuer beschädigtes Gestell mit Zusatztanks gab unter dem Druck des Schaumstrahls nach. Die Tanks, von denen jeder 90 Kilo wog, stürzten inmitten eines regelrechten Wasserfalls aus Löschschaum herunter. Einer von ihnen traf Ray Reynolds und zwei Matrosen in seiner Nähe, die Notscheinwerfer aufstellen sollten. Reynolds war sofort tot.

* *
*

Jake Grafton stand in der Gluthitze des Steuerbordkorridors auf dem O-3-Deck und sah sich in dem verqualmten Halbdunkel um. Auf Deck umschwappte schaumiges Wasser seine Schuhspitzen. Die Leuchtstoffröhren waren ausgefallen, so daß die Notscheinwerfer neben den wasserdichten Türen die einzigen Lichtquellen waren. Jake blickte auf die Rauchschwaden und die schwitzenden Männer, die sich mit Feuerwehrschläuchen abmühten. Diese Schläuche, in denen die Mischung aus Wasser und Löschschaum unter gewaltigem Druck stand, waren starr und schwer wie Stahlrohre. Biegen ließen sie sich nur mit den vereinten Kräften mehrerer Seeleute, die dabei unter ihren Preßluftatmern gewaltig fluchten.

Jake begann zu husten. »Lassen Sie sich lieber ein Atemschutzgerät geben!« rief ihm ein Matrose zu. Seine Stimme klang hinter der Glasscheibe seiner Gummimaske verzerrt.

Jake zog sein Hemd aus der Hose und drückte es sich vor Mund und Nase. Seine Augen brannten und begannen zu tränen. Er stolperte über Feuerwehrschläuche hinweg und an Löschmannschaften vorbei nach achtern weiter, bis er einen nach außenbords führenden Korridor erreichte, dem er zum nächsten Niedergang folgte. Die wasserdichte Tür war geschlossen und verriegelt, aber in ihrer Mitte befand sich ein rundes Luk, das eben groß genug war, um einen Mann durchzulassen. Dieses Luk stand offen, weil ein Löschmittelschlauch hindurchlief.

Jake zwängte sich mühsam durch das Luk. Auf allen Treppenabsätzen des Niedergangs hockten Männer, die durch angefeuchtete Lappen atmeten. Sie waren aus den Räumen über den Hangarabteilungen 1 und 2 evakuiert worden und wußten nicht, wohin sie sonst hätten gehen sollen. Auch wenn ein Zehntel der Besatzung an Land war, waren noch immer über 5000 Mann an Bord.

Der Maschinenleitstand war voll besetzt, und der DCA koordinierte die Brandbekämpfung weiter von seinem Schreibtisch aus. Der Leitende Ingenieur der *United States*, Fregattenkapitän Ron Triblehorn, stürzte sofort auf Jake zu, als er ihn sah. »Wie sind Sie von der Brücke runtergekommen?«

»Jemand ist dort oben aufgekreuzt und hat zu schießen begonnen.«

»Was ist mit dem Admiral und dem Kapitän?«

»Sie sind noch immer oben.«

»Ray Reynolds ist tot. Er ist vor ein paar Minuten im Hangar verunglückt. Sie sind der dienstälteste Offizier, der nicht auf der Brücke ist.«

»Ray ist tot?« Jake ließ sich auf einen Stuhl fallen. Triblehorn nickte wortlos. »Und der Stabschef?« Auch er war Kapitän zur See.

»Auf Landurlaub.«

Jake sah sich leicht benommen um. Damit war er jetzt für das Schiff und die gesamte Besatzung verantwortlich. Rechtlich verantwortlich. Moralisch verantwortlich. Die Befehlsgewalt war auf ihn übergegangen.

Er rieb sich die Augen. Sie brannten noch immer von dem Qualm in den Korridoren. Ray Reynolds tot! Verdammter Mist!

Jake versuchte zu überlegen. Die Terroristen ... Als die Schießerei auf der Brücke begonnen hatte, waren Hubschrauber zur Landung eingeschwebt. Er sah auf den Bildschirm, der in Schwarzweiß drei Hubschrauber zeigte, die eine Kamera oberhalb der Kommandobrücke aufnahm. Dabei handelte es sich um Live-Aufnahmen. Jake beobachtete Männer, offenbar Wachposten, die in der Nähe der Hubschrauber in Stellung gegangen waren. An ihren mit einem I beginnenden Nationalitätskennzeichen waren die Maschinen als italienische Zivilhubschrauber zu erkennen.

»Wo ist der dienstälteste Offizier der Marines? Er soll bitte sofort herkommen.« Einer der jüngeren Offiziere trabte ans nächste Telefon. Jake sah zu Triblehorn auf. »Wie sieht's im Maschinenraum aus?«

»Keine Schäden. Beide Reaktoren in Betrieb. Sämtliche Kessel unter Dampf.« Triblehorn machte eine vage Handbewegung. »Der Verdampfer, der uns schon letzte Woche Schwierigkeiten gemacht hat, spielt wieder verrückt, aber ...«

Jake unterbrach ihn. Verdampfer interessierten ihn im Augenblick nicht im geringsten. »Bewachen die Marines den Zugang zum Maschinenraum?« Triblehorn nickte. »Können wir Fahrt aufnehmen? Wie bald?«

Normalerweise wurden zehn Minuten Vorwarnzeit benötigt. Jake überlegte angestrengt. »Sorgen Sie dafür, daß die Schrauben sich binnen einer Minute nach der Entscheidung drehen können. Der Stellvertreter des Ersten soll sich bereit halten, die Ankerkette zu slippen.« Sie würden die Kette mitsamt dem Anker auf dem Meeresboden lassen, um schneller wegzukommen. Falls sie wirklich Fahrt aufnehmen mußten.

»Aye, aye, Sir.« Triblehorn wandte sich an seine jüngeren Offiziere und gab ihnen Befehle.

Jake trat mit Triblehorn an den Schreibtisch des DCA. Zu dritt versuchten sie sich ein Bild über das Ausmaß der Schäden zu machen.

Die Brände in der mittleren Hangarabteilung waren unter Kontrolle und würden bald gelöscht sein. In allen Räumen oberhalb des Hangars war der Strom ausgefallen. Die Korridore auf dem O-3-Deck waren noch immer stark verqualmt. Der DCA ließ dort die wasserdichten Türen öffnen und Lüfter in Position bringen, um den Rauch abziehen zu lassen. Auf dem O-3-Deck waren mehrere hundert Tonnen Löschschaum verspritzt worden, aber die Wirkung war äußerst gering.

In der Nachrichtenzentrale waren sechs Tote aufgefunden worden, die jetzt abtransportiert wurden. Bei der Brandbekämpfung in den Hangarabteilungen hatten bislang mindestens 23 Mann den Tod gefunden – die meisten durch explodierende Flugzeuge. Sechs Marines waren auf den Laufgängen erschossen worden, und vier weitere waren durch Handgranaten der Terroristen tödlich verwundet worden. Zwei Männer, die noch vermißt wurden, lagen vermutlich irgendwo unter den Trümmern im Hangar. Im Schiffslazarett wurden über 50 Männer behandelt.

Last but not least, berichtete der DCA, seien alle Räume von Strike Operations auf dem O-3-Deck evakuiert und die dort stehenden Funkgeräte durch Qualm, Hitze und Löschschaum beschädigt worden. Es würde noch eine halbe Stunde dauern, bevor er Fernmeldetechniker mit Instandsetzungsarbeiten beginnen lassen konnte. Vorläufig war die *United States* jedenfalls von der Außenwelt abgeschnitten. Sämtliche Funkgeräte waren entweder defekt oder vom Antennensystem getrennt.

»Wo stecken die Kerle?« fragte Grafton, als Oberleutnant Dykstra sich zu der Gruppe gesellte. Er trug seinen Kampfanzug mit Stahlhelm, Flakweste und Patronengürtel.

»Auf dem Flugdeck sind drei Hubschrauber gelandet, Sir«, meldete Dykstra mit einer Handbewegung zum Bildschirm hinüber. »Die Eindringlinge befinden sich auf der Kommandobrücke, in der Flugdeckleitstelle und auf dem Flugdeck.«

»Weshalb haben Sie die Hubschrauber nicht vor der Landung abgeschossen?« fragte Grafton ihn.

»Fregattenkapitän Reynolds wollte lieber abwarten. Wegen der Geiseln und so . . .«

Geiseln. Ja, das waren die Amerikaner auf der Brücke und in der Leitstelle – Geiseln. Jake Grafton sank auf den nächsten Stuhl und rieb sich hilflos die Stirn. Sollte man das Leben Wehrloser opfern, um die Eindringlinge abzuwehren, oder sollte man passiven Widerstand leisten und auf eine günstige Gelegenheit warten, um so vielleicht Menschenleben zu retten? Wozu rieten die Profis bei Verhandlungen mit Geiselnehmern immer? »Setzt auf Zeitgewinn: Die Zeit arbeitet für uns, nicht für sie . . .«

Nun, das mochte bei einem gewöhnlichen Terroranschlag zutreffen. Im allgemeinen ging es Terroristen um Publicity. Aber waren diese Leute Terroristen? Sollte dieser Anschlag propagandistisch ausgewertet werden? Weshalb hatten sie dann die Nachrichtenzentrale zerstört? *Worauf* hatten sie es in Wirklichkeit abgesehen?

Jake blickte irritiert von einem Gesicht zum anderen. Die Offiziere starrten ihn an und warteten darauf, daß er Entscheidungen traf und Befehle erteilte. Das militärische System in gottverdammter Reinkultur! »Hat jemand von Ihnen irgendwelche Ideen oder Vorschläge? Dann möchte ich sie verdammt gern hören.« Ausdruckslose Mienen. Sie waren so aus dem Gleichgewicht wie er selbst – aber er trug die Verantwortung. »Was haben diese Scheißkerle vor, Dykstra?«

»Vielleicht haben sie unterhalb der Wasserlinie Minen angebracht, Sir. Vielleicht legen sie weitere Brandsätze. Ich glaube, daß sie versuchen, uns zu versenken.«

Jake schnaubte. Falls sie das vorhatten, ließen sie sich verdammt viel Zeit, obwohl sie bereits einen guten Anfang gemacht hatten. »Triblehorn?«

»Ich glaube, daß der Anschlag politisch motiviert ist, CAG. Ich gehe jede Wette ein, daß sie in diesem Augenblick bereits mit den Medien in Verbindung stehen. Mich würd's nicht wundern, wenn demnächst vier Fernsehhubschrauber unser Schiff umkreisen würden.

»Sie halten uns alle als Geiseln, stimmt's?«

»Ja, Sir. Diese Leute haben sich vorgenommen, es dem Papiertiger zu zeigen.«

Eher dem Tiger, der vor Kraft nicht laufen kann, dachte Jake. Aber er glaubte nicht an diese Version. Gewöhnliche Terroristen entführten Verkehrsmaschinen mit Zivilisten und bedrohten dann den Piloten vor laufenden Fernsehkameras. Hier aber hatten sie es mit etwas ganz anderem zu tun. Dies war ein kriegerischer Akt.

»Ich finde, daß wir abwarten und mehr über ihre Absichten in Erfahrung bringen sollten, bevor wir vorschnell reagieren«, sagte Jake Grafton ruhig. »Dykstra, Sie bringen Ihre Männer am Rand des Flugdecks mit ausreichend Feuerkraft in Stellung, damit sie die Hubschrauber abschießen können, wenn sie zu starten versuchen. Aber geschossen wird nur auf meinen Befehl. Triblehorn, Sie sorgen dafür, daß wir jeden Augenblick Fahrt aufnehmen können. Das ist vielleicht keine Trumpfkarte, aber ich spiele sie aus, wenn's sein muß. DCA, sehen Sie zu, daß die Brände gelöscht werden. Wenn wir sinken, haben wir überhaupt keine Chance mehr.«

* *
*

Während Kapitän Grafton erfuhr, daß er nunmehr Oberbefehlshaber der *United States* war, schnitten unten im Schiffslazarett zwei Sanitäter Gunnery Sergeant Tony Garcia den Pullover und das T-Shirt vom Leib. Er lag in einem Korridor auf einem fahrbaren Untersuchungstisch mit Beinstützen. Das verdammte Ding müssen sie aus einer Frauenklinik gekriegt haben, überlegte er sich, während er seine wie Feuer brennende rechte Seite zu ignorieren versuchte.

Ein Arzt in einem blutbefleckten blauen Kittel blieb stehen und warf einen Blick auf Garcias Verletzungen. »Laßt ihn röntgen, sobald er verbunden ist. Möglicherweise hat er innere Blutungen. Das zeigt sich erst auf der Röntgenaufnahme.« Im Weitergehen murmelte er noch etwas von Geschoß- und Knochensplittern.

Die Sanitäter rollten den Untersuchungstisch mit Garcia den Korridor entlang.

»He, Jungs«, sagte Garcia, »wie wär's, wenn ihr mich nach dem Röntgen mit Sergeant Vehmeier zusammenlegen würdet?«

Matrosen saßen mit dem Rücken zur Wand auf dem Boden. Viele von ihnen husteten, und alle atmeten aus kleinen grünen Sauerstoffflaschen mit Plastikmasken. Rauchvergiftung, vermutete Garcia.

Die Sanitäter schoben ihn unter ein riesiges Röntgengerät und richteten den großen Kegel auf seine Brust.

Wie in Vietnam, dachte Garcia, nur diesmal bist du weit schneller ins Lazarett gekommen. Kein Flug auf einer Tragbahre in einer Huey, festgeschnallt und absolut hilflos, falls das verdammte Ding abgeschossen wurde oder abstürzte. Und die Verletzung konnte diesmal auch nicht so schlimm sein, wenn man sich's recht überlegte. Gar nicht mit der damaligen MG-Garbe in den Bauch zu vergleichen. Zumindest war er diesmal bei Bewußtsein, das war immerhin schon etwas. In Vietnam war er wegen des Blutverlustes ohnmächtig geworden und mit Nadeln im Arm, einer Nasenkanüle bis in den Magen, einem Katheder im Glied und 95 brandneuen Stichen aufgewacht. Diese Ärzte hatten ihn beinahe auseinandergeschnitten. Elf Monate in einem gottverdammten Lazarett. Nie wieder! Das hatte er sich damals geschworen. Nie wieder! Nächstes Mal würde er einfach sterben, anstatt *das* noch einmal durchzumachen.

Jesus, Vehmeier war von dieser Scheißhandgranate voll erwischt worden. Dieser Idiot! Warum hatte er genau auf das verdammte Ding fallen müssen? Dieser Vehmeier . . . Garcia hätte heulen können, wenn er daran dachte, daß ein Kerl wie Vehmeier . . .

Einer der Sanitäter schob ihn aus dem Röntgenraum, stellte ihn im Korridor ab und hastete davon. »He, Mann!« rief Garcia ihm nach, weil er zu Vehmeier wollte, aber niemand achtete auf ihn. Die haben alle Hände voll zu tun, sagte er sich, und Vehmeier würde ohnehin nicht merken, daß ich da bin. Wahrscheinlich hängt er an einem halben Dutzend Infusionen und hat soviel Dope gekriegt, wie es dem wöchentlichen Verbrauch von Los Angeles entspricht. Schlimm, daß das mit seinen Händen passiert ist, aber mit Prothesen kann er schließlich alles machen, nur nicht in der Nase bohren.

Garcia fragte sich, ob er wohl innere Blutungen hatte. Er hatte genügend Schußwunden gesehen, um zu wissen, daß der äußere Eindruck allein nicht für eine Diagnose ausreichte. Man beobachtete den Patienten auf Anzeichen für Blutverlust hin, und wenn er nicht sichtbar blutete, mußte er innere Blutungen haben. Ein Schock konnte dieselben Symptome hervorrufen. Garcia überlegte, ob er einen Schock erlitten hatte. Ihm war kalt, aber die Sanitäter hatten ihn mit einer Wolldecke zugedeckt. Vielleicht einen leichten Schock. Er holte mehrmals tief Luft, um zu sehen, ob seine Lungen richtig arbeiteten. In seiner rechten Brustseite stach es, als stecke ein Messer darin. Vielleicht sollte er das lieber lassen, damit sich nicht eine gebrochene Rippe in seine Lunge bohrte.

Ob sein Vorstoß auf die Kommandobrücke etwas genützt hatte? Den einen Terroristen hatte er bestimmt erledigt und den anderen möglicherweise verwundet. Dabei waren auch Seeleute umgekommen, aber er hatte nicht anders handeln können. Sie wären bestimmt einverstanden gewesen, sagte sich Garcia.

Einer der Sanitäter kam zurück – der mit der Brille. »Der Doktor sagt, daß Sie drei gebrochene Rippen, aber keine Geschoßsplitter im Brustraum haben. Nur eine häßliche oberflächliche Wunde. Sie haben verdammt Glück gehabt.«

Richtig! Verdammt viel Glück. Noch ein Bauchschuß, dann wärst du bei dem vielen Narbengewebe dort unten erledigt gewesen. Wirklich verdammt viel Glück. »Wie wär's, wenn Sie mich mit Sergeant Vehmeier zusammenlegen würden?«

»Mit wem?«

»Mit dem Marine, der vor mir mit schweren Hand- und Bauchverletzungen eingeliefert worden ist. Er ist auf 'ne Handgranate gefallen.«

»Oh. Der ist tot. Tut mir leid.« Der Sanitäter wollte davongehen. Hier unten gab es in dieser Nacht viel zu tun.

»Hiergeblieben, du gottverdammter Pillendreher!« Aus Garcias Stimme sprach kalte Wut. Der Sanitäter blieb stehen und drehte sich unsicher um. »Sergeant Vehmeier ist tot?«

»Ja, Sarge. Er ist schon tot eingeliefert worden.«

»Für Sie bin ich noch immer Gunnery Sergeant, Pillendreher. Los, holen Sie Heftpflaster und legen Sie mir einen Rippenverband an!« Garcia ließ die Beine über den Rand des Untersuchungstischs gleiten, setzte sich auf und kämpfte dabei gegen Schwindelgefühl und leichte Übelkeit an.

»Sie dürfen nicht . . .«

»Muß ich mir das Scheißpflaster selbst holen und mir den Verband anlegen?«

Der Sanitäter hastete davon.

Wo hatten sie bloß sein verdammtes Gewehr hingetan?

* *
*

Nachdem die Hubschrauber auf dem Winkeldeck aufgesetzt hatten, trieb Oberst Qazi Admiral Parker mit in den Rücken gedrückter Pistole vor sich her aufs Flugdeck hinunter. Sie begegneten niemandem. Das Treppenhaus mit den Niedergängen war menschenleer. Nur Qazis toter Gefolgsmann lag noch immer auf dem vorletzten Absatz. Die Aluminiumtür stand eine Handbreit offen. Qazi zwang den Admiral dazu, über den Erschossenen hinwegzusteigen und die Tür zu öffnen.

Er hörte links von sich ein Geräusch und ging hinter Parker in Deckung. Von unten zielte jemand mit einem Gewehr auf sie. »Wenn Sie abdrücken, erschießen Sie den Admiral. Wenn Sie's nicht tun, erschieße ich ihn – nachdem ich Sie erschossen habe.«

Einige Sekunden verstrichen, dann verschwand der Gewehrlauf plötzlich. Qazi hörte, wie der Mann den Rückzug antrat.

Der Verwundete war gestorben. Seine Gesichtsmuskeln waren schlaff, und seine Augen starrten blicklos ins Leere. Beide Leichen schienen nicht angetastet worden zu sein, aber ihre Waffen fehlten. Und ihre Sporttaschen. Die Tür zur Flugdeckleitstelle stand einen Spalt weit offen. Einer von Qazis Männern öffnete sie noch ein Stück weiter und nickte ihm zu.

Auf dem Flugdeck traf er Noora und Ali. Sie waren von Bewaffneten umgeben und hatten Jarvis zwischen sich. Weitere Männer lagen mit schußbereiten Waffen in einem großen Kreis um die Hubschrauber. Die Triebwerke der Hubschrauber liefen im Leerlauf, und ihre Rotoren konnten jederzeit eingekuppelt werden.

Qazi marschierte mit Parker schräg übers Flugdeck auf den Laufgang vor Aufzug 1 zu. Hinter ihm folgten Ali und Noora, die Jarvis zwischen sich hatten. Unmittelbar hinter Jarvis kam ein Mann, der einen der ferngesteuerten Zünder trug. Das Gerät wog rund 20 Kilo und hatte in einem nicht allzu großen Rucksack Platz. Qazi hielt den Ellbogen des Admirals umklammert. Joussef trug zwei weitere Rucksäcke. Zwei Bewaffnete bildeten die Vorhut; zwei weitere waren als Nachhut eingeteilt. Auch rechts und links von ihnen gingen je zwei Mann. »Schneller!« wies Qazi die vor ihm Gehenden an.

Kapitel 24

In der vorderen Mannschaftsmesse war der Strom ausgefallen. Im fahlen Schein der Notbeleuchtung wirkte der riesige Raum gespenstisch. Die dort zusammengedrängten, unbewaffneten Seeleute rissen erschrocken Mund und Augen auf, als sie erkannten, daß der gefesselte und geknebelte Offizier in weißer Uniform Admiral Parker war. Ali und seine Männer zielten auf sie und befahlen ihnen mit Handbewegungen, den Raum zu verlassen. Die Matrosen verschwanden hastig durch die wasserdichten Türen. Viele von ihnen sahen sich dabei mehrmals nach Parker um, der ihren Auszug ohne erkennbare Gemütsbewegung beobachtete. Qazis Männer schlossen die Türen hinter den letzten Amerikanern.

Der Zugang des vorderen Munitionsmagazins befand sich unter einem Bodenluk, auf dem in roter Schrift eine Warnung stand: »Zutritt für Unbefugte verboten!« Alle legten jetzt Gasmasken an; Noora half Jarvis, und Quazi setzte Admiral Parker eine auf und überzeugte sich davon, daß sie paßte und richtig funktionierte. Dann öffneten Ali und seine Männer die Vorreiber, stemmten den Lukendeckel hoch und verriegelten ihn an der Wand.

Der erste Mann, der hinunterstieg, stellte fest, daß der Raum unter dem Luk leer war. Dies war jedoch nur eine Sicherheitsschleuse, die zu einer schweren Tresortür mit einer darüber montierten Fernsehkamera führte. Der Terrorist jagte eine Pistolenkugel durch die Kamera, deren rotes Licht unter dem Objektiv daraufhin erlosch. Irgendwo schrillte ein gedämpftes Alarmsignal. Er brachte rasch eine Hohlladung an der Tür an, trat dann zur Seite und zündete sie.

Sekunden später steckte Joussef den dünnen Schlauch des Druckbehälters in seinem Rucksack durch das in die Tür geschweißte Loch und öffnete das Ventil. Während das Gas durch das Loch strömte, brachte der erste Mann systematisch Ladungen aus Plastiksprengstoff an der Tresortür an. Nachdem er die Zünder eingestellt hatte, kletterte er rasch die Leiter hinauf. Joussef schloß das Ventil des Gastanks, zog den Schlauch aus dem Loch und hastete hinter dem anderen her. Die Detonation, die kurz darauf erfolgte, ließ das Messedeck erzittern.

Die beiden Männer stiegen wieder hinunter. In der Sicherheitsschleuse brannte kein Licht mehr. Der Boden war mit Glassplittern von Leuchtstoffröhren und den Abdeckungen der Notbeleuchtung übersät. Die Tresortür hing stark verformt und schief in ihren Angeln. Gelbliche Rauchschwaden waberten. Die beiden Männer stemmten die Tür mit gemeinsamer Anstrengung weiter auf und drangen in den nächsten Raum vor.

Einer der drei Marines, die dort Wache gehalten hatten, war noch bei Bewußtsein; deshalb erschossen sie ihn. Die beiden anderen ignorierten sie. Wer das Gas eingeatmet hatte, war für mehrere Stunden außer Gefecht gesetzt. Qazi hatte darauf bestanden, ein nicht tödlich wirkendes Gas zu verwenden – nicht etwa aus Menschenfreundlichkeit, sondern für den Fall, daß einer seiner wichtigen Leute eine defekte Gasmaske hatte.

In die gegenüberliegende Wand des Vorraums war eine weitere massive wasserdichte Tür eingelassen. Sie war nicht abgesperrt, aber falls dahinter bewaffnete Marines warteten, konnte der Versuch, sie zu öffnen, tödlich enden. Die beiden Terroristen brachten eine weitere Hohlladung an und traten zurück. Sie detonierte mit dumpfem Krachen.

Joussef trat mit seinem Gasbehälter an das in die Tür gesprengte Loch. Aber er konnte den Schlauch nicht mehr hineinstecken. Einer der Marines hinter der Tür hielt sein Gewehr an die gezackte Öffnung und drückte ab. Der Feuerstoß aus seinem M-16 durchschlug den Gastank, zerschmetterte Joussefs Arm und zerfetzte seine Kehle.

Der Sprengstoffexperte kauerte dicht an der Tür. Er ließ seinen Rucksack von den Schultern gleiten, begann die Vorreiber in Plastiksprengstoff zu packen und arbeitete in der Dunkelheit nur nach Tastsinn, ohne seine Taschenlampe zu benützen. In unregelmäßigen Abständen kam wieder ein Feuerstoß durch das etwa drei Zentimeter große Loch, das die Hohlladung in die Tür geschweißt hatte, und die Lichtblitze des Mündungsfeuers durchzuckten die rauchgeschwängerte Luft. Der Sprengstoffexperte krümmte sich jedesmal unter dem donnernden Krachen des M-16, das in dieser winzigen Stahlkammer ohrenbetäubend verstärkt wurde. Zwischen den Feuerstößen hörte er ständig ein Alarmsignal schrillen.

In dem Raum hinter der Tür versuchte Sergeant Bo Albright, der Dienstälteste der drei jungen Marines, verzweifelt, irgend jemanden von ihrer Notlage zu unterrichten. Der Überdruck der Hohlladung, mit der ein Loch in die Tür gesprengt worden war, hatte sie praktisch taub gemacht. Trotzdem hörte der Sergeant noch gut genug, um zu erkennen, daß die Telefone und die Kommandosprechanlage an der Wand ausgefallen waren. Er hatte bereits den Alarm ausgelöst, der auch in der dem Maschinenleitstand angegliederten Schaltzentrale und auf der Kommandobrücke schrillte. Ein Mann mußte sich krampfhaft übergeben; er hatte bereits zuviel von dem Gas eingeatmet. Der Mann an der Tür wechselte das Magazin seines Sturmgewehrs und schickte einen weiteren Feuerstoß durch das Loch. In seinen Ohren klangen die Schüsse wie in Watte verpackt.

Sergeant Albright tastete in der Dunkelheit nach dem Schaltkasten an der Wand, von dem aus die Magazine sich überfluten ließen. Er fand ihn, zog den Sicherungsstift aus dem Hebel, der das System aktivierte, und drückte den Hebel nach unten. Über einer Reihe von sechs Knöpfen leuchteten rote Lämpchen auf. Albright drückte auf die beiden ersten Knöpfe. Nach drei Sekunden erloschen die roten Lämpchen und wurden durch grüne ersetzt. Er drückte nacheinander alle Knöpfe, bis alle Lämpchen grün aufleuchteten.

Zwei Decks tiefer überflutete Meerwasser das eigentliche Munitionsmagazin, das sich hier über die gesamte Schiffsbreite erstreckte.

»Weg von der Tür!« brüllte Albright seinem Kameraden zu, der bisher nach draußen geschossen hatte. Gemeinsam schoben sie einen Schreibtisch von der Wand weg und gingen dahinter mit ihren Gewehren in Stellung. Dort waren sie so weit wie irgend möglich von der Tür entfernt. Albright steckte sich die Zeigefinger in die Ohren, kniff die Augen zusammen und öffnete den Mund. Er wartete.

Der Plastiksprengstoff an der Tür detonierte. Die Druckwelle der Detonation traf sie wie ein Keulenschlag.

Albright starrte in die Dunkelheit, blinzelte heftig und schüttelte den Kopf, um die Benommenheit loszuwerden. Jetzt würden sie kommen!

Licht an der Lücke, wo die Tür gewesen war! Er gab einen Feuerstoß ab. Und noch einen. Irgend etwas prallte dumpf gegen den Schreibtisch. Albright schoß wieder.

Dann hatte er das Gefühl zu fallen. Langsam, schwebend, fliegend, tiefer und tiefer sinkend. Das Gas! Er betätigte den Abzug seines Gewehrs und hielt ihn gedrückt, während er das Bewußtsein verlor und jäh in schwarze, unbekannte Tiefen stürzte.

* *
*

»Aufwachen, Ski! Wach auf!« Der Matrose schüttelte den Katapultkapitän energisch. »Verdammt noch mal, Ski, wachen Sie endlich auf!«

Eugene Kowalski ächzte und öffnete ein Auge. »Okay, Arschloch, ich bin wach. Hoffentlich sinkt dieser Scheißeimer, sonst . . .«

»Alle Mann sind auf Gefechtsstation, Ski. Auf dem Flugdeck ist 'ne Bande Terroristen gelandet. Ehrlich, das ist kein Scheiß!«

Kowalski ächzte nochmals und setzte sich auf. Er befand sich – noch immer in Zivil – auf dem Boden der Kontrollstation des Mittelkatapults. Nachdem er betrunken an Bord zurückgekommen war, mußte ihn jemand hierhergebracht haben, damit er seinen Rausch ausschlafen konnte. Das hatte sich so eingespielt. Kowalski war nicht zum erstenmal hier in der Kuppel aus einem Rausch aufgewacht. »Terroristen?«

»Richtig! Der Kapitän und der Admiral werden als Geiseln auf der Kommandobrücke festgehalten, und im Hangar und in der Nachrichtenzentrale ist Feuer ausgebrochen.« Der Mann holte tief Luft. »Und vor ein paar Minuten sind drei Hubschrauber voller Terroristen auf dem Flugdeck gelandet.«

»Willst du mich verarschen, Paik? Ihr Idioten hättet mich doch nicht pennen lassen, wenn das wahr wäre!«

»Was hätten wir sonst tun sollen? Und das hier ist Ihre Gefechtsstation, so daß Sie ohnehin schon an Ort und Stelle gewesen sind, als Alarm gegeben worden ist. Wir hätten Sie geweckt, wenn ein Start befohlen worden wäre.« Seine Stimme klang so aufrichtig, daß Kowalski dem Koreaner einen prüfenden Blick zuwarf. Vielleicht sagte er ja doch die Wahrheit.

»Okay, warum hast du mich dann jetzt geweckt?«

»Sie werden's nicht glauben, Ski, aber einer der Hubschrauber steht auf Strahlabweiser vier. Haargenau in der Mitte!«

Kowalski rappelte sich langsam auf. Paik wollte ihm helfen, aber Kowalski wehrte ab. Schließlich stand er auf den Beinen und hielt sich aufrecht, indem er sich am Instrumentenpult des Katoffiziers festklammerte.

»In meinem Schreibtisch liegen Aspirin. Hol mir drei!« Sein Schreibtisch stand im Kontrollraum von Kat 4. »Und etwas Wasser. Ein Glas Wasser.«

»Wir haben kein . . .«

»Okay, eine Kaffeetasse voll.« Paik hastete hinaus. Kowalski setzte sich in den erhöhten Sessel des Katoffiziers, stemmte die Ellbogen aufs Instrumentenpult und stützte das Kinn in die Hände. Sekunden später faßte er sich zwischen die Beine. Seine Hose war naß. Er versuchte, sich daran zu erinnern, wie er an Bord zurückgekommen war. Ja, Kapitän Grafton hatte dabei irgendeine Rolle gespielt. Der Rest blieb verschwommen. Vielleicht hatte der Erste Offizier recht; vielleicht war er wirklich ein Alkoholiker.

Kowalski rutschte vom Sessel und stürzte aus der Kuppeltür auf die Nock auf dem O-3-Deck hinaus. Er umklammerte das Sicherungsdrahtseil, beugte sich darüber und kotzte, bis nichts mehr kam. Dann zog er sein Sporthemd aus, wischte sich damit das

Gesicht ab und warf es über Bord. Er sog die Luft ein. Brandgeruch. Kowalski merkte, daß ihm davon wieder schlecht wurde. Er schleppte sich in die Kuppel zurück und ließ sich in den Sessel des Katoffiziers fallen.

Paik kam mit zwei weiteren Kameraden zurück. »Ein Dreierausschuß, was?« Die Männer beobachteten schweigend, wie Kowalski die Aspirin mit Wasser hinunterspülte. »Wo ist Laura?« Laura war der Kapitän von Katapult 4.

»Nicht an Bord. Er hat Landurlaub.«

Kowalski stellte die Tasse nachdrücklich ab. »Okay, sehen wir uns die Sache mal an. Fahrt dieses Ding aus.«

Die anderen starrten sich im schwachen Licht der drei roten Lämpchen in der Kuppel an. »Die Terroristen sind bewaffnet, Ski. Sie haben links und rechts Leute erschossen. Sie haben den Kapitän und den Admiral . . .«

»Diese Kuppel ist kugelsicher, feuerfest und bombensicher. Hier drinnen können sie uns nichts anhaben.«

»Ja, aber von den Katkontrollräumen aus könnten sie . . .«

»Das müssen wir riskieren. Ich geh' nicht auf den Laufgang raus.«

»Paik war draußen. Deshalb weiß er auch, daß auf dem Strahlabweiser vier ein Hubschrauber steht. Und wir sind nach achtern geschlichen und haben uns das Heck-MG angesehen. Der Marine dort hinten ist tot, erschossen, und der Patronengurt fehlt.« Paik nickte nervös.

Kowalski schüttelte den Kopf. »Und ich wette, daß der Marine am Bug-MG auch tot ist und daß der Gurt im Wasser liegt. Na ja. Okay. Paik, du bist ein Idiot. Wir müssen die Kuppel ausfahren. Aber es könnte nicht schaden, die Hupe stillzulegen.«

Einer der Männer ging nach draußen und zerschnitt mit einem Messer die Leitung zu der Hupe, deren Warnsignal jedesmal ertönte, wenn die Kontrollkuppel ein- oder ausgefahren wurde. Nachdem er zurückgekommen war, drückte er auf einen Knopf an der Wand in der Nähe des Eingangs. Während die Kuppel sich lautlos und sicher erhob, verriegelte er die wasserdichte Außentür.

Die Kontrollkuppel wurde von ihrer Hydraulik gehoben, bis sie knapp einen halben Meter aus dem Flugdeck hinausragte. Oberhalb des Decks bestand sie aus zentimeterdickem Panzerglas, das nach innen schräggestellt war, damit etwa auftreffende Gegenstände nach oben abgelenkt würden. Die vier Männer standen mit gebeugten Knien in der Kuppel, so daß nur ihre Augen sich über der Unterkante des Fensters befanden. Die roten Mastlichter zeigten ihnen die drei Hubschrauber, die mit stehenden Rotoren auf dem Flugdeck parkten. Auch die Männer, die sie bewachten, waren deutlich sichtbar. Da in der Kontrollkuppel kein Licht brannte, konnte niemand hineinsehen. Trotzdem duckten die vier sich jedesmal, wenn einer der Wachposten in ihre Richtung blickte. Im nächsten Augenblick waren ihre Köpfe jedoch wieder oben.

»Das sind Zivilhubschrauber. Seht ihr – der dort vorn trägt 'ne italienische Aufschrift.«

»Was hast du denn erwartet? Vielleicht 'ne chinesische?« Der Sprecher machte eine Pause. »Siehst du den Kerl mit der Maschinenpistole? Das ist einer von ihnen.«

»Er hat 'ne amerikanische Uniform an«, stellte Kowalski fest.

»Ja. Die tragen sie alle. Und sie haben den Kapitän und . . .«

»Ja, ich weiß. Das hab' ich mitgekriegt.« Kowalski griff nach dem Telefonhörer. »Vielleicht sollten wir im Geschäftszimmer anrufen. Vielleicht ist der Alte da oder einer der Chiefs.« Im Geschäftszimmer der Abteilung V-2 hatten die für den Katapultbetrieb Verantwortlichen ihre Schreibtische. Er starrte auf den dritten Hubschrauber. Aus diesem Blickwinkel schien er tatsächlich genau auf dem Strahlabweiser zu stehen.

»Dort ist niemand«, sagte Paik. »Die ganze Nachrichtenzentrale brennt, und das Geschäftszimmer liegt im Gefahrenbereich und ist deshalb geräumt worden. Ich glaube, daß alle zur Brandbekämpfung eingeteilt worden sind – in der Nachrichtenzentrale oder unten im Hangar.«

Kowalski griff nach dem blauen Telefonbuch der *United States* und blätterte darin. Er wählte eine Nummer. Das Telefon klingelte endlos lange. Schließlich drückte er die Gabel mit dem

Daumen herunter. »Der Erste ist nicht in seiner Kabine«, verkündete er.

Ein Maat von Kat 3 ergriff das Wort. »Wir sind völlig auf uns gestellt, Ski. In der Flugdeckleitstelle und auf der Brücke sind Terroristen. Und sie haben über die Lautsprecheranlage bekanntgegeben, daß sie Geiseln erschießen und aufs Flugdeck runterwerfen wollen, falls Widerstand geleistet wird. Vielleicht sind sie auch im Pri-Fly und drüben in Farnsworths Geschäftszimmer. Wir wollten nicht riskieren, sie dort anzurufen. Wir haben versucht, mit den Bugkatapulten zu telefonieren, aber dort meldet sich keiner. Wir haben einen Grünen losgeschickt, um ihn einen der Chiefs oder einen Kat-Offizier suchen zu lassen, aber er ist nicht zurückgekommen. Die Korridore vorn sind verqualmt, und wer vorbeikommt, wird zum Löschen eingeteilt. Deshalb bist *du* unser Mann. Du mußt uns sagen, was wir tun sollen.«

Kowalski hängte den Hörer ein und rieb sich mit beiden Händen das Gesicht. »Wenn das wahr ist, sitzen wir wirklich in der Scheiße.« Er blickte erneut auf das Flugdeck und starrte auf die Hubschrauber, die Wachposten und die Jets, die mit hochgeklappten Tragflächen am Bug und hinter den Strahlabweisern standen. Von den Katapultschlitzen stiegen an einigen Stellen Dampfschleier auf: dort entwich Dampf aus den Vorwärmern durch Spalten in den Gummidichtungen, die eingesetzt wurden, wenn die Katapulte nicht in Betrieb waren.

Er verlangte eine Zigarette, setzte sich auf den Boden und rauchte sie langsam. »Worauf haben's diese Terroristen abgesehen?«

Die Männer um ihn herum zuckten mit den Schultern.

»Aber sie sind mit den Hubschraubern gekommen, stimmt's? Und sie wollen vermutlich wieder mit ihnen weg. Okay, dann seht zu, daß ihr die Strahlabweiserhydraulik in Gang kriegt.«

»Wir haben uns gedacht, daß du das sagen würdest, Ski«, meinte Paik grinsend, bevor er mit den anderen hinausging.

* *
*

Als Sergeant Albright im Munitionsmagazin auf den Alarmknopf drückte, begannen an der Hauptschalttafel eine rote Warnlampe zu blinken und eine Alarmglocke zu schrillen.

»Nun, Gentlemen«, sagte Jake Grafton resigniert, während er mit dem leitenden Ingenieur beobachtete, wie die Anzeigen für die Flutventile des Magazins von Grün auf Rot wechselten, »jetzt wissen wir, weshalb Oberst Qazi hier ist.«

Ihm war bereits gemeldet worden, daß Qazi und der Admiral sich in der vorderen Mannschaftsmesse befanden. Er hatte mit dem Oberleutnant der Marines darüber gesprochen, ob es möglich sei, sie abzuriegeln und Qazi dort von seinen Leuten zu isolieren. Aber dazu war es jetzt zu spät.

Das Munitionsmagazin! Noch während sie sprachen, wurden die Lämpchen wieder grün, um dann ganz zu erlöschen.

»Verdammt noch mal!« fluchte Triblehorn halblaut. »Sie haben die Flutventile geschlossen und vom Netz getrennt.«

»Können Sie von der Zentrale aus fluten?« fragte Jake. Die zwei Decks unter ihnen liegende Zentrale kontrollierte die Stromversorgung des Schiffs und die Position von Notventilen. Triblehorn trat an die Kommandosprechanlage, um Jakes Frage weiterzugeben.

Jake versuchte, sich die augenblickliche Lage vorzustellen. Qazi und seine Männer drangen mit Gewalt ins Munitionsmagazin vor. Um eine Sprengladung anzubringen, die dort lagernden Bomben detonieren zu lassen und das Schiff in einer Kamikazeaktion in die Luft zu jagen? Doch weshalb standen dann noch die Hubschrauber mit laufenden Triebwerken auf dem Flugdeck? Nein, die Terroristen wollten sie offenbar zur Flucht benützen. Und sie wollten etwas von Bord mitnehmen. Dieses Etwas konnten nur Atombomben sein.

»Nicht zu machen, CAG«, meldete Triblehorn. »Die Leitungen zu den Flutventilen sind unterbrochen.«

Wie wollte Qazi an den Marines, die unten Wache hielten, vorbeikommen? Dabei nützten ihm keine Geiseln – und darüber war er sich bestimmt im klaren. Noch während Jake über dieses Problem nachdachte, fiel ihm die Lösung ein.

Er sank auf einen Stuhl. »Wo ist Dykstra? Ich muß mit ihm reden.«

Vielleicht konnte er die Munitionsaufzüge stillegen lassen? Nein, zwecklos. Qazi würde eine der Bomben scharf machen und drohen, sie zu zünden, wenn ihm nicht freier Abzug gewährt würde. Und er würde seine Drohung notfalls sicher auch wahrmachen. Jake zweifelte nicht daran, daß es technisch möglich war, die in die Waffen eingebauten Sicherheitsmechanismen zu überbrükken. Sie sollten eine unbeabsichtigte Zündung verhindern – aber ein Techniker, der etwas davon verstand, konnte sie bestimmt *absichtlich* zünden, wenn er genügend Zeit und das richtige Werkzeug hatte. Und Qazi hatte wahrscheinlich beides.

Der Golf von Neapel! Jake fuhr sich mit dem Handrücken über die Stirn. Sie war beinahe gefühllos, so als funktioniere die Blutversorgung nicht mehr richtig. Die Detonation würde die *United States* und ihre Besatzung in Staub auflösen. Und das Schiff lag nur fünf Kilometer vor der Küste in einer Bucht, die auf drei Seiten von Inseln und Hügeln umgeben war, die die Druckwelle, die Strahlung und die Hitzewelle der Atomexplosion zurückwerfen und verstärken würden. Und die Licht- und Wärmeimpulse der Detonation würden von der Wolkendecke reflektiert werden. Wie viele Einwohner hatte Neapel überhaupt? Wie viele Menschen lebten in Pozzuoli, Portici und an den Hängen des Vesuvs?

Oberleutnant Dykstra stand neben ihm, beobachtete ihn und wartete schweigend.

Ob Qazi blufft? Kann ich riskieren, ihn aufzufordern, seine Karten aufzudecken? Was ist, wenn er eines dieser Babys zündet, solange er dort unten ist?

Dann würde für einige Millisekunden ein etwa faustgroßes Stück des Sonneninneren hier auf der Erdoberfläche existieren. Die Masse des Plutoniums würde in reine Energie verwandelt werden. Himmel und Meer würden aufgerissen werden. Alle Menschen in vierzig, fünfzig Kilometer Umkreis, die nicht schon in der ersten Millionstelsekunde zu Asche geworden waren, würden das Antlitz eines strafenden, zürnenden Rachegotts erblikken.

»Triblehorn, wir müssen los! Wir steuern das Schiff vom Notsteuerstand aus. Kurs auf See! Postieren Sie Ausgucke mit Sprechfunkgeräten am Bug und lassen Sie die Ankerkette slippen. Los, los, Beeilung!«

»Aye, aye, Sir.« Triblehorn trat an die Kommandosprechanlage und gab Jakes Befehle weiter, als seien sie ganz alltäglich. Wahrscheinlich erleichterte es ihn, Anweisungen zu erhalten, die ihm vertraut waren. Jake beobachtete die Offiziere, Unteroffiziere und Matrosen. Auch sie schienen erleichtert zu sein, daß etwas unternommen wurde.

Der Oberleutnant neben Jakes Stuhl trat nervös von einem Fuß auf den anderen. Jake stand auf. Ihm war leicht schwindlig. »Haben Sie eine Zigarette für mich?« fragte er den Offizier.

»Ich bin Nichtraucher, Sir.«

Jake nickte geistesabwesend. Die Alarmglocke des vorderen Magazins schrillte noch immer. Ob die Männer dort unten noch lebten? Was war mit Parker? Wenigstens war der Brand in der Nachrichtenzentrale gelöscht, und die Hangarbrände waren unter Kontrolle und würden ebenfalls bald gelöscht sein. Das war ein Pluspunkt. Vielleicht der einzige.

Was für ein Mensch war dieser Oberst Qazi? Auf der Brücke hatte Jake ihn eine Viertelstunde lang beobachtet. Er war kein besessener Fanatiker, wie man sie von unzähligen im Fernsehen übertragenen Terroranschlägen kannte. Nein, er war kompetent, berechnend, intelligent und vermutlich völlig skrupellos. Nicht selbstmörderisch. Nicht zur höheren Ehre Allahs im Einsatz. Aber ein Mann, der alles tun würde, um seinen Auftrag zu erfüllen.

»Was tun wir, Sir, um gegen die Eindringlinge vorzugehen?« Dykstra biß die Zähne jetzt so zusammen, daß seine Lippen eine bleistiftdünne Linie bildeten. Seine Nasenlöcher blähten sich jedesmal, wenn er einatmete.

»Was immer dieses Arschloch von uns verlangt, Oberleutnant. Ich bin überzeugt, daß er uns das bald mitteilen wird.«

* *
*

Im Schein der Notbeleuchtung des vorderen Munitionsmagazins sah das Meerwasser pechschwarz aus. Oberst Qazi watete durch das fast knietiefe kalte Wasser und leuchtete mit seiner Taschenlampe nach rechts und links. Sein Blick fiel auf lange Reihen olivgrüner Bombenzylinder. In Wandhalterungen hingen weiße Luft-Luft-Lenkwaffen. Genügend Bomben und Raketen für einen netten kleinen Krieg, dachte er, während er sich suchend umsah. Ah, dort vorn führte eine Tür in den nächsten Raum.

Qazi betätigte den Hebel, mit dem sich alle sechs Vorreiber auf einmal öffnen ließen, und wich dann hastig zurück, als die Tür unter dem Druck des dahinter aufgestauten Wassers aufsprang. Ein kleiner Wasserfall ergoß sich durch die Tür, bis der Wasserspiegel in beiden Räumen die gleiche Höhe erreicht hatte. Der Oberst betrat den nächsten Raum. Ja, die Waffen hier waren weiß und hatten etwa die Größe von 250-kg-Bomben. Jede von ihnen war einen Meter über Deck in einer eigenen Halterung mit Spanngurten gesichert. Von Deckenschienen über den Bombenhalterungen hingen Ketten und Flaschenzüge herab.

»Kann das Wasser ihnen geschadet haben?« fragte Ali.

»Nein, bestimmt nicht«, versicherte ihm Jarvis. Er zog seine Gasmaske vom Gesicht weg, holte prüfend Luft und nahm sie dann ab. »Die Bomben sind wasserdicht.« Dann machte er sich daran, eine der Waffen im Licht einer starken Taschenlampe zu überprüfen. Nachdem er die Abdeckplatte der Inspektionsöffnung abgeschraubt hatte, leuchtete er mit seiner Lampe hinein. »Hagel könnte vielleicht die Plastikverkleidung des Radarhöhenmessers in der Bombenspitze beschädigen«, fuhr er halblaut fort, »aber ein kleines Bad dürfte nicht schaden. Solange diese Abdekkungen richtig angebracht sind ...« Er kniete sich ins Wasser, um das Innere der Bombe ganz aus der Nähe betrachten zu können.

Jarvis blickte zu Noora auf. Auch sie hatte ihre Gasmaske abgenommen und fuhr sich mit einer Hand durchs Haar. »Diese hier scheint in Ordnung zu sein.« Er beobachtete erwartungsvoll Nooras Gesicht und wurde mit der Andeutung eines Lächelns belohnt. Jarvis grinste nervös und wandte sich der nächsten Bombe zu.

»Diese Bombe kommt auf einen Wagen und wird an Ihr Gerät angeschlossen, bevor Sie die anderen überprüfen«, entschied Qazi.

Sie schoben einen Bombenkarren neben die Waffe und versuchten zu viert, sie aus ihrer Halterung zu heben. Der glatte Zylinder ließ sich schlecht anfassen, aber ihnen lief allmählich die Zeit davon. Jarvis beobachtete sie nervös und murmelte beschwörend: »Oh, bitte nicht fallen lassen! *Bitte* nicht fallen lassen . . .«

Aber sie konnten die Bombe nur wenige Zentimeter hochheben und mußten sie wieder in ihre Halterung zurückgleiten lassen. Sie war zu schwer. »Nehmt einen Flaschenzug«, befahl der Oberst.

An der Kette hing ein Spreader, dessen Enden in die beiden Stahlösen an der Oberseite der Waffe paßten. An diesen Ösen hätte sie auch im Bombenschacht eines Flugzeugs gehangen. Mit Hilfe des Flaschenzugs konnten zwei Mann die Bombe mühelos aus ihrer Halterung heben und sanft auf dem Transportwagen absetzen.

Das Wasser schwappte gegen die Unterseite der Bombe. Jarvis schraubte die Abdeckplatte erneut auf und befestigte den von ihm konstruierten Zünder mit Klebeband auf der Oberseite der Waffe. Dann führte er zwei Drähte mit Krokoklemmen ins Bombeninnere und schloß sie dort an. Als er fertig war, trat er zurück, und Qazi beugte sich über die Öffnung, um seine Arbeit zu begutachten.

Das Innere der Waffe war ein Labyrinth aus elektronischen Bauteilen. Aber das hatte Qazi erwartet. Er konzentrierte sich darauf, Jarvis' Arbeit zu kontrollieren. Ja, diese Klemme befand sich an der Stromzuführung von der Batterie. Und die andere war an dem zu den Zündern führenden Kabelstrang geklemmt. Um die Klemmen anbringen zu können, hatte Jarvis beide Drähte auf einen Zentimeter Länge abisolieren müssen.

»In Ordnung.« Er richtete sich auf und sah Admiral Parker an, dessen Gesicht noch immer unter seiner Gasmaske verborgen war. »Tut mir leid, Admiral, aber wir brauchen diese Waffen.«

Parker wandte sich ab. Er schien zu horchen.

Jetzt hörte auch der Oberst ein leises Rumpeln. Was war das?

Qazi richtete seine Taschenlampe auf das in der Tür stehende Wasser. Es bewegte sich ganz leicht, kaum sichtbar. Aber das war zu erwarten, wenn das vor Anker liegende Schiff schwoite. Auch Parker blickte auf das Wasser. Qazi spürte, wie das Deck unter seinen Füßen leicht zitterte.

Dann begriff er endlich. Das Rumpeln war von der auslaufenden Ankerkette gekommen. Das Schiff hatte Fahrt aufgenommen!

Kapitel 25

Der Wachoffizier des Aegis-Kreuzers, der fünf Kilometer nördlich der *United States* ankerte, war im ersten Augenblick verwirrt. Die Lichter des Flugzeugträgers bewegten sich. Darauf hatte ihn der Ausguck auf der Backbordbrückennock aufmerksam gemacht. Die Lichter des Trägers waren erst seit einer Viertelstunde wieder sichtbar, seitdem der Regen nachgelassen hatte. Er warf einen raschen Blick auf den Windmesser, um zu sehen, ob der Wind gedreht hatte und die Schiffe vor Anker schwojen ließ. Nein. Oder trieb der Kreuzer ab, weil die Ankerkette gerissen war? Unwahrscheinlich, weil der Wind ebenfalls nachgelassen hatte. Aber . . .

Der Wachoffizier drehte den Peilkompaß, visierte den im Regen eben noch sichtbaren Leuchtturm an der Einfahrt des Hafens Neapel an und notierte die Peilung. Er wiederholte diesen Vorgang mit einem anderen markanten Punkt an der Küste. Die Peilungen entsprachen genau den im Wachorderbuch eingetragenen Werten, die der Radargast im Combat Decision Center den ganzen Abend lang bestätigt hatte. Das bedeutete, daß der Kreuzer weiterhin dieselbe Position hielt. Aber der Flugzeugträger bewegte sich.

»Brücke, Combat.« Die Stimme kam aus der Kommandosprechanlage.

»Combat, Brücke, aye.«

»Die *United States* macht Fahrt. Etwa vier Knoten, Kurs zwonull-fünf.« Der Wachhabende im CDC hatte sie bereits im Radar erfaßt.

Der Flugzeugträger hatte die vor Anker eingenommene Richtung beibehalten und lief genau gegen den vorherrschenden Wind an. »Verfolgen Sie weiter Ihren Kurs und rufen Sie sie an. Stellen Sie fest, ob wir irgendwas verpaßt haben. Lassen Sie die eingegangenen Meldungen überprüfen.« Oberleutnant Epley befürchtete bereits das Schlimmste. Auf unerklärliche Weise mußte die Mitteilung, daß der Träger auslaufen würde, auf dem Weg zwischen Funkraum und Kommandobrücke verschwunden sein. Sollte das stimmen, überlegte er sich trübselig, ist gleich der Teufel los! Irgend jemand hat hier gewaltig Scheiß gebaut.

»Aye, aye, Sir.«

Der Wachoffizier beobachtete die sich bewegenden Lichter des Trägers durch das mit Regentropfen benetzte Brückenfenster, während er nach dem Telefon griff, das ihn direkt mit der Kapitänskabine verband.

»Kapitän.« Die Stimme des Alten klang verschlafen.

»Sir, hier ist der Wachoffizier. Die *United States* scheint Fahrt aufgenommen zu haben. Allerdings liegt uns keine Meldung über ...«

»Was?« Der Alte war plötzlich hellwach.

»Ja, Sir. Sie macht Fahrt. Radarbestätigung durch Combat liegt vor.«

»Haben Sie sie schon angerufen?«

»Noch nicht, Sir. Combat ...«

»Ich komme sofort rauf.« Die Verbindung wurde unterbrochen.

Der Wachoffizier richtete sein Marineglas auf den Flugzeugträger. Obwohl der Regen seine Sicht beeinträchtigte, konnte er die Mastlichter und die Scheinwerfer an den Inselaufbauten ausmachen.

»Brücke, Combat. Sie macht jetzt sieben Knoten. Keine Antwort auf unsere Anrufe.«

»Versuchen Sie's weiter.«

»Beobachten Sie, ob sie dreht«, wies der Wachoffizier den Backbordausguck und seinen Wachgänger an, der den Vorfall bereits mit Zeitangabe ins Logbuch eingetragen hatte.

Der Kapitän erschien in weniger als einer Minute auf der Brücke. Er trug seine Schuhe in der Hand und warf sie auf seinen Sessel. Nachdem er sich mit einem kurzen Blick davon überzeugt hatte, daß die *United States* tatsächlich Fahrt machte, griff er nach dem Schiff-Schiff-Funktelefon. Keine Antwort. Er fragte bei Combat nach und erfuhr, daß auch von dort aus keine Verbindung zustande gekommen war. Danach diktierte er dem Signalgast einen Blinkspruch für den Träger und telefonierte mit dem Operationsoffizier des Kreuzers, der wie er vor einem Rätsel stand. Der Navigationsoffizier war ebenso ratlos.

»Mr. Epley, lassen Sie die Vor- und Achtergang antreten. Wir wollen mal sehen, wie schnell wir Fahrt aufnehmen können. Wir können unser Flaggschiff nicht einfach ohne uns über die gottverdammte Kimm wegdampfen lassen. Danach rufen Sie den Funkoffizier an und bestellen ihm, daß ich ihn in genau sechzig Sekunden hier auf der Brücke sehen möchte.« Er ließ sich in den Sessel fallen, schnürte seine Schuhe zu und fluchte dabei: »Das gottverdammte Flaggschiff läuft mitten in dieser Scheißnacht aus, und auf dieser Müllschute weiß kein Mensch was davon! Am besten, ich nehm' meinen Abschied und kauf' mir 'ne Schweinefarm!«

* *
*

Als der erwartete Anruf kam, war Admiral Parker am Apparat. Der Leitende Ingenieur rief Jake ans Telefon. Jake stand mit dem Navigationsoffizier über eine Seekarte gebeugt, um einen Kurs abzusetzen, der das Schiff möglichst schnell von Land wegführen würde. Der Navigationsoffizier hatte die Karte aus seiner Kabine nehmen müssen, da er nicht in den Kartenraum auf der Brücke konnte.

»Kapitän Grafton.«

»Jake, hier ist der Admiral. Oberst Qazi hat mich aufgefordert, Sie anzurufen.«

»Ja, Sir.« Jake hörte aufmerksam zu. »Wo sind Sie, Sir?«

»Haben Sie als dienstältester Offizier das Kommando übernommen?«

»Ja, Sir.« Jake hörte jemand im Hintergrund flüstern, ohne die Worte verstehen zu können.

Nach kurzer Pause meldete der Admiral sich wieder. »Qazi hat eine Atombombe scharf gemacht. Er . . .« Wieder ein geflüsterter Satz, dann meldete sich eine neue Stimme.

»Kapitän Grafton, hier ist Oberst Qazi. Admiral Parker hat

Ihnen mitgeteilt, daß ich eine Atombombe scharf gemacht habe. Zweifeln Sie daran?«

»Nein.«

»Sollten Sie und Ihre Männer sich weigern, meine Befehle genau auszuführen, zünde ich die Bombe und vernichte das Schiff mitsamt der Besatzung.«

Er machte eine Pause, und Jake drückte den Telefonhörer an sein Ohr.

»Hören Sie mich, Kapitän?« Die Stimme war ruhig, gelassen, selbstbewußt.

»Ja, ich höre.«

»Sie tun jetzt folgendes: Sie veranlassen, daß die Munitionsaufzüge des vorderen Magazins wieder in Betrieb gesetzt werden. Sie pfeifen Ihre Marines zurück und sorgen dafür, daß Ihre Besatzung nicht versucht, mich und meine Leute am Verlassen des Schiffs zu hindern. Sie lassen die Hubschrauber auf dem Flugdeck unbehelligt. Falls Sie mich irgendwie behindern oder mir in die Quere kommen, Kapitän, zünde ich diese Bombe.«

»Lassen Sie mich mit dem Admiral sprechen.«

»Das ist nicht nötig, Kapitän. Dies ist Ihre Entscheidung, nicht seine. Sie halten sein Leben, Ihr Leben und das sämtlicher Besatzungsmitglieder in Ihren Händen.«

»Auch Ihres.«

»Auch meines. Ich bin in Ihrer Hand. Sie entscheiden, ob diese Bombe gezündet wird. Sollte es dazu kommen, tragen Sie die Verantwortung dafür.«

Jake versuchte zu lachen. Aber sein Lachen klang mehr wie ein Krächzen.

»Diese Sache ist todernst, Kapitän.«

»Wir scheinen ein Patt erreicht zu haben, Oberst. Wenn Sie hier sterben, haben Sie auch versagt.«

»Durchaus nicht! Mit der Detonation dieser Bombe würde ich der Welt beweisen, daß den Amerikanern nicht zu trauen ist. Niemand wird jemals erfahren, weshalb sie detoniert ist – aber der Beweis wird unwiderlegbar sein. Das amerikanische Volk wird Ihre Flotte entwaffnen. Ihre Kriegsschiffe werden von den Weltmeeren verbannt werden. Ich werde der amerikanischen Seemacht einen tödlichen Schlag versetzen. Und das alles unter sehr geringen Opfern, denn es wird nur mich und einige meiner Männer das Leben kosten. Denken Sie darüber nach, Kapitän. Sie haben zehn Sekunden Zeit.«

Jake merkte, daß er hörbar keuchend atmete, und bedeckte die Sprechmuschel mit der Linken. Dieser Schweinehund gab sich so gottverdammt zuversichtlich, als halte er sämtliche Trümpfe in der Hand. Und so war es auch! Falls an Bord eines Schiffs eine Atomwaffe detonierte, war die U. S. Navy erledigt; der Kongreß würde sie unter dem Jubel empörter, verängstigter Wähler versenken lassen.

»Ihre Antwort?«

»Woher weiß ich, daß Sie dieses Schiff nicht in die Luft jagen, nachdem Sie von Bord gegangen sind?«

»Das wissen Sie nicht, Kapitän. Wie lautet Ihre Antwort?«

»Sie bekommen, was Sie verlangen.«

»Ich habe mir gedacht, daß Sie vernünftig sein würden. Jetzt erwarte ich eine Durchsage über die Bordsprechanlage.« Die Verbindung wurde unterbrochen, und Jake hörte nur noch ein Summen. Er knallte den Hörer auf die Gabel.

Reiß dich zusammen, Mann! Laß die anderen nicht merken, daß du nahe daran bist, die Beherrschung zu verlieren. Jake holte einige Male tief Luft und bemühte sich, eine ausdruckslose Miene aufzusetzen.

»Triblehorn, wie lange dauert es, die vorderen Munitionsaufzüge wieder funktionsfähig zu machen?«

»Ungefähr eine Viertelstunde.«

»Gut, sorgen Sie dafür.« Jake wandte sich an Oberleutnant Dykstra. »Ziehen Sie Ihre Marines vom Flugdeck ab. *Niemand* schießt ohne meinen ausdrücklichen Befehl, verstanden? Sonst lasse ich den Schützen und Sie vors Kriegsgericht stellen.«

Aus Dykstras Miene sprach offene Verachtung. »Ich kann nur hoffen, daß Sie wissen, was Sie tun . . . Sir.« Er machte zackig kehrt und marschierte davon.

Der Navigationsoffizier stand noch immer über die Seekarte

gebeugt. Jake sah ihm über die Schulter. Der Navigationsoffizier telefonierte eben – vermutlich mit dem Rudergänger im Notsteuerstand. In diesem Raum, der im Schiffsheck unterhalb der Wasserlinie in der Nähe der riesigen Hydraulikstempel für die Ruderbetätigung lag, befand sich das Notruder. Der Navigationsoffizier bedeckte die Sprechmuschel mit einer Hand und sah zu Jake auf, als dieser sich an ihn wandte. »Wo sind wir?«

Der Navigationsoffizier zeigte auf einen Punkt auf der Karte. Ungefähr zehn Seemeilen südwestlich des Ankerplatzes.

»Wieviel Fahrt machen wir?«

»Siebzehn Knoten.«

»Sehen Sie zu, ob wir dreißig erreichen können.«

»Vielleicht sind dort draußen Schiffe unterwegs. Unser Radar funktioniert nicht, und wir haben nur zwei Ausgucke. Die Sicht ist schlecht. Ich kann unsere Position nur durch Mitkoppeln bestimmen.«

»Dreißig Knoten.« Für den Fall, daß Qazi auf den Panikknopf drückte, wollte Jake, daß die *United States* möglichst weit von der Küste entfernt war. Er konnte nur hoffen, daß Fortuna verhindern würde, daß dieser blinde, durchgehende Elefant mit einem anderen Schiff kollidierte. Bei der im Augenblick herrschenden schlechten Sicht waren die beiden Ausgucke nicht viel wert: bis sie ein Schiff auf Kollisionskurs meldeten, war ein Zusammenstoß nicht mehr zu vermeiden. Und Fortuna schien gerade außer Dienst zu sein.

Jake nahm das Mikrofon der Bordsprechanlage aus der Halterung neben dem Platz des wachhabenden Ingenieurs. Der Ingenieur schaltete die Anlage ein. Die Durchsage mußte überzeugend klingen. Qazi würde mithören. Jake räusperte sich, drückte den Sprechknopf und begann zu sprechen.

* *
*

Seine Durchsage war im gesamten Schiff zu hören – nur in den Räumen nicht, in denen die Anlage wegen Brandschäden an Leitungen oder Lautsprechern ausgefallen war. Der Zufall wollte es, daß dazu der Backbordlaufgang des Flugdecks und der mittschiffs liegende Bereich des O-3-Decks mit den Kontrollräumen der Mittelkatapulte gehörten.

Auf dem Backbordlaufgang zwischen Bug und Winkeldeck mußte Gunnery Sergeant Garcia über den toten Obergefreiten Van Housen hinwegsteigen, um das vertraute Browning-MG mit 12,7 mm Kaliber zu erreichen. Er klappte den Deckel des bereitstehenden Munitionskastens auf und ließ den Patronengurt hineingleiten, den er unter starken Schmerzen um seinen Hals gelegt und aus der Waffenkammer heraufgeschleppt hatte. Als nächstes öffnete er den Verschluß des MGs und legte den Gurt ein. Dann klappte er den Verschluß zu und wollte den Spannhebel zurückziehen. Die Waffe hatte Ladehemmung.

Garcia versuchte es nochmals. Wieder erfolglos. Die Patrone schien gegen etwas Hartes zu stoßen. Er bemühte sich, eine Patrone mit den Fingern in die Kammer zu schieben.

Jemand hatte das MG unbrauchbar gemacht. Er hatte einen Metallstopfen – wahrscheinlich ein konisches Stück Blei – in die Kammer geschoben, und Garcias Versuche, die Waffe zu laden, hatten den Stopfen noch tiefer in den Lauf gedrückt. Und du Idiot hast nicht erst nachgesehen! Das hättest du ahnen müssen!

Er starrte nach achtern, wo die Hubschrauber mit laufenden Triebwerken auf dem Winkeldeck standen, und überlegte, ob er noch Zeit hatte, aus der Waffenkammer einen Putzstock zu holen, mit dem er den Stopfen in die Kammer zurückstoßen konnte. So nahe und doch so weit entfernt! Dort standen sie, und er war hier mit einem schweren MG, mit dem er alle drei Hubschrauber an Deck zerstören konnte – oder noch besser beim Abheben, damit sie ins Meer stürzten, ohne das Schiff zu beschädigen. Und es ließ sich nicht laden.

Van Housen lag mit dem Gesicht nach unten vor ihm. Ein weiterer toter Marine.

Wenigstens war er clever genug gewesen, um aus der Waffenkammer eine weitere Waffe mitzunehmen. Sie hing über seiner rechten Schulter: ein 7,82-mm-Remington 700, ein Scharfschützengewehr mit Zielfernrohr. Er wog es prüfend in den Händen, während er auf die Hubschrauber blickte. Nein. Der beste Platz dafür war oben auf der Insel – hoch oben im Geierhorst. Von dort aus beherrschte er das gesamte Winkeldeck. Er kehrte dem MG und dem toten Marine den Rücken zu und verschwand unter Deck.

* *
*

Kapitän Graftons Durchsage hätte in der Kontrollkuppel des Mittelkatapults zu hören sein müssen, denn der dortige Lautsprecher funktionierte einwandfrei. Oder er hätte funktioniert, wenn der Lautstärkeregler ein bißchen aufgedreht gewesen wäre. Aber als Kowalski hier hereingeschleppt worden war, um seinen Rausch auszuschlafen, hatte irgendein Menschenfreund den Knopf ganz nach links gedreht. Jetzt knackte der Lautsprecher nicht einmal.

Kowalski hockte mit einem Sprechfunkgerät auf dem Boden der abgedunkelten Kuppel und hatte so Verbindung mit einem seiner Leute von Kat 4, die an der Hydraulikanlage des Strahlabweisers arbeiteten. Die Anlage war stromlos, und die Männer versuchten, eine Notstromversorgung vom Hauptverteilerkasten herzustellen. Einer von ihnen, der ebenfalls ein Sprechfunkgerät hatte, meldete Kowalski auf dessen Drängen ab und zu den Stand der Arbeiten.

»Wie lange dauert's noch?«

»Verdammt noch mal, Ski, wir arbeiten uns schon den Arsch ab! Lassen Sie uns in Ruhe, ja?«

»Ich hab' bloß 'ne anständige Frage gestellt, Blödmann. Wie lange dauert's schätzungsweise noch?«

»Ski will 'ne Zeitschätzung ... Fünf Minuten, sagt der Russe.«

»Okay, ich sehe auf die Uhr. Sag dem Russen, daß er sich beeilen soll.«

»Wohin fährt das Schiff, Ski? Wir spüren hier unten, wie alles zittert. Dieser Scheißkahn muß wirklich Fahrt machen.«

»Zerbrecht euch darüber jetzt nicht den Kopf, Jungs.«

Zehn Minuten, dachte Kowalski, vielleicht eine Viertelstunde.

Der Russe meinte immer, gleich fertig zu sein. Kowalski warf einen Blick auf die Wanduhr. Seine Armbanduhr stand. Das mußte gestern abend in dieser Bar passiert sein.

Er schluckte zwei weitere Aspirin, richtete sich vorsichtig auf, bis seine Augen in Deckhöhe waren, und peilte die Lage. Einer der Wachposten machte einen langsamen Rundgang um die Hubschrauber. Der Fahrtwind ließ sein Hemd und seine Hosenbeine flattern. Die Jungs unten hatten recht: der Eimer machte wirklich hohe Fahrt.

* *
*

Zu den Räumen, in denen Kapitän Graftons Durchsage gehört wurde, gehörte der Bereitschaftsraum der Deckfeuerwehr im rückwärtigen Teil der Inselaufbauten. Durch eine wasserdichte Tür hatten die Feuerwehrleute direkten Zugang zu ihrem riesigen Löschfahrzeug, das draußen auf dem Flugdeck parkte. Wären Flugzeuge in der Luft oder an Deck startbereit gewesen, hätten die Männer des Oberstabsbootsmanns in Asbestanzügen und bei laufendem Motor in ihrem Fahrzeug gesessen. Während der Bootsmann sich die Durchsage anhörte, klopfte er seine Pfeife in dem Aschenbecher auf seinem Schreibtisch aus und stopfte sie bedächtig.

Wie seine Männer, die um ihn herum auf Stühlen hockten oder sich an Deck ausgestreckt hatten, war er rauchgeschwärzt und todmüde. Sie hatten die Hangarbrände bekämpft, ohne verhindern zu können, daß unten alles ausbrannte. Nachdem die Brände gelöscht waren, hatten der Bootsmann und seine Leute geholfen, die Leichen auf die Aufzugplattform zu tragen. Und sie hatten den Katapultoffizier des Mittelkatapults und zwei der Katkapitäne identifiziert, die den Tod gefunden hatten, als ein Flugzeug, das noch etwas Treibstoff in den Tanks gehabt hatte, explodiert war. Jetzt wischte der Bootsmann sich mit einem Hemdzipfel den Brandruß von der Stirn.

»Lassen Sie die Eindringlinge unbehelligt«, sagte der CAG. Diese Scheißterroristen hatten die U. S. Navy also untergekriegt, und niemand konnte etwas dagegen tun. Ha! Wahrscheinlich sollte seine Durchsage nur die Terroristen zufriedenstellen, die natürlich mithörten ... Dieser Grafton – ein ausgebrannter Düsenjockey, der nicht mehr ganz dicht war. Gar kein Vergleich zu Laird James. Der war ein richtiger Seemann! Als Vorgesetzter ein Arschloch und ein perfektionistischer Haarspalter, aber der Bootsmann hatte 27 Jahre für besessene Männer gearbeitet, die Perfektion verlangten und sich nicht mit Halbheiten zufriedengaben. An solche Leute war er gewöhnt. Aber dieser Grafton? Wahrscheinlich kommt er dafür vors Kriegsgericht, sagte sich der Bootsmann erbittert.

Als seine Pfeife richtig brannte, lehnte er sich zurück, legte die Füße auf den Schreibtisch und betrachtete das Schild »Rauchen verboten!« an der Wand. Ja, Grafton war genau wie Ray Reynolds. Kleben Sie das Scheißschild an die Scheißwand, Bootsmann, und lassen Sie sich nicht von den Jungs des Sheriffs oder dem Ersten beim Rauchen erwischen. Lassen Sie sich ja nicht bei einem Verstoß gegen schikanöse kleine Bestimmungen erwischen. Sie haben bloß Brände zu löschen und Leichen aufzustapeln, Bootsmann.

Bevor die Terroristen die Brücke erreicht hatten, hatte Kapitän James zur Besatzung gesprochen. Tut eure Pflicht, hatte er gesagt. Das entsprach genau der Dienstauffassung des Bootsmanns. Er hatte es zum Oberstabsbootsmann – dem höchsten Unteroffiziersdienstgrad – gebracht, weil er immer das Richtige getan hatte, ohne sich an Vorschriften zu klammern. Mit Beurteilungen konnten sie ihm jetzt nichts mehr anhaben. Nein, Sir! Degradiert werden konnte er nur noch durch ein Kriegsgerichtsverfahren. Und die Navy stellte keinen vors Kriegsgericht, der das Richtige tat. Aber sie schiß auf Arschlöcher wie Kapitän Grafton, die sich ihren Dienstgrad am Schreibtisch verdienten und dann zusammenklappten, wenn's mal hart auf hart ging.

»Ist unser Fahrzeug aufgetankt?« fragte er seinen Untergebenen.

»Natürlich.«

»Wann habt ihr den Motor zuletzt angelassen?«

»Heute morgen. Nein, gestern bei der täglichen Inspektion. Er ist sofort angesprungen.«

Der Bootsmann paffte seine Pfeife und starrte auf den Bildschirm über der Tür. Die Hubschrauber standen einfach so da. Gelegentlich bewegte sich einer der Wachposten.

Der Monitor schwankte leicht in seiner Halterung. Grafton muß volle Fahrt voraus befohlen haben, dachte der Bootsmann. Ob der Spinner überhaupt weiß, was er tut?

* *
*

»Verdammt noch mal, wohin sind diese verrückten Arschlöcher mit dreißig Knoten unterwegs?« Die gebrüllte Frage des Skippers vom Kreuzer *Annapolis* war gleichzeitig an den Navigationsoffizier, den Operationsoffizier und den Funkoffizier gerichtet. Alle drei standen neben ihm auf der Brücke und beobachteten die Lichter der *United States*, die einige Seemeilen vor ihnen im Dunst verschwammen. »Dreißig Knoten, beschränkte Sicht, geradewegs durch die italienischen Küstenschiffahrtsstraßen, ohne Rücksicht auf all diese verdammten kleinen Fischkutter und Millionärsjachten – diese blöden Arschlöcher müssen den Verstand verloren haben!«

Der Alte wandte sich an den Funkoffizier. »Warum bekommen wir keinen Kontakt, verdammt noch mal?«

»Sie antworten auf keiner Frequenz, Kapitän. Wir glauben, daß sie überhaupt nicht funken. Sie halten strikte Funkstille.«

Der Kapitän griff nach dem Funktelefon und betätigte ergebnislos die Sendetaste. Dann fuhr er sich mit dem Handrücken über die Stirn und hängte den Handapparat langsam wieder ein.

»Sie haben's jedenfalls verdammt eilig«, stellte der Operationsoffizier gelassen fest. Er wußte aus Erfahrung, daß man Ruhe bewahren mußte, wenn der Skipper Dampf abließ.

»Okay«, sagte der Kapitän in normalem Tonfall. Er wandte sich an den Funkoffizier. »Benachrichtigen Sie die Sechste Flotte. Melden Sie, was hier vorgeht. Stellen Sie fest, ob der Admiral mehr weiß als wir. Wir erwarten ihre Befehle. Und schicken Sie einen dringenden OPREP nach Washington.« Ein OPREP war ein Operational Report, mit dem Marinedienststellen dem Oberkommando Notfälle meldeten.

»Wir laufen bereits Höchstfahrt, Sir«, meldete der Wachoffizier. »Wenn sie diese Geschwindigkeit halten, können wir sie nicht einholen.«

»Danke, Mr. Epley«, sagte der Alte mürrisch. Er nickte dem Funkoffizier zu. »Okay, Sie rufen die Sechste Flotte an und schicken den OPREP. Ops, Sie gehen ins CDC und überwachen das Radarbild. Die *United States* meldet sich nicht. Womöglich rammt sie ein Zivilschiff. Versuchen Sie alle, die ihr in die Quere kommen könnten, auf den zivilen Notfrequenzen zu warnen, und fordern Sie sie zum Ausweichen auf. Falls das nicht klappt, bergen wir die Überlebenden.«

»Aye, aye, Sir.«

Der Skipper wandte sich an den Navigationsoffizier. »Willie«, sagte er, »ich will jederzeit wissen, wo wir sind und welcher Kurs anliegt. Ich habe keine Lust, mit dreißig Knoten hinter diesen Blödmännern her auf ein Riff zu laufen. Bereiten Sie eine Karte mit einer Projektion dieses Kurses vor. Vielleicht ist die *United States* in Startposition unterwegs.« Das war die einzig vernünftig klingende Hypothese: Der Flugzeugträger rauschte durch die Nacht, um in Angriffsposition zu gelangen. Aber wem sollte dieser Angriff gelten?

Der reinste Alptraum, überlegte sich der Kapitän, während er seinen Offizieren nachsah. Stell dir vor, es ist Krieg und keiner hat's dir gesagt. War das der große letzte Krieg? Nein, das hätten *wir* doch wenigstens erfahren! Vielleicht war Laird James oder Earl Parker übergeschnappt. Vielleicht hatte es auf der *United States* eine Meuterei gegeben.

Während sein Kreuzer gegen die hochgehende See ankämpfte, ließ der Kapitän sich aufgebracht und verwirrt in seinen Sessel fallen und bemühte sich, seinen Blutdruck unter Kontrolle zu bringen. Weiße Gischt kam über, wenn der Bug eintauchte; dann stieg er wieder aus der See auf und krachte majestätisch und weißschäumend in die nächste Woge. Der Skipper drückte auf die

Sprechtaste der Kommandosprechanlage, verlangte den Leitenden Ingenieur und warnte ihn, daß er bereit sein müsse, den Turbinendampf sofort abzustellen, falls die Schrauben aus dem Wasser kämen.

Die *Annapolis* hatte in Rekordzeit Fahrt aufgenommen, weil ihr Kapitän so schnell Dampf gemacht hatte, daß das Maschinenpersonal anfangs befürchtet hatte, die Kesselauskleidungen könnten Risse bekommen. Er hatte bei langsamer Fahrt den Anker lichten lassen und die Geschwindigkeit so rasch gesteigert, wie die Kessel Dampf liefern konnten. Die *United States* hatte ursprünglich zehn Seemeilen Vorsprung gehabt, aber er hatte ihn verringern können, weil sie fast 20 Minuten lang nur 17 Knoten gemacht hatte. Dann war sie auf 30 Knoten gegangen, so daß er wegen des stärkeren Seegangs Mühe hatte, ihr zu folgen. Aber er würde sie früher oder später einholen: Sobald sie drehte, wollte er eine engere Kurve steuern und zu ihr aufschließen. Immer unter der Voraussetzung, daß er nicht mit der Fahrt heruntergehen mußte, damit die Schrauben im Wasser blieben.

An Bord der *United States* war irgend etwas nicht in Ordnung. Er versuchte sich die Umstände vorzustellen, die in Friedenszeiten dazu führen konnten, daß ein Großkampfschiff mitten in der Nacht unangekündigt den Anker lichtete, ohne sein Begleitschiff Fahrt aufnahm und mit Höchstgeschwindigkeit ohne Funk und Radar vielbefahrene Schiffahrtsstraßen kreuzte. Es konnte nicht schaden, auf alles vorbereitet zu sein, wenn sie den Träger erreichten. »Mr. Epley, alle Mann auf Gefechtsstation!«

* *
*

An Bord der *United States* konferierte Jake Grafton unterdessen im Maschinenleitstand mit den Abteilungsleitern, allen an Bord befindlichen Staffelchefs und etwa der Hälfte der Operationsoffiziere der Staffeln. Auch sein Operationsoffizier und der Boß von Flag Ops waren anwesend. Als Qazi zum zweiten Mal angerufen hatte, hatte Jake ihm erklärt, die Inbetriebnahme der Munitionsaufzüge werde etwa eine halbe Stunde lang dauern, und Qazi hatte darauf bestanden, diese Zeit um die Hälfte zu verkürzen. Trotzdem waren seither 20 Minuten vergangen, ohne daß der Strom eingeschaltet worden wäre. Dabei brauchte der Wachhabende in der Schaltzentrale nur noch einen Schalter umzulegen. Aber Jake hatte ihm noch keinen Befehl gegeben.

»Verdammt noch mal, Kapitän!« brüllte der Waffenoffizier. »Wir dürfen einfach nicht zulassen, daß diese Terroristen sich ein paar Atombomben schnappen und damit wegfliegen! Das dürfen wir nicht!« Seine Feststellung wiederholte lediglich die Argumente, die die um Jake versammelten wütenden und verzweifelten Männer in den letzten Minuten immer wieder vorgebracht hatten.

»Ich bitte um Aufmerksamkeit, Gentlemen«, sagte Jake ruhig. »Dies ist mein letztes Wort. Ich habe mir alle Ihre Argumente angehört. Wir haben dieses Problem jetzt zehn Minuten lang diskutiert. *Meiner Meinung nach* bleibt uns keine andere Wahl. Dieser Mann hat uns in der Hand. Keiner von Ihnen hat eine brauchbare Alternative aufgezeigt.«

»Verdammt noch mal, wir . . .«

»*Nein*! Ich verbitte mir dieses Gefluche! Ich bin der Verantwortliche, und ich habe diese Entscheidung getroffen. Die Diskussion ist beendet!«

»Ich verstehe trotzdem nicht, weshalb wir die Hubschrauber nicht mit Raketen abschießen können, wenn sie ein paar Kilometer entfernt sind, sobald die Bombe im Wasser ist.« Jedermann nahm an, daß Qazi an Deck eine Bombe zurücklassen würde, die er über Funk zünden konnte, falls er verfolgt wurde.

»Darüber haben wir auch schon gesprochen. Kommt nicht in Frage.« Jake trat an den Schreibtisch des Wachhabenden und griff nach dem Mikrofon der Bordsprechanlage. »Schaltzentrale, hier Kapitän Grafton. Setzen Sie die vorderen Munitionsaufzüge in Betrieb.« Er warf das Mikrofon auf den Schreibtisch.

»Sobald diese Leute gestartet sind, wird jede flugfähige E-2 und F-14 auf dem Flugdeck betankt, aufmunitioniert und startklar gemacht. Alle Skipper sorgen dafür, daß ihre Besatzungen einsatzbereit sind. Die Waffenwarte schaffen Lenkwaffen aus den

Magazinen herauf. Das Air Department stellt die Startbereitschaft der Katapulte her. Wir schießen Mr. Qazi und seine Freunde ab, sobald sie weit genug vom Schiff entfernt sind.« Die Offiziere starrten ihn an. *»Los, los, Beeilung!«*

»Mein Gott, CAG«, sagte der Waffenoffizier, »das hätten Sie uns vor zehn Minuten sagen sollen. Wir haben geglaubt, Sie wollten sie einfach entkommen lassen.«

Jake scheuchte sie hinaus. Er schnorrte sich eine Zigarette, ließ sich auf einen Stuhl fallen und zündete sie sich mit zitternden Händen an. Diese Kerle dachten alle nicht weit genug. Qazi hatte bisher alle Schwierigkeiten vorausgesehen; wahrscheinlich wußte er auch ein Rezept gegen eine Verfolgung durch Jäger der *United States*. Die Schiffsoffiziere begriffen einfach nicht, wie wenige Möglichkeiten ihnen offenstanden. Jake war von Anfang an entschlossen gewesen, nicht zu erwähnen, daß sie alle höchstwahrscheinlich nur noch eine Stunde zu leben hatten. Jetzt hatten die anderen einen Strohhalm, an den sie sich klammern konnten – eine Beschäftigung, die sie ablenkte, während die letzten Minuten verrannen.

»CAG«, sagte Triblehorn, nachdem die anderen gegangen waren, »vielleicht sollten Sie der Besatzung mitteilen, was dieser Terrorist vorhat. Wie wär's mit einer Durchsage über die Bordsprechanlage?«

»Damit jeder Gelegenheit hat, seine Sünden zu bereuen, bevor er verkohlt? Kommt nicht in Frage. Wir können keine Panik an Bord brauchen. Unsere Leute müssen dann eben als Sünder vor ihren Schöpfer treten. Dem Tod ist es ohnehin egal, in welchem Zustand er uns erwischt.«

Du bist wirklich ein großartiger Marinestratege, Jake Grafton. Nach zweiundzwanzig Jahren in der Navy bist du für ein Debakel verantwortlich, gegenüber dem Pearl Harbor sich wie ein kleiner Verkehrsunfall ausnehmen wird. Und falls du durch ein Wunder überleben solltest, ketten die Admirale und Kongreßabgeordneten dich auf die Streckbank.

»Warum gibt's hier unten keine Aschenbecher?« fragte er den wachhabenden Ingenieur.

»Der Erste Offizier hat uns angewiesen, sie zu entfernen. Rauchen schadet Ihrer Gesundheit.«

»Tatsächlich? Na ja, ich bin das lebende Beispiel dafür«, meinte Jake. »Rufen Sie die Schlosserei an und lassen Sie mir einen großen Bolzenschneider bringen. Aber sie sollen sich beeilen!«

»Sie haben nach mir geschickt, CAG?« Der Sprecher war ein bebrillter Stabsbootsmann. Auf seinem Namensschild stand unter dem Namen Archer die Abkürzung EOD: Explosive Ordnance Disposal – Bombenräumkommando.

»Richtig. Nehmen Sie sich einen Stuhl und gehen Sie vor Anker.« Der Hauptbootsmann nahm wie angewiesen Platz. Er war mittelgroß und schlank. Seine Uniform saß wie maßgeschneidert. Er hatte kleine, zarte Hände. Seinem Aussehen nach hätte er Buchhalter oder Bankkaufmann sein können, wenn unter dem kurzen Ärmel seines Khakihemds nicht die Beine einer auf seinen Arm tätowierten nackten Frau sichtbar gewesen wären.

»Archer, Sie müssen mir ein paar Fragen über Atomwaffen beantworten. Wir stehen vor einem kleinen Problem.«

Kapitel 26

Bei mäßigem Seegang stampfte die *United States* nur leicht, während sie mit 30 Knoten durch die Nacht rauschte: ein schwaches Auf und Ab von Bug und Heck, das ihre an diese Bewegungen gewöhnte Besatzung ignorierte. Die Männer nahmen jedoch die Vibrationen wahr, mit denen ihre vier je 33 Tonnen schweren Schrauben eine schäumende Hecksee abwarfen. Im Schiffsinneren waren diese Vibrationen auf den Decks und Korridoren deutlich zu spüren: die dynamische Spannung bedrohlicher Kraft und Geschwindigkeit.

Der Wind hatte mehr auf Ost gedreht, war kühl und frisch und brachte keinen Regen mehr. Über der aufreißenden Wolkendecke wären Sterne sichtbar gewesen, wenn jemand auf dem Flugdeck sich die Mühe gemacht hätte, nach oben zu sehen. Das tat Jake Grafton aus alter Gewohnheit, als er, mit einem Sprechfunkgerät in der rechten Hand und von vier bewaffneten Marines in Kampfanzügen begleitet, aufs Flugdeck trat. Hauptbootsmann Archer, der neben ihm ging, trug seinen Werkzeugkasten in der einen und den Bolzenschneider in der anderen Hand. Jake atmete in der frischen Brise tief durch und blickte zu den hell funkelnden Sternen in den dunklen Wolkenlöchern über ihnen auf. Die Temperatur hier auf dem Flugdeck lag mindestens fünf Grad unter der im Schiffsinneren, so daß er vor Kälte zitterte, während er sich auf dem Flugdeck umsah.

Seine Begleiter und er standen inmitten eines Waldes aus Flugzeugen, deren Tragflächen in grotesken Winkeln hochgeklappt waren. Rechts vor ihm erhob sich die Insel, deren rote und weiße Scheinwerfer das Deck und die Flugzeuge in mildes rötliches Licht tauchten. Hinter der Insel und mehr in seiner Nähe ragte der mit zahlreichen Antennen bestückte Mast in den dunklen Nachthimmel auf. Jake starrte sekundenlang verwirrt darauf. Ah, richtig – die Radarantennen drehten sich nicht.

Jake ging zwischen den Flugzeugen hindurch weiter, bis er die auf dem Winkeldeck abgestellten Hubschrauber sehen konnte. Dort lehnte er sich gegen eine Maschine und wartete, bis sich seine Augen an die Lichtverhältnisse gewöhnt hatten. Auf dem Deck um die Hubschrauber herum lagen Wachposten in Stellung. Hinter ihnen marschierte ihr Vorgesetzter mit einem Sturmgewehr in den Armen langsam auf und ab. Die Rotorblätter der Hubschrauber standen still, ihre Triebwerke liefen nicht mehr.

Zwischen den Hubschraubern und der Insel stand eine Reihe E-2, deren Radarnasen auf die Hubschrauber zeigten. Auf den Bugkatapulten vor den Hawkeyes waren Jäger mit eingeklinkten Schleppstangen abgestellt, damit sie rasch nach achtern geschleppt und in Startposition gebracht werden konnten. Jenseits dieser Maschinen am Bug und links von den Hubschraubern auf dem Winkeldeck lag das Dunkel der Nacht.

Vorn am Bug zwischen den Flugzeugen, fast 200 Meter von Jake entfernt, endeten die vorderen Munitionsaufzüge. Qazi würde seine Waffen zwischen den abgestellten Flugzeugen hindurch zu den wartenden Hubschraubern fahren.

Irgend etwas schlug in das Flugzeug rechts neben ihm ein, und Jake hörte einen hämmernden Feuerstoß, während er unwillkürlich die Maschine anstarrte. Er blickte wieder zu den in Stellung liegenden Wachposten hinüber und sah Mündungsfeuer aus einer der Waffen aufblitzen. Der nächste Feuerstoß traf das Flugzeug, an dem er gelehnt hatte.

»Schnell zurück! Alle Mann zurück!«

»Sir«, sagte einer der Marines halblaut, »ich kann diesen Kerl ...«

»Verschwindet! Ich will nicht, daß sie unsere Flugzeuge zerschießen, und ich habe befohlen, daß niemand ohne meine Genehmigung schießt. Zurück, verdammt noch mal!« Jake folgte den zurückweichenden Marines. Er kauerte sich unter ein Flugzeug, starrte zwischen Fahrwerk und Rumpftank hindurch und versuchte, die Wachposten an den Hubschraubern zu erkennen. Die Männer waren gerade noch auszumachen. Hier unter den Flugzeugen waren Jake und seine Begleiter für die Posten unsichtbar.

Scheiße! Alle Flugzeuge im Hangar zerstört, und jetzt begannen sie, die an Deck abgestellten Maschinen zu durchlöchern! Der Teufel sollte diese Kerle holen! Qazi hatte nicht nur alle Trümpfe, sondern das ganze Blatt in der Hand!

* *
*

»Okay, Ski. Die Hydraulik funktioniert wieder.« Paik kauerte mit drei weiteren Seeleuten neben Kowalski in der Mittelkuppel. Sie reckten langsam die Köpfe hoch, um das Flugdeck überblicken zu können, und starrten die Hubschrauber und die Männer in ihrer Nähe an. »Wann ist es soweit?«

»Erst wenn sie mit den Mühlen abfliegen wollen. Wenn wir jetzt zuschlagen, kommen sie vielleicht unter die Katapulte runter und erschießen alle. Das dürfen wir nicht riskieren.«

»Von wo aus?«

»Vom Steuerpult unter Deck aus.« Das Hauptsteuerpult für die Strahlabweiser befand sich im Laufgang auf Höhe der Abweiser für die Mittelkatapulte. Aber solange sich dort so viele Terroristen herumtrieben, wäre es zu riskant gewesen, einen Mann ans Hauptsteuerpult kriechen zu lassen. Deshalb würden sie an diesem Morgen das Nebensteuerpult unten im Katmaschinenraum benützen.

»Was ist denn das für ein Gestank?« fragte einer der Männer laut schnüffelnd.

»Ich hab' hinters Steuerpult gekotzt«, gab Kowalski zu.

»Jesus, Ski, Sie sollten . . .«

»Ja, ich weiß.«

»Mann, den Schweinen zeigen wir's aber!« sagte einer der Grünhemden und kicherte nervös.

»Ja, die merken noch, daß mit der Uncle Sugar Navy nicht zu spaßen ist«, stimmte Paik zu.

»Das wird den verdammten A-ra-bern 'ne Lehre sein!« begeisterte sich der Russe, ein weiterer Grüner.

»Verschwindet nach unten, Jungs«, befahl Kowalski. »Paik, du bemannst das Steuerpult im Kontrollraum. Du tust nichts, bevor ich's sage, und tust dann genau, was ich sage. Kapiert?«

»He, Ski, kann ich hierbleiben und zusehen?« fragte der erste Grüne und hob den Kopf, um einen weiteren Blick aufs Flugdeck zu werfen. »Das wird bestimmt 'ne tolle Sache, die . . .«

»Verschwindet! Ihr könnt unten auf dem Monitor zusehen – falls er funktioniert.«

»Oooch . . .« Sie zogen ab, verriegelten die Stahltür hinter sich und ließen Kowalski in der Dunkelheit mit seinem Kater allein.

* *
*

Das Geräusch anlaufender Hubschraubertriebwerke alarmierte Jake Grafton als erstes. Ihr tiefes Summen wurde langsam höher, bis der eingespritzte Treibstoff zündete, und steigerte sich dann rasch zu einem schrillen Pfeifen. Als die Leerlaufdrehzahl erreicht war, begannen sich die Haupt- und Heckrotoren zu drehen. Die Wachen an Deck blieben auf ihren Posten.

Jake veränderte seine Stellung, bis er an den Hawkeyes vor der Insel vorbei zu den am Bug abgestellten Flugzeugen – dem »Bugpack« – hinübersehen konnte. Ja, dort kam jemand! Ein Mann, der einen Bombenkarren hinter sich her zog. Neben ihm ein bewaffneter Terrorist. Und dahinter noch einer.

»Archer?«

»Ja, Sir.«

»Sehen Sie sich das mal an.« Der Hauptbootsmann trat neben Jake und starrte wie er durch die Lücke zwischen einem F-14-Hauptfahrwerk und einem A-6-Rumpftank.

»Da kommt der Admiral!« sagte Archer. Jetzt erkannte Jake ihn ebenfalls: in weißer Uniform, die Hände auf dem Rücken gefesselt und von zwei weiteren Männern eskortiert.

* *
*

Auch Kowalski hörte die anlaufenden Hubschraubertriebwerke und setzte die Sprechfunkgarnitur auf. Er rückte den Kopfhörer zurecht und brachte das Mikrofon näher an seine Lippen. »Bist du da, Paik?«

»Ja, Ski. Ich bin soweit.«

»Du tust nichts, bevor ich's sage. Aber halt dich bereit. Diese Kerle lassen ihre Triebwerke an. Augenblick, ich seh' mal nach.« Er hob langsam den Kopf, bis er über die Unterkante der Panzerglasscheibe hinwegblicken konnte. Die Wachposten lagen nicht mehr in Stellung; sie liefen geschäftig durcheinander. Kowalski starrte den letzten Hubschrauber an, der auf Strahlabweiser 4 stand. Im Cockpit waren Pilot und Copilot eben zu erkennen. Keine Navypiloten, das stand fest – kein Marineflieger, der richtig im Kopf war, wäre mit seiner Mühle auf einem Strahlabweiser gelandet. Das war ihr Pech.

»Was sehen Sie?« fragte Paiks Stimme.

»Gleich wird es einen schlimmen Unfall geben. Halt jetzt die Ohren offen und die Klappe.«

* *
*

Der Bootsmann der Decksfeuerwehr verfolgte das Anlassen der Hubschraubertriebwerke auf dem Bildschirm. Er schob die Spielkarten zusammen, mit denen er auf seinem Schreibtisch eine Patience gelegt hatte, steckte sie ins Etui zurück und legte es in die linke obere Schublade, wohin es gehörte. Das lernte man in der Navy, selbst wenn man nichts anderes lernte – alles an seinen Platz.

Er stand auf und reckte sich, ohne den Monitor aus den Augen zu lassen. Rechts unten am Bildrand erschienen zwei Männer – einer in Khaki, der andere im Blauzeug eines Matrosen –, die einen Mann in weißer Uniform eskortierten. Außerdem waren ein Zivilist und eine Gestalt zu sehen, die eine Frau zu sein schien. Der Bootsmann trat etwas näher an den Bildschirm heran.

Seine Leute drängten sich um ihn. »Ist das nicht der Admiral?« – »Scheiße, das ist er wirklich!« – »*Was* geht hier eigentlich vor?« – »Ich versteh' überhaupt nichts mehr, Mann.« – »Uns sagt sowieso keiner was.«

»Was sind das für Dinger auf den Karren?«

Die Männer traten möglichst dicht an den Monitor heran und starrten auf den Bildschirm. »Heiliger . . . das sind *Atombomben*!«

»Setzt euch, Jungs.« Der Bootsmann wartete, bis sie auf der alten Couch mit der herausquellenden Füllung und den Klappstühlen saßen. Dann nahm er den Zündschlüssel des Löschfahrzeugs von seinem Haken neben der Tür. »Ihr bleibt hier, Leute.«

»Ich komme mit, Bootsmann«, sagte einer der Männer.

»Du hast gehört, was ich gesagt habe.«

»Wenn du gehst, gehe ich auch.«

»Okay.« Der Oberstabsbootsmann drückte den Hebel hoch, mit dem die Vorreiber geöffnet wurden, und öffnete die Tür einen Spalt weit. Keine zwei Meter von ihm entfernt stand ihr schweres Löschfahrzeug. Seine Motorhaube zeigte auf die Hubschrauber auf dem Winkeldeck, und vor ihm standen keine Flugzeuge. Der Bootsmann schaltete das Licht im Bereitschaftsraum aus, atmete in der kühlen Nachtluft tief ein, öffnete die Tür und schlüpfte hinaus. Der andere blieb dicht hinter ihm.

* *
*

Gunny Garcia hörte die Hubschraubertriebwerke anlaufen, während er den Aufgang in der Insel hinaufstieg – denselben Aufgang, in dem die Terroristen Handgranaten geworfen und Vehmeier und Garcias Marines erledigt hatten. Ihre Leichen waren inzwischen abtransportiert worden, aber die Blutflecken und Granatsplitter waren geblieben. Das Blut hatte sich mittlerweile schwarz verfärbt, und das gesamte Treppenhaus stank nach Rauch.

Garcia hatte Mühe gehabt, sich einen Weg durch den ausgebrannten Bereich des O-3-Decks zu bahnen. Die Matrosen hatten noch überall Elektrokabel und Feuerwehrschläuche ausgerollt, und Notscheinwerfer waren die einzigen Lichtquellen. Der Gestank nach verbranntem Gummi und verkohltem Fleisch war entsetzlich.

Als er das Pfeifen der Hubschraubertriebwerke hörte, mischte sich Angst in seine Entschlossenheit. Vielleicht war es schon zu spät.

Auf dem Weg nach oben überzeugte er sich davon, daß die Tür der Flugdeckleitstelle geschlossen war. Die beiden Terroristen lagen noch immer dort, wo sie zusammengebrochen waren. Leggett war nirgends zu sehen. Garcia schlich auf Zehenspitzen weiter den Aufgang hinauf.

Auf dem dritten Treppenabsatz hörte er jemand von oben herabkommen. Er wartete grimmig und mit schußbereitem Remington.

Als erstes sah er die schwarzen Halbschuhe des Mannes, danach seine ausgestellten Matrosenhosen, dann die Sporttasche und die Uzi. In diesem Augenblick drückte er ab.

Der Mann stürzte mit einem Aufschrei die Stufen hinunter, blieb vor ihm liegen und hielt sich wimmernd den Unterleib. Garcia riß den Schloßhebel seines Gewehrs zurück, schob ihn wieder nach vorn und wartete. Anscheinend war dieser Mann allein gewesen. Er trat auf ihn zu. Das 7,82-mm-Geschoß hatte sein Becken getroffen. »Das ist 'ne häßliche Verletzung, die du da hast, Freundchen«, sagte Garcia und schoß ihn in den Kopf. Der Kopf zerplatzte. Der Gunnery Sergeant lud nach und stieg weiter nach oben.

* *
*

Jede der sieben Bomben lag auf ihrem eigenen Transportwagen: einem kleinen gelben Karren mit vier Rädern und einer Deichsel. Jeweils ein Mann schob seinen Wagen rückwärts vor sich her über das Flugdeck.

Die Waffe mit dem bereits installierten Zeitzünder ließ Qazi vor der Insel abstellen. Dann fesselte er Admiral Parker mit Handschellen an den Transportwagen. »Wie Sie sich vermutlich denken können, Admiral, überbrückt dieser Zünder sämtliche eingebauten Sicherheitsmechanismen der Bombe. Er enthält eine eigene Batterie und kann die Zündsequenz selbständig auslösen.« Qazi hielt einen kleinen Blechkasten hoch und sprach laut weiter, um den Triebwerkslärm der Hubschrauber zu übertönen. »Ich kann den Zünder mit einem Druck auf diesen Knopf aktivieren. Und ich drücke ihn, *falls* . . .« Er wandte sich ab und beobachtete, wie die Wachen je zwei noch auf ihren Transportkarren liegende Bomben in die Hubschrauber wuchteten.

Ali, der neben ihnen stand, hakte ein Handfunkgerät von seinem Gürtel los und sprach hinein.

Qazi wandte sich erneut an Parker. »In wenigen Augenblicken wird hier an Deck geschossen. Das läßt sich nicht vermeiden. Wir müssen die Maschinen auf dem Flugdeck außer Gefecht setzen, damit Ihre Leute uns nicht verfolgen können, sobald sie glauben, wir seien weit genug entfernt, um den Zünder nicht mehr über Funk aktivieren zu können. Ich hoffe, daß Sie einsehen werden, daß die Lahmlegung der Flugzeuge in gewisser Beziehung ein Vertrauensbeweis meinerseits ist. Ich hoffe sehr, daß wir ungehindert abfliegen dürfen und daß ich nicht auf diesen Knopf drücken muß. Denn ich würde Ihr Schiff notfalls vernichten, Admiral, so wahr mir Gott helfe! Haben Sie mich verstanden?«

Earl Parkers Gesicht blieb ausdruckslos wie zuvor. Er hatte beobachtet, wie die Bomben in die Hubschrauber geladen wurden; als er die Frage hörte, sah er rasch zu Qazi hinüber und konzentrierte sich dann wieder auf die abflugbereiten Maschinen.

Die Terroristen aus der Flugdeckleitstelle rannten an ihnen vorbei auf die Hubschrauber zu. Die Frau half dem dicken Zivilisten, dem Waffenexperten, in den vordersten Hubschrauber.

»Leben Sie wohl, Admiral«, sagte Qazi und wandte sich ab. Ali und er gingen rasch auf den ersten Hubschrauber zu, während die Wachposten in Richtung Bug und Heck ausschwärmten. Sie zogen fast gleichzeitig die Sicherungsstifte aus ihren Handgranaten und warfen sie zwischen die abgestellten Flugzeuge. Dann eröffneten sie das Feuer mit ihren Uzis.

* *
*

»Handgranaten!«

Der dienstälteste Marine, ein Sergeant, brüllte die Warnung und ließ sich flach aufs Deck fallen. Jake Grafton, Hauptbootsmann Archer und die übrigen Marines folgten seinem Beispiel.

Jake hörte, wie eine der Handgranaten von einem Flugzeug in seiner Nähe abprallte und mit dumpfem Knall detonierte. Danach folgten mehrere Explosionen so dicht nacheinander, daß er sie nicht mehr auseinanderhalten konnte.

Die Granatsplitter und Uzigeschosse klangen wie Hagel auf einem Blechdach, als sie die Flugzeugrümpfe durchlöcherten. Jake sah das Deck entlang. Überall Terroristen und das Mündungsfeuer ihrer MPs. Dazwischen hagelte es Handgranaten.

* *
*

»Was soll der Scheiß, Ski?« erkundigte Paik sich. »Was machen die Kerle?« Seine Kameraden und er beobachteten die Ereignisse an Deck auf ihrem Monitor.

»Die schießen alles zu Schrott. Bist du fertig?«

»Klar.«

Um zu verhindern, daß die Terroristen sich auf die Suche nach seiner unbewaffneten Mannschaft machten, hatte Kowalski abwarten wollen, bis sie in den Hubschraubern waren. Aber das konnte er nicht länger mit ansehen.

»Okay, hoch damit . . . *jetzt*!«

Der Hubschrauber auf Strahlabweiser 4 kippte in einem Funkenregen nach vorn, als seine Rotorblätter sich in das Stahldeck gruben. Der hydraulisch betätigte riesige Strahlabweiser war aus dem Deck hochgeklappt, als sei der Hubschrauber leicht wie eine Feder.

Die Rotorblätter zersplitterten. Terroristen wurden niedergemäht, als Bruchstücke der Rotorblätter funkensprühend nach allen Seiten davonflogen und sich in menschliches Fleisch bohrten. Mindestens einer der Terroristen ließ eine bereits abgezogene Handgranate fallen, die mit einem Lichtblitz neben ihm detonierte.

»Abweiser runter!«

Der Hubschrauber sank mit einem Ruck auf die Räder zurück. Seine Triebwerke kreischten schrill, als sie ohne den Widerstand der Rotorblätter überdrehten.

»Abweiser rauf!«

Diesmal kippte der Strahlabweiser den Hubschrauber auf die Nase. Die Maschine schien dort einen Augenblick zu balancieren; dann fiel sie nach vorn, blieb auf dem Rücken liegen und fing Feuer. Davonfliegende Trümmer trafen den Heckrotor des zweiten Hubschraubers, der sofort abbrach.

Kowalski hörte Jubel und Lachen in seinem Kopfhörer. Die Jungs im Kontrollraum waren beinahe hysterisch, und Paik hielt seinen Sprechknopf gedrückt. *»Wir haben's geschafft!«* kreischte er dem Katkapitän in die Ohren. *»Wir haben's geschafft!«*

Der Treibstofftank des umgestürzten Hubschraubers explodierte in einem orangegelben Feuerball und ließ Trümmerstücke aufs Flugdeck regnen.

* *
*

Gunny Garcia trat auf den Geierhorst hinaus und blickte auf das von dem brennenden Hubschrauber taghell beleuchtete Flugdeck hinab. Er war nicht zu spät gekommen! Mit zitternden Händen drehte er den Parallaxenring des Zielfernrohrs ganz zurück und stellte die Vergrößerung scharf, während er beobachtete, was unter ihm geschah. Er zielte auf einen Mann in der Nähe des brennenden Hubschraubers und versuchte, ihn ins Fadenkreuz zu bekommen.

Das Fadenkreuz tanzte unkontrollierbar auf und ab. Garcia stützte sich auf die Reling, holte kurz tief Luft und drückte ab. Der Mann brach zusammen.

Garcia lud nach.

Er hatte drei der Terroristen erschossen, als das gelbe Flugdeck-Löschfahrzeug mit aufheulendem Motor, der selbst die Hubschraubertriebwerke übertönte, von seinem Abstellplatz hinter der Insel hervorschoß. Hinter der Schaumlöschkanone über dem Fahrerhaus stand ein Mann, der damit mindestens 15 Meter weit spritzte. Er zielte mit der Kanone auf einen Terroristen, der von dem Löschstrahl umgeworfen wurde. Das schwere Fahrzeug raste geradewegs auf den vordersten der drei Hubschrauber zu.

Vor dem Hubschrauber stand ein Mann, der auf das Löschfahrzeug schoß. Garcia brachte ihn ins Fadenkreuz und drückte ab. Der Mann warf die Arme hoch und brach zusammen. Aus der offenen Seitentür des Hubschraubers kam Mündungsfeuer. Garcia zielte mitten hinein und drückte erneut ab. Aber der erwartete Rückstoß blieb aus. Das Magazin war leer geschossen. Das Fahrzeug schleuderte, als sein linker Vorderreifen sich von der Felge löste.

Der Motor des Löschfahrzeugs brüllte wie ein wütender Löwe, während es in den mittleren Hubschrauber krachte. Das Fahrzeug wurde langsamer, aber jetzt rutschte der Hubschrauber bereits seitlich auf die Reling zu. Sein Hauptfahrwerk verbog die Stützen der Flugdeckreling. Von den durchdrehenden Hinterreifen des Löschfahrzeugs stieg blauer Qualm auf. Dann stürzte der Hubschrauber ins Meer, und das Fahrerhaus des Löschfahrzeugs bäumte sich auf, als seine Vorderräder auf die Reling trafen. Sein Motor lief noch immer mit Vollgas, als es dem Hubschrauber ins Meer folgte.

Dicht neben Garcia prasselten Kugeln gegen die Stahlwand. Er duckte sich hinters Schanzkleid und füllte in fieberhafter Eile das Magazin auf.

Die Triebwerke des einzigen noch flugfähigen Hubschraubers, der ganz vorn gestanden hatte, erreichten pfeifend ihre Startleistung. Als der Pilot den Blattverstellhebel hochzog, knatterten die Rotoren, während die Maschine abzuheben begann.

Garcia tauchte mit nachgeladener Waffe aus seiner Deckung auf und zielte aufs Cockpit. Er hatte den Piloten im Fadenkreuz ..., aber dann krachte etwas in seine linke Schulter und verriß ihm das Gewehr, gerade als er abdrückte. Er versuchte, die Waffe in der linken Hand zu halten und den Verschluß mit der rechten zu spannen, aber seine Linke war völlig kraftlos. Der Hubschrauber hob ab und flog auf die Kante des Winkeldecks zu.

Weitere Kugeln schlugen um Garcia herum ein. Sein linker Arm gehorchte ihm nicht mehr. Das Gewehr entglitt ihm und fiel sich überschlagend in die Tiefe.

Garcia beobachtete aufgebracht, wie der Hubschrauber die

Kante des Flugdecks hinter sich ließ und in der Dunkelheit verschwand. Dann brach er schluchzend hinter dem Schanzkleid zusammen.

* *
*

Während hinter ihm auf Dauerfeuer gestellte M-16 ohrenbetäubend loshämmerten, spurtete Jake Grafton im Kugelhagel das Flugdeck enlang. Er rannte auf den Transportwagen mit der Atombombe zu, der vor den mit dem Heck zur Insel abgestellen E-2 Hawkeyes stand. Neben dem Wagen lag ein Mann in weißer Uniform.

Hauptbootsmann Archer erreichte den Wagen gleichzeitig mit ihm. Während Jake neben dem Admiral niederkniete, begann Archer, die Waffe im Licht einer Taschenlampe zu inspizieren. Parker schien aus tausend Wunden zu bluten. Die Splitter der Rotorblätter oder einer Handgranate mochten ihn so zugerichtet haben.

»Admiral? Cowboy? Ich bin's. Jake. Kannst du mich hören?«

Hinter Jake ging das Feuergefecht mit den letzten Terroristen weiter, während die aus dem brennenden Hubschrauber schlagenden Flammen höher und höher in den Nachthimmel stiegen.

Parkers Augen und Lippen bewegten sich. Jake beugte sich über ihn, um zu verstehen, was er sagen wollte.

»Jake . . .«

»Ja. Ich bin hier, Cowboy.«

Parkers Blick schien ihn jetzt zu erkennen. »Laß ihn nicht entkommen, Jake.« Seine Hand packte Jakes Hemd und zog ihn zu sich herab. »Er darf nicht entkommen. Du mußt ihn . . .« Parker hustete Blut.

»Wir kriegen sie, Cowboy. Du kannst dich auf mich verlassen.«

Parker ertrank in seinem eigenen Blut. Er hustete und würgte und versuchte zu sprechen. Mit gewaltiger Anstrengung gelang es ihm, noch einmal Luft zu holen. »Laß nicht zu, daß er diese Waffen benützt . . .« Sein Körper bäumte sich auf, während er keuchend nach Luft rang. Jake hielt ihn in den Armen, ohne ihm helfen zu können.

Wenig später wurde Parkers Körper schlaff.

»Ich weiß nicht recht, CAG.« Das war Archer, der den Zünder begutachtete. »Ich komme nicht damit zurecht. Der Zünder wird eindeutig über Funk aktiviert und ist von jemandem gebaut worden, der verdammt viel von solchen Waffen versteht – aber der Teufel soll mich holen, wenn ich weiß, was passiert, wenn ich diesen Draht hier durchknipse.« Er zeigte auf den Draht, den er meinte.

Jake hob den Bolzenschneider auf, den Archer aufs Deck geworfen hatte, und öffnete damit die Handschellen, mit denen Parker an den Wagen mit der Bombe gefesselt war. Dann ließ Jake das schwere Werkzeug fallen und ergriff die Deichsel des Wagens. Die Verriegelung der Vorderräder wurde automatisch gelöst, als er die Deichsel anhob. Er begann den Wagen zu ziehen.

»Was haben Sie vor?« fragte Archer.

»Die Bombe muß über Bord. Der Funkempfänger funktioniert unter Wasser nicht, und vielleicht wird der ganze Zünder durch einen Kurzschluß lahmgelegt.«

Archer trat auf die andere Seite der Deichsel. Die beiden Männer begannen zu traben. »Nicht zu schnell«, mahnte Archer, »sonst kippt das Ding um.«

Sie zogen den Transportwagen um die Insel herum zur Steuerbordreling. »Vielleicht geht die Bombe hoch, wenn sie ins Wasser klatscht«, gab Archer zu bedenken.

»Das müssen wir riskieren. Die Zeit läuft uns davon.«

Jake erinnerte sich daran, daß es irgendwo an Steuerbord eine Bombenrutsche gab. Dort drüben! Er wendete den kleinen Wagen und fuhr ihn rückwärts an die Stahlblechrutsche heran, die weit über den Laufgang hinausreichte.

Die Hinterräder standen bereits schräg, dann auch die Vorderräder. Die Bombe glitt vom Wagen, polterte die Rutsche hinab und stürzte in freiem Fall ins Meer. Jake Grafton wandte sich ab und schloß die Augen. Falls sie hochging, würde er es nicht einmal spüren.

Sein Herz pochte. Jeder Pulsschlag bedeutete eine weitere halbe Sekunde Leben. Callie, ich liebe dich so . . .

Als ihm schließlich klar wurde, daß die Detonation ausbleiben würde, versuchte er zu gehen, aber seine Beine versagten ihm den Dienst. Er sackte an Deck zusammen und wälzte sich auf den Rücken. Dann setzte er sich langsam, ganz langsam auf. Archer hockte neben ihm und hatte beide Hände vors Gesicht geschlagen.

* *
*

Qazi durchquerte die Hubschrauberkabine von der offenen rechten Seitentür aus, um zu den Schalensitzen an der gegenüberliegenden Wand zu gelangen. Er hatte beobachtet, wie die Lichter des Flugzeugträgers hinter ihnen in der Dunkelheit zurückblieben.

»Wie weit sind wir schon weg?« brüllte Ali, der Mühe hatte, den Triebwerklärm zu übertönen. »Sobald wir fünfzehn Kilometer entfernt sind . . .«

Qazi gab ihm den Metallkasten mit dem Sender zur Aktivierung des Bombenzünders. Ali benützte das Telefon an der Tür, um mit den Piloten zu sprechen, und hielt dann seine Armbanduhr unter die Lampe neben dem Telefon: eine der drei kleinen Lampen, von denen die Kabine notdürftig erhellt wurde. Er trat wieder an die Tür, beugte sich in den Luftstrom hinaus und starrte nach hinten.

Noora und Jarvis kauerten aneinandergedrängt in einer Kabinenecke. Noora drückte Jarvis' Kopf an ihre Brust und wiegte ihn sanft. Jarvis hielt den Kopf gesenkt, so daß Qazi nur seinen Hinterkopf sah.

Rechts von Qazi saßen drei seiner Männer mit ihren Waffen zwischen den Knien, mit an die Wand zurückgelehnten Köpfen, geschlossenen Augen und schlaffen Gesichtern. Sie wirkten völlig erschöpft. Diese drei hatten es geschafft, in den Hubschrauber zu klettern, als das Löschfahrzeug auf sie zugerast war; sie hatten sich in der Tür herumgeworfen und ihre Waffen auf das Fahrzeug leergeschossen. Sie waren die einzigen Überlebenden der 36 Männer, die Qazi an Bord mitgenommen hatte.

Immerhin hatte er zwei Bomben. Ihre weiße Außenhaut reflektierte das Licht der kleinen Lampe am Telefon neben der Tür. Ali beugte sich noch immer in den Luftstrom hinaus. Jetzt richtete er sich auf, warf einen Blick auf seine Uhr und grinste zu Qazi hinüber. Er stemmte sich gegen die Wand und drückte auf den Feuerknopf.

Erfolglos. Ali runzelte die Stirn und drückte erneut. Er beugte sich mit dem Kasten in der Hand aus der Tür und hielt ihn nach hinten in Richtung Flugzeugträger.

Ali schleuderte den Metallkasten auf Qazi, der mit keiner Wimper zuckte, als er von der gepolsterten Wand abprallte und ihm vor die Füße fiel. »Verräter!« kreischte Ali, während er nach seiner Pistole griff.

Qazi schoß zuerst. Einmal, zweimal, dreimal mit dem Browning Hi-Power mit Schalldämpfer. Er spürte den Rückstoß, aber der gedämpfte Schußknall der Pistole ging im Triebwerkslärm unter.

Ali sank rückwärts gegen die Türöffnung. Der Luftstrom erfaßte ihn und riß ihn aus der Maschine.

Die drei Bewaffneten neben Qazi blieben unbeweglich sitzen. Noora hielt Jarvis weiter in den Armen und wiegte ihn mit geschlossenen Augen.

Oberst Qazi steckte die Pistole langsam in seinen Hosenbund zurück. Er zog den Reißverschluß seiner Lederjacke hoch. Bei offener Tür war es in der Kabine unangenehm kalt. Er vergrub beide Hände in den Jackentaschen und starrte auf die weißen Waffen.

Kapitel 27

Laird James lag im Koma, als Jake ins Schiffslazarett kam, um nach ihm zu sehen. An einem Ständer neben seinem Bett hing eine Tropfflasche, und zwei Sanitäter waren dabei, ihn für den Operationssaal vorzubereiten. Die blaue Sauerstoffmaske, die Mund und Nase bedeckte, ließ seine Haut kreidebleich wirken.

»Kommt er durch?« fragte Jake die Sanitäter, die nicht aufsahen.

»Er hat viel Blut verloren. Leberdurchschuß. Sein Herz hat schon mal stillgestanden, und wir haben es stimulieren müssen.«

Jake wandte sich ab, ging durch den Krankensaal zurück und betrachtete die Männer mit Rauchvergiftung, Brandwunden und Schußverletzungen. Da es mehr Patienten als Betten gab, lagen einige der leichteren Fälle auf Wolldecken auf dem Boden. Die meisten waren bei Bewußtsein, einige schliefen, und einige wenige phantasierten.

Ein Mann war mit Handschellen an sein Bett gefesselt. Ein Marine mit Koppel und Pistole saß auf einem Plastikstuhl neben ihm und ließ ihn nicht aus den Augen. Der Mann starrte Jake kurz an und sah dann weg. Jake griff nach dem am Fußende seines Betts hängenden Krankenblatt. Name unbekannt, kein Dienstausweis. »Kann oder will kein Englisch sprechen.«

»Das ist einer der Terroristen, Sir«, sagte der Marine. »Er ist letzte Nacht beim Anlegen aus dem Urlauberboot gefallen.«

Jake nickte, hängte das Krankenblatt zurück und ging weiter. Berkowitz, der Militärgeistliche, machte einen Rundgang durch den Krankensaal, ließ sich dabei Zeit und führte an jedem Bett ein kurzes Gespräch.

Auf den Korridoren vor dem Schiffslazarett saßen und standen noch immer viele Männer, aber das Gedränge wurde allmählich weniger, weil die Chiefs und Divisionsoffiziere ihre Leute zu Arbeitskommandos einteilten und mitnahmen. Die Bordlautsprecher plärrten ständig Musterungsinformationen für die einzelnen Staffeln und Divisionen.

Jake stieg zum Hangar hinauf. Löschschaum überzog die Flugzeugwracks und lag noch immer knöchelhoch an Deck. Wände und Decken waren brandgeschwärzt. Das Licht der Notscheinwerfer verlor sich beinahe in der riesigen dunklen Kaverne.

In der Flugdeckleitstelle brüllte der Handler seinen Leuten auf dem Flugdeck über Funk Befehle zu. Will Cohen, der Technische Offizier des Geschwaders, drehte sich nach Jake um, als er ihn hereinkommen sah.

Sämtliche Maschinen auf dem Flugdeck waren durch Schüsse oder Granatsplitter beschädigt. »Wirklich alle?« fragte Jake betroffen. »Auch die ganz vorn am Bug abgestellten?« Cohen zeigte ihm die Liste, die er angelegt hatte. Die beiden gingen sie Flugzeug für Flugzeug durch. Jake wollte alle verfügbaren Jäger so schnell wie möglich starten lassen. Auf seine Anweisung führte Harvey Schultz bereits eine Einsatzbesprechung mit einem Dutzend F-14-Besatzungen und einem weiteren Dutzend F/A-18-Piloten durch. Aber er mußte ihnen einsatzfähige Maschinen verschaffen.

Schon sehr bald zeigte sich, daß die unmittelbar an der Insel abgestellten E-2 Hawkeye in dieser Nacht nicht fliegen würden. Eine von ihnen war durch Teile der zersplitterten Rotorblätter des umgestürzten Hubschraubers so schwer beschädigt worden, daß Cohen vermutete, sie müsse als Totalverlust abgeschrieben werden. Die beiden anderen würden beim Hersteller generalüberholt werden müssen. Drei Düsenjäger hatten Feuer gefangen, und die Brände hatten zwei weitere Maschinen beschädigt, bevor sie gelöscht werden konnten. Alle Flugzeuge wiesen Einschüsse auf und wurden von den Wartungsmannschaften auf schwerwiegende Beschädigungen hin überprüft. »Wir können sie nicht in den Hangar bringen, und bei diesem Wind ist es zu gefährlich, Radarnasen und Triebwerksabdeckungen zu öffnen«, stellte Cohen fest. »Wenn du nicht mit der Fahrt runtergehst oder das Schiff mit dem Wind laufen läßt, riskieren wir, daß einige Maschinen nur durch diese Überprüfung beschädigt werden.

Jake ließ die *United States* mit 25 Knoten auf Sizilien zu nach Süden laufen. Der Kreuzer *Annapolis* eskortierte sie mit einer Seemeile Abstand querab an Steuerbord. Sein Kapitän hatte durch Blinkspruch um eine Verringerung der Fahrtstufe gebeten, um bei dem Träger bleiben zu können.

Jakes Blick fiel auf das Schußloch in der Statustafel aus Plexiglas. Irgend jemand hatte es mit gelbem Fettstift umrandet. Es sah obszön aus. »Du hast eine Stunde Zeit«, erklärte Jake seinem Technischen Offizier. »Der Start ist in einer Stunde. Seht zu, daß ihr bis dahin ein paar Maschinen startklar habt.«

Auf der Brücke ließ Jake die Fahrt der *United States* auf 15 Knoten herabsetzen. Der dadurch verringerte Bordwind würde auch den Löschmannschaften helfen, die dabei waren, das durch den Hubschrauber auf Strahlabweiser 4 ausgelöste Feuer zu löschen. Nachdem die Maschine umgekippt war, hatte der Treibstoffbrand eine der Waffen aufplatzen lassen, wobei die in der Bombe enthaltene Sprengladung detoniert war, aber Gott sei dank war dabei kein spaltbares Material freigesetzt worden.

Jetzt stand Jake neben dem Kapitänssessel und versuchte, die aus sämtlichen Schiffsabteilungen über ihn hereinbrechende Informationsflut zu bewältigen. Die Meldungen liefen rascher ein, als er sie verarbeiten konnte. Der Navigationsoffizier half ihm.

Jake wurden mehrere Meldungen vorgelegt, die er genehmigen sollte, bevor sie durch Blinkspruch an die *Annapolis* übermittelt wurden, die sie per Funk weiterleiten würde. Die erste war eine streng geheime Dringlichkeitsmeldung, die den Überfall auf die *United States* in knappster Form darstellte. Die zweite war ein zehnseitiger detaillierter Bericht über den Terrorüberfall. Jake nahm sich genau eine Minute Zeit, um beide Meldungen zu überfliegen, während er sich berichten ließ, wie lange die Wiederherstellung der einzelnen Funkverbindungen dauern würde. Jake gab die kürzere Meldung dem Signalgast, damit sie übermittelt werden konnte, und lieh sich einen Kugelschreiber, um die längere durch einen Absatz zu ergänzen: »Absichten: Alarmstart sämtlicher verfügbarer Jäger, um entkommenen Hubschrauber verfolgen, aufspüren und vernichten zu lassen. *Annapolis*-Radar meldet Abflug mit Kurs Sizilien. Radarkontakt inzwischen abgerissen. Gehe von geplanter Zwischenlandung mit Auftanken Nähe Palermo aus. Erbitte dringend Unterstützung.«

Er kaute auf dem Kugelschreiber herum, während er auf diesen Absatz starrte. Eine Zwischenlandung bei Palermo war nur wegen des bestimmt nicht mehr allzu großen Treibstoffvorrats des Hubschraubers wahrscheinlich. Die Maschine konnte das Mittelmeer unmöglich ohne Nachtanken überfliegen. Vielleicht beabsichtigte Qazi, die Bomben auf Sizilien in ein schnelleres Flugzeug umzuladen. »Sämtliche verfügbaren Jäger« – das war ein Witz, denn im Augenblick hatte er keinen einzigen. Und auf wessen Unterstützung konnte er hoffen? Fragen kann nie schaden, sagte sich Jake und drückte dem wartenden Signalgast die Meldung in die Hand. Dann spurtete er hinter dem Matrosen her, ließ sich die Meldung noch einmal geben und fügte einen Satz hinzu: »Beabsichtige, bei direkter Verfolgung ohne Freigabe in ausländischen Luftraum einzudringen.«

Wieder die Kommandosprechanlage. »Brücke, Handler.«

»Handler, Brücke, aye.«

»An Deck stehen drei bei dem Überfall schwer beschädigte Flugzeuge, CAG. Ich brauche Platz. Erbitte Erlaubnis, das Flugdeck räumen zu dürfen.«

»Sie wollen sie über Bord kippen?«

»Ja, Sir.«

»Lassen Sie die geheimen Schwarzen Boxen ausbauen und tun Sie's.«

Eine Zeitlang verstummten die Telefone und Kommandosprechanlagen. Hinter Jake debattierten der Navigationsoffizier und mehrere Offiziere aus Parkers Stab, der Wachoffizier gab dem Rudergänger Anweisungen, und der zweite Offizier der Brückenwache wies neue Ausgucke in ihre Tätigkeit ein. Doch zum ersten Mal seit Qazis Flucht gab es für Jake eine Verschnaufpause. Er betrachtete den Kapitänssessel. Er war so erschöpft – seelisch und körperlich ausgelaugt –, und der Ledersessel erschien ihm verlockend. Weshalb nicht? Jake ließ sich hineinsinken.

Cowboy Parker, Ray Reynolds, über ein Dutzend Marines und

fast 50 Seeleute waren tot. Das Schiff war so schwer beschädigt, daß es mindestens ein Jahr zur Reparatur auf der Werft würde liegen müssen. Und 41 Flugzeuge waren zerstört. Diese Liste würde noch länger werden, je mehr Maschinen überprüft wurden. In jeder Hinsicht ein regelrechtes Debakel. Noch dazu war es Qazi gelungen, mit zwei Atombomben zu entkommen . . .

Jake wußte jedoch, daß er sich nicht damit aufhalten durfte, die Katastrophe zu analysieren; es ging jetzt darum, die nächste Schlacht zu gewinnen. Wer sie gewann, hatte vermutlich den Krieg gewonnen. Aber konnten sie sie gewinnen? Bisher hatte Qazi die weitaus besseren Karten gehabt; er hatte alles minutiös geplant und vorbereitet und ständig neue Trümpfe in der Hand gehalten. Was hatte er sich wohl für den Fall ausgedacht, daß er verfolgt würde? Welche Möglichkeiten standen ihm offen?

»CAG«, sprach ihn jemand an. Jake schrak auf. Er war eingenickt.

Vor ihm stand Harry March, der Operationsoffizier des Geschwaders. Neben ihm erschien Will Cohen mit einem Pappbecher Kaffee, zu dem er Jake eine Zigarette anbot. Jake nahm beides dankbar an und stand aus Laird James' Sessel auf. Aus dem Augenwinkel heraus sah er Harvey Schultz im Druckanzug und mit dem Helm unter dem Arm auf die Brücke kommen. Als dienstältester Jagdstaffelchef würde er die Verfolgung leiten.

»Wir haben drei Turkeys, die fliegen können, CAG«, berichtete March. »Turkey« war ihr Spitzname für die F-14 Tomcat. »Und zwei Hornets. Wir setzen unsere erfahrensten Leute rein und starten in einer halben Stunde.« March breitete eine Karte des Mittelmeers aus. »Nach dem Start nehmen sie Verbindung mit der *Annapolis* auf. Unsere Funk- und Radargeräte sind ausgefallen und frühestens in ein paar Stunden wieder einsatzfähig.«

Aus dem Brückenfenster konnte Jake beobachten, wie Flugzeuge von niedrigen gelben Schleppern über das Flugdeck gezogen wurden. Die Umgruppierung für den Start war schon fast abgeschlossen.

»Wie Sie wissen, hat die *Annapolis* uns durch Blinkspruch mitgeteilt, daß der Hubschrauber Kurs auf Sizilien genommen hat«, fuhr March fort. »Eine amerikanische Fregatte, die soeben die Straße von Messina durchfahren hat, hat mitgehört, wie er mit dem Tower des Flughafens Palermo gesprochen hat. Die *Annapolis* versucht, die italienischen Behörden zu alarmieren, aber das dauert alles seine Zeit. Wahrscheinlich zu lange. Die Terroristen sind längst weg, bevor Rom die dortigen Carabinieri anweist, zum Flughafen rauszufahren und sie wenn möglich festzunehmen.«

»Kann die Fregatte dicht genug an die Küste herangehen, um den Hubschrauber mit Raketen abzuschießen?«

»Nein, dazu reicht die Zeit nicht. Ich schlage vor, daß wir nach dem Start mit Höchstfahrt weiter nach Süden laufen, um den eingesetzten Maschinen den Rückflug zu verkürzen. Die Treibstofflage dürfte kritisch werden. Da wir kein Tankflugzeug losschicken können, müssen alle Piloten genau auf ihre Anzeigen achten. Immerhin können wir sie notfalls in Sigonella landen lassen.« Sigonella war eine U. S. Naval Air Station an der Ostspitze Siziliens.

»Das wäre ein Verstoß gegen die Souveränität Italiens«, wandte ein Stabsoffizier ein, der näher getreten war, um zuhören zu können. Damit meinte er die Tatsache, daß Stützpunkte in fremden Ländern nicht ohne vorherige Genehmigung des Gastlandes – die hier eindeutig nicht vorlag – für Starts oder Landungen von Maschinen mit einem Kampfauftrag benützt werden durften.

»Gegen die verstoßen wir ohnehin«, sagte Jake müde. »Und wenn die Italiener das stört, können sie sich später darüber beschweren. Dieser Qazi hat sich jedenfalls nichts daraus gemacht. Ich habe den Verdacht, daß die Italiener andere Sorgen haben werden, wenn diese Sache rauskommt.«

»Wie soll das Ganze ablaufen, CAG?« fragte Harvey Schultz. »Wir sprechen mit der *Annapolis* und der Fregatte bei Messina und versuchen, den Flugverkehr mit ihrer Hilfe zu verfolgen. Dann sind wir über Palermo. Was dann?«

»Einer von euch landet und rollt über den Platz. Falls er den Hubschrauber auf dem Boden sieht, kann er einen Angriff anfordern.« Jake schlug mit der flachen Hand auf die Lehne des Kapitänssessels. »Mein Gott . . .« Keine gute Idee. Das würde nie funktionieren. »Du mußt einfach deinen Verstand benützen, Harve, und das Beste aus der Situation machen.«

»Was ist, wenn sie die Bomben auf einen Lastwagen verladen und abtransportiert haben?«

»Dann ist alles *Scheiße*!« brüllte Jake. Er schluckte trocken und sprach mühsam beherrscht weiter. »Alles weitere hängt von dir ab, Harve. Du bist der Mann vor Ort. Du triffst vor Ort eine Entscheidung, und ich stehe bedingungslos hinter dir – auch wenn das vielleicht nicht viel wert ist. Ich komme vermutlich ohnehin vors Kriegsgericht. Parker ist tot, und ich bin froh darüber. Ich bin *froh* darüber! Er hätte es nicht verdient gehabt, wegen dieser Sache gepfählt zu werden. Bis die Admirale und Kongreßabgeordneten mit Laird James fertig sind, wird er sich wünschen, tot zu sein. Alles weitere hängt von dir ab. Laß diese Arschlöcher nicht mit den Bomben entkommen.«

Harvey Schultz erwiderte Jakes Blick. »Okay, ich habe verstanden.«

»Harve, wenn diese Leute diese Bomben gegen irgend jemanden einsetzen, sind die Vereinigten Staaten als Mittelmeermacht erledigt. *Hier geht's ums Ganze, Harve!*«

Schultz nickte nervös.

»Verschwinde jetzt und sieh zu, daß du mit deinen Maschinen in die Luft kommst. Eure Chancen, diese Leute zu finden, sinken von Minute zu Minute. Los, los, Beeilung!« Während die Offiziere gingen, sagte Jake: »Wachoffizier, sorgen Sie dafür, daß der Wind zum Start mit dreißig Knoten genau von vorn kommt.«

Jake trank seinen Kaffee aus und ließ den Zigarettenstummel in den Becher fallen. Ein junger Matrose trat vor ihn. »Sir, ich bin Signalgast Wallace. Der Chief läßt Ihnen ausrichten, daß wir über das MARS-Gerät Verbindung zur Sechsten Flotte bekommen haben. Der Admiral möchte den diensthöchsten Offizier an Bord sprechen.« MARS war die Abkürzung für Military Amateur Radio System. Das Kurzwellengerät stand in einer Nische des Signalraums hinter der Brücke. Die Matrosen benützten es, um mit ihren Angehörigen in den Vereinigten Staaten zu sprechen. Jake folgte dem Signalgast quer über die Brücke und durch die Tür hinaus, die Gunnery Sergeant Garcia in dieser Nacht soviel Mühe gemacht hatte.

Jake setzte sich auf einen der beiden Stühle vor dem Funkgerät. Der Chief nahm auf dem anderen Platz und zeigte ihm die Taste, die zum Empfangen nach oben und zum Senden nach unten gedrückt werden mußte. »Was Sie hier sagen, geht im Klartext raus, Sir. Und Sie haben vermutlich überall auf der Welt Zuhörer.« Er schob das Mikrofon etwas dichter an Jake heran.

Der Kapitän legte eine Hand auf die Taste. »Welches Rufzeichen haben die anderen?« Das Rufzeichen dieses Senders stand mit schwarzem Filzschreiber auf der Konsole vor ihm.

»W6FT, Sir«, antwortete der Chief.

»W6FT, hier W74Y, kommen.« Jake schaltete auf Empfang um.

»W74Y, hier W6FT, nennen Sie Dienstgrad und Namen, kommen.«

»Kapitän Jake Grafton, kommen.«

»Hier spricht Admiral Lewis. Was geht bei Ihnen vor, verdammt noch mal?«

»Ich habe Ihnen über die *Annapolis* einen Blinkspruch geschickt, Sir. Haben Sie ihn schon erhalten?«

»Nein, ich möchte wissen, was bei Ihnen vorgeht. Weshalb sind Sie ausgelaufen?« Lewis schien stinkwütend zu sein.

»Admiral, diese Verbindung ist nicht abhörsicher. Mir wäre es lieber, wenn Sie meine Meldung abwarten würden.«

»Ich will's *jetzt* wissen, Kapitän.«

Jake starrte das Funkgerät an. Warum eigentlich nicht? dachte er. Morgen erfährt die Welt ohnehin aus der Presse davon, wenn Qazi und seine Leute nicht schon eigene Pressemitteilungen herausgegeben haben. Er schaltete auf Senden um, achtete auf den richtigen Abstand zum Mikrofon und begann zu sprechen. Er brauchte drei Minuten, um die Lage und seine Absichten zu schildern. Zuletzt sagte er »Kommen« und schaltete auf Empfang um.

»Warten Sie.«

Jake schob das Mikrofon etwas von sich weg und sah zu dem

Chief hinüber, der seinem Blick auswich. Ja, ich wollte, das könnte ich auch, dachte Jake.

»Grafton, hier ist Lewis. Ich möchte, daß Sie vorläufig überhaupt nichts unternehmen. Lassen Sie keine Flugzeuge starten. Wir haben eben die Meldung von der *Annapolis* erhalten und sprechen über Satellit mit Washington. In dieser Sache muß Washington entscheiden.« Idiot! dachte Jake und biß sich auf die Unterlippe. »Bringen Sie das Schiff in Ordnung, versorgen Sie die Verwundeten und warten Sie auf weitere Anweisungen. Kommen.«

Jake drückte die Taste erbittert nach unten. »Admiral, Sie scheinen die Situation nicht zu verstehen. Dieser Terrorist ist irgendwohin mit zwei Bomben unterwegs, die er von Bord dieses Schiffs gestohlen hat – die er der U. S. Navy gestohlen hat. Und er besitzt Geräte, mit denen er sie zünden kann. Dieser Mann ist fähig, engagiert und völlig skrupellos. Unsere Aussichten, ihn an der Durchführung seines Plans zu hindern, sind nicht allzu groß, aber wir haben eine Chance, die wir nützen müssen. Sein Überfall auf dieses Schiff ist ein kriegerischer Akt gewesen, der uns nach den augenblicklich gültigen Vorschriften berechtigt und verpflichtet, soviel Gewalt anzuwenden, wie zur Abwehr seines Angriffs erforderlich ist. Das ist unsere Pflicht, Sir.«

Jake holte tief Luft. Wie sollte er Lewis das begreiflich machen? »Wir haben die moralische Verpflichtung, diesen Mann an der Durchführung seines Plans zu hindern, bevor er Unbeteiligte ermordet. Hunderttausende von nichtsahnenden Unbeteiligten, Sir. Die Weltöffentlichkeit wird uns danach beurteilen, welche Anstrengungen wir unternommen haben, dieser Verpflichtung gerecht zu werden. Hier steht die Zukunft der Welt auf dem Spiel, Admiral. Begreifen Sie das nicht? Kommen.«

Aus Lewis' Stimme sprach eisiger Zorn. Er war es nicht gewohnt, daß Untergebene ihm widersprachen. »Ich befehle Ihnen, abzuwarten, Kapitän. Sie unternehmen gar nichts! Sie lassen keine Flugzeuge starten! Der Präsident trifft in zwei Stunden mit dem Nationalen Sicherheitsrat zusammen, um zu besprechen, wie dieser Vorfall behandelt werden soll, den *Sie* und Ihre Kameraden haben *geschehen lassen*. Dummheit und Unfähigkeit! Sie haben von Anfang bis Ende Scheiß gebaut, und ich sehe keine Chance, daß Sie Besseres leisten, wenn Sie es weiter versuchen. Sehen Sie bloß zu, daß Ihr Kahn schwimmen bleibt, bis ich Ihnen jemanden schicke, der imstande ist, ihn in einen Hafen zurückzubringen. So, und jetzt möchte ich ein herzhaftes ›Aye, aye, Sir‹ hören! Kommen.«

Jake griff nach dem Wippschalter. Sein Daumen berührte ihn fast und sank dann wieder herab.

Okay, Lewis war also ein Bürohengst, der sich instinktiv den Rücken freihielt, anstatt sich mit einer mutigen Entscheidung zu exponieren. Nun, er hatte schon immer gewußt, daß Lewis ein Pygmäe war. Und was jetzt?

»Ich habe ›Kommen!‹ gesagt, Kapitän«, fauchte Lewis.

Richtig, das haben Sie, Admiral. Und Oberst Qazi hat noch immer zwei Bomben, die er irgendwohin entführt. Jakes Blick fiel auf den EIN/AUS-Schalter. Als er ihn betätigte, verstummten die im Lautsprecher hörbaren atmosphärischen Störungen.

Jake stand auf. »Chief, dieses Funkgerät ist defekt. Schalten Sie es nicht wieder ein.«

»Aye, aye, Sir.« Der Chief war grün im Gesicht.

Jake Grafton stapfte hinaus.

* *
*

Die Hangars waren unbeleuchtet, als Qazis Hubschrauber auf dem Flughafen Palermo aufsetzte. Eine Gruppe von Männern kam aus der Dunkelheit unter zwei in der Nähe abgestellten Verkehrsmaschinen vom Typ Boeing 727 hervor und trabte auf den Hubschrauber zu, dessen Rotorblätter nach dem Abstellen des Triebwerks rasch standen.

»Wo sind die anderen Hubschrauber?« fragte ein Major Qazi.

»Die anderen sind auf der *United States* zerstört worden.«

Der Major steckte seinen Kopf in die Kabine des Hubschraubers. Er grinste Qazi zu und gab seinen Leuten ein Zeichen, mit der Arbeit zu beginnen. Sie machten sich daran, die Befestigungen der Bombentransportwagen zu lösen. Die drei Männer, die mit Qazi an Bord gewesen waren, zwängten sich an ihnen vorbei, kletterten aus dem Hubschrauber und gingen langsam zu den Verkehrsmaschinen hinüber. Noora und Jarvis folgten ihnen Arm in Arm.

Zehn Mann hatten Mühe, die beiden Bomben aus dem Hubschrauber aufs Vorfeld zu heben. Qazi ging hinter den Waffen her, als sie die hundert Meter zu der ersten Boeing 727 hinübergefahren wurden. Der hintere Einstieg des Verkehrsflugzeugs, unmittelbar unter dem Leitwerk und der Düse des Hecktriebwerks, stand offen. Am vorderen Einstieg führte eine fahrbare Gangway in die Kabine der 727 hinauf.

El Hakim wartete, von zwei Leibwächtern mit Uzis flankiert, hinter der Verkehrsmaschine. Die Stufen einer ans Heck der Maschine gerollten Fluggasttreppe waren mit Aluminiumblechen abgedeckt worden. Ein Drahtseil aus der Kabine wurde am ersten Transportwagen befestigt, damit er mit einem Flaschenzug über diese improvisierte Rampe hinauf und ins Innere der 727 gezogen werden konnte.

»Na, wie ist es Ihnen ergangen, Oberst?«

»Wir haben unsere Hubschrauber mit je zwei Waffen beladen, Exzellenz. Aber es ist den Amerikanern gelungen, zwei Hubschrauber zu zerstören, bevor sie starten konnten.«

»Wir haben also nur diese beiden Bomben?«

»Nur diese beiden.«

»Wo ist Ali?«

»Er war in einer der zerstörten Maschinen.«

El Hakim stand schweigend da und beobachtete, wie die erste Waffe über die improvisierte Rampe an Bord der Boeing geschafft wurde.

»Und das Schiff?«

»Die von uns an Deck zurückgelassene Bombe ist nicht detoniert.« Das wußte el Hakim natürlich bereits. Der elektromagnetische Impuls einer Atombombendetonation hätte den Funkverkehr im Umkreis von Hunderten von Kilometern gestört. Plötzlich wäre nur noch lautes Rauschen aus den Empfängern gedrungen. Einen Vorfall dieser Art hätten die Piloten der Boeing el Hakim sofort gemeldet.

»Weshalb nicht?«

El Hakim ist viel zu ruhig, überlegte Qazi sich. Ihm wurde langsam unbehaglich zumute. »Ich habe den Verdacht, daß die Amerikaner die Bombe entschärft haben, bevor wir weit genug entfernt gewesen sind, um sie zünden zu können. Sie haben Waffenexperten an Bord. Damit haben wir immer rechnen müssen.«

Jetzt wurde die zweite Bombe auf der Rampe ins Innere der Verkehrsmaschine gezogen. »Um unser nationales Überleben zu sichern«, fuhr el Hakim fort, »haben wir auf Ihr Unternehmen gesetzt, Qazi, und Sie sind erfolgreich gewesen. Nicht ganz so erfolgreich, wie wir gehofft hatten, aber immerhin nicht erfolglos. Die Nation ist Ihnen zu Dank verpflichtet. Das arabische Volk schuldet Ihnen Dank, und Sie sollen Ihren gerechten Lohn erhalten.«

Qazi wollte etwas sagen, aber el Hakim brachte ihn mit einer ungeduldigen Handbewegung zum Schweigen. »Das hätte kein anderer geschafft. Keiner!« Er seufzte hörbar. »Zwanzig Jahre haben wir um einen Hammer gekämpft, mit dem wir unser Volk von seinen Ketten befreien können. Zwanzig Jahre! Zwanzig Jahre voller Enttäuschungen und Demütigungen.« Seine Stimme wurde brüchig. »Und jetzt haben wir ihn«, flüsterte er. »Allah sei Dank, wir haben ihn!«

Die zweite Bombe war im Inneren der Boeing verschwunden. Die Männer, die sie an Bord geschafft hatten, stiegen vorsichtig die Gangway hinunter und überquerten das Vorfeld, um zu der zweiten 727 zu gelangen. Die drei Terroristen, die den Überfall auf die *United States* überlebt hatten, sowie die beiden Hubschrauberpiloten befanden sich bereits in dieser Maschine. Qazi sah kurz zu dem vor dem Hangar abgestellten Hubschrauber hinüber, der hier zurückbleiben sollte. Nirgends ein Beamter von Zoll oder Polizei; er hatte Pagliacci 100000 Dollar dafür gezahlt, daß sie hier umladen konnten, ohne gestört zu werden.

»Kommen Sie!« forderte el Hakim ihn auf. »Wir haben viel zu tun. Geschichte wartet darauf, geschrieben zu werden.«

Die Sitze der Hauptkabine der 727 waren ausgebaut worden, um Platz für die Waffen und eine Vorrichtung aus Seilen, Umlenkrollen und Flaschenzügen zu schaffen. An der linken Wand waren fünf Zünder aufgereiht, und Jarvis war dabei, den sechsten an eine der beiden weißen Bomben anzubauen. Noora kauerte neben ihm. Qazi blieb stehen und starrte die beiden an. Im nächsten Augenblick bohrte sich etwas Hartes in seinen Rücken.

»Keine Bewegung, Oberst.« Eine Hand griff um ihn herum und zog den Browning aus seinem Hosenbund. El Hakim blieb mitten in der Kabine vor Qazi stehen und drehte sich nach ihm um.

»Was haben Sie vorgehabt, Oberst? Wollten Sie mich erschießen?« El Hakim stand neben seinem Leibwächter mit verschränkten Armen da. »Machen Sie kein so überraschtes Gesicht. Kommen Sie, Oberst. Kommen Sie herein, damit wir die Tür schließen und abfliegen können.« Er machte kehrt und ging nach vorn weiter. Einer seiner Leibwächter stieß Qazi an, der sich gehorsam in Bewegung setzte.

In der Ersten Klasse waren die Sitze nicht ausgebaut worden. Der Leibwächter stieß Qazi in einen Sessel, der durch einen Gang von dem Platz el Hakims getrennt war. Der Oberst wurde angewiesen, sich anzuschnallen, und gehorchte wortlos. Danach legte der Leibwächter, dessen MP sich gegen Qazis Genick drückte, ihm Handschellen an und befestigte sie mit einem weiteren Paar an Qazis Bauchgurt. Zuletzt nahm er neben el Hakim Platz und bedrohte den Oberst mit seiner Uzi.

Als die Triebwerke angelassen wurden, lachte el Hakim vor sich hin. »Sie haben uns gut gedient, Qazi, aber Ihre Aufgabe ist jetzt erfüllt. Unser Dank ist Ihnen sicher. Ich drücke ihn hiermit aus.« Sein Lächeln verschwand. »Aber das ist aller Dank, den ein Verräter wie Sie zu erwarten hat.« Der Diktator beugte sich über den Gang. »Wir fliegen jetzt nach Israel, Oberst, um mit unserem Hammer zuzuschlagen. Der Zionismus wird diesen Schlag nicht überleben. Und was wir Ihnen für Ihren Verrat schulden, wird dadurch vollständig abgeleistet.« El Hakim fletschte die Zähne.

Qazi lehnte sich in seinen Sitz zurück und schloß die Augen. Er horchte auf das Rumpeln und Poltern der zum Start rollenden Maschine. Dann hörte er, daß Noora und Jarvis hinter ihm Platz nahmen. Und er hörte, wie Noora halblaut auf Jarvis einredete, ihm den Sitzgurt anlegte und sich liebevoll besorgt um ihn kümmerte. Nach einigen Minuten hielt das Verkehrsflugzeug an der Startbahn, und die Triebwerke erreichten heulend ihre Startleistung. Vorn in der Ersten Klasse waren sie kaum zu hören. Die Maschine rollte an und hob kurz darauf ab.

Als Qazi schließlich wieder die Augen öffnete, sah er, daß el Hakim ihn mit befriedigter, zufriedener Miene beobachtete.

* *
*

Jake Grafton marschierte übers Flugdeck auf die F-14 Tomcat hinter Katapult 3 zu und stieg die noch an der Maschine hängende Pilotenleiter hinauf. »Steig aus, Harve. Ich fliege an deiner Stelle.«

»Und was ist mit dem Schiff?« fragte Schultz verbittert, als er die Sprache wiedergefunden hatte.

»Das übernimmt der Navigationsoffizier. Schnall dich los, steig aus und gib mir deine Ausrüstung. Du kannst mich einweisen, während ich mich anziehe.« Jake begann die Leiter hinunterzusteigen.

»Kann ich hierbleiben, CAG?« fragte eine Stimme vom Rücksitz aus. Jake warf einen Blick ins hintere Cockpit. Toad Tarkington erwiderte seinen Blick. Jake nickte und machte ihm ein Zeichen, im Cockpit zu bleiben.

Harvey Schultz kletterte mißmutig aus der Maschine und machte sich auf dem Flugdeck daran, seine Ausrüstung abzulegen. »Davon paßt dir bestimmt nichts«, murmelte er dabei.

»Ich hab' keine Zeit, auf mein Zeug zu warten.« Jake machte eine Pause, bevor er hinzufügte: »Du darfst nicht glauben, daß ich kein Vertrauen zu dir hätte, Harve, aber Admiral Lewis hat mir befohlen, Qazi nicht zu verfolgen. Ich tu's aber trotzdem.«

»Damit wäre ich auch fertig geworden, CAG.«

»Das weiß ich, Harve. Aber ich nehme dich nicht mit an den Galgen. Ich möchte, daß du mit meinem Stab zusammenarbeitest, um möglichst viele Maschinen flugtauglich zu machen. Schlachtet beschädigte Jäger aus, wenn es sein muß. Falls es Qazi gelingt, mit diesen Waffen zu entkommen, tauchen sie irgendwo im Ausland auf, und wer sie hat, kann sich auf einiges gefaßt machen. Sorgt dafür, daß unser Geschwader angriffsbereit ist. Macht dieses Schiff wieder gefechtsklar.« Jake zog die Beinreißverschlüsse des geliehenen Druckanzugs zu. Der Anzug saß überhaupt nicht. Da Schultz viel dickere Waden und Schenkel hatte, kam es Jake vor, als trage er gar keinen Druckanzug. Er zog die Reißverschlüsse wieder auf. Dann würde er eben ohne Druckanzug fliegen müssen.

Farnsworth kam mit seiner Ausrüstung in den Armen über das Flugdeck gehastet. »Ich habe gehört, daß Sie fliegen wollen, CAG.«

»Farnsworth«, sagte Jake, während er in seine Schwimmweste schlüpfte, »bitten Sie den Katapultoffizier, kurz zu mir zu kommen.«

Während Jake den Rest seiner Ausrüstung anlegte, informierte Schultz ihn über die vorgesehenen Frequenzen und Rendezvoushöhen. »Toad weiß über alles Bescheid«, schloß er.

Farnsworth kam mit Kowalski zurück. »Morgen, CAG«, sagte Kowalski. Er trug noch immer Zivilkleidung – ohne Hemd.

»Wo ist der Kat-Offizier?«

»Der einzige, den wir an Bord gehabt haben, ist tot – bei Löscharbeiten im Hangar umgekommen –, und die anderen sind an Land. Die haben den ganzen Spaß verpaßt, was?«

»Wer startet uns dann?«

Kowalski sah sich auf dem Flugdeck um und zuckte mit den Schultern. »Wahrscheinlich ich«, meinte er verlegen. »Aber ich bin jetzt nüchtern, Sir.«

»Wer ist auf die clevere Idee gekommen, den Hubschrauber mit dem Strahlabweiser umzukippen?« fragte Jake, während er die Pilotenleiter hinaufstieg. Der Flugzeugwart folgte ihm nach oben, um ihm beim Anlegen der Gurte zu helfen.

»Ich, Sir«, sagte Kowalski und blickte zu Jake auf.

»Haben Sie nicht gehört, daß ich über die Bordsprechanlage befohlen habe, diese Leute nicht zu behindern?«

»Ich hab' keine Durchsage gehört, Sir«, antwortete Kowalski.

»Was? Ich verstehe Sie nicht.«

»Nein, Sir«, sagte Kowalski lauter.

»Haben Sie gewußt, daß drüben vor der Insel eine Atombombe mit Zünder gestanden hat und daß diese Leute damit gedroht haben, sie zu zünden, falls sie angegriffen würden?«

Kowalski schloß die Augen und drückte beide Hände fest gegen seine Schläfen.

Der Flugzeugwart war fertig und stieg die Leiter hinunter. »Ich habe keine Antwort gehört, Ski«, stellte Jake fest.

»Nein, Sir. Das habe ich nicht gewußt.«

Jake machte dem Katkapitän ein Zeichen. »Kommen Sie rauf zu mir.« Als das Gesicht des Mannes sich auf gleicher Höhe mit seinem befand, fragte Jake ihn: »Trauen Sie sich zu, diese Flugzeuge zu starten?«

»Ich hab' schon oft zugesehen, wie's gemacht wird, CAG.«

»Erst mal können Sie mit mir üben.« Jake packte Kowalski am Oberarm. »Mann, Sie sind ein Trinker. Wir brauchen Sie nüchtern oder überhaupt nicht. Versprechen Sie mir auf der Stelle, daß Sie Ihre Entlassung als Alkoholiker beantragen, wenn Sie jemals wieder einen Drink anrühren.«

Kowalski hatte Tränen in den Augen. Er nickte heftig.

»Okay«, sagte Jake Grafton. »Sehen Sie jetzt zu, daß alle gut in die Luft kommen. Lassen Sie sich dabei Zeit, Ski, verstanden?«

»Auf mich können Sie sich verlassen, Sir«, beteuerte Kowalski und verschwand nach unten.

Kapitel 28

Callie Grafton stand auf dem Balkon ihres Hotelzimmers und zitterte in dem kalten Wind. Sie ignorierte die großen Regentropfen und starrte in die Nacht hinaus – über die Lichter der Großstadt hinweg auf das Meer. In klaren Nächten waren dort die Lichter der *United States* zu sehen, aber heute war nichts zu erkennen. Zuviel Regen und tiefhängende Wolken, dachte sie. Sie trat ins Zimmer zurück und schloß die Schiebetür. Der Vorhang hatte sich darin verfangen. Sie zog ihn heraus und schloß die Tür abermals.

Sie hatte angezogen auf dem Bett gelegen, weil sie zu nervös war, um Schlaf zu finden. Es schien ihr, als sei eine Ewigkeit vergangen, seit sie Jake zum letzten Mal gesehen hatte. Er hatte sich von ihr verabschiedet, um dem jungen Matrosen in die Bar zu folgen. Offenbar hatte er dann beschlossen, an Bord zu übernachten. Der Offizier an der Anlegestelle hatte angerufen und ihr ausgerichtet, daß Jake mit dem Urlauberboot aufs Schiff zurückfahren und vielleicht erst morgen wieder an Land gehen würde. Das war typisch Jake! Der Himmel konnte einfallen, und Jake würde jemanden anrufen lassen, um ihr zu bestellen, daß ihn keines der Trümmerstücke getroffen habe.

Er rief sie jedesmal an, wenn ein Flugzeug verunglückte, wenn ein Pilot ins Meer stürzte oder sich nicht rechtzeitig mit dem Schleudersitz aus einer brennenden Maschine retten konnte. Bevor der Unfall gemeldet oder irgend jemand benachrichtigt worden war, rief Jake sie an. Er sprach über alles mögliche, erzählte ihr, wie sehr er sie liebe, und später hörte sie dann von dem Absturz. Und wußte auf diese Weise, daß dabei nicht Jake verletzt oder getötet worden war.

Jetzt stand Callie am Fenster und starrte auf die Straße hinunter. Das Licht der Straßenlampen spiegelte sich in den Pfützen. Mein Gott, wie trostlos dieses Neapel im Regen war! Die schmutzigen Steinfassaden und der dunkelbraune Verputz saugten alles

Licht auf. Die Stadt sah so alt aus, wie sie war: alt und müde und arm und verbraucht und ...

In der Hotelhalle hatte es schrecklich ausgesehen. Uniformierte Männer waren dabei gewesen, einen Toten zu einem Leichenwagen zu schaffen. Sie hatte auf dem Gehsteig warten müssen, während ein Uniformierter mit umgehängter Maschinenpistole ihren Reisepaß kontrollierte und ihren Namen auf einer Gästeliste des Hotels abhakte. Erst danach hatte sie eintreten dürfen. In der Hotelhalle hatten Gäste in festlicher Kleidung auf den Ledersofas gesessen, geraucht und sich von Journalisten interviewen lassen.

Der mittlere Aufzug war mit Trassierband abgesperrt gewesen. Sie hatte die Einschußlöcher in der Wand und die dunkelroten Blutflecken gesehen. Ein weiterer Uniformierter mit umgehängter Maschinenpistole hatte sie gebeten, die Treppe zu benützen. Sie war die zehn Stockwerke in einem dunklen Treppenhaus mit einer nackten Glühbirne auf jedem Absatz hinaufgestiegen. Weshalb waren alle Gebäude und Treppenhäuser in Erdfarben gehalten? Die ganze Stadt wirkte wie eine ... wie eine verarmte Greisin ...

Mit seinen Anrufen wollte Jake nicht so sehr sie als vielmehr sich selbst beruhigen. Er lebte noch. Er besaß noch immer das einzige, das ihm auf Erden kostbar war – sie.

Callie wischte sich Tränen aus den Augen. Vielleicht liebte sie ihn zu sehr. Was würde sie nur tun, wenn sie ihn jemals verlor?

Sie öffnete erneut die Schiebetür, trat wieder auf den Balkon hinaus und versuchte, den Regen mit ihren Blicken zu durchdringen. Er war irgendwo dort draußen – im Dunkel, auf diesem Meer.

* *
*

Jake Grafton schob die Leistungshebel nach vorn in die Nachbrennerstellung und spürte, wie der Bug des Jägers tiefer ging, als der Triebwerksschub den Bugradstoßdämpfer zusammendrückte. Die F-14 Tomcat schien sich zu ducken und Kräfte zu sammeln, während ihre beiden Triebwerkauslässe sich weit öffneten, um weißglühende Feuerstrahlen austreten zu lassen, die das nachtdunkle Flugdeck erhellten.

»Ist bei Ihnen da hinten alles klar?« fragte er Toad. Wie immer hatte Jake Herzklopfen, während er die Triebwerksanzeigen überprüfte.

»Alles klar, Sir«, bestätigte Tarkington prompt.

Während Jake den Hauptschalter für die Außenbeleuchtung betätigte, sah er zur Kontrollkuppel des Mittelkatapults hinüber. Die Panzerglasscheibe war jedoch undurchsichtig. Er blickte nach vorn, wo die Katapultbahn direkt ins noch dunkle Meer zu führen schien.

Der Andruck preßte ihn in seinen Sitz, und die Deckkante kam rasend schnell näher, während das hohe Pfeifen der Triebwerke tiefer wurde. Dann zischte die Deckkante unter ihm hindurch, und der Andruck ließ nach. Jake ließ die Leistungshebel los, betätigte den Fahrwerksschalter und achtete darauf, den optimalen Steigwinkel – 8 Grad – beizubehalten. Planmäßige Beschleunigung . . . 180 . . . 190 . . . 200 Knoten, im Steigflug weiterbeschleunigen, Vorflügel und Spaltklappen ein, leichtes Rütteln beim Einfahren . . . Bei 250 Knoten TAS nahm er die Leistungshebel aus der Nachbrennerstellung zurück und hielt nach den Lichtern des Tankflugzeugs KA-6 Ausschau, das als erste Maschine von Katapult 4 gestartet war.

Toad hatte Funkverbindung mit der *Annapolis*. ». . . gestartet, drei Kilometer vor dem Schiff, passieren zweitausend Fuß, Transponder ein . . .« Jake flog eine leichte Linkskurve und sah sich nach der nächsten Maschine um. Er entdeckte sie etwa eineinhalb Kilometer hinter sich und beobachtete, wie der Pilot die Nachbrenner abstellte. Ein rascher Blick auf seine Instrumente: weiter beschleunigend, weiter im Kurvensteigflug. Jake atmete tief ein und versuchte, sich zu entspannen, während seine Augen über die Anzeigen glitten und ihre Werte registrierten.

Die von Katapult 4 gestartete Tomcat schloß in einer engeren Linkskurve zu ihm auf. Jake hielt Ausschau nach den Nachbrennern weiterer Jäger, ohne welche zu entdecken. Kowalski ließ sich offenbar Zeit. Das war in Ordnung. Lieber langsam, aber sicher.

Jake nahm die Leistungshebel noch weiter zurück und ging in 5000 Fuß in den Horizontalflug über. Der zweite Jäger war nur noch 100 Meter entfernt und schloß weiter zu ihm auf. Er kam heran, tauchte unter Jakes F-14 hindurch und setzte sich auf der Außenseite der Kurve neben Jakes rechte Flügelspitze. Das Tankflugzeug kreiste auf der gegenüberliegenden Seite des Flugzeugträgers, deshalb flog Jake eine engere Kurve, um sich jenseits des Schiffs mit ihm zu treffen.

»Red Ace zwo-null-sechs, hier Vulkan, kommen.« Vulkan war das Rufzeichen der *Annapolis*.

»Go ahead, Vulkan«, antwortete Toad.

»Äh . . . Sir, wir haben . . . äh . . .« Der Kontakt wurde für einige Sekunden unterbrochen. »Vielleicht sollten wir lieber den Scrambler einschalten.«

»Verstanden.«

Während Toad den Scrambler einschaltete, beobachtete Jake wieder die *United States*. Noch immer kein Nachbrenner zu sehen. Beeil dich, Ski! Jake konzentrierte sich erneut auf das Tankflugzeug vor sich.

»Red Ace«, sagte der Controller auf der *Annapolis*, nachdem Toad sich wieder gemeldet hatte, »von der Sechsten Flotte ist eine Dringlichkeitsmeldung eingegangen, die wir an Battlestar weitergeleitet haben.« Battlestar war das Rufzeichen der *United States*. »Die Sechste Flotte hat angeordnet, daß ohne Genehmigung des Präsidenten keine Maschine zur Verfolgung der Terroristen starten darf. Nachdem wir diesen Befehl durch Blinkspruch übermittelt hatten, hat Battlestar die Starts vorerst eingestellt. Wollen Sie in einer Warteschleife kreisen, bis die Genehmigung des Präsidenten für Ihren Einsatz vorliegt, oder wollen Sie an Bord von Battlestar zurückkehren?«

Während Jake sich dem Tankflugzeug mit Kurs 45 Grad annäherte, warf er einen raschen Blick auf seine Treibstoffanzeige. Mit dem Anlassen der Triebwerke hatten die Zeiger ihren unaufhaltsamen Marsch in Richtung Null begonnen. Treibstoff aus dem Tankflugzeug würde das Unvermeidliche hinauszögern, ohne es jedoch ganz verhindern zu können. »Läßt sich schon absehen, wann die Genehmigung des Präsidenten eintreffen müßte?« fragte Jake, während er seine Geschwindigkeit der des Tankflugzeugs anpaßte und sich rechts neben die KA-6 setzte.

»Bitte warten.« Der Controller an Bord des Kreuzers wollte offenbar einen Vorgesetzten fragen.

Die Lichter des Tankflugzeugs blinkten, und Jake blinkte mit seinen. Er flog jetzt etwas voraus und konnte die reflektierenden Streifen an den Helmen von Pilot und Navigator sehen, wenn der Lichtschein seines roten Zusammenstoßwarnlichts übers Cockpit glitt. Das Tankflugzeug blieb noch weiter zurück, bis der Pilot an der linken Flügelvorderkante von Jakes Maschine entlangblicken konnte. Jake sah nach rechts. Die andere Tomcat hing scheinbar bewegungslos am Nachthimmel neben ihm.

»Nein, Sir«, sagte der Controller schließlich.

»Ich melde mich in einer Minute wieder«, antwortete Jake. Er warf einen Blick auf seinen Kurskreisel. 210 Grad. Als die Anzeige 180 Grad erreichte, ging er in den Geradeausflug über.

»Toad«, wies er Tarkington über die Bordsprechanlage an, »benützen Sie Ihre rote Taschenlampe, um den Jungs zu signalisieren, daß sie auf zwo-drei-zwo-Komma-sechs umschalten sollen.«

Toad führte den Befehl aus und stellte dann diese Frequenz ein. »Zwo, sind Sie da?« fragte Jake über Funk.

»Klar.« Das war der andere Jäger.

»Shotgun hört«, meldete sich der Pilot des Tankflugzeugs.

»Scrambler einschalten.«

Die Antwort bestand aus dem Klicken zweier Sprechtasten.

»Wer fliegt den Turkey dort drüben?« fragte Jake, nachdem die Scrambler eingeschaltet waren. Er schob die Leistungshebel langsam nach vorn und nahm den Bug hoch. Der Zeiger des Höhenmessers begann, sich im Uhrzeigersinn zu drehen.

»Joe Watson und Corky Moran, CAG.« Der Variometerzeiger stieg träge von 2,5 auf 4 Metersekunden und verharrte dann bei 5. In gewisser Beziehung war es beruhigend, daß er diese kleinen Zeiger durch winzige Steuerausschläge und Veränderungen der Stellung der Leistungshebel in jede gewünschte Stellung bringen konnte. Jake erhöhte die Leistung und nahm den Bug höher.

»Joe und Corky, was? Und Sie, Shotgun?«

»Belenko und Smith, Sir.«

»Die Sache sieht folgendermaßen aus, Jungs: Ich werde diese Terroristen verfolgen. Die Sechste Flotte hat mich angewiesen, dies nicht zu tun. Der Präsident wird die Verfolgung vermutlich genehmigen, aber wir vertun eine Chance, wenn wir bis dahin untätig bleiben. Diese Kerle haben viele unserer Kameraden auf dem Gewissen und zwei Atombomben geklaut. Ich werde sie verfolgen – mit oder ohne euch. Falls ihr wieder landen wollt, habe ich nichts dagegen. Kommt ihr mit, reicht die Tatsache, daß ich der Verantwortliche gewesen bin und ihr nur Befehle ausgeführt habt, wahrscheinlich nicht aus, um euch vor einem Kriegsgerichtsverfahren zu bewahren. Davor kann ich euch nicht schützen. Denkt darüber nach.«

Schweigen. Beide Triebwerke liefen jetzt mit 90 Prozent Drehzahl, und der Höhenmesser zeigte eben 12000 Fuß an. Durch dieses langsame Steigen vergeudete Jake Treibstoff, aber das Tankflugzeug konnte nicht schneller steigen. Wahrscheinlich hatte sein Pilot die Leistungshebel fast bis zum Anschlag nach vorn geschoben.

»Äh, CAG«, sagte Toad über die Bordsprechanlage. »Darf ich nicht auch mit abstimmen? Ich möchte nicht hinter Gitter, wenn sich das irgendwie einrichten läßt. Ich bin noch ziemlich jung, wissen Sie. Das ganze Leben vor mir und so weiter. Ich finde ...«

»Schnauze!« sagte Jake Grafton. »Sie fliegen mit mir.«

Der Scrambler piepste. »Was haben die Kerle Ihrer Meinung nach mit den Waffen vor, CAG?«

»Sie werden sie sich jedenfalls nicht als Trophäen an die Wand hängen.«

Die Strahlflugzeuge durchstießen eine dünne Wolkenschicht. Über ihr sah Jake im Osten einen rosa Streifen, der den Sonnenaufgang ankündigte. Die Sterne verblaßten rasch. Das Flugwetter versprach gut zu werden.

»Red Ace zwo-null-sechs, hier Vulkan auf der Notfrequenz.«

Die Notfrequenz 243,0 Mhz wurde in jeder Maschine von einem ständig betriebsbereiten eigenen Empfänger überwacht. »Sofort zurückkehren und landen.«

Nach dieser Aufforderung piepste der Scrambler nochmals, und die Stimme aus dem anderen Jäger sagte: »CAG, Palermo liegt fünf Grad links voraus. Was sollen wir tun, wenn wir dort sind?«

»Wie steht's mit Ihnen, Belenko?«

»Wenn Sie und die anderen gegen ein paar Windmühlen anrennen wollen, möchten wir gern zusehen.«

»Ach, Scheiße!« seufzte Toad.

* *
*

Von seinem Platz aus konnte Oberst Qazi den rosig verfärbten Himmel im Osten sehen. Die Boeing 727 flog genau in die Richtung, in der bald die Sonne aufgehen würde. Qazi hatte eine lange Nacht hinter sich.

El Hakim war in der Hauptkabine und beobachtete, wie Jarvis die Bomben scharf machte. Qazi gegenüber saß der Leibwächter mit seiner MP, die weiter auf ihn gerichtet blieb. Qazi rutschte in seinem Sessel hin und her und versuchte, eine bequemere Position zu finden. Sein Kopf und seine Handgelenke schmerzten von den Schlägen dieser Nacht, und er fühlte sich vor Anstrengung ausgelaugt.

Jetzt hörte er jemanden näher kommen. Der Diktator ließ sich in den Sessel am Gang fallen und grinste Qazi hämisch an.

»Sie wissen vermutlich«, sagte der Oberst, »daß die Zünder nicht funktionieren werden?«

El Hakims Grinsen wurde zu einem Zähnefletschen. »Ja, natürlich. Ich habe vermutet, daß Sie etwas in dieser Richtung unternehmen würden, deshalb habe ich veranlaßt, daß Jarvis sie vor seinem Abflug aus Afrika überprüft hat. Er hat die Zeitzünder ersetzt.« Der Diktator beugte sich zu Qazi hinüber. *»Jetzt* funktionieren sie.«

Qazi blickte aus seinem Fenster in die aufgehende Sonne. »Sie haben Ihre Absichten verraten, als Sie Ali umgedreht haben. Er ist kein guter Verschwörer gewesen.«

El Hakims Hände umklammerten die Armlehnen seines Sessels so fest, daß die Fingerknöchel weiß hervortraten. Seine Wangenmuskeln spannten sich, wurden wieder locker und spannten sich erneut. »Eine weitere Möglichkeit, vor der es sich in acht zu nehmen galt. Weitere Vorsichtsmaßnahmen, die zu treffen gewesen sind.« Er beugte sich über den Gang und schlug Qazi ins Gesicht. *»Sehen Sie mich an!«*

Der Oberst gehorchte.

»Sie haben gewußt, daß ich Ihre Sabotage an den Zündern entdecken könnte. Welche Vorsichtsmaßnahmen haben Sie dagegen getroffen?«

Qazi betrachtete ihn schweigend.

»Antworten Sie!«

»Ihnen bleibt nur eine Möglichkeit«, stellte Qazi fest. »Sie müssen diese Waffen mit nach Afrika zurücknehmen und als diplomatisches Druckmittel verwenden. Die Bomben verschaffen Ihnen international Ansehen und Respekt. In der arabischen Welt hat Ihre Stimme in Zukunft großes Gewicht. Etwas anderes bleibt Ihnen nicht übrig, Exzellenz.«

»Was haben Sie noch getan, Oberst? Ich will's sofort wissen!«

»Ich habe die Israelis angerufen und vor Ihrem Kommen gewarnt. Spätestens fünfhundert Kilometer vor dem Ziel werden Sie . . .«

El Hakim stand sprachlos mit offenem Mund vor ihm. Er fuhr sich mit der Zungenspitze über die Lippen. Qazi hatte natürlich gelogen. Diesen aggressiven Zeitgenossen Vorausinformationen über ein Unternehmen zu liefern, durch das sich das gesamte Kräftegleichgewicht im Mittelmeerraum veränderte, wäre viel zu riskant gewesen. Aber der Diktator war den Umgang mit anderen Risiken gewöhnt.

»Sie lügen!« stieß el Hakim schließlich hervor. »Sie bluffen!« Er versuchte zu lachen. »Damit kommen Sie bei mir nicht durch.«

»Die Telefonnummer in Rom ist 783-4331.«

El Hakims Hände schlossen sich um seine Kehle. Der Diktator

schüttelte Qazi wie ein Hund eine Ratte. »Verräter! Du elender, dreckiger Verräter!«

Mit seinen gefesselten Händen konnte Qazi sich nicht wehren. Er rang nach Luft. Er biß sich auf die Zunge. Dann wurde ihm schwarz vor den Augen, und sein Gesichtsfeld schrumpfte auf einen winzigen Punkt zusammen. Er hörte el Hakim brüllen, aber die Stimme des Diktators wurde rasch leiser. Dann ließ der Druck, der ihm die Kehle zugeschnürt hatte, plötzlich nach. Qazi rang keuchend nach Atem.

». . . zu gut für dich. Nein, ich bringe dich langsam um, lasse dich Stück für Stück sterben.« El Hakim stand vor ihm und starrte auf ihn hinab. »Du hast uns verraten. Du hast *mich* verraten. Und wir kommen trotzdem durch. Wir setzen die Atombomben gegen die Israelis ein.« Der Diktator beugte sich über Qazi. Er hatte buchstäblich Schaum vor dem Mund. »Ich habe dafür gesorgt, daß wir von Jägern begleitet werden. Wir kommen durch! Ich erlöse mein Volk. Du wirst diesen Triumph noch erleben und dann sterben.« El Hakim schlug Qazi nochmals ins Gesicht, wandte sich schweratmend ab und ging in Richtung Cockpit davon.

* *
*

Die drei amerikanischen Strahlflugzeuge kamen aus Norden, von See her. Tief unter sich sahen die Flugzeugbesatzungen die Stadt Palermo und die schmale, unregelmäßige Linie, wo Land und Meer zusammentrafen. Das Gelände war stark gegliedert, und während die Sonne sich am Horizont höherschob, warfen die Bergrücken lange Schatten über dunkle, nebelverhangene Täler.

Jake, der die Leistungshebel auf kleinste Marschleistung zurückgenommen hatte, um Treibstoff zu sparen, blieb in 25000 Fuß und beobachtete, wie Joe Watsons F-14 Tomcat auf die Stadt unter ihnen hinabsank. Zugleich meldete die *Annapolis* sich erneut auf der Notfrequenz. Das Tankflugzeug blieb jetzt rechts hinter Jake. Die beiden Jäger hatten unmittelbar vor dem Erreichen der Küste nachgetankt. Im hinteren Cockpit suchte

Toad mit seinem Radar den Himmel ab, ohne etwas zu entdecken. An diesem Septembersonntag war der Himmel über Sizilien leer.

»Das ist schon der siebte Anruf«, stellte Toad fest. Sein Tonfall ließ erkennen, wie irritiert er war.

»Hartnäckige Burschen, was?«

»Verdammt noch mal, CAG, die Sechste Flotte! Der können Sie nicht einfach 'ne lange Nase drehen. Nehmen Sie doch endlich...«

»Ich bin heute nicht in Stimmung für Sie, Toad. Eine Menge guter Leute sind bei dem Versuch gestorben, diese Arschlöcher aufzuhalten, und Sie jammern hier. Halten Sie jetzt die Klappe, verdammt noch mal!«

Die Sonne stand als Feuerball tief über dem Horizont. Im Ostsektor seines Vollkreises wurde Jake von ihrem Licht geblendet, das die Blickfelddarstellung überstrahlte. Er kniff die Augen hinter seinem grünen Helmvisier zusammen und versuchte, die Instrumente abzulesen. Die Anzeigen waren fast nicht zu erkennen. Seine Augen waren kaum noch imstande, sich Helligkeitsänderungen anzupassen. So viel stand auf dem Spiel, und nichts klappte!

Was würden Joe und Corky dort unten vorfinden? Ob Qazi noch dort war? Und wo waren die Bomben, selbst wenn er noch da war? Ein unlösbares Problem. Jake schaltete den Autopiloten ein, weil er wußte, daß die Maschine dann gleichmäßiger fliegen und dadurch ein paar Liter Treibstoff sparen würde. Ein paar Dutzend Liter. Er löste eine Seite seiner Sauerstoffmaske, ließ sie am Helm baumeln und fuhr sich mit einer behandschuhten Hand übers Gesicht. Los, Jungs, was gibt's dort unten zu sehen?

»Auf dem Asphalt vor einem Hangar steht ein Hubschrauber mit geschlossenen Türen, CAG. Soviel ich feststellen kann, sieht er genau wie die aus, die auf dem Schiff gewesen sind. Ansonsten ist hier kein Mensch zu sehen. Keine Menschenseele. Und die einzigen Flugzeuge sind Sportflugzeuge. Cesnas und Pipers. Was halten Sie davon?«

Jake zog seine Maske wieder fest. »Wie viele Hangars?«

»Zwei.«

»Wie steht's mit großen Lastwagen? Parkt vielleicht irgendwo ein Sattelschlepper?«

»Die Parkplätze sind leer wie die Versprechen der Politiker.«

War der Vogel ausgeflogen? Jake mußte seine Entscheidung rasch treffen, denn dort unten war Joe Watsons Treibstoffverbrauch erschreckend hoch.

»Könnten sie in den Hallen sein?«

»Das wäre natürlich möglich«, meinte Watson mit Zweifeln in der Stimme.

Jake fluchte vor sich hin und drehte mit seiner F-14 nach Süden ab. Er ging in den Geradeausflug über, schob die Leistungshebel ganz nach vorn und korrigierte die Trimmung. »Joe, Sie steigen auf fünftausend und kreisen so lange wie möglich über dem Platz. Sollte jemand nervös werden und mit einem großen Lastwagen oder Sattelschlepper wegfahren wollen, schießen Sie ihn zusammen. Das gleiche gilt für den Fall, daß jemand einen Hangar öffnet, in dem ein großes Flugzeug steht. Haben Sie verstanden?«

»Red Ace zwo verstanden.«

»Achten Sie auf Ihren Treibstoff und fliegen Sie rechtzeitig an Bord zurück. Und passen Sie gut auf, damit Sie nichts übersehen!« Jake machte eine Pause. »Belenko, ich möchte, daß Sie nach Kap Passero an der Südostspitze der Insel südlich von Syrakus fliegen und dort in vierzigtausend kreisen und auf mich warten.«

»Shotgun verstanden.«

»Viel Glück, Joe«, fügte Jake hinzu.

Watsons Sprechtaste klickte zweimal.

Während sie mit Südostkurs durch 30000 Fuß höher schossen und blendend helles Sonnenlicht im Cockpit hatten, murmelte Toad: »Qazi ist abgehauen, CAG, das wissen Sie doch genau.«

Richtig, das wußte er. Qazi hatte zwei Atombomben, die der United States Navy gehörten, und war damit verschwunden. Wohin verschwunden? Nach Tripolis oder Bengasi oder sonstwohin? Falls er sich auf dem Flug nach Afrika befand, mußte seine Maschine Kontakt mit Flugsicherungsstellen haben. Jake blätterte mit verzweifelter Hast in den Funknavigationskarten auf seinem Kniebrett und suchte die Liste mit den FS-Frequenzen des hiesigen Fluginformationsgebiets. Weshalb war ihm das nicht schon früher eingefallen?

Nachdem Jake den Scrambler ausgeschaltet hatte, tippte er die Kontrollfrequenz für den FS-Sektor mit der Südostküste Siziliens ein. Dann ging er in 40000 Fuß in den Horizontalflug über. Die Leistungshebel standen auf erhöhter Marschgeschwindigkeit, bei der seine Tomcat Mach 0,9 erreichte.

»Sehen Sie irgendwas?« knurrte er Toad an.

»Nein, Sir. Überall nur leeren Himmel.«

Was war mit der Fregatte, die nachts die Straße von Messina passiert hatte? Sie mußte jetzt vor der Ostküste Siziliens stehen. Jake suchte ihre Frequenz aus einer anderen Liste auf seinem Kniebrett heraus und stellte sie auf dem zweiten Funkgerät ein. Er rief die Fregatte, die sich prompt meldete. Sie wies ihm einen willkürlich gewählten IFF-Code zu, den er abstrahlte. Jake fragte sich, wieviel Unterstützung er erhalten würde, falls Admiral Lewis bereits mit ihrem Kapitän gesprochen hatte. Aber das würde sich bald herausstellen . . .

»Buckshot, hier Red Ace zwo-null-sechs. Wir sind heute morgen zu einer kleinen Abfangübung unterwegs, und ich wüßte gern, ob Sie in der letzten Stunde irgendwelchen Flugverkehr von Palermo aus nach Süden oder Südosten beobachtet haben.«

»Bitte warten.«

Links von ihnen lag der in der Morgensonne imposant wirkende Ätna, doch Jake hatte an diesem Tag keine Augen für Naturschönheiten.

»Red Ace, Buckshot. Wir können nicht ganz so weit sehen, aber wir haben vor einer Viertelstunde eine Maschine der North African Airways gehabt, die Syrakus auf Südostkurs mit ungefähr drei-fünf-null Knoten passiert hat. Dazu kommt noch eine Rotkreuzmaschine, die Syrakus vor zwanzig Minuten auf Ostkurs passiert hat.«

»Sind irgendwelche Bestimmungsflughäfen genannt worden?«

»Nicht ausdrücklich.«

»Danke für Ihre Unterstützung, Buckshot.«

»Stets gern zu Diensten. Rufen Sie uns wieder, falls Sie noch was brauchen.«

»Witzbold!« murmelte Toads Stimme in Jakes Kopfhörer.

* *
*

»Glauben Sie, daß die Maschine der North African Airways die Bomben an Bord hat?« erkundigte Toad sich.

»Das bezweifle ich«, antwortete Jake. Qazi war nicht der Typ, der sich so leicht hätte abfangen lassen. »Nehmen Sie noch einmal Verbindung mit der Fregatte auf und stellen Sie fest, wo dieses Rotkreuzflugzeug ihrer Meinung nach sein müßte. Danach lassen Sie den Tanker mit Höchstgeschwindigkeit nach Osten fliegen. Wir treffen uns mit ihm, tanken auf und versuchen dann, diese andere Maschine einzuholen.«

»Sie halten sie also nicht für ein Rotkreuzflugzeug?«

»Das klingt ganz nach unserem Freund Qazi. Eine Verkehrsmaschine fliegt tagtäglich bestimmte Strecken, deshalb kann man nicht einfach so tun als ob, ohne die Fluglotsen zu verwirren. Daher hat der Oberst eine Möglichkeit finden müssen, einen Einmalflugplan aufzugeben.«

Oder, dachte Jake, er kann tun, was du im Augenblick tust: illegal ohne Flugplan unterwegs sein und hoffen, daß die Radargeräte der FS-Dienststellen nur Transponderantworten, nicht aber Flugzeugechos auswerten können. Aber ein solches Risiko geht Qazi bestimmt nicht ein. Er hat sich garantiert durch einen Flugplan abgesichert, den er schon mehrere Tage zuvor aufgegeben hat. Für einen Einmalflug.

* *
*

Die Boeing 727 mit Qazi und el Hakim und den Atomwaffen an Bord kreiste in einer Warteschleife. »Die Jäger haben sich verspätet«, hörte der Oberst eines der Besatzungsmitglieder sagen. Sie kreisten nun schon seit fast einer halben Stunde. Während die

Verkehrsmaschine mit Mindestgeschwindigkeit flog, sah er durch sein verkratztes Fenster lediglich das Blau des Mittelmeers und den über ein Stück Tragfläche wandernden Schatten des Flugzeugrumpfs.

El Hakim hat nie begriffen, wie wichtig bei Geheimoperationen ein genauer Zeitplan ist, dachte Qazi. Dieses Meer war ein amerikanisches Binnengewässer, auf dem sich raketenbestückte Kriegsschiffe nur so tummelten. Vor Zypern beispielsweise lag eine Trägerkampfgruppe. Sobald die Amerikaner überblickten, was auf der *United States* passiert war, würden sie äußerst rabiat reagieren. Besonders Flugzeuge – vor allem in Begleitung von Jägern sowjetischer Bauart –, die scheinbar ziellos übers Mittelmeer flogen, würden natürlich sofort ihre Aufmerksamkeit erregen. El Hakims Zeit lief rascher ab, als er vermutlich ahnte.

Noora und Jarvis hatten sich in die letzte Sitzreihe der vorderen Kabine zurückgezogen, wo ihre Köpfe nur gelegentlich sichtbar waren. Qazis Bewacher mit der MP hatte schon mehrmals zu ihnen hinübergesehen und ließ jetzt gesteigertes Interesse an ihren Aktivitäten erkennen. Typisch Noora, für die ihr Vergnügen stets an erster Stelle stand! Qazi gestattete sich ein schwaches Lächeln. Er hätte nicht im Traum erwartet, daß sie sich zu Jarvis hingezogen fühlen könnte. Du wirst eben alt, dachte er bedauernd. Er seufzte und beobachtete, wie sein Bewacher sich fast den Hals verrenkte, um besser sehen zu können. Qazi faltete seine Hände, schloß die Augen und versuchte, sich zu entspannen. Das Flugzeug kreiste weiter.

Qazis Bewacher stand auf. Er bewegte sich fast unhörbar, aber der Oberst spürte eine Veränderung. Er öffnete seine Augen einen winzigen Spalt weit. Der Mann mit der MP stand im Gang und sah nach rückwärts. Dann trat er hinter die Reihe, in der Qazi saß. Der Oberst hob das rechte Bein und zog seine Walther PPK aus dem Knöchelhalfter. Er entsicherte die Waffe, legte sie auf seinen Schoß und bedeckte sie mit der linken Hand.

* * *

Jake flog die KA-6, die ihren Tankschlauch mit dem Trichter am Ende bereits entrollt hatte, von hinten an. Als er den Betankungsschalter umlegte, schob sich rechts vor ihm die Tanksonde unterhalb seines Cockpits aus dem Rumpf der F-14. Jake beschleunigte etwas und begann, zu dem Tankflugzeug aufzuschließen.

Der Trichter am Ende des 15 Meter langen Schlauchs hing schräg unter dem Heck des Tankflugzeugs und schwankte am unteren Rand der Wirbelschleppe der KA-6 leicht hin und her. Die am Bug des Jägers aufgestaute Luft würde den Trichter beiseite schieben, wenn Jake sich zu langsam annäherte, deshalb benützte er die Leistungshebel, um rasch zu ihm aufzuschließen. In dieser Höhe und bei nur 210 Knoten TAS – das Tankflugzeug schaffte nicht mehr – reagierte die Tomcat freilich nur ungenau und schwerfällig. Aber jetzt war die Sonde eingerastet.

Jake schob sich noch etwas weiter nach vorn, bis die Signalleuchten am Schlauchanfang an der Rumpfunterseite der KA-6 Grün statt Gelb zeigten. Dieser Wechsel bedeutete, daß der Treibstoff floß.

»Wieviel wollen Sie, CAG?« fragte der Pilot des Tankflugzeugs.

»Soviel Sie mir geben können, damit Sie's selbst noch bis Sigonella schaffen.« Tanker und Jäger flogen in 40000 Fuß nach Osten. Sizilien lag bereits fast 200 Kilometer hinter ihnen.

Toad stand seit zehn Minuten über das zweite Funkgerät mit der Fregatte in Verbindung. Er sprach offenbar mit einem Mann im Combat Information Center des Kriegsschiffs: salopp und ungezwungen, aber mit eingeschaltetem Scrambler. Toad hatte sich recht geschickt angestellt und eher beiläufig Verkehrsinformationen für eine Tomcat-Besatzung angefordert, die an diesem schönen Sonntagmorgen zu einem Routineflug gestartet war und ein paar Abfangmanöver üben wollte.

»Jetzt habe ich etwas Interessantes für Sie, Red Ace. Unser ECM-Dienst sagt, daß er nördlich von Bengasi einige MiGs geortet hat. Wir haben Radarabstrahlungen und einigen Funkverkehr aufgenommen.« Der Sprechende machte eine kurze Pause. »Und noch etwas Merkwürdiges. Ungefähr zweihundert Kilometer nördlich von Bengasi kreist ein Flugzeug.«

»Fragen Sie ihn, ob er ein Transpondersignal empfängt«, forderte Jake Toad auf, der die Frage weitergab. Jake warf einen Blick auf seine Treibstoffanzeige. 5500 Kilogramm an Bord. Die Signalleuchten des Tankflugzeugs zeigten noch immer Grün.

»Das ist dieses Rotkreuzflugzeug. Komisch, was? An Ihrer Stelle würde ich nach Sizilien zurückfliegen oder nach Norden abdrehen, um den MiGs auszuweichen. Kommen.«

»Okay«, antwortete Toad. »Vielen Dank, Buckshot.«

»Das wär's, CAG«, meldete der Tankerpilot, als die Signalleuchten an der Rumpfunterseite der KA-6 auf Rot umsprangen. 5600 Kilogramm Treibstoff. Das würde reichen müssen.

»Danke, Jungs«, sagte Jake, während er hinter dem Tankflugzeug zurückblieb und das Einfahren seiner Sonde beobachtete. Er setzte sich rechts neben die KA-6 und gab dem Piloten mit hochgerecktem Daumen das Klarzeichen, als der Tankschlauch ganz eingerollt war. Dann winkte er der Tankerbesatzung zum Abschied zu und schob die Leistungshebel ganz nach vorn. Das hinter der beschleunigenden F-14 zurückbleibende Tankflugzeug drehte in einer steilen Linkskurve ab.

Jake schaltete auf das zweite Funkgerät um. »Buckshot, Red Ace. Holen Sie Ihren Wachoffizier ans Mikrofon.«

Die Tomcat hatte mit Nachbrennern bereits Mach 1,4 erreicht und beschleunigte weiter, als der Wachoffizier sich über Funk meldete.

»Buckshot, hier spricht Kapitän Jake Grafton. Bitte melden Sie dem Stab der Sechsten Flotte, daß Oberst Qazi und die Waffen sich vermutlich an Bord des Rotkreuzflugzeugs befinden, das Ihr Controller geortet hat. Wir steuern diese Maschine jetzt an, um sie abzufangen. Haben Sie verstanden?«

»Ja, Sir. Aber was . . .«

»Geben Sie die Meldung einfach weiter. Ende.«

* *
*

Irgend jemand stand vor ihm. Qazi öffnete die Augen. El Hakim stand mit zornrotem Gesicht und vor Wut bebend vor ihm. »783-4331 – das ist die Telefonnummer der israelischen Botschaft in Rom! Verräter!« Der Diktator fletschte wütend die Zähne und warf den Kopf in den Nacken – eine seiner Lieblingsgesten.

»Sie haben die Waffen. Fliegen Sie damit nach Hause. Die Jäger haben sich verspätet. Es ist Selbstmord, hier draußen über dem Meer zu bleiben, wo es bald von Amerikanern wimmeln wird. Und die Israelis sind auch alarmiert! Fliegen Sie zurück und verkünden Sie Ihren Triumph. Dann scharen die Araber sich um Sie wie Eisenfeilspäne um einen Magneten.«

»Ich bin der Auserwählte Allahs und habe den Auftrag, meinem Volk . . .«

Der Copilot steckte seinen Kopf durch die Tür zwischen Cockpit und Kabine. »Exzellenz, die Jäger sind mit ihrem Tankflugzeug eingetroffen. Sie sind in Sichtweite.«

»Nach Osten! *Sofort!*« Er wandte sich mit geblähten Nüstern erneut an Qazi. »Meine Aufgabe hat eben erst begonnen. Wir werden nicht versagen. Die Ungläubigen sollen durch unser Schwert fallen . . .«

»Inschallah«, murmelte Qazi. »So Allah will.« El Hakim war natürlich verrückt, auch wenn Qazi sich das bisher nicht hatte eingestehen wollen. Der Diktator war eine jämmerliche Figur, ein eitler Mann, ein Hohlkopf, der in seiner Großmannssucht längst den Bezug zur Realität verloren hatte. So war Qazis eigener Plan gescheitert. Er hatte sich nichts sehnlicher gewünscht, als seinem Volk Hoffnung und eine Zukunft zu geben, aber es stand unter der Herrschaft dieses Verrückten. »Wenn die Israelis Sie nicht vorher abschießen«, murmelte er erschöpft, »oder die Amerikaner Sie nicht vom Himmel holen. Wenn Allah Sie nicht vernichtet, Sie Mißgeburt.«

El Hakim griff nach der Uzi des rechts von ihm stehenden Leibwächters, aber die MP hing an einem Gurt über der rechten Schulter des Mannes. Der Diktator zerrte daran, als wolle er die Uzi losreißen.

»*Amerikanische Jäger,* Exzellenz! Unser Radarwarngerät hat angesprochen. *Sie kommen!*«

Der Herrscher zerrte wie besessen an der Uzi, während sein Leibwächter sich bemühte, den Gurt von seiner Schulter zu streifen, um ihm die Waffe überlassen zu können.

»Nein!« kreischte Noora. Sie beugte sich über el Hakim und griff nach der MP. *»Nein! Die Kabine steht unter Druck!«*

Qazi war müde, so müde. Er hob seine Pistole, zielte damit auf das Fenster neben sich und drückte ab. Der Schußknall war ohrenbetäubend laut. In dem verkratzten Glas erschien ein Loch, von dem aus sich nach allen Seiten Sprünge fortpflanzten. Dann explodierte das Glas nach außen.

* *
*

Eine Stunde und zehn Minuten nach ihrem Start stand die Sonne hoch über dem Horizont. Über ihnen befand sich eine dünne Zirrusschicht, die das Sonnenlicht jedoch erst in frühestens einer Stunde etwas dämpfen würde. Die Luft war klar, die Sichtverhältnisse waren ideal, und Jake und Toad saßen wohlgeborgen unter ihrer blasenförmigen Cockpithaube. Die Tragflügel der F-14 waren mit 68 Grad maximal gepfeilt. Die beiden Männer flogen gewissermaßen auf einer abgeflachten Pfeilspitze.

Toad war mit dem Radar und seinem Computer beschäftigt. Er hielt Jake ständig auf dem laufenden. »Sechs Ziele, zwei große und vier kleine . . . Wir können jederzeit schießen.« Das galt für die beiden Phoenix-Lenkwaffen unter dem Rumpf der Tomcat: riesige Jagdraketen mit 15 Kilometer Reichweite, die Millionen Dollar gekostet hatten. Trotzdem wollte Jake ganz sichergehen und erst schießen, wenn er beschossen wurde. »Wenn wir mit voller Leistung hingeflogen sind, bleibt uns schätzungsweise nur eine Minute Zeit, bevor wir im Sparflug nach Sigonella verschwinden müssen.« Jake warf einen Blick auf die Treibstoffanzeige. Vielleicht nicht einmal diese eine Minute.

In 60 Kilometer Entfernung schob Jake die Leistungshebel in die vierte Nachbrennerstufe. Nun beschleunigte die Tomcat auf

Mach 1,9. Er drückte den Bug etwas tiefer und wählte auf dem Waffenschaltpult die beiden Phoenix-Lenkwaffen aus.

»Die kleinen Ziele drehen in unsere Richtung ab. Vermutlich Jäger. Verdammt wendig! Sie beschleunigen das Tempo und kommen auf uns zu!«

Das ECM-Warngerät piepste. Jake starrte auf die Anzeige. Eine J-Band-Warnung von vorn. MiG-23? Maschinenkanonen und Jagdraketen mit kurzer Reichweite.

Er sah auf den TCS-Bildschirm. Toad hatte die Fernsehkamera auf einen Jäger gerichtet, der als kleiner Punkt mit angesetzten Strichen als Flügel erschien. Eine Frontalansicht.

»Vierzig Kilometer. Sie fliegen zu viert nebeneinander.« Die Tomcat befand sich in leichtem Bahnneigungsflug und passierte mit Mach 2,1 soeben 32000 Fuß. Die Flugzeuge rasten mit über 2000 Knoten aufeinander zu, so daß ihr Abstand sich in jeder Sekunde um einen Kilometer verringerte. Sie würden in etwas über einer halben Minute aufeinandertreffen.

»Wo sind die großen Maschinen?« fragte Jake.

»Die fliegen weiter nach Osten, Entfernung jetzt sechsundachtzig Kilometer.«

»Verlieren Sie sie nicht aus den Augen.«

Das Piepsen des ECM-Warners wurde schriller. Zumindest einer der anfliegenden Jäger hatte auf eine höhere Impulsfolgefrequenz umgeschaltet, um sie zu orten. Diese Kerle wollten schießen!

»Heilige Muttergottes ...«, flüsterte Toad. »Fünfundzwanzig Kilometer. Phoenix feuerbereit.«

Der Bildschirm zeigte Jake die Ziele nach ihrem Gefährdungspotential von eins bis vier durchnumeriert. Noch während er sich darauf konzentrierte, rief Toad aufgeregt: *»Anfliegende Raketen – zwei!«*

Jake betätigte den Abzug am Steuerknüppel und drückte auf den schwarzen Feuerknopf. Die erste Phoenix schoß mit Feuer und Rauch unter dem Rumpf der F-14 hervor.

Während Jake nach draußen sah, drückte sein linker Daumen viermal rasch nacheinander auf den Düppelauslöseknopf am rechten Leistungshebel. Eine dünne, etwas links von ihnen schräg nach unten führende Rauchspur kennzeichnete die Flugbahn der Phoenix.

Ihr DECM-System – das elektronische Abwehrsystem der Tomcat – funktionierte automatisch; es würde die anfliegenden Lenkwaffen vom Kurs abbringen. Jake stieß weitere Düppel aus und versuchte, im Zeitalter des überschallschnellen Luftkriegs einen Blick auf die feindlichen Jäger und Jagdraketen zu erhaschen.

»Die beiden verfehlen uns . . . Phoenix auf Kurs . . . *Volltreffer!*«

Die auf dem Bildschirm als Ziele fünf und sechs bezeichneten großen Flugzeuge trennten sich jetzt. Jake änderte seinen Kurs um 15 Grad, um sie abzufangen.

Aus dem Augenwinkel heraus sah er praktisch auf gleicher Höhe einen Schwenkflügeljäger, an dessen Tragflächenspitzen sich Kondensstreifen bildeten, während der Pilot mit Höchstgeschwindigkeit einkurvte. Noch während Jakes Gehirn diesen optischen Eindruck verarbeitete, hatte er die Jägerformation durchstoßen – noch immer in leichtem Bahnneigungsflug und mit Mach 2,2.

Sobald die MiGs eingekurvt waren, würden sie weitere Raketen abschießen, weil die F-14 zu schnell war, als daß sie sie hätten einholen können.

»Schnell, die zweite Phoenix auf den Kerl dort vorn, der nach Süden abdreht!« Sie durften keine Sekunde verlieren. Die Atomwaffen mußten sich in einem der beiden großen Flugzeuge befinden, und jeden Augenblick konnte eine von den MiGs abgeschossene Lenkwaffe sie von hinten treffen.

»Ziel erfaßt«, meldete Toad. »Sie können schießen!«

Jake schoß seine letzte Phoenix ab. Auch sie kam mit Feuer und Rauch unter dem Rumpf hervor und verschwand sofort, indem sie auf der Suche nach ihrem 65 Kilometer entfernten Ziel auf Mach 5 beschleunigte.

»Unsere Treibstoffreserve ist aufgebraucht«, sagte Toad.

* *
*

Vorbeiwirbelnder Staub und Dreck nahmen Qazi die Sicht, als der Kabinendruck das Fenster nach außen drückte. Sein Sitzgurt und die Handschellen retteten ihn. Er kämpfte mit geschlossenen Augen gegen den Wirbelsturm an, der ihn von seinem Sitz und durchs Fenster zu reißen versuchte.

Dann flaute der Wirbelsturm ab, obwohl der Geräuschpegel unglaublich hoch blieb. Qazi öffnete die Augen und sah sich um. El Hakim und sein Leibwächter waren verschwunden. Noora lag vor ihm im Gang – mit unnatürlich schiefer Kopfhaltung und weit hochgeschlagenem Rock. Sie hatte sich das Genick gebrochen.

Er hatte starke Ohrenschmerzen. Das Flugzeug befand sich mit gesenkter linker Tragfläche in einem steilen Sinkflug. Durch die leere Fensterhöhle blies ein eiskalter Wind herein.

Seine Hände waren gefühllos, und er blutete an den Handgelenken, wo die Handschellen ins Fleisch eingeschnitten hatten. Qazi tastete nach dem Sitzgurt, öffnete das Schloß und konnte nun mit noch immer gefesselten Händen aufstehen. Er schwankte unsicher, dann stieg er vorsichtig über Nooras nackte Beine hinweg.

Jarvis hockte noch in seinem Sessel. Offenbar war er angeschnallt gewesen. Er starrte Qazi entsetzt an. Die Ohrenschmerzen Qazis ließen allmählich nach, aber dafür wurde ihm jetzt schwindlig. Wie hoch waren sie noch?

El Hakims zweiter Leibwächter, der in der Hauptkabine bei den Waffen gewesen war, kam durch die Tür getorkelt. Qazi schoß auf ihn. Er stolperte, bevor er den Zusammengebrochenen erreichte, und mußte die letzten Meter kriechend zurücklegen. Der Mann lebte noch. Qazi erledigte ihn mit einem Kopfschuß und nahm ihm die Uzi ab. Dann blieb er nach Atem ringend neben dem Toten liegen. Langsam konnte er wieder besser sehen. Und die Maschine wurde offenbar abgefangen. Qazi spürte den Andruck, der ihn auf den Boden preßte, während die Piloten sich verzweifelt bemühten, den unkontrollierten Sturzflug zu beenden.

Als der Andruck nachließ, rappelte Qazi sich mühsam auf und wankte im Gang nach vorn zum Cockpit. Jarvis hockte noch immer zusammengesunken in seinem Sitz und rang nach Atem.

Er hatte noch immer eine Chance. Er würde die Piloten dazu

zwingen, nach Hause zu fliegen. Dort konnte er zusammen mit Offizieren die Macht übernehmen. Das war zu schaffen. Die Berufsoffiziere hatten el Hakim stets gehaßt und gefürchtet. Sie würden ihm nicht nachtrauern. Dann war dies alles doch nicht vergebens gewesen.

* *
*

Das Radargerät in der Spitze der letzten Phoenix trat in Aktion, als die Lenkwaffe noch 25 Kilometer von der Il-76 entfernt war, auf die sie abgeschossen worden war. Diese Maschine war das Tankflugzeug, das gemeinsam mit den MiGs gestartet war. Der Pilot hatte beschlossen, sofort zurückzukehren, als er hörte, daß die ECM-Warner der Jäger eine F-14 ausgemacht hatten. Der Bordcomputer der Phoenix setzte die zurückkommenden Radarechos in Steuerbefehle für ihr Leitwerk um. Während die Lenkwaffe sich ihrem Ziel näherte, wiederholte dieser Vorgang sich in jeder Sekunde mehrere tausend Male.

Die Lenkwaffe durchschlug den Rumpf der Iljuschin unter der rechten Tragflügelwurzel, wo die zurückgeworfenen Echos am stärksten gewesen waren, und trat bereits wieder an der linken Rumpfseite aus, als ihr Gefechtskopf detonierte. Die Gewalt der Detonation knickte unter anderem den Hauptspant des linken Flügels, der sofort abbrach. Als der Bug nach unten sackte, geriet die große Maschine ins Trudeln. Im nächsten Augenblick brach unter der gewaltigen Belastung auch der rechte Flügel ab. Sekunden später flog das Leitwerk davon. Der brennende, sich langsam überschlagende Flugzeugrumpf stürzte mit einer langen Rauchfahne auf das sieben Kilometer unter ihm liegende, im Sonnenschein glitzernde Meer zu.

Jake Grafton verfolgte das zweite Flugzeug – offenbar eine Verkehrsmaschine, eine dreistrahlige Boeing 727, wie das TCS ihnen zeigte –, das jetzt knapp 35 Kilometer von ihnen entfernt, aber in nur etwa 8000 Fuß Höhe flog. Es drehte nach Süden in Richtung Küste ab. Großartig, dann waren sie um so früher wieder über Land.

Er hatte Düppel ausgestoßen, um dem DECM-System zu helfen, die drei von dem MiG-23 FLOGGER abgeschossenen Lenkwaffen zu täuschen. Die Jagdraketen hatten sie nicht einmal knapp verfehlt. Die MiGs lagen abgeschlagen hinter ihm und konnten nicht mehr eingreifen, falls es ihm gelang, die Boeing gleich beim ersten Versuch abzuschießen.

Danach würde er auf Nordkurs gehen und versuchen, Griechenland zu erreichen. Das war natürlich nicht zu schaffen; dazu hatte er nicht genug Treibstoff. Aber er konnte Afrika hinter sich lassen und eine der Hauptschiffahrtsrouten ansteuern, bevor Toad und er ausstiegen. Vielleicht fanden sie sogar einen Frachter oder Öltanker, in dessen Nähe sie aussteigen konnten. Aber das war alles Zukunftsmusik. Zuerst mußte er die Boeing stoppen – und das schnellstens. Nur noch 2300 Kilogramm Treibstoff. Jake zog die Leistungshebel aus der Nachbrennerstellung zurück.

Er würde von hinten anfliegen und das Verkehrsflugzeug mit höchster Feuergeschwindigkeit der MK Vulcan beschießen: 200 Schuß pro Sekunde. Das müßte genügen. Er tastete automatisch nach den Waffenschaltern.

»Noch zwei MiGs!« meldete Toad. »Aus dem Radarschatten der Boeing. Geradeaus vor uns! Jetzt teilen sie sich – eine links, eine rechts.« Toad fluchte.

Jake hatte die Symbole auf seinem Bildschirm – aber er hatte keine Lenkwaffen mehr. Die Boeing querte seinen Kurs von links nach rechts, und einer der Jäger drehte steil nach links ab, um sich dann wahrscheinlich hinter die Tomcat zu setzen. Unglaublich, wie wendig dieser Bursche war! Die andere MiG war nach rechts eingekurvt und raste bereits auf Jake zu. Der ECM-Warner piepste aufgeregt.

Jake änderte seinen Kurs etwas, um den Gegner genau von vorn anzufliegen. Seine Geschwindigkeit war auf Mach 1,5 zurückgegangen. Die Blickfelddarstellung zeigte ihm ein Jägersymbol. Da! Rasend schnelle Annäherung. Ein Lichtblitz. Eine Jagdrakete!

Düppel. Die Lenkwaffe verfehlte ihr Ziel. Sie ging weit unter der Tomcat vorbei.

Jake zielte bewußt etwas kurz. Als er auf den Feuerknopf

drückte und das Visier hochzog, nahm er das Mündungsfeuer der MK des feindlichen Jägers wahr. Die F-14 vibrierte, als die sechsläufige Vulcan einen Strom von Leuchtspurgeschossen ausspuckte. Die MiG explodierte. Während Jake den Feuerknopf losließ, riß er den Steuerknüppel nach hinten. Er fühlte einen dumpfen Schlag. Sie hatten einen Treffer erhalten.

»Wo ist der andere Kerl?« fragte er Toad, während er, vom Andruck in den Sitz gepreßt, Triebwerksinstrumente und Warnleuchten kontrollierte. Alles in Ordnung.

»Hoch. Zehn Uhr.«

Die F-14 stieg weiter. Jake schob die Leistungshebel nach vorn und spürte das Einsetzen der Nachbrenner wie einen Tritt in den Hintern. Dann sah er die MiG über sich.

Jake stieg mit eingeschalteten Nachbrennern und verringerte die Entfernung zu der MiG empor. Er flog eine Rolle, um seinen Gegner ins Visier zu bekommen. Der andere drückte seine Maschine nach unten, flog mit eingeschaltetem Nachbrenner enge Kurven und wurde im Sinkflug schneller. Jake ließ seinen Steuerknüppel in Mittelstellung und zog die Leistungshebel aus der Nachbrennerposition zurück. Er hatte noch immer einen Geschwindigkeitsüberschuß und kam der MiG näher – aber zu schnell, um sie drehend ins Visier zu bekommen.

Jake fuhr die Sturzflugbremsen aus: große durchlöcherte Metallplatten, die über und unter dem Rumpf zwischen den beiden Seitenleitwerken ausgefahren wurden. Die MiG drehte nach links ab. Sturzflugbremsen ein, Nachbrenner ein, rollen und einkurven, den Bug herumziehen ...

»Diesen Kerl müssen wir schnell erledigen, CAG«, stellte Toad fest. Als ob er Jake daran hätte erinnern müssen! Jake hatte nicht mehr viel Treibstoff, drei weitere MiGs kamen mit Überschallgeschwindigkeit heran, und die Boeing flog unterdessen davon. Er hatte keine Zeit, sich lange mit diesem Kerl abzugeben: der MiG-Pilot hatte gewonnen, wenn er es verstand, nur noch ein, zwei Minuten länger am Leben zu bleiben.

Endlich! Er war mit eingeschalteten Nachbrennern direkt hinter der MiG-23. Der andere Pilot drückte seine Maschine nach unten. Auch er hatte den Nachbrenner eingeschaltet. Jetzt eine Sidewinder . . . Die MiG rollte und zog steil nach rechts weg. Jake drückte den Steuerknüppel nach rechts, folgte ihr und verringerte den Abstand, aber die FLOGGER war noch oberhalb der Schußebene seiner Vulcan. Da, sein linker Spoiler wurde ausgefahren! Das bedeutete eine Linksrolle mit Höchstgeschwindigkeit. Jake drückte den Steuerknüppel nach links zurück. Eine Spirale mit 5 g.

»Dieser Kerl ist saugut, CAG«, stellte Toad fest. »Aber wir haben keine Zeit für'n Tänzchen mit ihm.«

Der Bug der FLOGGER war zu hoch, deshalb drückte der MiG-Pilot jetzt den Steuerknüppel nach vorn und war blitzschnell unterhalb der Schußebene von Jakes MK. Jake gab zu spät einen kurzen Feuerstoß ab. Dann drückte auch er den Steuerknüppel nach vorn und wurde von der negativen Beschleunigung gegen sein Gurtzeug gepreßt. Am liebsten hätte er die Maschine auf den Rücken gedreht, aber sobald er das tat, würde der MiG-Pilot sich mit positiver Beschleunigung absetzen, und der Luftkampf stand wieder so unentschieden wie zuvor.

Jake drückte seinen Steuerknüppel bis zum Anschlag nach links und betätigte gleichzeitig den Abzug der Vulcan. Während die Revolver-MK loshämmerte, drehte die F-14 sich einmal um ihre Längsachse, bevor Jake den Abzug losließ. Die MiG versuchte, durch diesen Stahlhagel zu fliegen. Dann explodierte sie.

Steuerknüppel ziehen, um dem größer werdenden Feuerball auszuweichen. Ein Blick auf den Bildschirm, im Sturzflug mit 6 g hinter der Boeing her. Entfernung etwa 15 Kilometer. Noch 1100 Kilogramm Treibstoff. Wir erwischen sie noch!

Der ECM-Warner piepste laut. Die MiGs-23 waren im Anflug.

* *
*

Qazi stand im Cockpit der Boeing 727 hinter den Piloten. Er war ganz ruhig und gelassen. Sie würden es schaffen – oder auch nicht. Die beiden Piloten waren schon nervös genug. Sie sprachen unaufhörlich miteinander und verrenkten sich fast die Hälse, um den Luftraum hinter sich zu beobachten, während der Copilot versuchte, die Leistungshebel über den vorderen Anschlag hinauszubiegen. Sie befanden sich auf Südwestkurs Richtung Heimat.

Aus dem Cockpitlautsprecher drang die Stimme eines der MiG-Piloten. Eine einzelne amerikanische F-14. Qazi lächelte grimmig. Das war vermutlich Kapitän Grafton. Er hätte ihn erschießen und die Maschinen auf dem Flugdeck der *United States* gründlicher zerstören sollen. Aber letztlich geschah doch alles nach Allahs Willen. Das war eine Tatsache, die el Hakim trotz seiner demonstrativ zur Schau getragenen Religiosität nie begriffen hatte. Der Mensch mußte sich in sein Los fügen; obwohl er alle List und allen Verstand einsetzen durfte, entrann er seinem Schicksal zuletzt doch nicht.

Qazi warf einen Blick nach hinten. Durch die offene Verbindungstür konnte er bis in die Hauptkabine mit den beiden Atomwaffen sehen. Schwer zu glauben, daß dieser fliegende Leviathan in Fetzen zerrissen werden konnte . . .

Der Oberst blickte wieder nach vorn, lehnte sich an den Türrahmen und hörte zu. Die MiGs hatten den amerikanischen Jäger im Radar und schon fast in Reichweite ihrer Bordwaffen. Vielleicht kamen sie doch noch rechtzeitig.

* *
*

Jake zielte von rechts kommend dicht vor den Bug der Boeing 727 und betätigte den Abzug. Die Vulcan hämmerte kurz los, verstummte aber sofort wieder. *Scheiße!* Leergeschossen! Alle 675 Schuß verbraucht.

Er zog die Tomcat hoch und überflog die Verkehrsmaschine.

»Wir haben keine Munition mehr«, erklärte er Toad. »Ziehen Sie Ihre Gurte so straff, wie Sie überhaupt können.«

»Was soll das bedeuten, verdammt noch mal?«

»Das bedeutet, daß wir das Schwein rammen.«

»Kommt nicht in Frage! Ich steige vorher aus! Ich denke gar nicht daran, mich . . .«

»Sie bleiben gefälligst, Tarkington, Sie Arschloch! Wir sprengen das Kabinendach erst ab, wenn wir diesen Kerl erledigt haben. Eine andere Möglichkeit gibt es nicht!«

Jake sah sich über die rechte Schulter um. Er stieß weitere Düppel aus. Die Entfernung zu der Verkehrsmaschine betrug jetzt ungefähr drei Kilometer. Er senkte die rechte Tragfläche und zog die Tomcat mit 6 g in einer steilen Rechtskurve herum.

»Jesus! Das ist ja *wirklich* Ihr Ernst!«

»Richtig.«

Toad konnte bei dem starken Andruck nur mit Mühe sprechen. »Sie sind ein verrückter Hundesohn, Grafton.«

Jake starrte nach vorn. Die F-14 flog eine enge Steilkurve, und das Verkehrsflugzeug wurde bereits vor ihnen sichtbar. Er zog die Maschine mit unverminderter Beschleunigung ganz herum. »Ich wünsche Ihnen, daß Sie es schaffen, Tarkington. Aber ziehen Sie den Griff erst nach dem Aufprall. Das müssen Sie mir versprechen!«

»Ich stehe voll hinter Ihnen, CAG.«

Die Kehrtkurve war fast beendet. Der ECM-Warner piepste aufgeregt. Die MiG-23 mußten verdammt nahe sein. Aber vielleicht riskierten sie in unmittelbarer Nähe des Verkehrsflugzeugs nicht, eine Jagdrakete abzuschießen.

»Für dieses Geschäft sind Sie wahrscheinlich nicht geeignet, mein Junge.«

Jake stellte die Tragflächen waagrecht und nahm die Leistung auf etwa 80 Prozent zurück.

* *
*

Im Cockpit der Boeing 727 hörte die Besatzung das Röhren der Triebwerke des Jägers, als er sie überflog, und sah ihn in Zehnuhrposition dann nach links abfliegen. Sie jubelten – und beobachteten dann mit stummem Entsetzen, wie die Tomcat eine steile Rechtskurve flog, um in Zwölfuhrposition zu gelangen.

Jetzt kam die F-14 zum Frontalangriff zurück. Der Copilot schluchzte laut.

Qazi stand hinter den Piloten, starrte durch die Cockpitverglasung nach vorn und wartete auf das Mündungsfeuer der MK des Jägers. Aus diesem Blickwinkel wirkte die F-14 wie ein Raubvogel, der rasend schnell näher kam, rasch größer wurde und seine Flügelstellung veränderte, während der Pilot geradewegs aufs Cockpit der Boeing zusteuerte. Das mußte Grafton sein! Weshalb schoß er nicht? Als Qazi sich diese Frage stellte, wußte er bereits die Antwort und klammerte sich instinktiv an der Rückenlehne des Pilotensitzes vor sich fest. Er trug noch immer die Handschellen. *Oh, schade, wirklich zu schade.*

* *
*

Zuerst hing das Verkehrsflugzeug nur scheinbar unbeweglich vor der F-14 im endlos weiten Blau des Himmels. Dann wurde es sichtlich größer. Und noch größer. Jetzt füllte es bereits das gesamte Blickfeld aus. Im letztmöglichen Augenblick drückte Grafton den linken Flügel nach unten und zog den Steuerknüppel ruckartig an sich.

Die Flugzeuge stießen zusammen.

* *
*

Jakes Kopf prallte gegen die rechte Seite der Cockpithaube, und die schlagartig einsetzende Verzögerung warf ihn nach vorn, so daß seine Hände von den Leistungshebeln und dem Steuerknüppel glitten. Dann ließ der Andruck nach. Er wurde zugleich nach vorn und zur Seite und nach oben geschleudert.

Er kämpfte darum, den unteren Abzuggriff zwischen seinen Beinen zu erreichen, kam aber nicht an ihn heran. Die negative Beschleunigung zog ihn aus seinem Sitz, so daß Jake den unteren Griff, der näher als der obere war, nicht erreichen konnte. Er *mußte* irgendwo unter ihm sein. Wenn es Toad gelänge, einen seiner Griffe zu ziehen, würden sie beide aus der Maschine katapultiert werden. Er sah rot, als die kleinsten Äderchen in seinen Augäpfeln platzten, und biß schmerzhaft die Zähne zusammen, um bei Bewußtsein zu bleiben, während er mit übermenschlicher Anstrengung weiter den Griff zwischen seinen Beinen zu erreichen versuchte.

Dann zog das Haltesystem ihn plötzlich fest an den Sitz; er wurde aus der Maschine katapultiert und spürte den Winddruck, als ob er gegen eine Mauer pralle.

Er stürzte, blieb in seinem Schleudersitz angegurtet und fiel, sich langsam überschlagend, weiter. Ohne sich bewegen zu können, sah er Sonne und Meer durch rötliche Schleier an sich vorbeiblinken. Dieser Sturz ins Leere schien endlos lange zu dauern. Der Hauptfallschirm hatte sich nicht geöffnet, das wußte er. Irgendwo – in einer Nische seines Bewußtseins – wußte er es . . .

Stürzend und sich langsam drehend, unter einer gleißend hellen Sonne aufs tiefe blaue Meer zu stürzend, stürzend, fallend.

Kapitel 29

Von seinem Bett aus konnte Toad Tarkington das dunkle Blau des Mittelmeers in der Sonne sehen. Das Meer war nur drei Straßenblocks weit entfernt. Der weiße Sandstrand war hinter Häusern verborgen, aber Toad wußte, daß er dort war – daß er auf ihn wartete. Vielleicht nächste Woche, sobald er an seinem Bein einen Gehgips hatte. Er würde sich Krücken ausleihen und zum Strand humpeln, selbst wenn er einen ganzen Vormittag dafür brauchte.

Eine Brise bewegte die Vorhänge. Im Bett war es warm und behaglich. Toad ließ den Kopf auf die Kissen zurücksinken und seufzte.

Er langweilte sich. Zehn Tage waren vergangen, seitdem ein israelisches Schnellboot ihn aus dem Meer gefischt hatte. Seither war sein rechtes Bein zweimal operiert worden. Das alles schien ein Leben lang zurückzuliegen. Ein früheres Leben, dessen Ängste und Schrecken allzu langsam verblaßten.

Sobald Toad sich am zweiten Tag seines Krankenhausaufenthalts von den Nachwirkungen der Narkose seiner ersten Operation erholt hatte, war der Marineattaché der amerikanischen Botschaft eineinhalb Stunden lang bei ihm gewesen und hatte ihn bei mitlaufendem Kassettenrecorder ausgefragt. Der Attaché hatte ihn angewiesen, keine Interviews zu geben, ihm aus eigener Tasche etwas israelisches Geld dagelassen und ihm zum Abschied die Hand geschüttelt. Seit seinem Besuch hatte Toad nur israelisches Krankenhauspersonal zu Gesicht bekommen. Kein einziger Reporter, den er hätte abweisen können, hatte sich blicken lassen. Er hatte seine einzige Zeitschrift – eine vier Wochen alte internationale Ausgabe von *Time* – bereits dreimal von vorn bis hinten gelesen. Jetzt griff er danach und schleuderte sie quer durchs Zimmer.

Toad starrte auf das Telefon auf dem Nachttisch. Es hatte noch kein einziges Mal geklingelt. Und weshalb auch? Er hatte versucht, seine Eltern in Los Angeles anzurufen; als sich niemand gemeldet hatte, war ihm eingefallen, daß sie im Urlaub waren. Sie waren vermutlich in den Bergen – und die Hütte hatte kein Telefon. Im Lebensmittelgeschäft an der Kreuzung hätte er eine Nachricht zurücklassen können, aber dann hätte seine Mutter sich um ihn geängstigt. Ihm ging es gut, und er konnte sich damit begnügen, ihnen seine Abenteuer in einem Brief zu schildern, den sie bei ihrer Rückkehr nach L. A. vorfinden würden. Trotzdem wäre es nett gewesen, mal wieder eine Stimme aus der »wirklichen« Welt zu hören.

Unter dem Telefon lag ein Telefonbuch. Keine Eintragung unter den Namen Judith Farrell. Oder unter J. Farrell. Oder unter irgendeinem Farrell, Ferrell oder Ferrel. Selbstverständlich nicht, Toad, mein Junge, weil das ein Deckname gewesen ist! Trotzdem hatte er die Einträge studiert. Er hatte es verdammt noch mal satt, auf dem Rücken liegen zu müssen. Zweimal täglich wurde er aufgesetzt und gelegentlich auch auf den Bauch gerollt. Sein Hintern war wund, und sein Rücken war wund, wo das Laken ihn aufgescheuert hatte, und er hatte dieses ganze verdammte Krankenhaus satt.

Wenn die Krankenschwester zurückkam, würde er sie fragen, ob sie ihm ein paar Westernromane – am liebsten von Louis L'Amour – besorgen könne. Auch in dieser gottverlassenen Ecke mußte es schließlich jemand geben, der Cowboystories las.

Er drehte sich zur Seite, so gut es ging, und schlug gegen die Kissen, um sie etwas aufzuschütteln. Als er wieder in sie zurücksank, stand eine Frau in der Tür.

»Hallo, Robert.«

Er starrte sie an.

»Darf ich reinkommen?«

»Natürlich. Bitte.« Er lächelte sogar mechanisch. »Wie . . .?«

Sie nahm auf dem einzigen Stuhl Platz und ließ ihre Hände auf der Handtasche auf ihren Knien ruhen. Ihre Haare erschienen ihm kürzer, lockiger . . .

»Ich habe oft an dich gedacht«, fuhr er schließlich fort. »Wo du abgeblieben bist, weißt du.« Sie war noch bezaubernder, als er sie in Erinnerung hatte.

»Das mit Kapitän Grafton tut mir leid«, sagte sie.

Toad griff haltsuchend nach den seitlichen Stangen seines Betts. Jedesmal wenn er daran dachte, erinnerte er sich wieder an den Andruck, den heftigen Aufprall und seine verzweifelten Anstrengungen, bei Bewußtsein zu bleiben, während er den Abzuggriff zu erreichen versuchte. Und er erinnerte sich an seine Todesangst. Aber die kühlen, glattpolierten Aluminiumstangen gaben ihm Halt. Die Sonne schien weiter, und die Brise war lau und sanft, und sie saß weiter vor dem Fenster, wo der Wind in ihrem Haar spielte.

»Er ist der Beste gewesen«, murmelte Toad schließlich. Er sah wieder, wie das Verkehrsflugzeug ihre Windschutzscheibe ausfüllte, und spürte den scharfen Ruck, mit dem Jake Grafton die Tomcat auf die Seite legte, so daß die beiden Maschinen mit fast senkrecht aufeinanderstehenden Tragflächen aufeinandertrafen. So hatte Grafton in letzter Sekunde den Frontalzusammenstoß verhindert, der Toad und ihn augenblicklich in die Ewigkeit befördert hätte.

Grafton hatte ihm das Leben gerettet.

Als Toad wieder zu sich gekommen war, war er mit aufgeblasener Schwimmweste im Meer getrieben. Sie hatte sich automatisch aufgeblasen, als die Kohlensäurepatronen mit Salzwasser in Berührung gekommen waren. Nach einem hartnäckigen Kampf, bei dem er beinahe ertrunken wäre, hatte er sich von seinem Fallschirm befreit und das Einmannschlauchboot aus dem Notpaket des Schleudersitzes aufgeblasen. Mit letzter Kraft war es ihm gelungen, sich halb ins Schlauchboot zu ziehen.

So weit sein Auge nach allen Himmelsrichtungen reichte, war die See leer. Weil das Schlauchboot so schwankte und wegen des vielen Meerwassers, das er geschluckt hatte, war er heftig seekrank geworden. Das israelische Schnellboot hatte ihn am frühen Nachmittag aufgefischt und den Rest des Tages nach Grafton gesucht. Es hatte einige treibende Wrackstücke geborgen, aber Toad war der einzige Überlebende gewesen.

Was würde er mit dem Leben anfangen, das Jake Grafton ihm geschenkt hatte?

»Ich habe so viele Fragen«, sagte Toad. »Wer bist du?«

Sie stand auf, trat ans Fenster und kehrte ihm den Rücken zu. »An dem Abend im *Vittorio* haben wir es auf Oberst Qazi abgesehen gehabt. Wir haben nur gewußt, daß er dort war, ohne zu wissen, was er vorhatte. Hätten wir ihn jedoch erledigt, wäre der . . . Vorfall . . . an Bord eures Schiffs vielleicht nicht passiert. Dann würden die vielen Seeleute vielleicht noch leben . . . Kapitän Grafton wäre nicht gestorben . . . Callie wäre nicht Witwe . . .« Als sie sich wieder nach ihm umdrehte, sah er, daß ihr Gesichtsausdruck unverändert geblieben war. »Deshalb bin ich gekommen, um dich zu besuchen. Kapitän Grafton hat gemeinsam mit dir Qazi und el Hakim erledigt. Die beiden sind an Bord der Boeing gewesen, die ihr gerammt habt. Ihr habt Erfolg gehabt, wo wir versagt haben.«

»Die Welt ist eben komisch«, meinte Toad, weil ihm nichts anderes einfiel.

Sie nahm eine zusammengefaltete Zeitungsseite aus ihrer Handtasche, trat ans Bett, gab sie Toad und zog sich wieder zurück. Es war eine drei Tage alte Titelseite der *New York Times*. Unter einer Schlagzeile war die *United States* abgebildet. Und die Navy hatte ein Bild von Kapitän zur See Jake Grafton freigegeben.

Er überflog die Berichte. Eine der Meldungen besagte, Admiral Lewis, der Oberbefehlshaber der amerikanischen Sechsten Flotte, sei abgelöst worden und habe seine Versetzung in den Ruhestand beantragt. Die Story enthielt eine wörtliche Mitschrift eines Funkgesprächs zwischen Admiral Lewis und Kapitän Grafton, das ein Amateurfunker – ein pensionierter Lokführer in Clearwater, Florida – mitgehört und aufgezeichnet hatte. Toad las diesen Artikel sorgfältig durch.

»Deshalb also . . .«, murmelte er, während er noch las. Nachdem Toad den Artikel ganz gelesen hatte, betrachtete er erneut das Foto Jake Graftons – die Nase, die Augen, die zu keinem Lächeln verzogenen Lippen, die Ordensschnalle auf der linken

Brust. Toad faltete das Zeitungsblatt zusammen und legte es auf seinen Nachttisch. »Danke, daß du's mir vorbeigebracht hast.«

Sie hatte wieder Platz genommen – auf der vorderen Stuhlkante. Langsam sah sie sich in seinem Zimmer um, als wolle sie alle Einzelheiten in sich aufnehmen. Eine Minute später stand sie auf. »Deinen Brief habe ich noch immer.«

Er suchte nach Worten. »Die Ärzte sagen, daß mein Bein wieder ganz in Ordnung kommen wird.«

Sie machte einen Schritt auf die Tür zu.

»Wenn du jemals ... Vielleicht könnten wir ... Du mußt mir wenigstens deinen richtigen Namen sagen. Du nennst mich nicht einmal Toad. Ich verrate ihn keinem Menschen. Aber ich muß ihn wissen!«

Sie lächelte zurückhaltend. »Judith Farrell ist tot. Ich bin jetzt eine andere Frau mit neuer Vergangenheit und neuer Zukunft.«

»Nicht deinen neuen Namen. Deinen wirklichen Namen.«

»Mein neuer Name ist mein wirklicher.« Ihr Lächeln war erstarrt.

»Der Name, den deine Eltern dir gegeben haben.«

Das Lächeln verschwand, und sie spielte nervös mit ihrer Handtasche. Dann trat sie an sein Bett und beugte sich über ihn. »Sara Marmelstein.« Ihre Lippen streiften seine Wange. »Lebwohl, Robert«, flüsterte sie. Er horchte auf das leiser werdende Klicken ihrer Absätze im Korridor. Er lauschte noch, als es längst verklungen war.

Das Meer war so blau, die Wogenkämme blitzten im Sonnenlicht. Er sah es durch seine Tränen hindurch.

Danksagung

Für freundliche technische Beratung möchte der Autor Lieutenant Commander James Boma, Commander R. E. »Smoke« Davis, Commander Al Diel, Captain Stu Fitrell, Captain Steve Ganyard, USMC, Lieutenant Commander Robert S. Riche, Robert L. Shaw, Barrett Tillman und Commander Bruce Wood danken. Aus einsichtigen Gründen weicht der Flugzeugträger, der in diesem Roman beschrieben ist, in bestimmten wesentlichen Merkmalen von den Schiffen der *Nimitz*-Klasse ab.